Nalini Singh adore écrire. Même si elle a voyagé d'un bout à l'autre de la planète – des déserts de Chine aux temples du Japon –, c'est le voyage de l'esprit qui la fascine le plus. Elle est ravie aujourd'hui d'avoir réalisé son rêve de devenir écrivaine.

www.milady.fr

Nalini Singh

Visions torrides

Psi-changeling – 2

Traduit de l'anglais (Nouvelle-Zélande) par Claire Jouanneau

Milady

Milady est un label des éditions Bragelonne

Bragelonne – Milady
60-62, rue d'Hauteville – 75010 Paris

E-mail : info@milady.fr
Site Internet : www.milady.fr

Celui-ci est pour ma mère, Usha,
la femme la plus extraordinaire que je connaisse.
Je t'aime.

PROLOGUE

DÉMENCE

L'aliénation mentale.

La première cause de mortalité chez les C-Psis avant Silence.

Mourir de folie ? Une dure réalité, pour les C-Psis. Ils s'abîmaient dans les visions du futur créées par leur esprit, au point qu'ils en oubliaient de manger, de boire et, dans les cas extrêmes, de faire battre leurs cœurs. Les Psis étaient définis par leur esprit, et une fois que celui-ci était perdu, leur corps ne pouvait plus fonctionner.

Mais le sort des défunts était enviable. Ceux qui avaient plié sous la pression des visions et pourtant survécu n'étaient plus doués de sensations, ils n'éprouvaient absolument plus rien, leurs esprits emprisonnés dans un monde où le passé, le présent et le futur entraient en collision et volaient en éclats dans un cycle qui se répétait sans fin. Le temps se fissurait et ils se brisaient avec lui.

Étrangement, les C-Psis avaient été partagés quant à la mise en œuvre du protocole Silence. Certains avaient pensé que ce serait un cadeau précieux de ne pas éprouver d'émotions, que cela les mettrait à l'abri de la démence, à l'abri des illusions hideuses produites par leur esprit... *à l'abri*. D'autres avaient considéré Silence comme une trahison de leurs propres dons. Les C-Psis avaient arrêté d'innombrables massacres, sauvé une multitude de vies et plus généralement fait le bien autour d'eux, mais ils avaient accompli tout cela avec leurs émotions. Sans elles, leurs aptitudes bien qu'estropiées devenaient contrôlables.

Cela avait pris dix ans, mais les partisans de Silence avaient remporté la bataille mentale qui avait fait rage sur le PsiNet, opposant des millions d'esprits. En conséquence, les C-Psis avaient cessé de prédire la noirceur humaine de l'avenir et s'étaient retirés derrière les murs rassurants du monde des affaires. Au lieu de sauver des innocents, ils étaient devenus les outils les plus puissants de nombreuses entreprises Psis. Le Conseil Psi avait déclaré que leurs services étaient trop précieux pour qu'on les partage avec les autres races et, progressivement, les C-Psis avaient disparu de la sphère publique.

On dit qu'ils préfèrent rester loin du feu des projecteurs.

Ce que très peu savent, ce que le Conseil cache depuis plus d'un siècle, c'est que, même s'ils sont riches et choyés, les C-Psis, qui étaient autrefois résilients, sont devenus les plus fragiles des créatures. Quelque chose dans leur capacité à entrevoir les fils enchevêtrés des avenirs possibles les rend incapables de fonctionner véritablement dans le monde réel ; ils ont besoin d'une surveillance et de soins de tous les instants.

Les C-Psis ne se déplacent guère, se mêlent peu aux autres, agissent rarement à un niveau autre que mental. Certains d'entre eux sont presque muets, et ne sont capables de communiquer que leurs visions, et seulement leurs visions, grâce à un ensemble de sons inarticulés ou, dans les cas les plus sévères, par le dessin ou le mime. En dehors de cela, ils restent enfermés dans leur monde de silence.

Et pourtant, le Conseil affirme que tel était leur destin.

CHAPITRE PREMIER

Faith NightStar, du clan NightStar, était consciente qu'on la considérait comme la C-Psi la plus puissante de sa génération. À vingt-quatre ans seulement, elle avait déjà gagné plus d'argent que la plupart des Psis au cours d'une vie entière. Mais, naturellement, elle travaillait depuis ses trois ans, lorsqu'elle avait enfin trouvé sa voix. Cela lui avait pris plus longtemps qu'à la plupart des enfants, mais c'était prévisible : elle était une C-Psi cardinale aux dons extraordinaires.

Si elle n'avait jamais parlé, cela n'aurait surpris personne.

C'était pour cette raison que les C-Psis appartenaient à des clans qui se chargeaient de toutes les tâches dont les clairvoyants ne pouvaient s'occuper eux-mêmes : investir leurs millions, surveiller leur état de santé, s'assurer qu'ils ne se laissaient pas mourir de faim. Les C-Psis n'étaient pas très doués pour tout ce qui était pratique. Ils oubliaient. Même après plus d'un siècle à prédire évolutions du marché boursier plutôt que meurtres et accidents, catastrophes et guerres, ils oubliaient.

Faith avait oublié beaucoup de choses dernièrement. Par exemple, elle avait négligé de s'alimenter pendant trois jours d'affilée. Les employés de NightStar étaient alors intervenus, alertés par l'ordinateur Tec 3 sophistiqué qui contrôlait toute la maison. Ils ne laissaient jamais passer plus de trois jours car il arrivait que les C-Psis entrent en transe. Si cela s'était produit, les M-Psis l'auraient mise sous perfusion.

— Merci, dit-elle au responsable de l'équipe médicale. Tout ira bien, maintenant.

Xi Yun hocha la tête.

— Termine tout le repas. Il te fournira le nombre exact de calories dont tu as besoin.

— Naturellement.

Elle le regarda partir à la suite de son équipe. Il tenait à la main une petite trousse médicale dont elle connaissait le contenu : un produit destiné à la sortir d'un état de transe catatonique, et un autre conçu pour l'assommer si elle devenait trop frénétique. Aujourd'hui, le M-Psi n'avait eu besoin d'aucun des deux. Elle avait simplement oublié de se nourrir.

Après avoir mangé toutes les barres protéinées et bu toutes les boissons énergétiques que Xi Yun avait laissées, elle se rassit dans le grand fauteuil inclinable dans lequel elle passait généralement le plus clair de son temps. Destiné à lui servir aussi de lit, il était relié au Tec 3 et fournissait à ce dernier un flux constant de données sur ses fonctions vitales. Un M-Psi se tenait prêt à intervenir jour et nuit si elle avait besoin d'assistance médicale. Même pour les précieux C-Psis, c'était inhabituel, mais Faith n'était pas une C-Psi ordinaire.

Elle était la meilleure.

Toutes les prédictions que Faith avait effectuées s'étaient réalisées, à l'exception bien sûr de celles qu'on avait délibérément empêchées de se produire. Pour cette raison, elle valait des millions… peut-être même des milliards. NightStar la considérait comme son bien le plus précieux. Comme tous les biens, on la maintenait dans une condition optimale pour qu'elle soit la plus performante possible. Et comme tous les biens, s'il s'avérait qu'elle était défectueuse, elle serait démantelée pour être utilisée en pièces détachées.

À cette pensée fugitive, Faith ouvrit les yeux. Elle contempla le plafond vert pâle et lutta pour calmer les battements de son cœur. Sinon, le M-Psi risquait de revenir, et elle ne souhaitait pas que quiconque la voie en cet instant. Elle n'était pas certaine de ce que raconteraient ses yeux. Parfois, même les yeux de firmament d'une Psi cardinale révélaient des secrets qu'il valait mieux taire.

— En pièces détachées, murmura-t-elle.

Naturellement, on enregistrait ses paroles. De temps à autre, les C-Psis effectuaient des prédictions pendant qu'ils étaient en transe. Personne ne voulait en rater un seul mot. Peut-être était-ce pour cela que ses semblables préféraient demeurer silencieux lorsqu'ils le pouvaient.

Utilisée en pièces détachées.

Cela paraissait illogique, mais plus elle y pensait, plus elle s'apercevait qu'une fois encore son don lui avait annoncé un avenir qu'elle n'aurait jamais pu imaginer. La plupart des Psis défectueux étaient rééduqués, leurs esprits vidés par une purge mentale qui leur permettait de se rendre utiles comme travailleurs manuels. Mais pas les C-Psis. Ils étaient trop rares, trop précieux, trop uniques.

Si elle perdait la raison au-delà d'un niveau acceptable – celui auquel elle pouvait encore effectuer des prédictions –, les M-Psis s'assureraient qu'elle soit victime d'un accident qui n'affecte pas son cerveau. Et ensuite ils utiliseraient ce cerveau corrompu pour mener des expériences scientifiques et l'analyseraient en détail. Tous voulaient comprendre la mécanique mentale des C-Psis. De tous les types de Psis, ils étaient les moins connus, les plus mystérieux ; ce n'était pas facile de trouver des sujets d'expérimentation, sachant qu'ils représentaient à peine plus d'un pour cent de la population.

Douloureusement consciente que sa respiration était de plus en plus irrégulière, Faith enfouit ses mains dans l'épais tissu rouge du fauteuil. Sa réaction n'était pas encore alarmante au point de nécessiter l'intervention des M-Psis, car il n'était pas inhabituel que les C-Psis manifestent un comportement étrange pendant leurs visions ; cependant, elle ne pouvait pas prendre le risque d'être aspirée par un vortex.

Alors qu'elle tentait de calmer son corps, son esprit lui envoya des images de son cerveau, posé sur une balance de précision, tandis que des yeux Psis glaciaux l'étudiaient sous toutes les coutures. Elle savait que cette vision était absurde. Rien de ce genre ne se produirait jamais dans un laboratoire. Sa conscience essayait simplement de donner un sens à quelque chose qui n'en avait aucun. Exactement comme les rêves qui l'avaient tourmentée ces deux dernières semaines.

Au début, il n'y avait eu qu'un vague pressentiment, une noirceur qui malmenait son esprit. Elle avait songé qu'il s'agissait peut-être du signe annonciateur d'une future vision à propos d'un krach boursier ou d'une faillite imprévue mais, jour après jour, la noirceur avait grandi jusqu'à l'écraser, sans rien lui révéler de concret. Et elle avait *ressenti*. Alors qu'elle n'avait jamais rien éprouvé, dans ces rêves la peur l'avait submergée, le poids de la terreur l'avait fait suffoquer.

Heureusement qu'elle avait demandé depuis longtemps qu'aucun instrument de mesure ne soit installé dans sa chambre. Quelque chose en elle avait su ce qui se préparait. Quelque chose en elle savait, toujours. Mais cette fois elle n'était pas parvenue à comprendre la laideur brute d'une rage qui lui avait presque coupé le souffle.

Lors des premiers rêves, elle avait eu l'impression que quelqu'un essayait de l'étouffer jusqu'à ce qu'elle ne soit plus que terreur. La nuit dernière avait été différente. La nuit dernière, elle ne s'était pas réveillée au moment où les mains se refermaient autour de sa gorge. Malgré tous ses efforts, elle n'avait pu se libérer de l'horreur, n'avait pas réussi à s'ancrer dans la réalité.

La nuit dernière, elle était morte.

Vaughn D'Angelo sauta au bas de la branche qu'il avait arpentée et atterrit avec grâce sur le sol de la forêt. Dans la lumière argentée qui avait transformé les ténèbres en crépuscule, sa fourrure orange et noir aurait dû briller de mille feux, mais il était invisible, un jaguar qui savait se dissimuler au milieu des ombres nocturnes. Quand il ne souhaitait pas être aperçu, personne ne voyait Vaughn.

Au-dessus de lui, la lune luisait dans le ciel, un disque visible même à travers l'épaisse canopée. Pendant un long moment, il se tint dans l'ombre et l'admira à travers l'entrelacs sombre des branches qui se rejoignaient au-dessus de sa tête. L'homme et la bête étaient attirés par sa beauté scintillante, même si aucun des deux n'aurait su expliquer pourquoi. Cela n'avait pas d'importance. Ce soir, le jaguar était aux commandes, et il acceptait simplement les pensées de l'homme.

Dans la brise, un très léger fumet lui fit lever le nez. *Meute.* Un instant plus tard, il reconnut Clay, l'une des autres sentinelles. Puis l'odeur disparut, comme si le léopard mâle avait compris que Vaughn s'était déjà adjugé ce territoire. Ouvrant la bouche, Vaughn émit un doux grondement et étira son puissant corps félin. Ses canines mortellement pointues étincelaient à la lueur de la lune mais, ce soir, il

13

n'était pas sorti pour chasser et capturer une proie, pour délivrer une mort charitable d'une unique morsure fatale.

Ce soir, il voulait courir.

Sa foulée vigoureuse lui permettait de couvrir de vastes distances et, généralement, il préférait s'enfoncer profondément dans les forêts qui s'étendaient sur une grande partie de la Californie. Mais, ce jour-là, il partit en direction du lac Tahoe et de la station balnéaire densément peuplée qui le bordait. Même sous sa forme féline, il n'éprouvait aucune difficulté à évoluer parmi les humains et les Psis. Il n'était pas sentinelle pour rien ; il pouvait infiltrer les citadelles les mieux gardées sans se faire repérer.

Cependant, cette fois il ne pénétra pas dans la ville, attiré par quelque chose d'inattendu à sa lisière. Établi à quelques mètres seulement de l'étendue vert foncé de la forêt, le petit complexe était protégé par des grillages électrifiés et des caméras activées par des détecteurs de mouvements, entre autres dispositifs. La maison qu'il contenait était dissimulée derrière plusieurs rideaux de végétation, et peut-être même d'autres clôtures, mais Vaughn savait qu'elle était là. Ce qui le surprenait était qu'il pouvait sentir la puanteur métallique caractéristique des Psis tout autour de l'enceinte.

Intéressant.

Les Psis préféraient vivre entourés par les gratte-ciel et la ville, chaque individu adulte dans sa petite boîte. Et pourtant, caché au cœur de ce complexe se trouvait un Psi, et, quelle que soit son identité, il était protégé par ceux de sa race. Un tel privilège était normalement réservé aux membres du Conseil. Curieux, il longea tout le périmètre, hors de portée des dispositifs de surveillance. Il ne mit que dix minutes à découvrir un moyen d'entrer ; une fois de plus, l'arrogance des Psis les avait conduits à mépriser les animaux avec qui ils partageaient la Terre.

Ou peut-être, songea l'homme à l'intérieur de la bête, que les Psis n'étaient tout simplement pas capables de comprendre les facultés des autres races. Pour eux, les changelings et les humains n'étaient rien parce qu'ils ne pouvaient accomplir les mêmes choses que les Psis avec leur esprit. Ils avaient oublié que l'esprit faisait avancer le corps, et que les animaux étaient particulièrement doués pour utiliser celui-ci.

Le cœur battant d'excitation, il grimpa sur la branche qui le mènerait au-dessus du premier grillage, à l'intérieur du complexe. Mais même le jaguar savait qu'il ne pouvait pas faire cela. Il n'avait aucune raison de pénétrer dans cette propriété, de prendre ce risque. Ni l'homme ni la bête ne craignaient le danger, mais la curiosité du félin était bridée par une émotion plus puissante encore : la loyauté.

Vaughn était une sentinelle de DarkRiver, et ce devoir l'emportait sur toutes les autres envies, tous les autres besoins. Plus tard dans la soirée, il devait garder Sascha Duncan, la compagne de leur chef de meute, pendant que Lucas assistait à une réunion à la tanière des SnowDancer. Vaughn savait que Sascha n'avait accepté de rester à la maison qu'à contrecœur, et seulement car elle comprenait que Lucas pouvait se déplacer plus vite sans elle. Et Lucas ne s'absentait que parce qu'il avait confiance en la capacité de ses sentinelles à la protéger.

Avec un dernier regard s'attardant sur le complexe et ses gardes, Vaughn redescendit le long de la branche, bondit au sol et commença à se diriger vers le repaire de Lucas. Il n'oublierait pas, et n'abandonnerait pas. Le mystère d'un Psi vivant si près d'un territoire changeling serait résolu. Personne n'échappait au jaguar quand il tenait une piste.

Le regard de Faith était focalisé sur la fenêtre de la cuisine, et, même si elle n'y vit que les ténèbres, elle ne put se défaire de l'impression qu'on l'épiait. *Quelque chose de très dangereux rôdait le long des grilles qui l'isolaient du monde extérieur.* Frissonnant, elle serra ses bras autour d'elle. Puis elle se figea. Elle était Psi ; pourquoi réagissait-elle ainsi ? Était-ce à cause de ces visions sinistres ? Perturbaient-elles ses boucliers mentaux ? Elle se força à relâcher ses bras et voulut s'éloigner de la fenêtre.

À sa grande surprise, elle en était incapable.

Au lieu de se détourner, elle se rapprocha et leva un bras, plaçant sa paume contre le verre, comme si elle souhaitait tendre la main vers l'extérieur. *L'extérieur.* Un monde qu'elle connaissait à peine. Elle avait toujours vécu derrière des murs, y avait été obligée. À l'extérieur, le risque d'une désagrégation psychique lui martelait le crâne, un écho assourdissant qu'elle ne pouvait bloquer. À l'extérieur, les émotions la frappaient de tous côtés, et elle voyait des choses inhumaines, sauvages, terribles. À l'extérieur, elle était menacée. Elle était bien plus en sécurité à l'abri derrière ces murs.

Sauf qu'à présent les murs se lézardaient. À présent, le monde la rattrapait, et elle ne pouvait lui échapper. Elle le savait, avec la même certitude qu'elle savait qu'elle ne pouvait échapper à la créature qui rôdait autour de sa propriété. Le prédateur qui la chassait ne serait pas satisfait tant qu'il ne la tiendrait pas entre ses griffes. Elle aurait dû avoir peur, mais, bien sûr, elle était Psi. Elle ne ressentait pas la peur… sauf lorsqu'elle dormait. Alors, ses sensations étaient si intenses qu'elle craignait que les boucliers qui l'isolaient du PsiNet cèdent, la révélant ainsi au Conseil. Elle en était arrivée au point où elle ne voulait même plus s'endormir. Et si elle mourait de nouveau, et cette fois pour de bon ?

Le tableau de communication brisa le silence sans fin qui était sa vie. Aussi tard le soir, l'interruption était imprévue ; les M-Psis lui avaient prescrit certaines heures de sommeil.

Elle se détourna enfin de la fenêtre. Tandis qu'elle se déplaçait, le sentiment d'un désastre imminent l'envahit, une impression sinistre perdue à mi-chemin entre une véritable prémonition et l'image fugitive d'un futur possible. Cela aussi était nouveau, cette conscience écrasante d'une présence malfaisante qui attendait seulement qu'elle baisse sa garde quelques instants pour frapper.

Maîtrisant son expression pour ne rien dévoiler de sa confusion, elle appuya sur une touche de la tablette tactile afin de décrocher. Le visage qu'elle découvrit à l'écran la surprit.

—Père.

Anthony Kyriakus était à la tête de leur famille. Vingt-cinq ans plus tôt, il avait signé un contrat de fécondation avec Zanna Liskowski, et Faith avait été placée sous leur tutelle conjointe jusqu'à ce qu'elle atteigne officiellement l'âge adulte à vingt ans. Ses parents avaient tous deux eu leur mot à dire dans son éducation, même si ses jeunes années n'avaient eu d'enfance que le nom. Trois ans après sa naissance, on l'avait soustraite à leurs soins avec leur entière coopération, et placée dans un environnement contrôlé où son don pouvait être développé et exploité pour qu'il atteigne son plein potentiel.

Et où on pouvait essayer d'enrayer la progression des griffes envahissantes de la folie.

—Faith, je dois te faire part d'une nouvelle regrettable concernant notre famille.

—Oui ?

Soudain, elle eut l'impression que son cœur allait exploser dans sa poitrine. Elle mobilisa toute son énergie pour maîtriser sa réaction. Non seulement c'était inhabituel, mais cela pouvait annoncer une vision, et elle ne pouvait pas se le permettre en cet instant. Pas avec le type de visions qu'elle avait eu ces derniers temps.

—Ta sœur, Marine, est décédée.

Elle eut un instant de flottement.

—«Marine»?

Marine était sa sœur cadette, qu'elle n'avait jamais vraiment connue, mais dont elle avait suivi l'évolution de loin. Télépathe cardinale, Marine avait déjà grimpé haut dans la hiérarchie familiale.

—Comment? Était-ce une anomalie physique?

—Non, heureusement.

«Heureusement» signifiait que Faith n'était pas menacée. Même si posséder deux des rares cardinales avait permis à NightStar d'acquérir un pouvoir considérable, il était indiscutable que Faith représentait l'atout principal de la famille. C'était elle qui apportait au clan assez d'argent et de contrats pour le placer au-dessus des masses. Seule la santé de Faith comptait véritablement; la mort de Marine n'était qu'un léger désagrément. *Si froid, si brutalement froid*, songea Faith, bien qu'elle sache qu'elle-même était tout aussi froide. C'était une simple question de survie.

—Un accident?

—Elle a été assassinée.

Vide quelques instants plus tôt, son esprit était à présent saturé de bruit blanc, mais elle refusa d'y prêter attention.

—Un meurtre? Un humain ou un changeling?

Les Psis ne comptaient pas de tueurs dans leurs rangs, pas depuis une centaine d'années, depuis la mise en place du protocole Silence.

Celui-ci avait effacé la violence, la haine, la rage, la colère, la jalousie et l'envie chez les Psis. Mais cela avait aussi eu pour effet secondaire la perte de toutes leurs autres émotions.

— Bien sûr, même si nous ne savons pas encore qui. La Sécurité mène l'enquête. Repose-toi.

Il hocha brusquement la tête, mettant ainsi fin à l'entretien.

— Attends.

— Oui ?

Elle se força à poser la question.

— Comment a-t-elle été tuée ?

Sans même broncher, Anthony répondit :

— On l'a étranglée à mains nues.

Chapitre 2

A près avoir croisé Mercy qui descendait, Vaughn bondit sur la plate-forme extérieure du repaire où Sascha vivait avec Lucas. Il ne fut guère heureux de découvrir Sascha dehors : elle se trouvait peut-être très loin au-dessus du sol, mais il était plus de minuit, et rien n'aurait ravi le Conseil Psi davantage que la mort de cette cardinale.

— Salut, Vaughn. Tu te transformes pour me tenir compagnie ?

Du rugissement rauque semblable à une toux qui était le propre de son espèce, il lui indiqua ce qu'il pensait de cette idée.

— Oui, je sais que je devrais dormir, mais je n'y arrive pas. (Elle se cala au fond du fauteuil qu'elle avait sorti du repaire.) Mercy a joué aux échecs avec moi.

Dans l'obscurité, ses yeux de firmament semblaient luire de l'intérieur. Ses doigts ne cessaient de s'agiter, martelant le bois de l'accoudoir.

Vaughn répondit d'un grondement et entra dans la maison. Il se métamorphosa dans la chambre, puis saisit un jean et un vieux tee-shirt noir dans le coffre où les sentinelles laissaient des vêtements de rechange. Quand il ressortit, Sascha lui montra le fauteuil vide face à elle, de l'autre côté de la petite table pliante. Il haussa un sourcil et se percha sur la balustrade qui courait le long de la plate-forme, enroulant ses jambes autour des montants.

— Je ne m'habituerai jamais à la manière dont vous autres félins faites ça. (Sascha secoua la tête et frotta ses pieds nus sur le sol en bois.) Tu es conscient que tu pourrais basculer et te rompre tous les os ?

— Les chats retombent toujours sur leurs pattes.

Vaughn flaira l'air nocturne et n'y trouva rien d'anormal, mais il effectua un scan visuel pour s'en assurer. Même sous sa forme humaine, il conservait la vision perçante du jaguar.

— Tu es toujours comme ça quand Lucas sort ?

Elle paraissait nerveuse, fébrile, alors qu'elle représentait généralement une oasis de tranquillité au milieu de l'agitation prédatrice de DarkRiver.

— Oui. (Elle continuait à marteler l'accoudoir sans s'arrêter.) Tu étais en train de courir ?

— En effet.

Il contempla la compagne de son chef de meute. La fascination de Lucas s'expliquait aisément : Sascha était très belle, et absolument unique. Ce n'était pas ses yeux de firmament ni son visage, mais son essence même. Elle rayonnait de l'intérieur, et cela n'avait rien d'étonnant. Après tout, c'était une E-Psi : une empathe, capable de sentir et de soigner les blessures émotionnelles les plus profondes.

Mais même s'il comprenait l'attrait qu'elle exerçait sur Lucas, Vaughn ne s'imaginait pas ressentant la même chose. Sascha faisait partie de la meute. En tant que sentinelle, il était prêt à se sacrifier pour la sauver, mais il ne l'aurait jamais prise pour compagne, car le concept même lui était étranger. Il ne s'expliquait pas comment les léopards pouvaient s'unir à une seule personne pour le reste de leur vie. Il ne sautait pas sur tout ce qui bougeait ; au contraire, il était très sélectif dans le choix de ses maîtresses. Mais il tenait à sa liberté et chérissait l'idée que personne ne dépendait émotionnellement de lui.

Sa mort n'emporterait l'âme de personne.

— Je ne sais jamais ce que tu penses. (Sascha le regardait fixement, la tête légèrement inclinée sur le côté.) Je ne suis même pas certaine que tu m'apprécies.

Le félin aimait être une énigme.

— Tu es la compagne de Lucas.

Et, par conséquent, elle avait sa loyauté.

— Mais que penses-tu de moi en tant que personne? insista-t-elle.

— La confiance vient avec le temps.

Même si elle en avait beaucoup gagné le jour où elle avait failli mourir en essayant de sauver la vie de Lucas. Le mâle représentait ce que Vaughn avait de plus proche d'une vraie famille, un frère de sang au sens le plus brutal qui soit.

— Il y a quelque chose chez toi… Tu es moins… civilisé que les autres.

— En effet.

Cela ne servait à rien de le nier. Il était bien plus animal que la plupart des prédateurs changelings, avait dû le devenir pour survivre. Tout comme Sascha lorsqu'elle avait rejoint DarkRiver.

— Les tiens te manquent-ils parfois?

— Bien sûr. (Elle regarda au loin, dans la forêt, Psi solitaire au milieu d'une meute de léopards.) Comment le monde auquel j'ai appartenu pendant vingt-six ans pourrait-il ne pas me manquer? (Elle posa de nouveau les yeux sur lui.) Et toi?

— Je n'ai passé que dix années dans un autre monde. (Largement assez longtemps pour porter les marques de la trahison gravées au fer rouge dans sa chair.) Dis-moi: pourquoi un Psi vivrait-il seul, loin de la foule?

Sascha ne s'indigna pas de sa dérobade et répondit:

— Eh bien, il pourrait prendre pour compagnon un homme panthère qui a choisi de s'installer au sommet d'un arbre, au milieu de nulle part. (Elle grimaça, mais ne put retenir un sourire.) Ce n'est pas courant, mais certains Psis préfèrent l'isolement ; en général, ils n'ont pas un rang très élevé. Peut-être est-ce parce qu'ils ne risquent pas d'être submergés par leurs dons, comme nous autres, les Psis plus puissants.

— Non. (Il secoua la tête.) Celle-là était aussi bien protégée que le président.

« Elle ». De cela, la bête était soudain certaine.

— Tu es sûr ?

— Des grillages. Des caméras bien dissimulées. Des gardes. Des détecteurs de mouvements.

Sascha haussa les sourcils.

— Bien sûr. Ce doit être une C-Psi.

— Une clairvoyante ?

Avoir une Psi représentait un atout précieux pour la meute. Avant Sascha, ils ignoraient presque tout des subtilités de ce monde.

— Je croyais qu'ils étaient extrêmement rares ? Le Conseil ne préférerait-il pas les placer sous bonne garde, quelque part où il pourrait les surveiller plus facilement ?

Elle secoua la tête.

— J'ai entendu dire que les plus puissants d'entre eux ont besoin d'être isolés, y compris des autres Psis. Même si tu as aperçu des gardes, la C-Psi est sans doute la seule occupante des lieux. Je ne sais pas grand-chose sur les clairvoyants ; ils forment presque une sous-espèce parmi les Psis, et appartiennent à des clans qui les représentent dans la sphère publique. Il est rarissime d'en rencontrer un en personne. Il paraît que certains ne sortent jamais de chez eux. Jamais.

Vaughn comprenait le besoin de solitude, mais ce que Sascha décrivait ressemblait à une pathologie.

—Sont-ils prisonniers ?

—Non, je ne pense pas. Ils sont trop importants pour qu'on les contrarie. (Puis elle sembla se rattraper.) Enfin, tu vois ce que je veux dire : les Psis ne ressentent ni joie ni colère, mais si les clairvoyants décidaient de ne plus effectuer de prédictions, les conséquences économiques seraient désastreuses pour les Psis. Donc, non, je ne crois pas qu'ils soient prisonniers ; juste qu'ils préfèrent vivre dans une bulle où ils n'ont pas à affronter la brutalité du monde. (Elle termina dans un murmure.) Peut-être que s'ils sortaient de temps à autre ils se souviendraient de ceux qu'ils ont abandonnés, et s'éveilleraient à la réalité de leurs dons.

Il l'observa et sut qu'elle songeait à la manière barbare dont son compagnon avait été torturé alors qu'il était enfant, et à la vengeance de ce dernier ; une vengeance qui les avait rapprochés, Lucas et lui. Peut-être que si les C-Psis ne s'étaient pas réfugiés dans le silence, s'ils n'avaient pas cessé de prédire les catastrophes et les meurtres, cette horreur aurait été épargnée à Lucas.

Et peut-être que Vaughn aurait pu grandir jaguar, au lieu d'être abandonné à la plus cruelle des morts par ses propres parents. Peut-être.

« *Étranglée à mains nues.* »

Dans la pénombre, Faith regardait fixement le plafond de sa chambre, les mots se heurtant aux parois de son crâne dans une ronde sans fin. C'était tentant de considérer qu'il ne s'agissait que d'une coïncidence, de ranger toute l'histoire dans un coin reculé de son cerveau. Une partie d'elle-même voulait s'empresser de faire cela. Une solution simple, supportable. Mais cela aurait été un mensonge.

Marine était morte.

Et Faith avait vu le meurtre avant qu'il se produise.

25

Si seulement elle avait su interpréter ses visions, sa sœur cadette serait peut-être encore en vie. Si seulement. Depuis l'enfance, on lui avait répété que cela ne servait à rien de verser des larmes sur le passé, ou sur quoi que ce soit, d'ailleurs, aussi ne pleura-t-elle pas. Elle ne pensait même pas qu'elle le devait ; pourtant, tout au fond d'elle-même, une part de son être emprisonnée et presque irrémédiablement brisée hurlait de douleur.

Faith n'entendait pas les cris déchirants de sa psyché en cours de désagrégation. Elle savait simplement qu'elle ne pouvait pas prétendre qu'il ne s'était rien passé. Il ne s'agissait pas d'une tendance du marché mal évaluée, mais d'une vie. Elle ne pouvait pas choisir de regarder ailleurs... pas alors qu'elle continuait à ressentir le poids de la noirceur contre ses paupières, violent, repoussant.

Le tueur n'en avait pas terminé.

Une sonnerie discrète rompit le lourd silence. Soulagée que le tableau de communication de la chambre ne soit que vocal et non visuel, Faith décrocha sans allumer la lumière.

— Oui ?

— Nous n'avons pas reçu un seul rapport depuis hier.

C'était Xi Yun lui-même.

— Je suis fatiguée. (Et elle n'avait pas voulu s'asseoir dans le fauteuil rouge au risque de révéler l'agitation de son esprit.) Je dois rattraper mon sommeil en retard, comme tu l'as suggéré.

— Je comprends.

— Je ne me reconnecterai pas avant quelques jours.

— Combien ?

La question était censée être pour son propre bien, en raison de la propension de ses semblables à oublier les choses les plus élémentaires, mais, ces derniers temps, Faith supportait de moins en moins cette intrusion ; elle commençait à la considérer comme un moyen de plus de la tenir en laisse, de s'assurer que ses talents restaient disponibles en permanence.

— Trois jours.

C'était le maximum qu'ils lui accorderaient ; ils n'avaient pas confiance en sa capacité à s'occuper d'elle-même plus longtemps. Elle avait souvent songé que c'était une bonne chose que NightStar et le Conseil craignent d'endommager son don. Sinon, ils auraient probablement détruit ses boucliers pour pouvoir la contrôler au niveau le plus intime qui soit : par le biais de la manipulation mentale. Tout cela dans son propre intérêt, naturellement.

Elle frissonna et se dit que c'était parce que la pièce était froide. Cela n'avait rien à voir avec de la peur. Elle ne ressentait pas la peur. Elle ne ressentait rien. Elle était Psi. Et pas n'importe quelle Psi : une C-Psi. Son conditionnement avait été plus rigoureux encore que celui des autres cardinaux : on lui avait intimé de ne *jamais* permettre au plus petit soupçon d'émotion de se frayer un chemin jusqu'à sa conscience, ou sa psyché serait anéantie. Elle voulait bien le croire. Son clan avait donné naissance à de nombreux C-Psis et, avant l'avènement de Silence, un quart d'entre eux finissait dans un établissement psychiatrique avant leurs vingt ans.

Trois jours.

Pourquoi avait-elle demandé cela ? Elle n'était pas fatiguée, quoi qu'en pense Xi Yun. Elle dormait moins que la plupart des Psis, se contentant de quatre heures de sommeil par nuit, voire moins. Mais elle n'avait pas réclamé ces trois jours sans raison. Son esprit avait un but, une mission, même si elle n'en était pas encore pleinement consciente. Malgré cela, elle se leva soudain du lit et commença à réunir une trousse de toilette et assez de vêtements pour quelques jours.

Un mois plus tôt, elle avait chargé un membre du clan de lui acheter un petit sac à dos, sans vraiment comprendre pourquoi. Les M-Psis ne s'étaient pas étonnés de sa requête, supposant qu'elle allait utiliser l'objet comme support physique afin de déclencher une vision. Elle ne les avait pas détrompés, car elle-même ne savait pas ce qu'elle comptait faire. Mais à présent elle constatait qu'une fois de plus son don l'avait amenée à se préparer pour un événement à venir.

Alors que Faith s'organisait en prévision d'une aventure qu'elle était encore incapable d'imaginer, une porte psychique se referma en claquant dans le PsiNet, emprisonnant six esprits dans une chambre qui semblait impénétrable. Le Conseil Psi s'apprêtait à tenir séance.

— Nous devons absolument trouver un remplaçant à Santano Enrique.

Nikita jeta un coup d'œil vers les esprits qui l'entouraient – chacun d'entre eux apparaissait sous la forme d'une étoile blanche et glacée sur la noirceur du Net – et se demanda qui, en cet instant, projetait de la poignarder dans le dos. Ils devaient se tenir sur leurs gardes en permanence. Le fait que leurs enveloppes matérielles soient éparpillées à travers toute la planète ne les protégeait en rien contre une attaque.

— Peut-être que nous ne devrions pas nous contenter de remplacer Enrique. (La suggestion mielleuse provenait de Shoshanna Scott.) Es-tu certaine que ce n'est pas toi qui as transmis à ta fille sa déficience génétique, Nikita ?

— Nous savons tous que Sascha n'était pas défectueuse, répliqua Marshall. Nikita a donné naissance à une cardinale ; combien de cardinaux dans ton arbre généalogique, Shoshanna ?

Nikita était surprise que Marshall lui apporte son soutien. Étant le membre le plus ancien du Conseil et son chef implicite, il restait généralement neutre.

—Nous ne pouvons pas nous permettre d'être divisés en ce moment, insista-t-elle. DarkRiver et SnowDancer s'engouffreront dans toutes les brèches.

—Avons-nous la certitude qu'ils vont mettre leur menace à exécution ?

La question venait de Tatiana Rika-Smythe, l'esprit le plus jeune dans la crypte.

—Nous avons tous reçu des morceaux d'Enrique après qu'ils l'eurent éliminé. Je pense que nous savons exactement comment les léopards et les loups vont réagir si nous essayons d'attenter à la vie de Sascha.

L'esprit d'Henry Scott n'était pas l'étoile d'un cardinal de naissance, mais il était tout de même extrêmement puissant. Avec les talents politiques hors pair de Shoshanna, le couple possédait les atouts nécessaires pour s'emparer des rênes du Conseil. Peut-être était-ce pourquoi Marshall était soudain si enclin à soutenir Nikita.

—Nous avons besoin d'un autre cardinal pour remplacer Enrique, déclara Ming LeBon.

Sa voix mentale était aussi froidement mortelle que sa présence physique l'aurait été s'ils l'avaient rencontré en chair et en os. Spécialiste du combat psychique, il excellait aussi dans les disciplines humaines du karaté et du jujitsu.

—Quelqu'un d'un rang plus faible ne conviendrait pas. Enrique était opérateur, et c'était principalement lui qui maintenait le Gardien du Net sous contrôle.

Personne ne le contredit ; les faits étaient là. Le Gardien du Net, l'entité qui exerçait les fonctions de policier et d'archiviste du PsiNet, avait tendance à adopter de temps à autre, de manière totalement imprévisible, un comportement absolument erratique. Au cours des six dernières générations, les Conseillers avaient dû se relayer pour le surveiller. Deux types de Psis en particulier semblaient apprécier la tâche.

— L'accès d'Enrique au Gardien du Net lui a aussi permis de nous cacher son esprit défectueux, rappela Henry.

L'étoile de Ming demeura parfaitement calme.

— C'était inévitable. Malgré toutes nos recherches, nous ne pouvons pas prévoir sur quels individus le conditionnement échouera.

— La plupart des cardinaux du Net seraient incapables d'assumer les fonctions de Conseiller, déclara Nikita.

Ils étaient trop cérébraux, et n'avaient pas la moindre idée du pragmatisme impitoyable nécessaire pour maintenir les Psis au sommet de la chaîne alimentaire.

— Pensais-tu à quelqu'un en particulier, Ming ? s'enquit Marshall.

— Faith NightStar.

Nikita se tut un moment tandis qu'elle cherchait les fichiers de renseignements élémentaires sur la cardinale.

— Une C-Psi ? Je sais que les C et les Tk sont les meilleurs pour contrôler le Gardien du Net, mais les C-Psis sont... instables.

— Plus de quatre-vingt-quinze pour cent d'entre eux sont internés avant leurs quarante ans, ajouta Shoshanna. Faith NightStar ne fera pas l'affaire.

— Je ne suis pas d'accord. Elle possède un esprit aussi puissant qu'Enrique, et elle nous fournit des prédictions de la plus haute exactitude depuis ses trois ans. Aucun autre clairvoyant ne s'est montré aussi productif ou aussi fiable qu'elle. Depuis le début de sa vie, elle n'a pas présenté le moindre symptôme de détérioration mentale et, comme c'est une C-Psi cardinale, elle a été surveillée avec la plus grande attention.

—Ming a raison, intervint Marshall. Faith pourrait bien constituer l'option la plus sûre pour succéder à Enrique. Au moins, nous savons qu'elle n'est pas encore devenue psychotique, et la surveillance dont elle continuera à avoir besoin lorsqu'elle effectuera des prédictions en tant que Conseillère garantira qu'aucun changement ne passe inaperçu.

—Quel que soit notre choix, nous devons désigner un successeur sans tarder. (La voix psychique de Ming était résolue.) J'ai préparé un dossier détaillé sur Faith NightStar.

Il leur montra une étagère mentale dans la Chambre du Conseil.

—L'un d'entre vous souhaite-t-il proposer un autre candidat ?

—Kaleb Krychek, répondit Shoshanna. C'est un cardinal Tk, et il fait déjà partie des collaborateurs du Conseil. Je mets les fichiers le concernant à côté de ceux sur Faith. Vous remarquerez qu'on raconte que sa maîtrise de son don de télékinésie est impressionnante.

—Kaleb est plus jeune que moi, déclara Tatiana, et il domine déjà ses pairs. Pour cette raison, je dirais qu'il constitue un meilleur choix que Faith : non seulement elle est très jeune, même comparée à Kaleb et à moi, mais en plus elle a été isolée. Elle ne saura pas survivre à cette fonction.

—Je ne suis pas d'accord. (Nikita n'était pas convaincue que la candidature de Faith soit préférable, mais elle était *certaine* de la menace que Krychek représentait.) Malgré sa jeunesse, Kaleb s'est élevé jusqu'au sommet. Cela révèle une détermination confinant à l'acharnement, qui pourrait le prédisposer au même type de tendances sociopathes qu'Enrique.

—Nous avons tous plus ou moins soif de pouvoir, rétorqua Tatiana. Cependant, dans ce cas précis, je partage

31

ton avis : un Conseiller moins agressif nous permettrait de rassurer les masses.

— Le candidat retenu devra aussi être assez puissant pour pouvoir durer. (Shoshanna de nouveau.) Si nous usons deux Conseillers en très peu de temps, cela risque de réduire tous nos efforts à néant.

— Shoshanna a raison. (Plus rien dans le ton de Marshall ne trahissait qu'il la soutenait.) Étudiez les dossiers. Nous nous réunirons demain et définirons un calendrier afin de rencontrer Faith et Kaleb pour des entretiens d'évaluation. À moins que l'un d'entre vous désire proposer un troisième nom ?

— Je n'ai personne à proposer, mais je souhaiterais attirer votre attention sur un point que nous devrions garder en tête. (L'esprit de Shoshanna était éblouissant de puissance.) Aucun M-Psi n'a siégé au Conseil depuis deux générations. Peut-être devrions-nous y remédier. Cela pourrait nous éviter d'accueillir un nouvel Enrique parmi nous à notre insu.

Pour une fois, Nikita partageait l'avis de sa rivale.

— L'autre option consisterait à imposer à l'ensemble du Conseil des examens médicaux conduits par les M-Psis.

— Ce serait bien plus confidentiel si le médecin était l'un d'entre nous.

Henry.

— Mais cela donnerait aussi trop de pouvoir à ce Conseiller par rapport à nous autres.

Nikita n'aimait guère l'idée que l'un de ses collègues sache tout de son corps ou de son esprit.

— Je suis d'accord. (Tatiana Rika-Smythe.) Nous devrions songer à intégrer un M-Psi, mais en tant que représentant de ce don, pas pour s'occuper de nous.

— Et pour le Gardien du Net ? Les C et les Tk sont les deux spécialités les plus douées pour canaliser son énergie, souligna Henry.

— Nous pourrons nous préoccuper de cette question dans les étapes finales de l'évaluation. (Ming, le plus silencieux des six Conseillers et celui que Nikita connaissait le moins.) Pas d'autres suggestions ?

Marshall répondit, mais un peu hors sujet :

— Quel dommage que nous ayons perdu Sienna Lauren. Elle paraissait avoir un grand potentiel.

— En effet, c'est fâcheux, acquiesça Ming. J'envisageais de la prendre comme élève.

Ce qui pouvait seulement signifier, présuma Nikita, que Sienna Lauren était née avec les dons pour le combat mental qui rendaient Ming si dangereux.

— Étant donné la propension de la famille Lauren à s'affranchir du conditionnement, la rééducation était la seule solution. Ils seraient toujours en vie s'ils n'avaient pas tenté d'échapper à notre jugement.

— Bien sûr, acquiesça Ming.

— Concernant les M-Psis, poursuivit Nikita, Gia Khan, en Inde, a déjà prouvé qu'elle pouvait apporter au Conseil un concours précieux.

Une petite pause tandis que les autres scannaient les fichiers préliminaires sur Khan.

— Elle pourrait convenir. Ajoutons-la à la liste des candidats, avec Kaleb et Faith.

Marshall.

— Quid des aspirants ? L'un d'eux mérite-t-il notre attention ?

Shoshanna.

— Non. Quelques-uns d'entre eux pensent être assez puissants mais, s'ils l'étaient réellement, l'un d'entre nous serait mort à l'heure qu'il est.

Tatiana savait de quoi elle parlait : elle avait gravi les dernières marches qui la séparaient du Conseil lorsque le Conseiller qui avait occupé son poste avant elle, Michael Bonneau, avait eu un « accident » malencontreux alors qu'il était seul chez lui en compagnie de son assistante la plus brillante... Tatiana.

— Alors c'est entendu : Kaleb Krychek, Gia Khan ou Faith NightStar.

CHAPITRE 3

Faith n'était jamais sortie seule du complexe. On l'y avait placée vingt et un ans plus tôt en lui expliquant que son esprit ne pouvait pas survivre dans le monde extérieur, que si elle vivait trop près d'autres êtres les visions seraient trop intenses, trop brutales. Elle n'avait eu aucune raison d'en douter et, au fil des années, sa maison était devenue une prison qu'elle acceptait de bon cœur, un lieu qu'elle ne quittait que rarement.

Pourtant, aujourd'hui, elle allait sortir en direction de l'inconnu. Son esprit conscient avait finalement saisi ce à quoi son inconscient la préparait depuis des mois : une quête de réponses. Et elle savait que, pour les trouver, elle devait parler à quelqu'un qui n'appartenait ni au Conseil Psi ni à NightStar. Les deux structures protégeaient leurs propres intérêts avant tout, et refuseraient de lui fournir l'information dont elle avait le plus besoin : ces visions sinistres étaient-elles les premières manifestations d'une folie inéluctable ou, bien plus traîtresses encore, indiquaient-elles l'éveil d'une facette de son don qu'elle n'avait aucune envie d'affronter ?

Même si elle vivait presque complètement isolée, elle disposait de toutes les données nécessaires pour entreprendre ce voyage. On ne pouvait pas empêcher les rumeurs du monde réel d'agiter le PsiNet ; les commérages parvenaient à contourner les barrières les plus infranchissables. C'est ainsi que Faith avait entendu parler d'une Psi qui s'était déconnectée.

Sascha Duncan.

Le Conseil avait affirmé que celle-ci était une cardinale défectueuse, trop faible pour supporter la connexion au Net, une connexion qui fournissait aux Psis l'énergie psychique sans laquelle ils ne pouvaient survivre. Et pourtant Sascha était toujours en vie. La Psi rebelle n'aurait rien à gagner à mentir, rien à perdre à lui révéler toute la vérité. Faith ne voyait personne d'autre : ils étaient tous reliés au PsiNet, et par conséquent pouvaient la trahir, que ce soit délibérément ou par accident. Sascha était la seule. C'était logique.

Faith évitait de songer au rêve qu'elle avait fait quelques semaines plus tôt, dans lequel elle avait aperçu un léopard qui la dévisageait avec un appétit féroce. Elle préférait ne pas essayer de comprendre ce que son don tentait de lui dire. Parce que parfois c'était une malédiction d'en savoir trop.

Quitter le complexe serait difficile, mais pas impossible. Les gardes du clan voulaient avant tout empêcher quiconque de s'introduire dans l'enceinte. Personne ne s'était jamais imaginé que Faith se lancerait dans une tentative d'évasion. Prenant une profonde inspiration, elle passa le petit sac à dos sur son épaule puis, calmement, elle ouvrit la porte de derrière et sortit dans la nuit.

Elle savait exactement où elle allait. Une portion étroite de la grille extérieure n'était pas couverte par les détecteurs de mouvements ni par les caméras qui balayaient la zone. Les responsables de NightStar Sécurité n'avaient sans doute même pas pensé que cela constituait un point faible. Aucun criminel ne parviendrait jamais à découvrir la localisation exacte de l'angle mort, et les gardes garantissaient que cette partie du périmètre était sous surveillance pratiquement constante, d'autant que bon nombre d'entre eux étaient capables d'effectuer des scans non seulement visuels, mais aussi télépathiques.

L'ennui et l'isolement avaient développé la créativité de Faith, et elle avait compris depuis des années comment se faufiler entre les mailles du filet. Plus important encore, elle était certaine de pouvoir escalader le grillage dans le court laps de temps entre le moment où un garde disparaissait derrière le coin du bâtiment et l'apparition du suivant. Elle le savait, car deux mois plus tôt, elle avait soudain commencé à venir à cet emplacement la nuit et à s'exercer très précisément à cela, passant par-dessus la clôture puis retournant dans le complexe sans alerter personne.

Elle avait pensé qu'elle agissait ainsi car elle avait besoin de stimulation. Bien sûr, pour une C-Psi de sa puissance, rien n'était jamais si évident. Elle mit dix minutes à parcourir la distance qui séparait la porte de derrière de la section de la grille extérieure qui l'intéressait ; la clôture intérieure ne lui avait jamais véritablement posé de problèmes. Sur sa droite, elle repéra la silhouette d'un garde. L'un de ses collègues le suivrait dix secondes plus tard, avec une précision toute Psi. Avec des gestes sûrs, elle commença à grimper en silence.

Vaughn se ramassa sur une grosse branche surplombant le complexe qui continuait à le fasciner. Il avait pensé s'y introduire ce soir-là afin de découvrir ce qui se cachait derrière les dispositifs de sécurité computroniques et les gardes Psis, mais ce n'était plus nécessaire : sa proie venait à sa rencontre.

Malgré l'obscurité, les cheveux de l'inconnue, qui lui arrivaient à la taille, chatoyaient telle une flamme rousse, et une part de Vaughn voulait gronder : comment pouvait-elle être assez stupide pour ne pas emprisonner cette crinière ? Mais une autre partie de lui était impressionnée par la rapidité presque féline avec laquelle elle escaladait le grillage. Elle n'hésitait pas et regardait droit devant elle. On aurait dit qu'elle avait effectué ces mouvements des centaines de fois.

Après avoir atterri du côté de la forêt, elle se dirigea immédiatement vers les arbres, laissant la clôture derrière elle, et ne s'arrêta que lorsqu'elle fut hors de vue du garde qui débouchait à présent de l'angle. À pas feutrés, Vaughn se déplaça d'arbre en arbre, et s'immobilisa presque à sa verticale tandis qu'elle sortait quelque chose de son sac.

La faible lumière de la montre de l'inconnue éclaira bientôt une feuille qu'elle avait manifestement imprimée elle-même, et qui représentait les environs : une carte rudimentaire qui ne montrait rien des itinéraires des changelings ni du découpage des différents territoires. Au bout d'une minute, elle replia le papier et le rangea avant de reprendre sa marche. Sous sa forme humaine, il aurait grimacé : elle s'enfonçait plus profondément dans les terres des DarkRiver, au lieu de partir en direction du lac Tahoe.

À pied, elle n'irait pas très loin, mais quelque chose chez elle donnait la chair de poule à Vaughn. En tant que sentinelle, il avait l'habitude d'écouter son instinct et, cette fois, celui-ci lui disait qu'il ne devait pas lâcher cette femme des yeux. Pas même une seconde.

Faith avait l'impression qu'on la suivait. Une réaction irrationnelle : elle était seule dans la forêt. Mais si tout se déroulait comme prévu, cela ne durerait pas. Elle ne connaissait pas le lieu exact de la maison de Sascha Duncan ; cependant, elle avait songé que, si elle s'aventurait assez loin en territoire léopard, l'un d'eux la trouverait et l'emmènerait où elle avait besoin d'aller. Un plan léger, mais, d'après ce qu'elle avait lu sur l'instinct territorial des changelings prédateurs, elle avait de bonnes chances de réussir. Se rendre au siège social de DarkRiver à San Francisco aurait été bien plus simple, mais elle ne pouvait courir le risque d'être vue.

Tous les Psis avaient reçu interdiction d'avoir le moindre contact avec Sascha Duncan après sa déconnexion du Net. S'approcher d'elle sans une autorisation du Conseil était synonyme d'une condamnation automatique à la « rééducation » ; un terme euphémique pour la purge psychique totale qui détruisait la personnalité et les talents mentaux supérieurs du Psi puni. Faith était assez consciente de sa propre valeur pour comprendre qu'elle échapperait à ce sort, mais elle ne voulait pas que quiconque soit au courant de ses actions. La partie d'elle-même qui *savait* que tout ceci devait rester secret savait également qu'elle trouverait une voiture non verrouillée sur une route qui traversait la forêt non loin du complexe.

Et le véhicule était bien là. Faith ouvrit la portière et se glissa à l'intérieur. Se penchant en avant, elle souleva le tableau de bord afin de court-circuiter la sécurité computronique. Son don ne lui avait pas dit qu'elle aurait besoin de cette compétence ; c'était simplement un passe-temps, une activité qui occupait son esprit pendant les heures de solitude. Mais, avec la pratique, elle était désormais capable de prendre le contrôle de la plupart des équipements computroniques en quelques instants.

Cinq secondes, et la voiture était sienne. Se remémorant les leçons de conduite qu'on lui avait données pour qu'elle puisse se débrouiller en cas d'urgence, elle orienta le véhicule dans la direction dans laquelle elle souhaitait partir et appuya sur l'accélérateur. Elle avait moins de trois jours pour trouver les réponses à ses questions. Si elle n'était pas de retour dans le complexe d'ici là, tout le monde se lancerait à sa recherche. Ils s'empareraient peut-être même de cette excuse pour essayer de forcer ses boucliers mentaux.

Après tout, elle valait des milliards.

L'homme en Vaughn avait envie de jurer, mais l'animal se contenta d'agir, courant parallèlement au véhicule pendant presque cent mètres avant de bifurquer dans une autre direction. Le repaire de Lucas était encore à plus d'une heure en voiture, mais Vaughn ne voulait pas prendre le moindre risque. Bon sang! pourquoi une Psi s'aventurerait-elle aussi loin en territoire DarkRiver, mis à part pour entrer en contact avec Sascha? Et il savait que la rousse était Psi: il avait vu ses yeux.

Deux éclats de ciel nocturne: une toile intégralement noire sur laquelle dansaient des étoiles blanches.

Le temps que Vaughn parvienne à destination, son cœur puissant battait avec violence. Il s'avança au milieu de la route et s'immobilisa, à l'affût. Non seulement il était bien trop rapide pour risquer d'être écrasé, mais la plupart des Psis seraient si perturbés à la vue d'un jaguar en liberté qu'ils ne pourraient rien faire d'autre que s'arrêter. Ils avaient beau avoir essayé d'éliminer leurs émotions, certaines réactions venaient du plus profond de leur être, et ne pouvaient être contrôlées. Quoi que les Psis en pensent.

La voiture passa l'angle. Les phares éclairaient la chaussée, mais cela gênait à peine la vision nocturne de Vaughn. Il observa l'intruse. Observa, et attendit.

Les yeux luisants d'un prédateur surgirent des ténèbres. Prise au dépourvu, Faith freina brusquement et, après quelques embardées, le véhicule s'immobilisa. L'énorme fauve face à elle ne broncha pas, ne réagit pas comme un animal aurait dû réagir. Malgré le temps passé à se préparer, elle n'était pas prête à affronter la réalité crue d'une rencontre nez à nez avec un vrai léopard, en chair et en os devant la voiture. Elle resta assise, les mains crispées sur le volant.

En voyant qu'elle ne remuait pas davantage, le félin parut s'impatienter. Avançant jusqu'au véhicule, il sauta sur le capot, et Faith dut user de tout son sang-froid pour ne pas crier. Il était gros. Et lourd. Le métal se déformait lentement sous ses griffes puissantes. Puis l'animal fit claquer ses mâchoires, les yeux rivés sur elle à travers le pare-brise.

Il voulait qu'elle sorte.

Faith comprenait, sans l'ombre d'un doute, que la bête n'allait pas la laisser poursuivre sa route. Même si elle n'avait jamais rencontré de changeling, toutes les fibres de son être lui disaient qu'elle se trouvait en la présence très réelle de l'un d'eux.

Et si elle se trompait ?

Ne voyant aucune autre ligne de conduite logique, elle coupa le moteur, empoigna son sac à dos et ouvrit la portière. Le félin atterrit devant elle et elle se figea à côté du véhicule, soudain consciente qu'elle ignorait tout du protocole régissant le contact interespèces. Personne ne lui avait jamais enseigné comment parler aux changelings. Elle ne savait même pas s'ils communiquaient comme les autres espèces intelligentes.

— Bonjour ? essaya-t-elle.

L'animal se pressa contre ses jambes, l'éloignant de la voiture jusqu'à ce qu'elle se tienne debout sur la route, seule dans l'obscurité, tandis que l'énorme créature capable d'infliger la mort d'une unique morsure allait et venait autour d'elle.

— *Bonjour.*

Avec prudence, elle avait envoyé une requête mentale extrêmement polie, ce qui était considéré comme acceptable en cas de force majeure.

Il leva la tête et gronda dans sa direction. Même dans les ténèbres qui enveloppaient le monde, ses dents étincelaient. Elle interrompit immédiatement le contact. Le félin comprenait ce qu'elle était en train de faire, et n'appréciait pas qu'elle essaie de toucher son esprit. Quelqu'un lui avait enseigné à ériger des boucliers en plus de ses barrières naturelles. Et une seule personne avait pu s'en charger.

— Est-ce que tu connais Sascha ?

Cette fois, les crocs qu'il lui montra lui donnèrent envie de reculer, mais elle se retint. Elle était Psi ; elle ne ressentait pas la peur. Cependant, tout le monde possédait un instinct de survie, et le sien lui demandait à présent ce qu'elle ferait si les félins refusaient que quiconque approche leur Psi. La réponse était qu'elle devait poursuivre ; elle n'avait aucune autre option.

— J'ai besoin de parler à Sascha, expliqua-t-elle. J'ai très peu de temps. Mène-moi jusqu'à elle, s'il te plaît.

La bête gronda de nouveau, et Faith en eut la chair de poule, une réaction qu'elle aurait habituellement été capable de maîtriser. Le son avait quelque chose de très agressif ; cet animal serait prêt à tout pour défendre son territoire. Puis il s'éloigna de quelques pas et se retourna pour la regarder. Surprise que ce soit si facile, Faith le suivit. Au lieu d'avancer sur l'asphalte, le félin la guida à travers la forêt, s'y enfonçant suffisamment pour qu'ils ne soient plus visibles de la route. Au bout d'un moment, il marqua un arbre de ses griffes.

Elle ne réagit pas, jusqu'à ce qu'il la pousse avec assez de violence pour que ses jambes se dérobent sous elle.

— D'accord, j'ai compris. Je vais attendre ici.

Des mâchoires puissantes se refermèrent sur son poignet. Elle se figea. Il ne lui faisait pas mal, mais elle sentait sa force. Une pression de ces dents et elle perdrait sa main.

— Quoi ? Que veux-tu ?

Elle lutta contre le besoin d'entrer en contact avec lui mentalement pour lui parler d'une façon qui était normale, familière pour elle. Les canines de la bête raclèrent sa montre.

— D'accord.

Elle attendit qu'il la relâche, et il prit tout son temps ; ce félin était indéniablement un mâle. Leurs regards se croisèrent, et elle vit l'esprit acéré, la force et la furie. Dangereux, sauvage, il était aussi la chose la plus exotique qu'elle ait jamais observée. Elle eut le plus grand mal à résister à l'envie de passer les mains dans la fourrure si proche. Mais elle savait que cette bête ne lui permettrait jamais de la toucher ainsi, juste pour découvrir une sensation inconnue.

Finalement, il desserra les mâchoires. Elle retira sa montre et il prit celle-ci entre ses dents. Puis il disparut, si vite qu'elle ne distingua qu'un mouvement flou. De nouveau seule, elle frissonna dans la fraîcheur de la nuit et serra les bras sur son sac. Le léopard allait-il revenir ? Et si quelqu'un d'autre la trouvait là ? L'idée de se retrouver encerclée par des félins comme celui qu'elle venait de rencontrer lui fit reconsidérer la logique de ses actes. Les changelings étaient l'exact opposé des Psis ; par conséquent, les règles sur lesquelles elle s'était fondée au cours de ses préparatifs ne s'appliquaient pas.

Le dos plaqué contre l'arbre, Faith attendit. Elle n'avait pas d'autre choix.

Vêtu d'un simple jean délavé, Vaughn sortit de la chambre et pénétra dans le salon du repaire. Il tenait *sa* montre.

— Elle ne contient pas d'émetteur.

Lucas fronça les sourcils et tendit la main pour s'emparer du fin bracelet métallique. Vaughn éprouva le besoin irrationnel de ne pas le partager, un accès de possessivité si inhabituel que cela l'effraya. Il remit l'objet à son chef de meute.

—Laissez-moi voir. (Debout à côté de son compagnon, Sascha examinait l'objet.) Pour une montre Psi, elle paraît assez ordinaire. (Elle la prit à Lucas et en observa le dos.) Pas d'armoiries familiales.

—Je me suis dit que tu parviendrais peut-être à percevoir quelque chose en la touchant.

Sascha secoua la tête.

—Mon don de psychométrie se développe, mais cette montre est trop froide. Je pense qu'elle ne revêt pas une grande valeur émotionnelle pour ta Psi.

Ils étaient tous trois conscients de l'étrangeté de la remarque : pour les Psis, rien n'avait de valeur émotionnelle.

—Tu as mentionné qu'elle était sortie de ce complexe près du lac Tahoe, celui à propos duquel tu te posais des questions l'autre jour ?

—Elle a escaladé le grillage comme si elle voulait que personne ne l'aperçoive.

Il récupéra la montre et la rangea dans sa poche. Là où personne ne pourrait la toucher.

—Je croyais que vous autres Psis n'étiez pas très portés sur l'exercice physique, fit remarquer Lucas.

Ses mots contenaient une once de taquinerie sensuelle qui fit l'effet d'un coup de couteau à Vaughn, alors que jamais auparavant la sexualité expansive des couples de la meute ne l'avait affecté.

—Tu veux qu'on en reparle ce soir, hein ? (Sascha appuya son dos contre la poitrine de son compagnon.) Mais c'est étonnant, tu as raison. Paraissait-elle à son aise ?

—Un vrai petit écureuil ! Eh oui : c'est une rouquine.

Jamais encore il n'avait vu des cheveux aussi profondément roux, aussi richement soyeux. Le jaguar en lui avait voulu jouer avec, tandis que l'homme avait eu envie de faire des choses beaucoup plus intimes.

— Plus sérieusement, elle était aussi agile qu'un félin. (Dans la bouche de Vaughn, c'était le plus beau des compliments.) Comme si elle avait l'habitude.

— Étrange. Et elle a dit qu'elle souhaitait me rencontrer ?

— Oui.

Vaughn n'allait sûrement pas emmener Sascha dans les bois, et il savait que Lucas ne le permettrait pas non plus. Les Psis n'étaient pas dignes de confiance. Même pas une jolie Psi rousse à la peau aussi veloutée que de la crème.

Les yeux de firmament de Sascha se perdirent dans le vague un instant.

— D'autres signes distinctifs ?

— Oui : des yeux de cardinale.

Sascha se raidit.

— C'est impossible.

Elle se mit à arpenter le salon sous le regard des deux mâles. Vaughn ressentait la possessivité de Lucas comme une présence physique entre eux et, pour la première fois, il aperçut brièvement la source de cette émotion.

— Qu'y a-t-il, Sascha ?

Lucas l'attrapa par la taille quand elle passa à côté de lui. Elle se laissa aller contre son compagnon.

— Je peux me tromper mais, dans cette région, une famille Psi en particulier est connue pour ses cheveux roux : ce gène récessif est exceptionnellement commun chez les NightStar.

En cet instant, Sascha paraissait incroyablement Psi. Il fallait s'y attendre : elle n'était féline que depuis quelques mois. Cela prendrait du temps.

— « Les NightStar » ?

Lucas jouait avec les cheveux de sa compagne.

— Un groupe de familles, parentes entre elles, et qui se sont rassemblées sous l'étendard du clan NightStar.

45

— Tu as mentionné que les clans étaient utilisés par les C-Psis.

Vaughn croisa les bras. Ses doigts le démangeaient du désir de découvrir ce qu'il éprouverait en les promenant dans la chevelure flamboyante de la femme qui avait escaladé ce grillage avec l'agilité d'un félin.

Sascha hocha la tête.

— La famille NightStar a donné naissance à plusieurs d'entre eux. Ils sont rares, mais NightStar en a toujours eu au moins un par génération. Certains faibles, d'autres puissants. Je n'ai entendu parler que d'une cardinale dans cette région : Faith NightStar.

Faith.

Vaughn essaya le nom, en apprécia la sensation sur sa langue ; il paraissait couler de source.

— Elle porte le même nom que son clan ?

— Oui. Je ne sais pas trop pourquoi, mais ils sont organisés comme ça. Chacun représente le clan dans son entier, plutôt que sa propre famille. (Elle se mordit la lèvre.) Des yeux de cardinale et des cheveux roux, plus son isolement… cela pourrait être Faith. Mais je ne connais pas tous les Psis qui résident dans les environs.

— Tu ne l'as jamais rencontrée ?

Cette fois, la question venait de Lucas.

— Non. Les C-Psis sont comme des ombres. On les voit rarement. Même ceux de faible puissance sont considérés comme trop importants pour qu'on les laisse sans protection.

— Pourquoi une C-Psi voudrait-elle te parler ? (Lucas se tourna vers Vaughn.) C'est tout ce qu'elle a dit ?

— Oui. Mais elle attend depuis plus d'une heure et demie, si elle est toujours là où je l'ai laissée. (Et, pour une raison qu'il ignorait, cela rendait Vaughn nerveux.) Nous devons faire quelque chose.

— Je veux m'entretenir avec elle, déclara Sascha.

— Sûrement pas.

— Non.

Les deux hommes avaient parlé en même temps, Lucas avec l'instinct protecteur d'un compagnon, Vaughn avec celui d'une sentinelle. Sascha leva les yeux au ciel et secoua la tête.

— Vous n'avez toujours pas compris, hein ? Je ne laisserai personne décider à ma place.

Lucas se renfrogna.

— Aucun de vous deux ne sait comment communiquer avec elle, comment lui poser les questions qui doivent être posées. Vaughn l'a sûrement terrifiée, de toute manière… Nous aurons de la chance si nous parvenons à en tirer un seul mot.

Elle tourna ses yeux de firmament vers lui.

— Les Psis ne ressentent pas la peur.

Il se rappela la sensation de son délicat poignet sous ses crocs.

— Elle est beaucoup plus petite que toi.

Et, malgré sa haute stature, l'empathe était déjà fragile par rapport aux changelings.

Sascha hocha la tête.

— Oui, cela ne m'étonne pas si c'est réellement une C-Psi. Allons-y. Et inutile de chercher à m'en dissuader.

Lucas grogna faiblement. Vaughn quitta prudemment la pièce et sortit sur la plate-forme, en profitant pour enlever son jean – la montre était toujours rangée en sécurité dans la poche – et se métamorphoser. Puis il patienta jusqu'à ce que Lucas et Sascha sortent à leur tour.

— Pars en reconnaissance. Sascha et moi serons derrière toi, dans la voiture. (Lucas n'avait pas l'air ravi, et Vaughn ne pouvait pas le lui reprocher.) Si tu flaires *quoi que ce soit*, préviens Sascha.

Vaughn hocha la tête. La Psi était désormais reliée aux sentinelles grâce à la Toile céleste, un réseau mental avec lequel Vaughn n'était pas complètement à l'aise, mais qui avait son utilité. Même s'ils ne pouvaient pas communiquer par télépathie, ils pouvaient s'envoyer des émotions, des sensations. Rien que cela distinguait suffisamment la Toile du PsiNet pour apaiser les instincts les plus agressifs du jaguar.

Avec un nouveau signe de tête, il quitta la plate-forme d'un bond, et sentit la caresse rafraîchissante de l'air nocturne sur sa fourrure. Puis la terre souple sous ses coussinets. Il se mit à courir.

Chapitre 4

F aith ignorait combien de temps s'était écoulé depuis que le félin avait emporté sa montre. Mais elle estimait que cela faisait au moins deux heures, voire trois. Et s'il ne comptait pas revenir ? Elle prit une profonde inspiration et s'ordonna de se concentrer. S'il ne revenait pas, elle retournerait à la voiture et continuerait sa route. Puis elle songea que, si le félin était assez intelligent pour avoir arrêté le véhicule, il l'était sans doute aussi pour l'avoir mis hors service.

Elle entendit un bruissement sur sa droite et serra son sac encore plus fort mais, quand rien ne se produisit, elle se détendit. Si étrange que cela puisse paraître, même si elle se trouvait dans un lieu et dans une situation inconnus, elle était bien plus à l'aise qu'elle ne l'aurait été dans un environnement urbain. Les rares fois où elle s'était rendue en ville, elle en était sortie meurtrie mentalement, comme si elle avait été la cible d'attaques incessantes. Ces expériences avaient toujours fait ressembler sa maison davantage à un refuge qu'à une prison.

Elle tourna la tête pour inspecter de nouveau la zone, et sentit tous les muscles de son corps se tendre. Des yeux sauvages l'observaient avec calme. Si elle avait été humaine, elle se serait peut-être évanouie. Même étant Psi, elle dut mobiliser tout son sang-froid pour maîtriser sa réaction.

— Tu te déplaces de manière très silencieuse, fit-elle remarquer, terriblement consciente du danger mortel distant de quelques centimètres à peine. J'imagine que c'est l'un des avantages d'être un léopard.

Un grondement grave, à peine audible.

— Je ne comprends pas.

Qu'avait-elle dit pour mériter une réponse aussi agressive ?

Soudain, le félin partit en courant, et elle se retrouva de nouveau seule.

— Attends !

Mais il avait disparu. La logique voulait qu'elle se lève et commence à marcher. Tôt ou tard, elle croiserait un autre membre de DarkRiver. Laissant son sac par terre, elle se mit debout et avança de quelques pas dans la même direction que le léopard, dans l'espoir d'apercevoir un chemin.

Une main se referma sur son cou et un corps masculin puissant se plaqua contre son dos, aussi brûlant que le feu lui-même. Elle se figea. Il était peut-être humain en cet instant, mais elle savait au plus profond d'elle-même qu'il était toujours le prédateur qui lui avait adressé ce grondement quelques secondes plus tôt. La paume sur sa nuque ne lui causait pas la moindre douleur, mais elle en sentait la force, et comprenait que l'homme serait capable de lui broyer la trachée d'une simple pression.

— Je ne suis *pas* un léopard, lâcha-t-il à son oreille, et le son était si râpeux, presque animal, qu'elle se demanda s'il s'était complètement métamorphosé.

— Oh !

Elle n'était pas surprise de son erreur ; elle ignorait tout des changelings. Leurs chemins ne s'étaient jamais croisés.

— Je suis désolée de t'avoir offensé.

— Tu n'es pas curieuse de savoir ce que je suis ?

— Si. (Elle souhaitait aussi découvrir son visage humain.) Puis-je me retourner ?

Le rire étouffé vibra tout le long de son corps, réclamant toute son attention.

— Il ne fait pas si noir, mon petit écureuil… et je n'ai pas emporté de vêtements.

Le cerveau de Faith mit quelques instants à analyser ce commentaire. Quand elle comprit ce qu'il avait voulu dire, elle devint encore plus consciente de la chaleur pure dégagée par la silhouette immobile juste derrière elle. La partie d'elle-même qui avait soif de nouvelles expériences souhaitait se tourner, mais elle savait que ce serait de la folie. Cet homme n'aurait sûrement pas la patience de satisfaire sa curiosité intellectuelle. Il avait failli lui arracher la tête simplement parce qu'elle s'était trompée d'espèce en le qualifiant de léopard.

— Lâche-moi, s'il te plaît.

— Non.

Cette réponse catégorique la surprit. Personne ne lui disait « non » ; pas comme ça. Ils essayaient toujours de formuler leurs refus en des termes plus diplomatiques. Grâce à ce traitement, elle s'était toujours montrée coopérative et rationnelle mais, à présent, elle s'apercevait qu'elle ne disposait pas des outils qui lui auraient permis d'affronter la réalité cruelle d'un monde dans lequel tous ne suivaient pas les règles usuelles de la vie en société.

— Pourquoi ?

— Pourquoi pas ?

Elle leva le bras et tira sur la main de l'homme pour se dégager. Il ne bougea pas. Le message était clair. Il ne lui ferait pas de mal, mais il ne la lâcherait pas non plus.

— Si tu n'es pas un léopard, reprit-elle, décidant d'essayer d'avoir une conversation civilisée avec lui, alors qu'es-tu ? Tu es sur les terres de DarkRiver et, d'après mes informations, il s'agit d'une meute de léopards.

—En effet.

Du pouce, il la caressait distraitement. Elle étouffa la réaction physique avant même que celle-ci se manifeste. Si son corps ressentait des sensations, bientôt son esprit voudrait ressentir des émotions, et cela était inacceptable.

—Tu n'appartiens pas à DarkRiver?

Avait-elle été induite en erreur? S'était-elle trompée de félin?

—Je n'ai pas dit ça.

—Pourquoi refuses-tu de répondre à mes questions?

—Comment puis-je savoir que tu n'es pas une espionne ou une tueuse?

Elle ne pouvait nier la logique de son raisonnement.

—Je veux seulement parler à Sascha, et je partirai. Si le Conseil découvrait ma présence ici, il m'infligerait une punition sévère.

—C'est ce que tu prétends.

Elle s'aperçut qu'il sentait la terre et la forêt, et dégageait une sorte d'énergie animale inconnue. Inconnue, mais pas déplaisante. Si elle avait éprouvé de telles émotions, elle aurait peut-être même admis qu'elle… appréciait son odeur.

—Un jaguar, s'exclama-t-elle à l'instant où la pensée fusait dans son cerveau. *Panthera onca.*

Il lui caressa la nuque.

—Très bien.

—Il y a environ deux mois, j'ai lu un ouvrage sur les différentes espèces félines. (À l'époque, elle avait songé que ce choix était étrange, mais avait pourtant ressenti le besoin de terminer le livre.) Tu ne peux pas me reprocher de ne pas avoir su immédiatement. Les léopards et les jaguars ont des taches très similaires.

—Je peux te reprocher tout ce que je veux.

Elle commençait à se sentir comme une proie acculée par un fauve.

— Laisse-moi partir.

— Non.

Alors qu'elle envisageait presque de tenter une manœuvre psychique, bien qu'on ne lui ait jamais enseigné l'art de l'attaque, elle entendit le ronronnement d'un véhicule.

— Sascha ?

— Peut-être.

— Merci.

— Ne me remercie pas. Si tu essaies quoi que ce soit, je te tuerai.

Elle le crut.

— Peut-être que tu devrais me lâcher, maintenant, et te retransformer en jaguar.

— Pourquoi ?

— Tu es nu.

— Ils m'apportent des vêtements. Et même s'ils ont oublié, ce n'est pas bien grave.

— Oh !

Faith scruta les arbres en face d'elle. Un autre mâle s'avança vers eux. Il était habillé de manière ordinaire – un jean et un tee-shirt blanc –, mais son visage portait des cicatrices primitives, comme s'il s'était engagé dans une lutte à mort avec une bête féroce et en était sorti vainqueur.

À présent, elle était piégée entre deux prédateurs prêts à la tuer.

Puis une forme féminine élancée apparut derrière le mâle. Ses yeux de firmament trahissaient son statut de cardinale.

— Bonjour.

— Tu es Sascha Duncan. (Faith serait allée à sa rencontre, mais le jaguar continuait à la tenir à la gorge.) Peux-tu lui ordonner de me lâcher ?

La femme grimaça.

— Personne ne peut forcer Vaughn à faire ce qu'il ne veut pas, mais je peux le lui demander. Vaughn ?

Levant une main, elle jeta un jean dans leur direction.

Un bras musclé se tendit derrière la tête de Faith. Le jaguar nommé Vaughn avait desserré son étreinte juste à temps pour attraper le vêtement. Elle jugea plus sage de ne pas bouger.

— Je m'appelle Faith NightStar, se présenta-t-elle.

Derrière elle, elle entendit Vaughn enfiler le pantalon.

Sascha essaya de s'approcher, mais l'homme qui l'accompagnait utilisait son dos pour l'empêcher d'avancer. Il ne quittait pas Faith du regard.

— Pourquoi es-tu ici ? questionna Sascha.

— J'ai besoin de te parler.

— Alors parle.

Cette fois, c'était le mâle balafré qui lui avait répondu. Faith savait qu'il devait s'agir du chef de la meute DarkRiver, l'individu avec qui Sascha Duncan avait formé un lien émotionnel. Faith n'arrivait pas à imaginer comment ; les yeux qui l'observaient n'avaient rien d'humain.

— Et attention à ce que tu racontes, murmura Vaughn à son oreille.

Il enroula un bras autour de ses épaules pour la maintenir contre lui. Cette fois, elle se débattit.

— Je ne peux pas supporter qu'on me touche à ce point, dit-elle abruptement. Tu devrais me lâcher, à moins que tu souhaites que j'aie une attaque.

Le contact physique affolait ses sens, et elle n'était pas capable de résister à l'intensité de la sensation. Les M-Psis l'avaient mise en garde contre ce danger à de nombreuses reprises. Après avoir vu des images d'autres C-Psis victimes de cette surcharge sensorielle, elle savait qu'elle ne voulait pas subir le même sort.

— Vaughn, elle ne risque pas de s'en prendre à moi alors que Lucas et toi êtes juste à côté.

Jamais Faith ne s'était sentie aussi désarmée car se retrouver ainsi menacée était inédit pour elle.

— Si elle tente quoi que ce soit au niveau psychique, je vous avertirai, poursuivit Sascha.

Après une légère hésitation, Vaughn abaissa son bras. Mais Faith sentait toujours sa présence derrière elle. L'envie de se retourner pour découvrir le visage du changeling était si forte qu'elle en venait à douter de sa capacité à survivre dans le monde extérieur. Elle en ressentait déjà les stimuli et cela lui inspirait des réactions qu'elle ne pouvait pas se permettre, pas si elle voulait rester saine d'esprit.

— De quoi souhaitais-tu me parler ?

Faith remarqua la façon dont Sascha avait placé sa main sur l'épaule du mâle DarkRiver nommé Lucas. Cela la choquait. La peau lui cuisait toujours là où Vaughn l'avait touchée ; elle ne pouvait imaginer comment Sascha supportait l'afflux considérable d'informations sensorielles. Mais, pour l'heure, cette pensée n'avait que peu d'importance.

— J'ai entendu dire que tu t'étais déconnectée du PsiNet, commença-t-elle.

— C'est exact.

— J'ai besoin de renseignements.

— Quel genre de renseignements ?

Faith jeta un coup d'œil à l'homme devant elle, mais elle comprit soudain que Vaughn était plus dangereux. Sascha était liée à Lucas, donc le chef de meute devait être relativement civilisé. Mais le jaguar dont le visage demeurait un mystère ? Rien qu'une bête sauvage.

— Pouvons-nous en parler seule à seule ?

Elle lança un ballon d'essai télépathique, une demande polie de contact mental.

—Stop.

Au même instant, Lucas se déplaça devant Sascha pour la cacher et Vaughn se rapprocha au point que sa chaleur corporelle menaçait de brûler Faith à travers ses vêtements.

—Tu n'as pas le droit d'accéder à l'esprit de Sascha.

Elle se tint immobile. Comment le changeling avait-il su ce qu'elle faisait ?

—Je suis désolée. Je ne voulais pas être impolie.

La communication télépathique était l'usage pour les siens. Et avec la vie qu'elle menait, elle s'était déjà exprimée plus à voix haute ce soir qu'au cours de toute la semaine précédente.

—Tout ce que tu as à dire, tu peux le dire devant nous, ou pas du tout, annonça Lucas.

Sascha parvint à repousser le chef de meute suffisamment pour pouvoir regarder Faith.

—Lucas est mon compagnon, et Vaughn un membre loyal de DarkRiver.

L'allégeance de la femme n'aurait pu être plus claire. Rien de ce que Faith avait appris sur le PsiNet ne l'avait préparée à ceci… ou au pouvoir considérable de Sascha Duncan. La cardinale rebelle n'était sûrement pas une Psi défectueuse incapable de rester connectée au Net. Faith était prête à parier sa vie là-dessus… et peut-être qu'elle devrait s'y résoudre.

—Si le Conseil découvre que je suis venue te trouver, ils m'emprisonneront pour de bon.

Et ensuite ils l'utiliseraient. Ils l'useraient jusqu'à ce qu'elle ne soit plus habitée que par la folie.

—Ils ne te condamneront pas à la rééducation ?

Un murmure caressant à son oreille.

—Non. Je suis trop précieuse.

Vaughn fut stupéfait de l'absence totale d'orgueil dans cette déclaration. Faith parlait d'elle-même comme d'une machine ou d'un investissement. Il contempla le sommet du crâne de la Psi et se demanda si son esprit était aussi inhumain que ses paroles, aussi glacial ? Son instinct lui soufflait le contraire ; il devinait quelque chose de plus, quelque chose de fascinant.

— On ne moucharde pas au Conseil, cracha Lucas. Maintenant, décide-toi ou débarrasse le plancher.

— Je crois que mon don est en train de se transformer.

Froide, claire, perturbante, sa voix ne sonnait pas juste. Elle semblait… incomplète.

— Je vois des choses. Des choses dérangeantes, violentes.

— Tes visions concernent-elles des événements en particulier ? questionna Sascha en s'appuyant contre Lucas.

— Jusqu'à avant-hier, je pensais que non.

Faith s'écarta légèrement.

Vaughn savait qu'elle tentait d'augmenter la distance entre eux, mais il n'était pas d'accord. Il se déplaça avec elle, et sentit la Psi se raidir. Mais elle ne lui adressa pas la parole, concentrée sur les explications qu'elle essayait de fournir à Sascha.

— Les rêves et les visions dont je parle ont un thème récurrent : la suffocation jusqu'à la mort. (Malgré l'horreur de ce qu'elle décrivait, sa voix ne fléchit pas.) Et puis, il y a deux jours, on m'a informée que ma sœur, Marine, avait été étranglée.

Vaughn sentit l'empathie que Sascha projetait en direction de Faith, mais celle-ci ne parut pas affectée. On aurait dit que Faith NightStar était enfermée dans une carapace si dense que rien ne pouvait y entrer… ou en sortir.

— Pourquoi venir me voir ?

Sascha finit par repousser son compagnon pour se tenir face à la Psi de Vaughn.

Faith se tortilla, mais sa voix demeura imperturbable.

— Tu es la seule Psi que je connais qui ne va pas me dénoncer immédiatement au Conseil.

La bête de Vaughn eut une réaction violente à l'isolement total que la confession de Faith révélait ; le jaguar ne pouvait comprendre ce niveau de solitude. Même si, par nature, il était un solitaire, il savait que les membres de la meute étaient prêts à sacrifier leur vie pour lui. Lucas n'hésiterait pas une seconde, pas plus que Clay ou n'importe laquelle des autres sentinelles. Même ces foutus loups le défendraient s'il n'était pas attaqué par l'un des leurs.

Sascha secoua la tête.

— Ce que j'ai à te dire risque de ne pas te plaire.

— Si j'avais voulu qu'on me mente, je serais allée trouver le Conseil ou mon clan.

Vaughn ressentit une bouffée de fierté inattendue. La femme devant lui était petite, mais forte.

— De combien de temps disposes-tu ?

— Je les ai informés hier que je serais indisponible pendant trois jours, mais je crois que leur patience s'épuisera avant. Je dois rentrer au complexe demain soir, au plus tard.

Sascha regarda par-dessus son épaule. Lucas grimaça à sa question silencieuse, mais il adressa un signe de tête à Vaughn.

— Une idée ?

— La vieille cabane.

Elle était située assez loin des membres vulnérables de la meute, et suffisamment bien dissimulée pour qu'ils y soient tranquilles.

—Nous allons devoir lui bander les yeux. Sascha s'assurera qu'elle n'essaie pas de nous jouer un de ses tours de Psi.

—Ne parle pas de moi comme si je n'étais pas juste devant toi.

Le ton était calme, mais Vaughn se demanda ce qui l'avait poussée à faire ce commentaire. Les Psis n'étaient pas connus pour leur susceptibilité : pour être vexés, il aurait d'abord fallu qu'ils ressentent des émotions.

—Ça te pose un problème qu'on te bande les yeux ?

—Non. Pas tant que c'est Sascha qui me guide.

—Pourquoi ?

—Laisse-la tranquille, Vaughn. (Sascha fronça les sourcils.) Elle ne peut pas supporter ton énergie.

—Il est hors de question qu'elle s'approche de toi, Sascha.

Il lança un coup d'œil à Lucas.

—Vaughn a raison. Nous ignorons tout d'elle.

Sascha se tourna pour argumenter, mais Vaughn savait que Lucas n'en démordrait pas.

Le chef de meute saisit le poignet de sa compagne et s'adressa à Faith.

—Laisse Vaughn te guider, ou va-t'en.

Sascha parut comprendre qu'elle ne remporterait pas cette bataille.

—Il ne te touchera pas plus que nécessaire, dit-elle à Faith.

—D'accord.

Son petit hochement de tête envoya ses cheveux danser en tous sens. Vaughn était si proche qu'il fut incapable de résister à la tentation d'effleurer du bout des doigts ce feu qui étincelait même dans la pénombre. La Psi se figea ; elle n'aurait pourtant pas dû sentir sa caresse, aussi légère qu'une plume.

—Tiens.

Sascha retira son écharpe et la lança à Vaughn.

Attrapant le bandeau de fortune, il emprisonna Faith entre ses bras. Quand il plaça le doux tissu sur ses yeux, elle ne remua pas, même si le torse de Vaughn était plaqué contre son dos. Il faisait exprès de la provoquer, de la tourmenter. Il ne se le serait jamais permis s'il avait pensé qu'elle était faible et facilement intimidée. Non, en dépit de son apparente fragilité, cette femme était assez forte pour se mesurer à lui.

Mais alors qu'il terminait de serrer le nœud, il sentit un nouveau type d'immobilité envahir sa victime. Il imagina ce qu'elle devait éprouver : on la plongeait dans les ténèbres les plus totales, et elle devait remettre sa vie entre les mains de personnes qu'elle n'avait rencontrées que quelques minutes auparavant. On ne pouvait qu'admirer son stoïcisme. Décidant de ne pas la torturer davantage, il passa devant elle, saisit deux de ses doigts et les glissa dans l'un des passants de ceinture du jean qu'il portait.

Elle tira légèrement dessus en refermant le poing.

—Merci.

—Allons-y.

Tandis qu'ils suivaient lentement Lucas et Sascha jusqu'à la voiture, Faith s'adressa à lui.

—Tu crois que j'ai tout inventé. Tu te trompes.

—De quoi tu parles ?

—Les attaques. J'ai vu des enregistrements montrant des C-Psis en proie à des épisodes épileptiques à la suite d'une surcharge sensorielle.

Il grimaça.

—Es-tu en train de me dire que personne ne te touche jamais ?

—Tous les six mois, nous passons un bilan de santé qui implique une certaine quantité de contacts physiques inévitables. Et, bien sûr, j'ai parfois besoin d'assistance médicale. (Elle trébucha et appuya la paume de sa main contre le dos de Vaughn pour reprendre son équilibre, une empreinte de douceur féminine qui ne dura qu'une seconde.) Pardon.

— Il n'y a que les médecins qui te touchent ? Personne ne t'a jamais serrée dans ses bras ?

— Peut-être que, lorsque j'étais encore un nourrisson, le personnel soignant m'a bercée.

Même avec tout ce que Sascha lui avait appris sur leur espèce, il ne parvenait pas à imaginer la froideur inhumaine d'une telle existence.

— Nous sommes arrivés à la voiture.

Elle le laissa la guider vers la banquette arrière du véhicule. Il s'assit auprès d'elle et referma la portière. Ils démarrèrent presque immédiatement. À côté de lui, Faith ressemblait à une statue. S'il n'avait pas vu sa poitrine se soulever quand elle respirait, s'il n'avait pas humé son délicat parfum féminin, il aurait pensé qu'elle était faite de…

Son délicat parfum féminin.

Sa bête se ramassa, tel le chasseur prêt à bondir. Car contrairement aux gardes qui avaient pollué la zone autour du complexe de leur odeur caractéristique, Faith ne sentait pas le Psi. Exactement comme Sascha. La plupart des Psi dégageaient une puanteur métallique qui dégoûtait les changelings, mais rien en Faith ne rebutait Vaughn, même si ni l'homme ni le félin n'appréciaient sa froideur. L'absence de cet attribut olfactif distinctif pouvait n'être qu'une coïncidence ; mais, d'un autre côté, peut-être était-ce le signe d'un individu qui n'était pas complètement soumis à l'inhumanité de Silence ?

Curieux, il se pencha vers la Psi pour la renifler d'un peu plus près. Celle-ci se raidit encore davantage, et Sascha lança un regard mécontent au jaguar qui sourit. Sascha secoua la tête et se tourna de nouveau vers la route. Elle commençait à comprendre que parfois les félins suivaient leur instinct animal et nul ne pouvait rien y changer.

— Pourquoi penses-tu que tes pouvoirs évoluent? demanda-t-il à Faith en se rapprochant.

Il était parfaitement conscient qu'il était assis trop près au goût de la Psi.

— J'effectue des prédictions économiques. J'ai été formée pour cela, et c'est sous cette forme que mon don s'est toujours manifesté.

— Toujours?

Bien qu'elle ne puisse le voir, elle tourna la tête vers lui.

— Pourquoi n'as-tu pas l'air convaincu?

— Les Psis sont doués pour éliminer les pouvoirs qui leur déplaisent.

Le félin en lui était fasciné par la beauté de sa peau. Celle-ci était si riche et si appétissante qu'il était prêt à imaginer qu'elle avait un goût de crème.

— On ne peut pas éliminer les visions.

— Non, mais peut-être qu'on peut les orienter dans la direction souhaitée. (Sascha se mêla à leur conversation.) Répète quelque chose suffisamment de fois à une enfant, et elle commencera à le croire.

Lucas caressa la joue de sa compagne du bout des doigts, et Vaughn eut envie d'en faire autant avec Faith. Délicate, glaciale, elle n'était pas du tout le type de femme qui l'attirait habituellement, mais elle avait quelque chose de fascinant, d'envoûtant.

— Quel âge avais-tu lorsque ta formation a débuté? demanda-t-il à sa Psi.

Il l'avait trouvée en premier. Elle était donc sienne. Le jaguar s'exprimait ainsi, et Vaughn n'avait pas envie d'en débattre avec lui.

— On m'a confiée au clan lorsque j'ai eu trois ans.

— Qu'est-ce que cela signifie ?

— La plupart des enfants sont éduqués par leur famille ; généralement, par leurs parents. J'ai été élevée par les infirmières et les médecins du clan. C'était pour mon propre bien : les C-Psis ont besoin d'être isolés pour ne pas devenir fous.

Sa bête griffa les murs de son esprit.

— On t'a *isolée* à l'âge de trois ans ?

Cette fois, il tendit la main et passa les doigts dans la chevelure de la Psi. Elle ne réagit pas, mais il sentit sa nervosité. Bien. Il voulait qu'elle soit perturbée ; cette fichue coquille dans laquelle elle se cachait l'irritait au plus haut point.

— Oui. (Elle remua, et ses cheveux glissèrent des doigts de Vaughn.) J'avais les enseignants et les conseillers nécessaires, mais ils venaient tous à moi. Lorsque j'étais enfant, je quittais rarement le complexe.

— Je ne savais pas qu'ils faisaient cela, murmura Sascha à l'avant. Comment as-tu survécu ?

— C'était pour mon propre bien.

Le rythme saccadé de la voix de Faith avait quelque chose d'enfantin, comme si elle répétait une leçon entendue mille fois.

Cela donnait envie à Vaughn de la serrer dans ses bras.

Ce désir incongru interrompit brutalement sa rêverie. De nouveau sur ses gardes, il recula vers son côté de la voiture, et se rappela que, yeux bandés ou non, Faith était une cardinale. Et les cardinaux n'avaient même pas besoin de lever le petit doigt pour mettre leurs proies hors d'état de nuire.

Ils pouvaient manipuler ou tuer d'une simple pensée.

CHAPITRE 5

F aith sentit Vaughn s'éloigner et poussa un léger soupir dans lequel on aurait pu lire du soulagement. L'homme était trop grand, trop intimidant, même si elle ne l'aurait jamais admis à voix haute. Elle ne l'avait pas encore vu, mais elle savait déjà comment il était bâti, tout de muscles déliés et de fureur. Une partie d'elle-même, celle qui avait marché sans s'arrêter dans une forêt obscure et s'était avancée face à un énorme prédateur, était fascinée par lui.

Naturellement, il s'agissait d'une fascination purement intellectuelle, mais elle n'en était pas moins déplacée. Apparemment, sa structure mentale comportait une pointe d'idiotie qui avait survécu au conditionnement, une facette d'elle-même qui prenait un malin plaisir à mettre sa main dans le feu et à attendre pour découvrir l'étendue des brûlures.

Entre l'effet que l'homme exerçait sur elle et le stress de leurs questions sur son enfance, c'en était trop. Elle sentait qu'elle approchait de ses limites psychiques. Elle avait rarement interagi autant avec qui que ce soit, et jamais avec des personnes qui ne cachaient rien de ce qu'elles éprouvaient, qui se touchaient et se parlaient avec émotion.

Et si ses boucliers cédaient ? Si elle avait une attaque, cela endommagerait gravement son cerveau et la laisserait exposée de la manière la plus intime qui soit. Dans l'enregistrement qu'on lui avait montré, la C-Psi en proie à l'épisode épileptique avait failli sectionner sa propre langue d'un coup de dents. Pendant toute la durée de la crise, elle avait aussi perdu le contrôle de ses processus mentaux ; même ses défenses contre les vastes espaces publics du PsiNet étaient tombées. Faith ne pouvait imaginer un sort plus terrible. Chaque jour, les visions s'imposaient à son esprit. Elle avait besoin de sentir qu'elle maîtrisait au moins en partie ce qui lui arrivait, qu'elle n'était pas menacée, qu'elle était seule entre les murs de sa psyché, à défaut d'ailleurs.

La question de Sascha brisa le silence.

— Pourquoi tes parents les ont-ils laissés te prendre ?

Faith ne voulait plus parler de son passé. Mais c'était irrationnel, et elle n'était pas une personne irrationnelle.

— NightStar a donné naissance à de nombreux C-Psis. Ils savaient que je ne pourrais pas survivre dans un environnement normal.

— Ou peut-être que ça servait leurs intérêts de te raconter ça.

Le timbre de Vaughn lui écorchait la peau. *Impossible*. Une telle réaction physiologique chez les espèces humanoïdes n'avait aucun fondement scientifique.

— Ma famille n'avait, et n'a toujours rien à gagner à me mentir.

— Dis-moi, Faith, combien rapportes-tu au clan ?

Faith n'avait jamais entendu une voix comme celle de Sascha chez un Psi. Celle-ci semblait véhiculer un sentiment de paix, sans pour autant appliquer la moindre pression psychique perceptible.

— Je ne tiens pas de comptes. (Mais elle savait.) Ma famille s'assure que j'ai tout ce dont j'ai besoin.

— Je peux imaginer, poursuivit Sascha. Tu vaux des millions. Et cela depuis le jour où ils ont commencé à te former pour leur donner ce qu'ils voulaient : des prévisions dans le domaine très lucratif des affaires.

— On ne peut pas contrôler les visions.

— Non. Mais on peut les orienter dans la direction souhaitée.

Faith ne répondit pas, et personne ne dit plus rien. Mais même si elle essayait de toutes ses forces de ne plus rien entendre, leur silence était assourdissant.

Vaughn se sentait d'humeur irritable, comme si on le caressait à rebrousse-poil. Il lança un coup d'œil à la femme aux yeux bandés à moins d'un mètre sur sa droite, et sut qu'elle était responsable de son agacement. Mais il avait vérifié que son esprit ne risquait pas de tomber dans un piège – une astuce que Sascha avait enseignée aux sentinelles – et il était certain que Faith n'utilisait pas ses pouvoirs Psis sur lui.

Le félin songea qu'il pouvait s'amuser un peu.

Il leva la main pour jouer avec une mèche de cheveux reposant contre la banquette. De nouveau, il sentit que Faith se tendait très légèrement. Il grimaça. Les Psis n'étaient pas censés être aussi sensibles aux stimuli tactiles, ce qui ne la rendait que plus intrigante.

La voiture ralentit.

Se déplaçant avec une vivacité féline, il sortit avant même qu'elle se soit immobilisée.

— Nous sommes arrivés.

Il ouvrit la portière, mais laissa Faith descendre toute seule. Malgré des mouvements hésitants, elle se leva, le dos parfaitement raide, conformément à la posture brevetée par son espèce.

— Non, ordonna-t-il quand elle commença à lever les mains.

Il tendit les bras et dénoua l'écharpe lui-même. Le jaguar en profita pour s'enivrer du riche parfum sucré de la Psi, mais l'homme resta sur ses gardes.

Sous le porche, Lucas avait allumé l'unique ampoule, et Faith battit des paupières face à ce soudain afflux de lumière. Pour la première fois, Vaughn contempla ses yeux à travers le regard de l'humain et non de la bête : ils étaient tout aussi surnaturels, tout aussi magnifiques. Deux morceaux de ciel nocturne que l'on aurait capturés.

Faith leva la tête. Encore plus haut. Comme elle l'avait deviné quand elle l'avait senti contre son dos, le jaguar était grand sous sa forme humaine. Ses cheveux épais étaient couleur ambre et lui arrivaient presque aux épaules, et ses yeux… ils étaient d'une étrange teinte presque dorée, les yeux d'un félin qui se serait transformé en homme. Rien en lui n'était doux, docile. Et pourtant, elle, une femme qui jamais auparavant n'avait compris ce concept, le trouva beau. C'était une réaction inexplicable, que son cerveau ne pouvait accepter, car elle allait à l'encontre de tous les préceptes de Silence.

Elle en eut le souffle coupé puis se mit à respirer trop vite. Elle savait que cette réaction physiologique était due au stress, mais elle ne pouvait la maîtriser. Un instant plus tard, son rythme cardiaque commença également à s'accélérer. Se souvenant d'une technique d'ancrage simple, elle saisit la portière et serra de toutes ses forces. Malheureusement, son geste resta sans effet.

Soudain, deux mains vigoureuses se posèrent sur son visage et la forcèrent à regarder vers le haut, à croiser ces yeux étranges.

—Arrête.

Elle leva les bras et essaya de se dégager. Ne savait-il pas qu'il ne faisait qu'empirer la situation ? Le contact entre leurs peaux avait multiplié la pression par mille. La chaleur, les sensations, la puissance, tout ce qu'il était s'insinuait en elle et menaçait de court-circuiter son esprit déjà surmené.

—Vaughn, laisse-la tranquille. Elle ne peut pas supporter ce déluge sensoriel.

L'ordre de Sascha était un don du ciel.

—Bien sûr que si.

Il ne la lâchait pas du regard.

Elle voulait lutter, mais ne savait pas comment utiliser ses pouvoirs sans infliger la mort. Prise de vertige, elle chancela.

—Je vais perdre connaissance.

Cruellement consciente du danger qui menaçait ses boucliers, elle ne ressentait même plus la douleur atroce infligée par ses nerfs affolés.

—Non. Si tu perds connaissance, tu seras sans défense. (Vaughn ne relâcha pas son étreinte.) Est-ce que tu veux être à ma merci ?

Elle essaya de lui répondre qu'un évanouissement serait indépendant de sa volonté.

Son corps lâchait. Dans une étincelle, son dernier neurone s'éteignit.

Jurant, Vaughn la rattrapa avant qu'elle s'effondre et se blesse.

—Bon sang ! pourquoi tu ne l'as pas laissée quand je te l'ai demandé ?

Sascha accourut et posa ses paumes sur le visage de la femme, comme pour la bercer.

—Elle a trop peur de tout. (Sa bête suivait son instinct, et ce dernier disait que Vaughn agissait comme il le fallait.) On ne peut pas se permettre de la traiter comme si elle était en porcelaine.

Sascha parut vouloir argumenter, mais Lucas s'avança à côté d'elle.

—Il a raison. Faith doit apprendre à faire face : si elle ne tolère pas le contact physique ou l'interaction normale avec les humains, comment va-t-elle pouvoir supporter ces visions qu'elle prétend avoir ?

— Vous ne comprenez pas. Cette femme n'a presque jamais été touchée, et a encore moins fréquenté des gens qui ne respectaient pas les règles de Silence. Vous savez comment j'étais, et je n'étais pas isolée comme elle. (Elle lâcha Faith.) Emmenez-la à l'intérieur. Je pense qu'elle ira mieux d'ici à quelques minutes ; cela ne ressemble pas à une attaque.

Vaughn porta Faith dans la cabane. Son corps menu était léger mais, lorsqu'il avait plongé ses yeux dans ceux de la cardinale, il avait senti leur puissance, et l'immensité de la volonté cachée derrière ces os fragiles. La Psi était forte, et allait devoir faire appel à cette force si elle voulait survivre. Le jaguar savait que c'était une vérité incontestable. Et parfois la bête comprenait les situations bien mieux que l'humain.

Une fois à l'intérieur, il s'assit sur le canapé sans lâcher Faith, passant outre à la mine désapprobatrice de Sascha. Celle-ci plissa ses yeux de firmament si semblables à ceux de Faith, et pourtant si différents. Vaughn n'avait jamais remarqué qu'ils changeaient d'un Psi à l'autre ; il n'avait jamais été assez proche de deux Psis à la fois pour s'apercevoir de leur caractère unique. Mais il avait la certitude qu'il ne confondrait jamais les yeux de Sascha avec ceux de la cardinale rousse.

Sascha se tourna vers Lucas et leva les bras au ciel.

— Toi, parle-lui.

Lucas observa Vaughn.

— Il maîtrise la situation.

Vaughn n'en était pas aussi sûr. Il savait simplement qu'ils ne pouvaient autoriser Faith à craindre le contact physique. C'était impossible. Et s'il réagissait de manière légèrement étrange, c'était probablement parce qu'il n'était pas Psi.

Sascha coinça Lucas dans la petite cuisine.

— Pourquoi est-ce que Vaughn se comporte de façon aussi irrationnelle? questionna-t-elle à voix basse afin de tromper l'ouïe exceptionnelle du jaguar.

Son compagnon sourit, et elle sentit la boule familière au creux de son estomac. La réaction était encore nouvelle, et toujours aussi intense. Sascha se demanda si elle se calmerait jamais; elle soupçonnait que non, pas tant qu'elle serait en couple avec ce mâle.

Le sourire s'élargit, révélant combien Lucas était conscient de l'effet qu'il avait sur elle: une expression de pure satisfaction féline.

— Je ne sais pas lire dans les pensées.

— Lucas. (Elle trouva un verre et le rinça.) Je n'ai rien capté en provenance de Faith. Rien.

Il se figea.

— Comme l'autre fois?

Sascha n'aimait pas se remémorer sa première rencontre avec la froideur reptilienne d'un esprit qui n'avait émis aucun signal émotionnel. Les Psis avaient peut-être enterré leurs émotions, mais celles-ci étaient bien là, un bourdonnement discret indiscernable pour la plupart des Psis, mais qu'elle avait toujours ressenti inconsciemment.

Cependant, certains individus ne dégageaient réellement pas la moindre émotion... parce qu'ils n'avaient jamais eu aucun sentiment à apprivoiser. Des sociopathes à qui Silence avait accordé la liberté ultime.

— Non, se dépêcha-t-elle de répondre. Pas comme l'autre fois.

Depuis la cuisine, il lança un coup d'œil vers le canapé, où Vaughn tenait toujours Faith.

— Mais?

Elle vint se placer entre les bras de son compagnon.

— On dirait qu'elle est enfermée dans une coquille, plus encore que n'importe quel autre Psi, et de manière si étroite que cela l'isole d'une façon que j'ai de la peine à imaginer. (Le cœur de Lucas battait contre sa main, mais le rythme régulier qui lui apportait un tel sentiment de sécurité pouvait très bien tuer Faith.) Cette femme n'a eu aucun contact avec les changelings ou les humains, et tu as entendu à quel point elle a peu fréquenté les Psis. Nous surchargeons ses sens, et son seul moyen de se protéger consiste à s'évanouir.

— Les crises… tu crois que c'est possible ?

Sascha réfléchit un moment.

— Je ne sais pas trop. Les C-Psis alimentaient rarement le PsiNet quand j'y étais connectée, parce que, dans la majorité des cas, les informations qu'ils découvraient avaient déjà été achetées par quelqu'un. Mais mon instinct me dit que Faith pense que c'est vrai, que c'est ce qu'on lui a raconté.

— Donc elle pourrait provoquer une attaque inconsciemment ?

— Oui.

Sascha avait cru être une cardinale sans pouvoirs ; elle savait exactement ce que cela faisait de vivre un mensonge pendant si longtemps qu'il devenait réalité.

— Faith ignore tout de la vie en dehors du monde dans lequel on l'a élevée. Sa présence ici montre déjà son courage et sa force.

— Bien. Les faibles ne survivent pas.

Vaughn sentit la femme bouger entre ses bras. Presque immédiatement, elle ouvrit les yeux.

— Respire profondément, lui ordonna-t-il quand elle cessa de remuer. Si tu t'évanouis, nous allons devoir recommencer depuis le début.

— Lâche-moi, je t'en prie.

Sa voix n'avait rien de vulnérable ; elle ne révélait rien au niveau émotionnel. En même temps, Faith était Psi ; elle ne ressentait rien. Grimaçant face au désir du jaguar de continuer à la tenir, Vaughn permit à la cardinale de s'asseoir sur ses genoux. Quand elle repoussa son bras, il le laissa retomber pour qu'elle puisse se lever.

Elle s'essuya les mains sur son pantalon.

— Où est Sascha ?

— Je suis là. (Sascha sortit de la cuisine et tendit un verre d'eau à Faith.) Bois.

Faith s'exécuta sans argumenter, puis reposa le verre sur la table devant le canapé. Vaughn patienta, l'observant tandis qu'elle regardait autour d'elle à la recherche d'un endroit où s'asseoir. Lucas s'était déjà adjugé le fauteuil, et attirait à présent Sascha à lui pour qu'elle s'installe en travers de ses cuisses. Faith avait le choix entre revenir à côté de Vaughn ou opter pour un siège tout à l'autre bout de la pièce. Elle décida d'être raisonnable, mais essaya de mettre autant de distance qu'elle le pouvait entre eux.

— Comment te sens-tu ? demanda Sascha.

— Mieux. Mais, s'il te plaît, demande aux membres de ta meute de ne pas me toucher. Je ne suis pas capable de supporter ce niveau de stimulation.

Vaughn lui caressa la joue du bout des doigts. Elle se tourna brusquement vers lui et le fusilla du regard.

— Je t'ai dit de ne pas me toucher.

— Lorsque je t'ai rencontrée, ce simple contact t'aurait fait t'effondrer. (Il leva un sourcil.) Et maintenant tu résistes.

Elle le dévisagea.

— Tu prétends que tu me désensibilises.

— Non, mon petit écureuil. Je te *sensibilise*.

Faith se plongea dans ces yeux félins et se demanda ce qu'il avait en tête.

— Je ne te suis pas.

Un léger sourire sur les lèvres, Vaughn s'appuya contre le canapé, le bras sur la banquette. Elle comprit que si elle s'adossait au siège les doigts de l'homme toucheraient ses cheveux. Cela n'aurait pas dû lui importer mais, alors qu'elle commençait à parler, elle se pencha vers l'avant.

— J'ai besoin d'apprendre à bloquer les visions.

— Pourquoi penses-tu que nous pouvons t'aider? s'enquit Sascha.

Faith essaya d'oublier le changeling assis à côté d'elle. Il avait peut-être décidé de se comporter de manière civilisée, mais cela pouvait changer à tout instant; elle devait accomplir la tâche qu'elle s'était fixée avant qu'il ne joue de nouveau au chat et à la souris avec elle.

— Je ne le pense pas. Tout ce que je sais, comme je l'ai déjà mentionné, c'est que tu ne me dénonceras pas au Conseil.

— Depuis combien de temps as-tu ces visions?

— Environ trois mois. Elles sont arrivées peu à peu. Au départ, j'ai eu l'impression d'un poids massif qui s'abattait sur moi.

Celui-ci l'avait écrasée jusqu'à ce qu'elle se mette à dormir dans son lit plutôt que dans le fauteuil relié aux systèmes d'enregistrement.

— J'ai commencé à me réveiller couverte de sueur, mon cœur battant si vite que j'aurais dû appeler les M-Psis… mais je m'en suis abstenue.

Des doigts jouèrent avec ses cheveux, et elle s'aperçut que, sans en avoir conscience, elle avait reculé vers le fond du canapé.

— Pour moi, ça ressemble à de la peur, commenta Vaughn.

74

—Je suis Psi. Je ne connais pas la peur.

Elle s'écarta, tournant la tête pour pouvoir le regarder en face.

Il la dévisageait avec une telle intensité qu'elle se sentit nue.

—Alors, comment tu appelles ça ?

—Une réaction physiologique due à des facteurs de stress inconnus.

Les lèvres de Vaughn esquissèrent un début de sourire.

—Bon, et quelles autres réactions physiologiques as-tu éprouvées ?

Elle se dit qu'il était peut-être en train de se moquer d'elle, mais elle n'avait aucun moyen de vérifier la véracité de cette conclusion. Il était complètement différent de toutes les créatures qu'elle avait rencontrées par le passé.

—Les sueurs nocturnes ont dégénéré en ce qu'il est convenu d'appeler des « terreurs nocturnes ». J'ai commencé à me réveiller brusquement, sur le point de hurler, persuadée que les visions sinistres m'avaient suivie.

Quand elle sentit de nouveau les doigts de Vaughn se frayer un chemin dans ses cheveux, elle ne remua pas pour interrompre le contact. Il était peut-être dangereux mais, en cet instant précis, il semblait être de son côté. Et, si déraisonnable que cela paraisse, elle se dit qu'il était peut-être suffisamment dangereux pour tenir les visions à distance.

Sascha posa la tête sur l'épaule de son compagnon, des rides de concentration creusant son front.

—J'ignore la forme que prennent habituellement tes visions. Mis à part leur contenu, celles-ci étaient-elles différentes ?

Faith hocha la tête.

—D'habitude, mes visions sont très ciblées. Et même si au départ elles ne le sont pas, je peux les ajuster avec précision. Mais celles-ci… je ne pouvais rien faire. C'était comme si je me retrouvais simple passagère d'un véhicule conduit par quelqu'un d'autre.

Cette sensation d'impuissance avait été le plus perturbant.

— Les images échappaient à mon contrôle, mais elles n'étaient pas désordonnées pour autant.

Vaughn fit glisser sa main sous les cheveux de Faith pour venir lui entourer la nuque. Elle tressaillit, mais ne s'éloigna pas. Il avait raison : elle ne pouvait peut-être pas repousser les visions, mais elle pouvait renforcer sa capacité à résister aux stimulations physiques.

— Mais pas plus que cela, lui enjoignit-elle dans un murmure en croisant son regard.

Elle était suffisamment lucide pour comprendre qu'elle était loin de pouvoir tout supporter. Autant qu'elle sache, son immunité actuelle à la chaleur écrasante de la main de Vaughn n'était due qu'à l'adrénaline. Quand les effets s'estomperaient inévitablement, elle risquait de subir une crise pire encore, précisément parce qu'elle avait essayé de repousser ses limites.

— On verra, répondit le jaguar sur le même ton.

Elle ne parvenait pas à déchiffrer l'expression de ses yeux. Peut-être était-ce du défi, une émotion dont elle avait entendu parler dans les innombrables livres qu'elle avait dévorés dans la solitude de sa maison. Grâce à sa vitesse de lecture et à son appétit insatiable, elle possédait des connaissances impressionnantes sur une foule de sujets. Mais il s'agissait d'un savoir privé de tout contexte, en particulier en ce qui concernait les humains et les changelings.

Optant pour la prudence, elle reporta son attention sur Sascha.

—Après quelques semaines, les visions sinistres ont commencé à devenir plus détaillées. J'ai vu des bribes d'images, comme les pièces d'un puzzle.

Un autre passe-temps qui lui permettait de préserver sa santé mentale. Autant qu'un C-Psi le pouvait, en tout cas.

—Mais les visions échappaient toujours à mon contrôle, parce que je ne pouvais pas assembler les pièces entre elles.

Le pouce de Vaughn s'agita contre sa peau, et elle tourna la tête.

—Oui ?

—Pourquoi as-tu attendu aussi longtemps pour venir nous trouver ?

Elle fut surprise de son ton impérieux. Elle reconnaissait cette émotion, car elle y était confrontée régulièrement de la part de ceux à qui elle offrait ses services.

—Parce que, jusqu'à ce que Marine soit assassinée, je ne pouvais pas savoir si ces visions étaient réelles. J'ai pensé que mon esprit était en train de se désagréger ; cela arrive à tous les C-Psis, mais en général pas avant nos quarante ou cinquante ans. J'ai cru que mon déclin commençait en avance.

—Je n'ai jamais entendu parler de ça, chuchota Sascha.

—Ce n'est pas étonnant. Les clans ne souhaitent pas qu'on sache qu'ils donnent naissance à des Psis défectueux, et, le temps que nous commencions à nous détériorer, nous avons amassé suffisamment de richesses pour nous assurer des soins médicaux discrets à la fin.

Elle essaya de ne pas penser à ce qui l'attendait, tâchant de ne pas s'imaginer incapable de formuler des phrases cohérentes ou de faire la différence entre visions et réalité. Mais cela ne signifiait pas qu'elle ignorait le caractère inéluctable de ce sort. C'était la raison pour laquelle certains télépathes de NightStar se spécialisaient dans le domaine du blocage. Quand les C-Psis s'effondraient pour la dernière fois, les bloqueurs devaient empêcher leur folie de se répandre sur le PsiNet, fournissant les défenses que le C-Psi brisé ne pouvait plus maintenir.

— Un ramassis de conneries, si vous voulez mon avis.

Vaughn ne contracta que très légèrement la main, mais Faith ressentit le mouvement avec autant d'intensité que si l'homme l'avait étreinte tout entière entre ses bras.

Elle aurait dû être terrassée par une crise mais, après les mots qu'il venait de prononcer, la curiosité était la plus forte.

— De quoi parles-tu ?

Elle ne s'était pas plainte, mais Vaughn relâcha sa prise et cessa de la caresser avec son pouce.

— Ils avaient persuadé Sascha qu'elle perdait la tête, simplement parce qu'elle ne rentrait pas dans le moule qu'ils avaient créé pour elle. J'ai l'impression que c'est pareil pour toi.

Faith regarda Sascha.

— Il ne comprend pas.

— Quoi ?

La question évoquait davantage un grondement qu'une voix humaine.

Sascha se chargea de répondre à Vaughn.

— Même avant Silence, la population C-Psi avait l'un des taux de maladie mentale les plus élevés.

Lucas entoura sa compagne de ses bras et la tint serrée contre lui. Faith se demanda ce que Lucas avait entendu et qu'elle avait manqué, car, à voir l'expression de Sascha, c'était exactement ce dont la cardinale avait eu besoin.

— Mais même s'ils étaient les plus nombreux à être touchés, cela ne signifie pas pour autant que la totalité des C-Psis tombaient malades, n'est-ce pas, Sascha chérie ?

Faith ne pouvait détacher son regard du mouvement de la main de Lucas sur les boucles de Sascha. Jusqu'à ce que le pouce de Vaughn effleure de nouveau sa peau. Elle se raidit, déstabilisée lorsqu'elle constata qu'il s'était rapproché. Mais elle ne pouvait pas parler, pas même pour lui dire de reculer. Peut-être avait-elle épuisé sa capacité à affronter la quantité de nouvelles données qu'on la forçait à traiter.

— Ne crois pas tout ce qu'on t'a raconté, Faith.

C'était la première fois qu'il prononçait son prénom, et il l'articulait de manière intéressante, comme si le mot représentait davantage qu'une appellation pratique pour la désigner ; il lui donnait une consonance… Elle ignorait comment le décrire, mais elle savait que jamais auparavant elle n'avait entendu cela.

— Le Conseil Psi excelle dans l'art d'inventer des histoires qui servent ses propres causes.

Sans prévenir, elle se leva et se dirigea vers la porte, d'un pas chancelant mais déterminé.

— J'ai besoin d'air.

Elle sortit dans la nuit, saisit la balustrade qui entourait le porche et prit plusieurs profondes inspirations.

Elle ne fut pas surprise de sentir la chaleur de Vaughn à côté d'elle à peine un instant plus tard. Il s'adossa à la rambarde pour pouvoir l'observer. Quand il leva une main, elle secoua la tête.

— Non, s'il te plaît.

Il suspendit son geste.

— Tu es plus forte que ça.

— Non, c'est faux. Si j'étais forte, j'aurais affronté ces visions au lieu de les fuir, et ma sœur serait encore en vie.

Et voilà, elle était là, la vérité qu'elle avait essayé d'oublier depuis le moment où son père lui avait appris la mort de Marine.

— Si j'étais forte, j'aurais compris ce que je voyais.

Son regard se perdit dans les ténèbres bienvenues de la forêt, si différentes de la noirceur sinistre qui hantait ses nuits.

— Je vois des choses depuis mon enfance. Des choses utiles, bénéfiques. Je vois que le marché va monter ou baisser. Je vois si une invention va avoir du succès, pour que les investisseurs décident s'ils souhaitent s'associer à un projet dès son démarrage. Je vois si une nouvelle entreprise a le potentiel pour réussir.

Elle crispa les mains sur la balustrade en bois, et elle ressentit comme un chaos aux portes de son esprit, une menace qui venait de sa propre psyché. C'était ainsi que la folie commençait : lorsqu'on n'était plus capable de maîtriser ses réactions physiques.

— Je ne vois pas la mort, le sang. Je ne vois pas de meurtres.

— Les C-Psis voyaient tout cela, autrefois. Ils voyaient les catastrophes et les meurtres, la souffrance et l'horreur.

Le ronronnement grave de la voix de Vaughn pénétrait en elle, une sensation intime et troublante à la fois. Elle se tourna enfin vers lui.

— Pas étonnant qu'ils soient devenus fous.

— Certains d'entre eux seulement.

Mais, à présent, ce sort attendait l'ensemble des C-Psis. Elle comprit ce que Vaughn essayait de lui dire, mais elle ne pouvait l'accepter. C'était trop. Bien trop.

— J'ai besoin de temps pour tout digérer.

Elle s'attendait à ce qu'il la pousse plus avant, comme il l'avait fait depuis l'instant où ils s'étaient rencontrés, mais il se contenta de hocher la tête.

— Bien sûr. (D'un brusque mouvement du menton, il montra la porte.) Sascha te prépare un lit dans l'une des chambres.

— Puis-je te poser une question ?

— Je t'écoute.

— Sascha et Lucas… comment ?

Elle ne parvenait pas à imaginer comment une Psi cardinale avait survécu à la déconnexion du PsiNet, et encore moins comment elle avait rejoint le monde des changelings.

L'expression de Vaughn changea très légèrement.

— Tu vois ceci ?

Il leva le bras droit et, pour la première fois, elle observa le tatouage qu'il arborait au biceps : quatre traits semblables à des coups de griffe, qui rappelaient les cicatrices qui marquaient le visage de Lucas.

— Je suis une sentinelle. Sascha et Lucas ont ma loyauté. Et tu pourrais représenter une menace.

Elle se demanda pourquoi ses explications lui nouaient soudain l'estomac.

— Tu me tuerais vraiment, s'il le fallait.

— Oui. (Ces yeux félins semblaient briller dans l'obscurité.) Alors je te conseille de jouer franc-jeu.

— Je ne sais pas jouer. (Elle n'avait pas souvenir de l'avoir jamais fait.) Je travaille depuis le moment où j'ai été capable d'articuler une phrase intelligible.

CHAPITRE 6

Quand Faith le dépassa et entra dans la cabane, la bête de Vaughn griffa les murs de son esprit : elle voulait flairer la femme de plus près. Mais, cette fois, il retint la pulsion animale. L'équilibre mental de Faith avait l'air extrêmement fragile. Il ne souhaitait pas être celui qui la ferait basculer dans la folie.

Car, en vérité, il n'était pas si certain qu'il pourrait l'éliminer sans hésiter. Et cela l'incitait à la prudence. Les Psis n'étaient pas tous doux et empathiques comme Sascha. Certains d'entre eux pouvaient tuer de sang-froid. DarkRiver ne le savait que trop bien : moins d'un an plus tôt, un tueur en série Psi avait assassiné une des leurs : Kylie. Leurs frères de sang, les SnowDancer, avaient aussi failli perdre une louve.

Malgré tous les efforts de Sascha et des guérisseuses pour l'aider, Brenna, la jeune femme qui avait été enlevée et torturée, était profondément traumatisée. Vaughn comprenait aisément pourquoi : ayant participé au raid qui avait localisé et exécuté le meurtrier, il avait contemplé le visage du mal qui l'avait touchée, et connaissait exactement le type d'atrocités que les Psis étaient capables de commettre.

Faith pouvait très bien se révéler complètement différente de ce qu'elle paraissait être. Jusqu'à ce qu'ils soient fixés, Vaughn devait se méfier de ses réactions en présence de la Psi. Même s'il était vrai que ceux de son espèce éprouvaient généralement des difficultés à manipuler les esprits des changelings, Sascha était la preuve que rien n'était impossible. Et malgré l'entraînement dispensé par la compagne du chef de meute, il n'était pas Psi, alors que Faith était une cardinale.

Suivant sa proie dans la maison, il l'observa tandis qu'elle retrouvait Sascha au milieu du salon. Du bout des doigts, il frictionna le tatouage sur son bras. Sa loyauté envers DarkRiver était inébranlable ; elle était née de la trahison la plus cruelle.

Les léopards étaient venus à son secours en cette heure funeste où il avait perdu tous ceux qui comptaient pour lui. Et c'était Lucas qui lui avait tendu la main et l'avait ramené de la rage qui menaçait de le consumer tout entier. Il était prêt à donner sa vie pour son chef et ami, et jusqu'à cet instant, rien ni personne n'avait réussi à infléchir cet engagement. Que Faith y arrive après seulement quelques heures le faisait vraiment douter de l'authenticité de sa réaction.

Faith s'endormit quelques secondes à peine après avoir posé la tête sur son oreiller ; son corps et son esprit étaient épuisés. Mais cela n'empêchait pas les visions. Quand elles avaient décidé de la trouver, rien ne les arrêtait.

Une noirceur effleura sa conscience. Le cœur de Faith se mit à battre plus vite. Elle reconnaissait cette présence, et savait que celle-ci n'avait rien d'amical. Elle ne voulait pas la voir. Mais la noirceur voulait qu'elle regarde. Elle paraissait en tirer une sorte de plaisir malsain, un plaisir que Faith comprenait, même s'il n'était pas sien, car la noirceur le ressentait, et pendant ces visions, elle *était* la noirceur. Si elle avait été capable d'éprouver de l'inquiétude, cette idée l'aurait terrifiée mais, bien sûr, la peur n'avait aucune emprise sur elle : elle était le produit de Silence.

Pour l'instant, la noirceur la laissait respirer. Elle semblait… repue. Ses besoins avaient été satisfaits pour un temps, et elle savourait l'euphorie sanglante. Mais elle lui montra soudain un bref aperçu du futur. Un futur dont Faith ne pouvait se détourner.

Asphyxie.

Torture.

Mort.

Incapable de supporter l'horreur de ce qu'elle voyait, elle tenta de se libérer, mais la noirceur l'en empêcha. Son cœur affolé battait dangereusement vite. *C'est impossible*, essaya de lui faire remarquer son pragmatique esprit Psi. Mais la voix de la raison était noyée par les hurlements venant du plus profond de sa psyché. Celle-ci *savait* que c'était possible.

Parfois, les visions refusaient de lâcher prise. À jamais. Le résultat était une folie si violente, si totale, qu'il ne subsistait rien d'autre que des pièces tordues de l'esprit qui les avait combattues. Faith se débattait contre la noirceur, mais ne trouvait rien à quoi s'accrocher, rien dont elle puisse sortir. La présence était partout et nulle part à la fois, une prison dont Faith ne pouvait s'évader. Son cœur battant commençait à s'engourdir, tandis que son esprit rassemblait toute son énergie pour essayer de découvrir un moyen de s'échapper… avant de se heurter à un mur massif.

Elle sentit qu'on la touchait, une intrusion sensorielle si choquante que l'alarme qu'elle déclencha trancha net les fils entremêlés de la vision. Le souffle coupé, elle se réveilla, et se retrouva face à des yeux qui n'étaient pas entièrement humains. Un instant plus tard, elle prit conscience des mains sur ses épaules. *Peau contre peau.* Son débardeur était trempé de sueur, et le raz-de-marée de sensations aurait dû la submerger mais, au lieu de cela, elle implora d'une voix rauque :

— Ne me lâche pas. Ne me lâche pas, ou je vais être aspirée de nouveau.

Vaughn raffermit sa prise, troublé par ce qu'il lisait dans les yeux de Faith. Ceux-ci avaient quelque chose de vitreux, comme si elle n'était pas entièrement réveillée.

— Parle-moi, Faith.

Elle continuait à respirer de manière saccadée. Puis, à sa grande surprise, elle tendit les bras et vint poser les paumes contre son torse nu. Il se serait attendu à ce que les mains de la Psi soient glacées ; au lieu de cela, elles étaient brûlantes. Le jaguar en redemandait.

— Ne me laisse pas repartir. S'il te plaît, Vaughn. *S'il te plaît.*

Il ne comprenait pas ce dont elle avait si peur, mais il était une sentinelle ; il savait protéger. Quelques minutes plus tôt, son instinct félin l'avait alerté, bien que Faith n'ait pas émis le moindre son. Il était entré dans la chambre de la Psi sans faire de bruit, s'attendant à la voir se réveiller et lui dire de ficher le camp. Au lieu de cela, il l'avait trouvée qui respirait à peine, la peau luisante de transpiration, les mains recroquevillées en des poings si serrés que ses ongles avaient transpercé ses paumes.

À présent, le même instinct lui dictait de la serrer aussi fort qu'il pouvait contre lui. Le contact physique perturbait Faith ; peut-être cela la secouerait-il assez pour la ramener de là où elle était « partie ».

Les ténèbres.

Il comprit enfin pourquoi les yeux de la Psi l'avaient troublé à ce point : l'absence totale d'étoiles. Il avait déjà observé ce phénomène chez Sascha mais, ce soir, il y avait eu chez Faith quelque chose de différent, comme si une noirceur plus profonde encore se cachait derrière celle qu'il contemplait en cet instant. Il fit glisser une main le long de son dos, sous ses cheveux, jusqu'à entourer sa nuque. La femme qu'il avait rencontrée quelques heures plus tôt l'aurait repoussé en menaçant d'avoir une attaque. Celle-ci était trop calme, trop passive.

— Je peux t'embrasser, petit écureuil? (C'était un défi.) Je n'ai jamais embrassé de Psi. Ça pourrait être drôle.

Elle s'étrangla et secoua la tête contre lui, tel un chaton qui s'ébrouerait après un bain. Puis elle le repoussa. Il fut tenté de prolonger le contact, mais il était bien trop conscient de l'effet surprenant du corps de Faith sur le sien. Il connaissait sa propre sexualité; mais il n'avait pas l'habitude que celle-ci aille ainsi à l'encontre de ses désirs. Laissant Faith se dégager de son étreinte, il l'observa tandis qu'elle reculait hâtivement jusqu'à ce que son dos repose contre le bout du lit. Les yeux qui le contemplaient étaient larges, et pleins d'étoiles.

Lentement, le visage du changeling se fendit d'un sourire taquin.

— Alors, tu es de retour parmi nous?

Elle hocha la tête, continuant à le dévisager comme s'il était une énorme bête féroce qui risquait de la confondre avec le dessert. Elle n'avait pas entièrement tort. Le jaguar appréciait sans conteste le parfum de cette Psi, et l'homme la trouvait étrangement fascinante.

— Avant aujourd'hui, je n'avais encore jamais effrayé quelqu'un en le menaçant de l'embrasser, commenta-t-il en observant le visage de Faith pour vérifier qu'il ne subsistait rien de ce qui l'avait terrifiée au point qu'il en était devenu rassurant.

— Je ne ressens pas la peur.

Il tira sur le tissu humide de son débardeur.

— Tu as encore perdu le contrôle de tes réactions physiologiques, hein ?

Elle se dégagea.

— Même les Psis sont impuissants face à des sueurs nocturnes.

— Ça va aller ?

— Bien sûr.

Faith ne voulait pas qu'il s'en aille, une réaction illogique. Vaughn ne pouvait pas arrêter les visions si elles avaient décidé de lui rendre visite. Pourtant, une part irrationnelle de son cerveau était convaincue que, s'il partait, la noirceur reviendrait, et que cette fois rien ne pourrait la chasser.

— On ne dirait pas. (Il fronça les sourcils et tendit la main pour écarter une mèche de cheveux de son visage.) Tu veux prendre une douche ?

Le contact des doigts de Vaughn enflamma toutes ses terminaisons nerveuses, mais elle ne fléchit pas. Elle pouvait supporter cela. C'était ce qui l'avait ramenée de la vision, et elle était prête à apprendre à surmonter tout ce qui lui permettrait de tenir la noirceur à distance.

— Oui. Est-ce que je risque de réveiller Sascha et Lucas ?

— Ils ne sont pas ici.

— Nous sommes seuls ?

Soudain, elle se sentit vulnérable d'une manière viscéralement féminine. La sensation était toute nouvelle pour elle.

— Tu ne croyais tout de même pas que j'allais laisser le chef de meute et sa compagne rester dans une cache connue d'une Psi cardinale ? (Il grogna.) On t'a bandé les yeux, mais les Psis possèdent des talents qui rendent la vue inutile.

— Tu as pensé que je conduirais les miens ici.

— C'était une possibilité.

Elle ne savait pas quoi dire. Elle ne s'était pas attendue à ce que Sascha l'abandonne ainsi. Même si, bien sûr, à présent qu'elle y réfléchissait, elle s'apercevait que sa supposition ne s'était appuyée sur aucune donnée tangible.

— Elle ne voulait pas partir, poursuivit Vaughn, mais nous n'allions pas laisser son cœur la mettre en danger.

Surprise, Faith dut se faire violence pour ne pas réagir.

— « Son cœur » ?

— C'est une E-Psi : une empathe.

Faith feuilleta un fichier mental.

— Cela n'existe pas.

— Prends ta douche, et je te confierai un autre secret que ton Conseil t'a caché. Il est presque 5 heures. Tu veux un café ?

— D'accord.

Faith savait que ses connaissances comportaient quelques lacunes inhabituelles, et le goût du café en faisait partie. Bien sûr, avec toutes ses lectures, elle en connaissait l'existence, mais elle n'en avait jamais bu elle-même.

Vaughn se leva du lit, et Faith observa le jeu de ses muscles saillants et admira sa force masculine. Il était magnifiquement bâti, avec des proportions parfaites, et sa peau brillait d'un éclat que l'esprit de la Psi trouvait... *intéressant*, intervint-elle désespérément quand son cerveau essaya d'utiliser un autre mot.

— Votre avis, docteur ?

Leurs regards se croisèrent ; les yeux de Vaughn luisaient légèrement dans le noir, et elle y vit quelque chose qu'elle reconnaissait à présent comme de l'amusement. Sa réponse vint d'une partie d'elle-même dont elle ignorait complètement l'existence.

— Tu sembles être en bonne santé, mais il faudrait que je te dissèque pour pouvoir émettre un jugement plus précis.

À sa surprise, il esquissa un sourire.

—Ah, ah! On dirait que tu sais jouer, après tout.

Elle voulait répliquer, mais il s'en allait déjà.

—Attends!

Les mots étaient sortis tout seuls de sa bouche.

Il se retourna.

—Quoi?

À présent qu'il s'était arrêté, elle n'arrivait plus à parler. Et s'il partait et que la noirceur la retrouvait?

—La douche… où puis-je trouver une serviette?

—Une minute.

Il disparut.

Le temps qu'il revienne, une nouvelle crise d'angoisse l'assaillait. Il s'immobilisa à l'entrée de la chambre.

—Je sens la peur, mon petit écureuil.

Elle descendit du lit pour aller chercher la serviette. Mais elle ne voulait pas s'autoriser à penser qu'elle s'approchait de lui car il la rassurait.

—Tu te fais des idées.

Elle tira sur le tissu.

Il ne lâcha pas prise.

—Je suis un jaguar. Je ne commets pas ce genre d'erreurs. Allez.

Elle savait qu'elle devait le détromper, mais elle n'en avait pas le courage. Elle le suivit hors de la chambre. Quand il n'alluma pas la lumière, elle comprit que c'était parce qu'il voyait parfaitement dans le noir. Comme elle ne pouvait en dire autant, elle appuya sur l'interrupteur avec son esprit alors qu'ils pénétraient dans la cuisine.

Il se figea.

—Tu peux déplacer des objets par la pensée?

—C'est un de mes dons secondaires.

En réalité, ses pouvoirs Tk étaient presque insignifiants, mais elle jugea peu sage de l'en informer.

Il lui lança un regard perçant.

— D'autres talents dont je devrais avoir connaissance ?

Elle haussa les épaules.

— Que fais-tu ?

— Je mets le café à chauffer avant de venir te baby-sitter.

Il ouvrit une boîte métallique posée sur le comptoir qui longeait le mur du fond.

Elle eut l'impression qu'il l'avait giflée.

— Donne-moi cette serviette. Je n'ai pas besoin qu'on me tienne la main.

Il ne réagit pas et termina de préparer la cafetière.

— Je plaisantais, mon petit écureuil. Pas la peine de sortir les griffes. (Il lui indiqua le couloir d'un geste de la main.) Va me laver cette fourrure. Je t'attendrai dehors.

Elle prit la serviette qu'il lui tendait.

— Je vais bien.

Elle ne savait pas pourquoi elle venait d'énoncer cette contre-vérité. Elle ne mentait jamais ; elle n'en avait pas besoin.

— Et je n'ai pas de fourrure.

Mais, pour une raison étrange, elle se mit à imaginer la sensation qu'elle éprouverait en caressant ce pelage noir et or qu'elle avait aperçu lorsqu'il l'avait pourchassée dans la forêt.

— Demande-moi gentiment, et je te laisserai peut-être essayer.

C'était la seconde fois qu'il devinait ses pensées.

— Tu es télépathe ?

Il la poussa avec douceur en direction de la salle de bains.

— Non, mais tu es incapable de mentir. Tes yeux révèlent tout. Et puis, je sais quand une femme pense à me caresser.

— Je ne pensais pas à te caresser. (Elle le précéda dans le couloir.) J'imaginais ta fourrure.

Une chaleur dans son dos, un murmure rauque à son oreille.

— Tu me laisses te caresser, et j'en ferai autant… J'ai un faible pour ta peau.

Faith ignorait totalement comment réagir à ses taquineries, aussi estima-t-elle préférable de disparaître dans la salle de bains.

— Je n'en ai pas pour longtemps.

Les yeux de l'homme s'attardèrent sur elle, et elle se rendit compte que son débardeur était collé à sa peau, soulignant toutes ses formes, de sa poitrine généreuse à la courbe de ses hanches.

— Prends ton temps.

Faith se demanda pourquoi elle avait l'impression d'avoir été marquée au fer. Il ne l'avait pas touchée, et pourtant… si.

Vaughn entendit l'eau qui commençait à couler et s'adossa au mur de la salle de bains. Il avait dit à Faith qu'il l'attendrait dans le couloir, et il tiendrait sa promesse. Et ce n'était pas seulement parce qu'il avait senti l'odeur âcre d'une peur à glacer le sang. Une autre présence bien plus troublante s'était trouvée dans cette chambre envahie par les cauchemars… une autre entité, dont le félin savait qu'elle n'avait rien de naturel, rien de bon.

Il n'avait pas réussi à déterminer si les relents fétides provenaient d'un humain, d'un changeling ou d'un Psi, mais la créature avait enveloppé Faith comme une seconde peau, ne s'évanouissant qu'à la lumière de la cuisine. Elle avait peut-être disparu, mais Vaughn avait la certitude qu'il la reverrait. Faith pouvait très bien être une sorte de véhicule psychique et fournir un conduit pour l'infiltration de DarkRiver.

Cependant, son instinct lui disait le contraire. Cette noirceur avait eu quelque chose de malfaisant, de violent, de laid. Et même s'il n'était pas sûr de pouvoir avoir confiance en sa Psi rousse, sa bête ne sentait rien de cette laideur en elle. Faith évoquait la chaleur et la féminité, elle était tentante, alléchante.

Quelle que soit l'explication, il avait l'intuition que la Psi ignorait ce qui se passait. Peut-être même que quelqu'un pénétrait dans sa conscience grâce à sa connexion à l'esprit collectif du PsiNet.

L'eau s'arrêta. Ce fut alors qu'il s'aperçut qu'il n'avait rien donné à Faith pour remplacer le pyjama trempé de sueur. Il attendit qu'elle parvienne à la même conclusion. Une minute plus tard, elle ouvrit la porte.

— J'ai besoin de nouveaux vêtements.

Il se redressa, un bras en appui sur le mur, et se tourna vers elle.

— Je ne sais pas… Je pense que tu serais tout aussi bien sans.

Des yeux de firmament le dévisageaient sans ciller.

— Ne joue pas au plus malin.

— Tu apprends vite, petit écureuil.

Par l'entrebâillement, il pouvait la voir tenir la serviette par-dessus une poitrine qui paraissait étonnamment généreuse pour son petit corps. La bête vint rôder à la surface de son esprit.

— Mon nom est Faith.

— Mmm.

Il s'approcha suffisamment pour faire glisser une mèche de cheveux mouillés entre ses doigts. En cet instant, ils étaient d'un rouge foncé qui rappelait la couleur du sang.

— Tu as d'autres vêtements dans ton sac ?

— Un chemisier et le pantalon que je portais hier soir.

Elle ne se plaignit pas qu'il la touche, et il se demanda si elle se rendait compte à quel point elle avait progressé en quelques heures. Quelque chose en Faith avait faim de sensations, et la poussait à aller à l'encontre de son conditionnement. Vaughn en était content… car il aimait le contact de sa peau. Le jaguar ne voyait aucune raison de se le cacher.

—Je vais te donner un tee-shirt, si tu souhaites essayer de te rendormir ; tu pourras t'habiller plus tard.

Les placards contenaient des vêtements féminins, mais il voulait qu'elle soit couverte de son odeur. Et il était suffisamment animal pour ne pas se soucier de ce qui le poussait à agir ainsi. Il le voulait, et c'était tout.

—Attends-moi ici.

Cette fois, elle ne l'arrêta pas, mais il sentit qu'elle ne le lâchait pas des yeux tandis qu'il s'éloignait dans le couloir. Quand il revint, elle n'avait pas bougé d'un millimètre. Quoi qu'elle ait vu, cela l'avait terrifiée, au point de la faire sortir de sa réserve habituelle.

—Tiens.

—Merci.

Elle ferma la porte, le laissant s'imaginer toutes sortes de choses. Il en était au moment où il prenait la place du vieux tee-shirt noir qu'il lui avait prêté quand elle réapparut.

—J'ai mis la serviette à sécher.

Elle ramena ses cheveux derrière ses oreilles.

Il constata que le vêtement lui arrivait quelques centimètres à peine au-dessus des genoux, couvrant bien plus qu'il l'avait pensé.

—Tu es petite.

—Tu ne t'en aperçois que maintenant ?

—Quelle taille tu fais, un mètre soixante ?

—Cent cinquante-cinq centimètres, pour être précise.

Il était donc bien plus grand qu'elle. Cela ne manquerait pas de pimenter les choses au lit. Il se redressa, peu surpris de la direction qu'avaient prise ses pensées, mais perturbé par leur intensité. Les félins aimaient les jeux sensuels, et Faith était une femme très appétissante, menue, mais avec tout ce qu'il fallait où il fallait. Et cette peau… elle lui donnait envie de lécher la Psi tout entière.

— Pourquoi me regardes-tu comme ça ?

Faith recula d'un pas et leva la tête vers lui.

Ni sa voix, ni son visage ne trahissaient la moindre émotion. Aucun parfum de désir. Mais le jaguar savait très bien qu'elle le trouvait fascinant.

— Oui, ça va pimenter les choses…

Il pourrait facilement la soulever, la plaquer contre le mur et la prendre. Brutalement. Mais il garderait peut-être cela pour plus tard ; sa Psi apprécierait sans doute un peu moins d'enthousiasme les premières fois.

— Vaughn, tes yeux sont plus félins que d'habitude.

Il secoua la tête en un mouvement brusque, et partit à grands pas dans le couloir.

— Je crois que le café est prêt.

Bon sang ! qu'est-ce que cette Psi lui faisait ? Dans la meute, il était réputé pour son attitude distante, qui confinait parfois à la froideur. Quand elles atteignaient l'âge adulte, la plupart des femmes, qui paradaient devant tous les autres mâles, l'évitaient, car elles savaient qu'il n'était pas gouverné par ses pulsions. Du moins, jusqu'à présent.

Faith le rattrapa.

— Est-ce que tu aurais une ration calorique pour moi ?

— « Une ration calorique » ? (Il fronça les sourcils.) De la nourriture, tu veux dire ?

— J'ai des barres énergétiques dans mon sac, sinon.

— Tu es encore pire que Sascha ne l'était.

Il posa une main au bas de son dos et la poussa en direction de la cuisine.

Elle bondit hors de sa portée tel un chat craintif.

— Je t'ai demandé de ne pas me toucher.

Un grondement à peine audible.

— Il y a quelques minutes, tu me suppliais de ne pas te lâcher. Décide-toi.

Il était conscient que sa voix était légèrement plus féline que Faith ne pouvait probablement le supporter.

— Quand je me suis réveillée, j'étais un peu perdue.

Elle le regardait avec circonspection, mais ne reculait pas. Puis elle le surprit en se rapprochant d'un pas.

— Et tu le sais.

Le jaguar gronda de nouveau, mais il était satisfait. Cette femme avait peut-être l'air fragile, mais elle avait un mental en acier trempé.

— Tu es sûre que je suis aussi logique que ça ?

— Non. Mais tu n'es pas non plus un animal.

Il se pencha vers elle jusqu'à ce qu'elle soit acculée contre le mur, entre ses bras. Il n'aurait qu'à la soulever, et elle serait à sa merci.

— C'est là que tu te trompes, bébé. (Il lui effleura l'oreille du bout des lèvres.) Plus animal que moi, ça n'existe pas.

Avant qu'elle ait pu répondre, il se redressa et entra dans la cuisine.

Il l'entendit reprendre sa respiration quelques instants plus tard.

— Vraiment ?

Il regarda par-dessus son épaule.

— Qu'en penses-tu ?

CHAPITRE 7

E lle s'approcha de lui.
— Tes yeux ne sont pas complètement… humains.

La plupart des gens ne s'en apercevaient même pas, pensant qu'ils étaient simplement d'une couleur inhabituelle.

— Ma bête est plus dominante que chez la plupart de mes semblables.

C'était le cas depuis cette semaine où il avait survécu en se transformant en jaguar. Parce que, dans la forêt, même un petit jaguar avait une meilleure chance de survie qu'un garçon humain de dix ans. Mais rester aussi longtemps sous sa forme féline, à un âge aussi tendre, l'avait irrémédiablement changé.

Comme rassurée par son ton plus calme, Faith se rapprocha un peu.

— Qu'est-ce que ça veut dire ?

Il versa du café dans une tasse.

— Lait ? Sucre ?

— Je ne sais pas.

— Tiens, goûte.

Il l'observa tandis qu'elle levait le récipient à ses lèvres et prenait une gorgée.

Elle ferma les yeux et respira l'arôme pendant qu'elle *goûtait*. Vaughn n'avait jamais vu aucune femme faire cela avec autant d'intensité que Faith, n'avait jamais eu conscience de la sensualité inhérente à cet acte.

— C'est bon ?

— Ajoute du sucre, commanda-t-elle, les yeux toujours clos.

Vaughn supportait difficilement qu'on lui donne des ordres mais, avec Faith, c'était différent. Pour lui, c'était un genre de jeu, même si elle ne considérait probablement pas les choses sous cet angle. Dommage. Elle jouait avec un félin très intéressé, et quand ce félin jetait son dévolu sur une proie, il ne s'arrêtait pas tant qu'il n'était pas parvenu à ses fins.

— Tiens.

De nouveau, elle inspira profondément en savourant le café.

— Du lait.

— Tout de suite.

Une minute plus tard, elle ouvrit les yeux.

— Les arômes sont… inhabituels.

Elle paraissait chercher ses mots.

— Tu aimes ?

— Aimer ? Les Psis n'aiment pas. (Elle secoua la tête.) Mais peut-être que je manque de points de comparaison. Je… préfère le café avec du sucre, mais sans lait.

Il lui prépara une tasse, amusé par la manière dont elle s'efforçait de formuler ses phrases pour éviter d'admettre qu'elle ressentait quoi que ce soit qui ressemble de près ou de loin à une émotion.

— Tiens. (Pendant qu'elle savourait le breuvage, il marcha jusqu'au réfrigérateur et l'ouvrit.) Tu as faim, et moi aussi. Des œufs au bacon, ça te tente ?

Il commença à réunir les ingrédients.

— D'accord.

Elle était juste à côté de lui.

Naturellement, il l'avait entendue se déplacer, mais il la laissa tranquille ; elle était toujours effrayée. Quand il le souhaitait, Vaughn pouvait caresser plutôt que mordre.

Il sortit du pain sur le comptoir et referma la porte.

—Allons-y, mon petit écureuil. C'est l'heure de la leçon de cuisine.

Elle posa sa tasse à côté de la sienne.

—Je suis prête.

Il lui effleura la joue du doigt, et sourit quand elle sursauta.

—Tu es sûre ?

À cette distance, il voyait que même si sa peau était crémeuse, elle n'était pas du blanc laiteux si courant chez les rousses : elle avait une riche nuance dorée qui ne la rendait que plus tentante.

—Quelle est ton histoire, Faith NightStar ? D'où tiens-tu ces cheveux roux et ce teint ?

—Le clan NightStar compte de nombreux roux ; il s'agit d'un caractère génétique prépondérant. Quant à ma peau, elle me vient de divers gènes transmis par ma mère et mon père. (Elle attrapa les œufs et les lui indiqua.) Je dois me nourrir.

Il lui montra comment procéder avec le premier œuf, puis la laissa essayer.

—Alors tu es cent pour cent américaine ?

—Non. Ma mère est née en Ouzbékistan et a émigré aux États-Unis quand elle était enfant. C'est mon père qui appartenait à la famille NightStar. Son patrimoine génétique est principalement anglo-italien, même si son arrière-grand-père était d'origine asiatique.

—Tu sais, la manière dont vous autres Psis vous mélangez… Attention à ne pas te brûler, mon cœur.

Il lui prit la main lorsqu'elle l'approcha trop près de la plaque chauffante.

Elle se dégagea.

—Merci. Je pense que les œufs sont prêts.

—Mm-mm. (Il les disposa sur une assiette.) Si tu mets le bacon dans ce récipient, là-bas, il cuira sans éclabousser.

—Je suis étonnée que tu saches cuisiner. Dans les livres que j'ai lus avant de contacter DarkRiver, les changelings prédateurs mâles étaient toujours dépeints comme étant très dominateurs, et peu enclins à apprendre à effectuer les tâches domestiques.

—Je n'ai jamais dit que j'aimais cuisiner. Mais je peux m'en occuper lorsqu'il le faut.

—Que disais-tu, à propos des Psis?

—Que la manière dont vous vous mélangez serait plus impressionnante s'il y avait véritablement un échange humain entre les différentes parties. Au lieu de quoi, il ne s'agit que de tractations génétiques. À moins que tes parents n'aient été fous de désir l'un pour l'autre et que tu sois le fruit de leur plaisir?

Il observa la concentration avec laquelle elle effectuait une tâche aussi simple que la cuisine, et trouva cela étrangement excitant. Il avait l'intuition que Faith ferait *tout* avec le même niveau de concentration.

—Tu sais que les Psis n'éprouvent ni désir ni plaisir.

Elle retira le bacon du feu.

De nouveau, il traça le contour de sa joue du bout du doigt.

—Si ton corps ressent des sensations, alors le désir est toujours possible.

Lucas observait Sascha arpenter leur chambre et admirait le spectacle. Même si elle n'était pas nue, la vue était superbe : dans les mois qui avaient suivi sa déconnexion du PsiNet, sa Psi si rationnelle était tombée éperdument amoureuse des dessous féminins en dentelle.

— Je n'arrive pas à croire que tu m'as persuadée de laisser Faith avec Vaughn. (Elle posa les mains sur ses hanches à peine couvertes par une nuisette blanche, et lui lança un regard noir.) Il s'est conduit comme un vrai sauvage hier soir.

— Nous sommes tous sauvages, Sascha chérie. (Il se demanda si elle avait remis sa culotte.) Viens ici.

— Il est 6 heures. Nous devrions partir nous assurer que Vaughn a réussi à ne pas la rendre complètement folle pendant la nuit.

— Je croyais que tu appréciais Vaughn ?

— Bien sûr mais, pour Faith, il est un peu trop intense… On aurait aussi bien pu la laisser en compagnie d'un tigre enragé.

— Vaughn serait vexé s'il t'entendait.

Le chef de meute était friand de ces passes d'armes avec sa compagne ; il aimait voir le feu dans ces yeux autrefois caractérisés par une froide concentration Psi.

— Je suis sérieuse, Lucas. (Elle vint enfin le retrouver dans le lit.) Je m'inquiète pour Faith.

— Vaughn ne lui fera aucun mal.

— Pas volontairement. (Elle posa une main sur la poitrine de Lucas.) Mais il ne comprend pas vraiment à quoi il a affaire. Les changelings s'imaginent que le contact physique est toujours une bonne chose, mais c'est faux pour quelqu'un comme Faith. J'y ai réfléchi, et je crois qu'elle pourrait vraiment céder sous la pression.

Il fronça les sourcils.

— Elle est si faible que ça ?

— Non. (Sascha s'appuya sur lui pour se mettre à genoux.) Mais elle a été isolée sa vie entière dans une bulle stérile.

Que penses-tu qu'il va arriver si on l'expose soudainement à l'air?

—Merde! (Lucas se redressa.) Allons-y.

Il avait confiance en Vaughn, mais Sascha avait raison: le jaguar s'était montré exceptionnellement agressif depuis qu'ils avaient trouvé Faith. Il risquait de pousser la Psi rousse à bout sans le vouloir.

Faith était assise dans la chambre; elle venait de se changer après le petit déjeuner avec Vaughn, qui avait été une véritable aventure. Il ne l'avait pas retouchée après qu'elle eut menacé de partir au milieu du repas, mais elle savait qu'à la minute où ils avaient terminé de manger la promesse qu'il lui avait faite de la laisser tranquille ne tenait plus. Si elle sortait de la pièce, il recommencerait à la provoquer.

Pourtant, bizarrement, elle ne voulait pas rester enfermée jusqu'à l'arrivée de Sascha. Les actions de Vaughn mettaient son équilibre en péril, mais en même temps... elles la stimulaient. Pour la première fois de sa vie, elle se sentait vivante, au-delà de son seul esprit. Son corps n'avait jamais paru lui appartenir véritablement mais, à présent, il constituait une part indéniable de son être. Vaughn avait éveillé tous ses sens, et elle percevait désormais leur acuité extraordinaire.

Et il avait fait fuir la noirceur.

Se levant, elle frotta ses paumes contre ses cuisses. Elle n'avait aucune raison logique d'ouvrir cette porte, mais Faith finit par se convaincre que la logique ne l'aiderait pas beaucoup. Elle était sur les terres des changelings prédateurs. Ils suivaient des règles différentes.

Il ne l'attendait pas dans le couloir comme elle l'avait pensé. Ni dans le salon. Songeant qu'il était peut-être dehors, elle sortit sous le porche et s'assit sur une balancelle qu'elle n'avait pas remarquée la nuit précédente. Le mouvement était apaisant, mais le fait d'ignorer où Vaughn se trouvait l'empêchait de se détendre pleinement.

Un bruit de griffes sur du bois.

Elle se figea alors qu'un énorme jaguar contournait l'angle de la cabane et s'avançait vers elle. Les yeux qui l'observaient dans ce visage sauvage étaient familiers, mais cela ne les rendait pas moins féroces pour autant. L'animal passa devant elle, frottant le flanc chaud de son corps imposant contre ses jambes.

La sensation était indescriptible.

L'esprit de Faith lutta pour traiter les nouvelles informations qu'il recevait. La caresse de la fourrure sur ses vêtements, la chaleur animale intense, la beauté pure de la créature si proche. Une partie d'elle-même, celle qui avait vécu entre des murs si épais qu'ils l'avaient isolée de tous les autres êtres vivants, souhaitait tendre le bras pour toucher le félin. Mais une autre partie voulait s'enfuir. Car ce prédateur avait des crocs très pointus, et il n'avait pas encore décidé si elle était une alliée ou une ennemie.

Il fit demi-tour et se frotta de nouveau contre ses jambes. Le cœur battant à tout rompre, Faith chercha à reprendre son souffle ; et elle sut alors qu'elle avait atteint un seuil critique. Son esprit était sur le point de céder. La fausse impression de sécurité qui lui avait permis ce matin de tenir tête à Vaughn avait disparu face à la réalité menaçante d'un effondrement mental imminent. La Psi se recroquevilla, les pieds sur la balancelle, et entoura ses genoux de ses bras. Luttant désespérément pour empêcher les ailes de la noirceur de se refermer sur elle, elle entendit un faible grondement guttural.

Elle refusa d'ouvrir les yeux, de laisser son esprit être assailli par d'autres sensations. Elle devait cesser d'entendre, de voir, de ressentir. Peut-être que si elle y parvenait elle pourrait reprendre le contrôle de ses nerfs.

Ce fut alors que des mains masculines se posèrent sur son visage et que le monde bascula.

Vaughn sentit Faith se raidir lorsqu'il la toucha. Une fraction de seconde plus tard, le corps de la Psi se tordit de manière si violente qu'il sut qu'elle ne le maîtrisait plus. La seconde fois, il eut à peine le temps de la rattraper avant que sa tête heurte l'arrière de la balancelle ; elle était déjà inconsciente.

—Non, murmura-t-il d'une voix rauque.

Il *ne permettrait pas* que le Conseil gagne et, s'il laissait Faith tranquille, sans la toucher, les Psis gagneraient. Il était désormais impératif pour lui que cette femme devienne assez forte pour pouvoir faire des choix différents de ce qu'on avait prévu pour elle.

Décidant de ne pas l'emmener à l'intérieur, il s'apprêtait à se relever lorsqu'il entendit le bruit d'une voiture approchant au loin. Reconnaissant le son du moteur électrique, il mit à profit sa vitesse considérable pour rentrer dans la maison et enfiler quelques vêtements. Quand Lucas et Sascha se garèrent, il était de retour sur la balancelle, Faith dans les bras. Sascha sauta pratiquement du véhicule et monta les marches en courant.

—Oh, Seigneur, Vaughn ! (Elle balaya la forme silencieuse de Faith d'un regard qui tournait à l'orage.) Comment as-tu pu...

—Je sais ce que je fais.

Sascha était peut-être une E-Psi, mais le jaguar n'en démordrait pas. Il comprenait quelque chose qu'elle ignorait, au niveau le plus viscéral, le plus primitif. Si on avait demandé à Vaughn d'expliquer sa certitude, il n'aurait pas pu l'exprimer en mots, mais cela ne la rendait pas moins forte.

— Faith est dans un coma si profond que je ne peux pas l'atteindre, et tu crois savoir ce que tu fais ?

Sascha débitait les mots sans reprendre son souffle.

— Lucas, dit Vaughn à mi-voix.

Il croisa le regard du chef de meute.

— Tu es sûr ? demanda celui-ci.

— Oui.

Furieuse, Sascha se tourna vers son compagnon et, quand elle n'ouvrit pas la bouche, Vaughn comprit qu'elle criait après Lucas directement, d'esprit à esprit. Lucas ne pouvait pas projeter ses pensées, mais ils avaient découvert qu'il pouvait parfaitement entendre Sascha. C'était logique, sachant que l'arrière-arrière-grand-mère du changeling avait été Psi.

Le chef de meute grimaça et attrapa Sascha par la taille pour la tenir contre lui.

— Vaughn est une sentinelle ; c'est son rôle de protéger. Laisse-le faire, chaton.

— C'est peut-être son rôle, mais Faith ne fait pas partie de ses protégés.

— Maintenant, si.

Tout le monde se tut.

— Depuis quand ? demanda Lucas.

— Depuis que je l'ai décidé.

— Très bien.

Le regard de Sascha passa d'un mâle à l'autre, puis elle secoua la tête, manifestement frustrée.

— Laisse-moi voir si elle va mieux. (Se tortillant pour s'extraire des bras de Lucas, elle s'approcha.) Elle est aussi fragile qu'un papillon qui sortirait de son cocon.

Vaughn comprenait son inquiétude et, parce qu'elle était l'un des rares êtres qu'il respectait, il lui dit :

— Je n'abîmerai pas ses ailes, Sascha chérie.

Un sourire chatouilla les lèvres de l'empathe lorsqu'elle l'entendit utiliser ce surnom affectueux.

— Que t'arrive-t-il donc ?

Il garda le silence, et elle posa les mains sur le corps de Faith pour essayer de lire sa température émotionnelle. En vérité, il ne savait pas quoi répondre. En dépit de sa promesse, il n'était pas certain d'avoir confiance en Faith. Son histoire semblait se tenir, mais cela pouvait n'être qu'une couverture très élaborée. Le jaguar ne pensait pas que ce soit le cas mais, malgré sa nature de prédateur, il lui arrivait de faire preuve d'une naïveté que l'homme avait depuis longtemps perdue.

— Ce n'est pas un simple évanouissement, elle est vraiment dans le coma… Je ne peux pas dire quand elle en sortira.

Vaughn berça Faith contre sa poitrine.

— Elle ira mieux d'ici à quelques minutes.

Sascha se releva.

— Comment le sais-tu ?

— Peut-être que je suis Psi.

Elle soupira.

— C'est le petit déjeuner, que je sens ?

Sans attendre de réponse, elle entra dans la maison à grandes enjambées.

Lucas ne parla que lorsqu'elle fut trop loin pour les entendre.

— Je n'ai jamais douté de ton jugement, et je ne vais pas commencer maintenant.

— Mais ?

—Elle n'est pas comme Sascha, Vaughn. Quand Sascha est venue nous trouver, elle pouvait déjà ressentir des émotions. Même si tout ce que Faith nous a raconté est vrai, cette Psi est aussi froide que le reste de son espèce. N'oublie pas ça.

Entre ses bras, il sentait le battement du cœur de Faith, la pulsation de son sang.

—Elle est moins froide que tu le penses.

—Que s'est-il passé ?

—Je crois qu'il faut que Sascha soit présente pour entendre ça. Prends ton petit déjeuner et laisse à Faith le temps de se réveiller.

Lucas hocha la tête et suivit sa compagne à l'intérieur. Vaughn eut l'impression étrange qu'on venait de lui retirer un poids des épaules. Il ne pouvait dire quoi avec certitude, mais quelque chose chez le léopard lui avait mis les nerfs à vif, alors que Lucas était un ami à la loyauté exemplaire. Ils avaient toujours été plus qu'un chef de meute et son lieutenant. Les heures sombres de leur enfance avaient cimenté leur loyauté ; ils avaient une confiance absolue l'un en l'autre. Mais, soudainement, Vaughn réagissait comme si Lucas représentait une menace.

Fronçant les sourcils, il reporta son attention sur la femme qu'il tenait entre ses bras. Il avait ses raisons pour ne pas l'emmener à l'intérieur. D'après ce que Sascha leur avait raconté depuis qu'elle avait rejoint DarkRiver, les Psis avaient l'habitude de vivre enfermés, et il semblait que Faith avait été encore plus protégée que la plupart de ses pairs. Pourtant, elle avait réussi sans problème à se rendre seule en forêt ; peut-être que quelque chose chez cette Psi recherchait la liberté que l'on trouvait dans la nature ?

Un léger mouvement. Il lui caressa le bras, jouant avec le tissu de son chemisier et lui frictionnant le dos pour l'aider à reprendre connaissance. Tandis qu'elle remuait la tête contre sa poitrine, il utilisa ses pieds pour les bercer doucement d'avant en arrière sur la balancelle. Faith battit des paupières, puis ouvrit les yeux.

—Comment était ta sieste, mon petit écureuil ?

Il parlait tout bas pour que leur conversation reste privée.

Elle ferma un poing contre son torse masculin.

—Pourquoi est-ce que tu me touches ? s'exclama-t-elle immédiatement d'une voix éraillée.

—Pourquoi est-ce que tu n'as pas une autre crise ?

Elle se redressa et leva les deux mains pour écarter ses cheveux de son visage.

—C'est exact. Pourquoi n'ai-je pas une autre crise ?

Surpris, il ne répondit pas. Sascha et Lucas sortirent à cet instant. Sascha ne put dissimuler sa stupéfaction quand elle vit que Faith avait repris connaissance. Lucas avait apporté deux chaises, et les disposait à présent face à Vaughn et Faith.

—Assieds-toi, ordonna-t-il en prenant la plus grande des deux assiettes que Sascha tenait à la main.

L'empathe obéit.

—Ça va ? demanda-t-elle.

—Je crois. (Faith se frotta les tempes.) Je suis toujours protégée par mes boucliers contre… (elle s'interrompit, puis parut devoir se forcer pour terminer sa phrase) contre le PsiNet.

Elle semblait extrêmement soulagée et, soudain, Vaughn comprit ce qui terrorisait Faith. Quand elle remua pour se lever de ses genoux, il voulut la garder prisonnière, mais la laissa s'éloigner précisément à cause de ce besoin qu'il ressentait.

Chancelante, elle prit une profonde inspiration.

—Oui, je crois que ça va. Même si le blocage qui m'empêche de parler du PsiNet est plutôt résistant.

— Décris-leur ta vision, Faith.

Il avait deviné ce qu'elle avait vu, mais il souhaitait qu'elle le raconte, qu'elle l'affronte.

Elle marcha jusqu'à la balustrade proche, et parut se concentrer sur l'océan formé par les arbres devant elle.

— J'ai encore eu la vision d'une noirceur épaisse, informe… au début. Elle va se développer jusqu'à ce qu'un meurtre fasse retomber la pression. En tout cas, je pense que c'est comme ça que ça fonctionne. C'est la première fois que je suis en contact avec un tueur.

— Pourquoi parles-tu de « noirceur » ? la questionna Lucas.

— Je ne distingue pas les détails. J'ai simplement une impression de *noirceur*. (On aurait dit qu'elle ne pouvait pas trouver d'autre mot pour décrire ce qu'elle voyait.) Et je perçois quelque chose de malfaisant, une volonté de nuire que je comprends, alors que je n'ai jamais rien éprouvé de semblable. (Sa voix avait une note sous-jacente de tension dont Vaughn pouvait pratiquement sentir le goût sur sa langue.) Je pense que c'est parce que, d'une certaine manière, pendant les visions, je *suis* lui.

— Est-ce normal ? demanda Sascha en reposant sa fourchette.

— Non. (Faith se redressa, et se tourna enfin vers eux.) Habituellement, je vois tout avec une très grande netteté, jusqu'à des numéros de série. Et je ne participe jamais.

— Sauf cette fois.

Vaughn n'appréciait pas qu'elle se soit éloignée de leur petit groupe alors qu'il était évident qu'elle avait besoin de contact physique.

— Oui. On dirait qu'il s'introduit dans les canaux de mes visions et prend le pouvoir. Jusqu'à ce que tu me touches, j'étais incapable de me libérer.

La nuit envahissait de nouveau ses yeux. L'effet était saisissant.

— Viens t'asseoir ici, ordonna Vaughn, à bout de patience.

Elle secoua la tête.

— Tu ne garderas pas tes distances.

— C'est exactement ce dont tu as besoin.

— Pour qui te prends-tu pour affirmer cela ?

— J'ai vu quelque chose dans ta chambre ce matin. Viens ici, et je te dirai quoi.

À présent, ses yeux étaient entièrement noirs, et on y lisait la méfiance. Elle réfléchit quelques secondes avant de se rasseoir sur la balancelle… aussi loin de lui que possible. Le jaguar voulait grogner, mais l'homme savait qu'il y avait un temps pour exiger et un temps pour accepter.

— Qu'as-tu vu ? questionna-t-elle. Tu n'es pas Psi ; que peux-tu bien avoir vu ?

— Quand tu t'es réveillée, tu étais entourée par quelque chose. Une noirceur physique, qui paraissait suffisamment réelle pour qu'on puisse la toucher.

— Vaughn, tu es sûr ? demanda Sascha en se penchant en avant.

— On aurait dit une ombre collée à elle.

Faith avait commencé à les balancer distraitement.

— Je ne comprends pas. Je suis sous étroite surveillance depuis mes trois ans, et aucune de mes visions n'a jamais pris cette forme.

— Mais tu n'as jamais eu ce type de visions, souligna-t-il, frappé par la délicatesse de son profil.

Elle était si fragile. Il ne la blesserait jamais, mais tout le monde n'était pas aussi bien intentionné ; le Conseil Psi était constitué de monstres.

— Non. C'est pour cela que je suis venue vous demander de l'aide. J'ai besoin de savoir comment les arrêter.

Vaughn leva les yeux et vit l'expression peinée de Sascha tandis qu'elle répondait.

—Faith, je suis désolée, mais je ne crois pas que ce soit possible.

Faith referma les mains sur le bord du siège.

—Je dois découvrir un moyen. Sinon, je ne pourrais pas fonctionner à un niveau acceptable.

—Tu n'es pas venue nous trouver parce que tu voulais que les visions cessent. (Vaughn attendit qu'elle se tourne vers lui pour poursuivre.) Tu veux apprendre à les contrôler... pour pouvoir voir ce que ton esprit essaie de te montrer.

Elle secoua la tête.

—Non. Je ne suis pas capable de supporter ces visions. Pourquoi souhaiterais-je qu'elles continuent ?

Regardant droit dans ces yeux couleur d'ébène, il s'assit à quelques centimètres d'elle.

—Parce qu'alors tu pourrais cesser de te sentir responsable de la mort de ta sœur.

Pétrifiée, elle refusa de se tourner vers lui.

—Je suis Psi. Je ne ressens pas de culpabilité.

—Tu ne pouvais pas l'empêcher. (Il appuya sa cuisse contre celle de Faith, la forçant à reporter son attention sur lui.) On ne t'a jamais appris à affronter le genre de choses que tu vois maintenant.

—Je ne devrais même pas les voir, de toute manière.

—Pourquoi ?

CHAPITRE 8

Faith ouvrit la bouche et s'aperçut qu'elle ne savait pas quoi répondre. On lui avait enseigné qu'à la suite de son conditionnement, ses visions se concentreraient exclusivement sur le domaine du commerce. Mais on lui avait aussi dit que les changelings prédateurs étaient invariablement violents et qu'il fallait les éviter à tout prix. Et que Sascha Duncan était une Psi défectueuse, alors que la cardinale rayonnait de pouvoir.

— Faith. (Le ton de Sascha était doux, et ses yeux plus encore.) Peut-être que tu étais destinée à voir ces choses.

Faith comprenait la logique du raisonnement, mais elle hésitait à tirer des conclusions définitives.

— Pourquoi me mentiraient-ils là-dessus ?

D'une voix dure, Lucas brisa le silence :

— Parce que prédire des meurtres ne rapporte rien.

— *Non.* (Faith interrompit brutalement le mouvement de la balancelle.) Personne ne pourrait me priver d'un tel don.

— Ça n'a pas fonctionné. Tu vois, lui rappela Vaughn.

— J'ai vingt-quatre ans. Pourquoi les visions sinistres se manifesteraient-elles maintenant ?

— Peut-être que le conditionnement commence à montrer ses limites à cet âge-là chez certains Psis, murmura Sascha. Je n'ai que deux ans de plus.

Faith la regarda fixement.

— Quels pouvoirs t'ont-ils dissimulés ?

113

—Tous. (Sascha se rapprocha de son compagnon, qui lui caressait le dos.) Ils m'ont rendue infirme, m'ont dit que je n'étais pas une cardinale. J'ai failli en devenir folle.

La folie. Le démon qui hantait Faith à chaque minute, qui murmurait à son oreille… et qui l'accueillerait inévitablement à la fin de sa vie.

—C'est ce qui va m'arriver, selon toi?

—Si tu n'acceptes pas ton don, oui.

—Ce n'est pas un don. C'est une malédiction.

Elle ne voulait pas voir l'horreur et la douleur, la terreur et le mal, ne voulait pas *ressentir*.

—Ce sont ces visions qui vont me rendre folle.

—Tu penses vraiment que tu es si faible que ça, petit écureuil? (À son oreille, la voix de Vaughn était un ronronnement rauque.) Tu as escaladé ce grillage et avancé sans t'arrêter en territoire changeling. Nous avons des crocs et des griffes, et tu n'as pas eu peur de venir nous trouver. Après ça, t'attaquer aux visions devrait être facile.

Faith se tourna et croisa ce regard merveilleusement sauvage.

—Le pire que vous puissiez faire était de me tuer. Les visions risquent de me transformer en morte-vivante.

—Pourquoi en as-tu si peur? demanda Sascha.

—Je ne ressens pas la peur. (Faith se leva brusquement.) Mon clan s'est toujours assuré que je bénéficiais des meilleurs soins. Pourquoi voudraient-ils m'entraver de quelque manière que ce soit?

Elle le savait, elle pouvait le déduire, mais elle ne souhaitait pas être celle qui le dirait à voix haute.

Vaughn remua, et elle aperçut son mouvement du coin de l'œil.

—Tu connais la réponse à cette question.

Elle aurait dû deviner qu'il ne la laisserait pas s'en sortir aussi facilement.

— L'argent.

Son clan l'avait trahie pour s'enrichir sur son dos.

— Pourquoi suis-je la première à… plier?

— Peut-être que d'autres t'ont précédée. (Sascha se leva pour la regarder en face.) Peut-être que tu es simplement la première qui n'a pas été identifiée et réduite au silence.

Faith comprit ce que Sascha avait trop de tact pour nommer.

— Tu veux dire «rééduquée», n'est-ce pas?

— Ou même pire, étant donné ta valeur. Y a-t-il eu des disparitions étranges dans ton arbre généalogique?

— Ma grand-mère n'a pas été revue depuis la naissance de mon père. Et, il y a cinq ans, l'une de mes cousines, Sahara, s'est volatilisée; elle n'avait que seize ans.

Elle s'autorisa à penser à ce que cela pouvait signifier.

— Tu crois que le Conseil ou mon clan les retiennent prisonnières quelque part, exploitent leurs dons pendant leurs moments de lucidité, et les laissent se débattre avec ces horribles visions le reste du temps?

— Je n'en ai aucune idée, Faith. Je ne suis pas C-Psi.

Faith sentit que Vaughn venait se placer derrière elle. Étrangement, cela lui donna la force dont elle avait besoin.

— Moi si. Et je sais que, même au milieu du délire, nous avons des instants de lucidité. Ma tante, du côté de mon père, est enfermée dans un établissement psychiatrique – elle a perdu l'esprit à la cinquantaine –, mais elle continue à effectuer des prédictions qui valent des millions de dollars quatre ou cinq fois par an. Ce qui suffit amplement à payer ses soins.

À lui rendre la folie plus confortable.

La dernière fois que Faith avait vu sa tante, cela avait été sur un écran de communication : Carina NightStar ne pouvait plus supporter le moindre contact direct avec qui que ce soit. L'image hanterait Faith jusqu'à son dernier souffle. La Psi glaciale de rang 7,5 qui avait été l'un de ses professeurs, une femme dont les prédictions avaient un taux de réalisation de presque quatre-vingt-cinq pour cent, était devenue une créature qui n'avait plus rien d'humain. Elle avait arraché ses propres lèvres, et s'était mordue et griffée de si nombreuses fois qu'on avait dû la priver de presque tous ses ongles et ses dents. Ses vêtements étaient déchirés, ses cheveux en bataille. Quelque chose d'étrange, de *dérangé*, avait dansé dans le fond de ses yeux.

— Mais, contrairement à ma tante, ceux qui ont vu des visions sinistres ne pourraient pas être autorisés à en parler. Cela remettrait en question toute la réussite du protocole. Il faudrait les éloigner, les enfermer *avant* qu'ils soient victimes de la détérioration mentale. (Faith commençait à comprendre l'inhumanité criante de ce que les changelings lui demandaient de reconnaître.) Un Psi emprisonné peut toujours effectuer des prédictions. En fait, il représenterait même l'outil parfait : une machine dont personne ne connaît l'existence, à laquelle aucune loi ne s'applique. Et si on brisait délibérément d'autres segments du conditionnement, le sujet serait ouvert à toutes sortes de visions… y compris celles qui évoquent des complots ou des rébellions à venir. Cela pourrait être très utile à ceux qui détiennent le pouvoir.

— Faith, commença Sascha.

— Je suis désolée. (Elle leva une main.) J'ai besoin de temps pour assimiler tout ce que j'ai déjà appris.

— Mais il ne t'en reste peut-être pas beaucoup.

Le ton de Sascha était plein de douceur.

— Pouvons-nous nous rencontrer de nouveau ? Je pense que je pourrai ressortir d'ici à environ cinq jours.

— Bien sûr.

Faith se demanda si cinq jours suffiraient pour démêler le tissu de mensonges qu'on lui assenait apparemment depuis sa naissance. Qu'est-ce qui était vrai, et qu'est-ce qui était faux ? Les changelings avaient peut-être raison en partie, mais qui disait qu'ils connaissaient toute l'histoire ? Ils ne servaient pas les mêmes maîtres, et leurs vies étaient dominées par leurs émotions. Peut-être qu'ils se trompaient. Peut-être que les siens ne la considéraient pas seulement comme une source de profit. Peut-être.

Vaughn escorta Faith jusqu'à la lisière de la forêt.

— Tu vas réussir à escalader le grillage, mon petit écureuil ?

— Oui. (Elle attacha le sac sur son dos avec soin.) Seras-tu ici dans cinq jours ?

Elle regardait n'importe où, sauf dans la direction du changeling.

— Je tiens mes promesses. (Il posa une main sur la nuque de la Psi.) Il se pourrait même que je vienne te rendre visite d'ici là. Je ne voudrais pas que tu oublies toutes les bonnes choses que tu as apprises.

— « Les bonnes choses » ?

Il lui caressa le cou avec son pouce.

— J'aime la sensation de ta peau.

— Ne viens pas, Vaughn. S'ils t'attrapent, ils te feront du mal.

La bête était ravie de ce qu'elle entendait dans le ton de Faith.

— Personne ne m'attrape jamais, bébé. Si je peux m'introduire dans la tanière des SnowDancer sans que les loups le sachent, ça, ce sera du gâteau.

— Le complexe est surveillé par des gardes Psis, capables de scanner les environs à la recherche de formes de vie.

— Ces forêts sont sur nos terres ; les Psis doivent être conscients que nous gardons un œil sur eux. Ne t'angoisse pas pour moi. Je suis un grand garçon.

En réalité, il était enchanté de son inquiétude ; car, oui, c'était bien ce qu'il sentait dans l'air matinal.

— Je ne veux pas compromettre mon prochain rendez-vous avec Sascha. Si tu te fais attraper, ils renforceront leur surveillance.

Sa peau était douce, mais la Psi était raide comme un piquet.

Des lèvres, il lui effleura la joue. Elle s'étrangla et recula.

— Vas-y, petit écureuil. Les gardes sont à la distance idéale.

Elle courut prestement jusqu'au grillage et l'escalada avec une grâce et une souplesse toutes féminines. Oui, il comptait bien la mettre dans son lit, et nul doute qu'elle pimenterait leurs ébats amoureux. Sentir le goût de sa peau sur ses lèvres était la sensation la plus grisante qu'il ait jamais éprouvée.

Elle atterrit de l'autre côté et se retourna, comme pour le chercher du regard. Il fit étinceler ses yeux dans la nuit et vit qu'elle l'avait repéré. Puis elle disparut derrière les remparts du monde Psi.

Heureusement que les félins ne se laissaient pas arrêter par les barrières.

Tôt le lendemain matin, Faith renforça les boucliers qui l'isolaient de l'immensité du PsiNet puis sortit de sa chambre. Comme elle s'y attendait, une sonnerie insistante signalait un appel. Les M-Psis venaient prendre de ses nouvelles bien avant la fin officielle de sa période de repos de trois jours. Si elle ne répondait pas, ils utiliseraient certainement cette excuse pour entrer chez elle.

Par le passé, cette idée l'avait rassurée : si une vision tournait mal, ils seraient là pour ramasser les morceaux. Mais à présent, le manque d'intimité, l'impossibilité de vivre véritablement sa vie, la rendait… Elle n'avait même pas de mots pour décrire sa réaction. Pas de mots neutres, qui n'impliquaient pas un sentiment… L'unique chose qu'elle se refusait à accepter.

Elle appuya sur une touche de la tablette tactile afin de décrocher.

— Oui ?

Le visage imperturbable de l'un des sous-fifres de Xi Yun apparut face à elle.

— Vous n'avez pas répondu à nos deux appels précédents. Nous souhaitions nous assurer que vous étiez consciente et rationnelle.

Parce que les C-Psis avaient tendance à devenir irrationnels, puis fous.

Faith s'aperçut que les M-Psis trouvaient toujours le moyen de le lui rappeler discrètement, ne l'autorisant jamais à oublier la menace qui planait au-dessus de sa tête.

« Répète quelque chose suffisamment de fois à une enfant, et elle commencera à le croire. »

Les mots de Sascha se frayèrent un chemin dans son esprit, refusant de la laisser redevenir l'être isolé et passif qu'elle avait été avant de franchir le grillage. Et de se précipiter entre les griffes du prédateur le plus dangereux qu'elle pouvait imaginer.

— Bien que j'accepte que vous deviez assurer ma sécurité, je vous ai informé que je serais indisponible pendant trois jours. Cette période ne se termine pas avant ce soir. Est-ce si difficile à comprendre ? (Sa voix était glaciale, un poignard forgé au feu de l'isolement.) Ou bien voudriez-vous que je vous fasse remplacer par quelqu'un qui comprend ce que je dis ?

Jamais encore elle n'avait lancé de menaces de ce genre, mais la chose inconnue qui s'éveillait en elle ne resterait pas silencieuse face à ce dernier coup porté à son indépendance.

Le M-Psi cligna des yeux.

— Toutes mes excuses, clairvoyante. Je ne commettrai plus cette erreur.

Il consignerait aussi son comportement inhabituel et lui programmerait un bilan de santé complet. Faith éteignit le tableau de communication sans un mot de plus, consciente qu'elle venait de se tirer une balle dans le pied. Désormais, le seul endroit où on ne la surveillerait pas serait sa chambre, et même cela n'était pas garanti. Il aurait été bien plus logique de se taire. *Vraiment ?* Elle s'immobilisa et réfléchit à ses actions. Elle était une C-Psi de vingt-quatre ans aux performances presque parfaites. Elle valait des milliards, et non des millions comme Sascha l'avait supposé. Et elle savait que l'importance de ses dons la mettait à l'abri de nombreuses menaces.

Comme un internement au Centre, où son esprit serait anéanti pour permettre la « rééducation ».

Quand on y songeait, dans une telle situation, l'arrogance allait pratiquement de soi. Le fait que les Psis aient dompté leurs sentiments ne signifiait pas pour autant qu'ils n'étaient plus conscients des différences de classe, de richesse et de pouvoir. Pour la première fois, Faith considéra l'étendue de sa propre influence politique, qu'elle n'avait encore jamais exploitée. Peut-être même que la portée de celle-ci était telle que Faith pouvait réclamer qu'on cesse de la surveiller en dehors du fauteuil depuis lequel elle effectuait ses prédictions… Peut-être pas du jour au lendemain, mais progressivement ?

Jetant un coup d'œil à l'objet dans lequel elle avait passé la majeure partie de sa vie, elle prit sa décision. Au lieu de s'y asseoir, elle retourna dans sa chambre et s'allongea sur le lit. Elle allait profiter de son temps libre pour explorer le PsiNet, et chercher des informations dont jamais auparavant elle n'avait soupçonné l'existence ; parce que, dans leur volonté de la protéger de tout, ses gardiens l'avaient enfermée dans une prison.

Ils l'avaient même mise en garde contre trop d'exposition au Net, lui expliquant que son esprit était plus vulnérable que ceux des autres types de Psis, et par conséquent plus susceptible d'être piraté. En réaction, Faith s'était bâti des boucliers encore plus solides, au-delà desquels elle s'était rarement aventurée. Mais si Sascha Duncan n'était pas une Psi défectueuse, peut-être que Faith NightStar n'était pas plus faible que le reste de ses pairs. Des bribes de souvenirs lui traversèrent l'esprit. Vaughn l'avait touchée, embrassée, n'avait jamais caché la nature si intense de sa personnalité ; et elle avait appris à supporter tout cela. Alors, si elle pouvait affronter un jaguar…

Prenant une profonde inspiration, elle ferma les yeux et ouvrit son esprit sur la nuit veloutée du PsiNet. Des étoiles scintillaient dans les ténèbres, mais ces lumières vacillantes étaient vivantes, les esprits uniques de millions d'êtres psychiques. Dès qu'elle s'immergea dans le Net, ses boucliers se mirent en place pour protéger sa psyché. Ceux qui n'en possédaient pas risquaient d'être victimes d'attaques, dont la plus terrible consistait à trancher le lien qui connectait l'esprit voyageur au cerveau physique : cela entraînait à coup sûr un coma irréversible. La plupart des Psis étaient obsédés par leurs boucliers, et Faith l'était encore plus que la moyenne.

Elle n'était présente que depuis quelques minutes, errant sans but en se laissant envahir par les informations qui flottaient autour elle, quand elle sentit une entité la frôler. Le Gardien du Net. Il s'arrêta, et elle sentit qu'il la touchait de nouveau, comme s'il vérifiait quelque chose.

Apparemment satisfait de ses processus mentaux, il poursuivit son chemin. La pause avait été inhabituelle, mais Faith pouvait la comprendre : même l'omniscient Gardien du Net avait sans doute rarement eu l'occasion d'observer l'un des C-Psis surfer sur les flux de données du Net.

Autour d'elle, celui-ci bruissait d'informations et d'activité. Les esprits volaient avec fluidité vers diverses destinations ; certains disparaissaient brusquement lorsqu'ils suivaient des liens que Faith ne pouvait pas voir. C'était normal. Le PsiNet était basé en partie sur ce que chaque Psi savait déjà : comment aurait-elle pu se connecter à un esprit, et donc à un endroit, dont elle ne connaissait pas l'adresse ?

Consciente de l'intensité des courants qui l'entouraient et de son manque d'expérience dans cet environnement, elle se déplaçait sans bruit, tâchant de ne pas se faire remarquer. Sans son étoile de cardinale, elle n'était qu'une Psi parmi tant d'autres sur le Net. La plupart des cardinaux ne prenaient pas la peine de masquer leur éclat de supernova, même lorsqu'ils naviguaient ainsi, mais Faith préférait voyager incognito. Ses boucliers sophistiqués se chargeaient d'assurer son anonymat. Paradoxalement, c'était le clan qui lui avait enseigné les techniques visant à dissimuler son identité : ils avaient pensé que cela lui éviterait d'être enlevée.

Pour la première fois, elle flotta jusqu'à un salon de discussion psychique. Les M-Psis avaient bien insisté sur le risque de surcharge qu'il y avait à fréquenter ces lieux complètement imprévisibles.

— J'ai entendu dire qu'ils étudiaient des candidats, lança un esprit.

— Ça aura mis le temps, répliqua un autre.

— Perdre un cardinal aussi puissant que Santano doit donner des sueurs froides aux membres les plus faibles, ajouta un troisième.

Par chance, Faith savait de quoi il retournait, car elle avait rencontré le nom de l'ancien Conseiller Santano Enrique au cours de ses recherches sur Sascha Duncan. Les sens en éveil, elle fit taire son esprit et s'installa dans un coin discret pour écouter la conversation.

— Aucun des Conseillers n'est faible, rétorqua le premier esprit. Seuls les aspirants aiment se bercer de cette illusion.

— Des rumeurs sur les favoris ?

— Il paraît que le Conseil a strictement interdit d'en parler. Quiconque briserait le silence s'exposerait à une rééducation automatique.

— Est-ce que quelqu'un sait ce qui est vraiment arrivé à Santano ? Les communiqués officiels disaient uniquement que la cause de son décès était inconnue.

— Non, c'est un mystère…

L'esprit qui avait posé la question sur la mort de Santano demandait à présent :

— Ce que j'aimerais vraiment comprendre, c'est comment Sascha Duncan s'est déconnectée du Net.

— C'est de l'histoire ancienne… Elle était trop faible. Son esprit n'était sans doute même pas destiné à y accéder, ce qui expliquerait pourquoi elle a survécu.

— Une réponse très commode, mais vous ne croyez pas qu'elle l'est un peu trop, justement ?

Un court silence, puis l'un d'eux reprit :

— Peut-être devrions-nous poursuivre cette conversation dans un lieu moins exposé.

Il disparut brusquement, et deux de ses compagnons le suivirent, probablement en direction d'un endroit qu'ils connaissaient tous les trois.

Intriguée par ce qu'elle avait entendu, Faith visita encore quelques salons, mais personne d'autre ne semblait discuter de sujets aussi explosifs. Cependant, c'était une bonne chose qu'elle ait paru errer ainsi au hasard, car, vers la fin, il devint évident que deux autres esprits l'avaient prise en filature. Elle rejoua mentalement son parcours et s'aperçut qu'ils étaient présents depuis le début.

Elle savait exactement qui les lui avait envoyés. Même dans l'espace censément anonyme du PsiNet, elle était trop précieuse pour qu'on la laisse sans surveillance. Une rage froide l'envahit, si pure qu'elle en était brûlante. Et elle se fichait que cela ressemble à une réaction émotionnelle.

Elle sortit du Net aussi directement que possible. Dès qu'elle fut de retour derrière les murs de sa psyché, elle ouvrit les yeux et réfléchit à ce qu'elle devait faire. Si elle exigeait qu'on respecte sa vie privée, cela révélerait-il à quel point elle avait changé ? Pouvait-elle continuer à vivre en sachant qu'on ne la laisserait jamais tranquille ?

Non.

Ravalant les pensées qui menaçaient les fondations de son conditionnement à Silence, elle se leva, s'attacha les cheveux et revêtit l'une des longues robes qu'elle aimait porter lorsqu'elle effectuait des prédictions. Celle-ci était marron foncé, avec de fines bretelles et un ourlet qui lui arrivait aux chevilles. Même quand les visions refusaient de la lâcher, au moins son corps se sentait libre.

Lorsqu'elle fut prête, elle entra dans le salon et s'installa dans le fauteuil dans sa position habituelle. On avait commencé à enregistrer toutes ses actions à l'instant où elle avait pénétré dans la pièce mais, à présent, les M-Psis devaient attendre fébrilement le début d'une séance de travail. Au lieu de cela, elle se barricada derrière le mur le plus solide qu'elle puisse imaginer – elle ne pouvait pas arrêter les visions, mais elle pouvait occasionnellement les contenir pendant un moment – et se mit à lire.

Quand elle termina deux heures plus tard, elle était consciente qu'ils devaient s'impatienter. Elle ne se servait jamais du fauteuil pour des tâches aussi insignifiantes. Puis elle choisit un autre ouvrage. Au bout de dix minutes, le tableau de communication signala un appel entrant. Utilisant la télécommande, elle alluma l'écran positionné en face d'elle.

—Père.

Le titre n'était rien de plus qu'un moyen pratique de le nommer. Peu importait qu'il ait contribué pour moitié à son patrimoine génétique ; pour elle, Anthony Kyriakus n'était que le leader du clan. Rien de plus qu'un étranger.

—Faith, l'équipe médicale m'a informé d'un comportement erratique de ta part.

Et voilà, pensa-t-elle, elle allait devoir passer un bilan physique et mental complet.

—Père, considérerais-tu que c'est une violation de tes droits civiques d'être surveillé sur le PsiNet ? (Une question absolument logique, au fond.) Ou suis-je autorisée à te suivre partout où tu vas ?

À l'écran, les yeux marron d'Anthony ne manifestèrent aucune émotion.

—C'était pour ta propre protection.

—Tu n'as pas répondu à ma question. (Elle reprit son livre.) Comme il semble que je ne puisse pas me renseigner en privé, je me disais que je devrais le faire en public.

Une menace voilée.

—Tu n'as jamais exprimé de désir d'un isolement complet.

«Isolement», et non «intimité». À présent, il était évident qu'on l'avait manipulée sa vie entière. Mais Anthony avait raison ; elle ne pouvait pas changer soudain du tout au tout sans fournir d'explication. Une bribe de souvenir du Net lui donna son inspiration, et si elle venait du même endroit que les visions, Faith ne voulait pas le savoir.

—Peut-être qu'un cardinal adulte, comme l'un des rares C-Psis, pourrait être intéressé par d'autres possibilités… mais il est très improbable qu'on offre celles-ci à quelqu'un qui ne peut se passer d'un baby-sitter.

Anthony parut comprendre immédiatement à quoi elle faisait allusion, au point qu'elle eut la certitude qu'il avait tenu le même raisonnement qu'elle.

—C'est un jeu dangereux. Seuls les plus forts survivent.

—Et c'est pourquoi je ne peux sembler faible.

—As-tu entendu quoi que ce soit de concret ?

—Je t'en dirai plus en temps et en heure.

Un mensonge éhonté, car cette heure ne viendrait jamais, quoi qu'Anthony en pense. Le Conseil n'allait sûrement pas envisager de recruter pour nouveau membre une clair-voyante qui avait passé toute son existence à l'écart du monde. Mais c'était une justification presque idéale pour réclamer qu'on respecte sa vie privée.

Une présence brutale, horrible, essaya soudain de *repousser* le mur qu'elle avait bâti pour se protéger des visions, et elle sut qu'elle devait mettre fin à cet entretien avant que celle-ci fasse irruption et révèle son secret. Car les visions relatives au commerce n'étaient jamais aussi puissantes, aussi agressives. Reposant le livre, elle ramena ses jambes sur le côté du fauteuil.

— Ta réponse, père ?

— Tout citoyen a droit à une vie privée. (Il hocha la tête.) Mais, si tu as besoin d'aide, contacte-moi.

— Naturellement.

Elle éteignit l'écran sans le saluer : dans sa situation, les adieux étaient redondants, elle l'avait compris alors qu'elle n'était encore qu'une enfant. Au moins, on la laisserait en paix sur le Net, à présent ; c'était un grand pas en avant. Personne ne pouvait la soupçonner de quoi que ce soit à ce stade ; même les informations qu'elle avait découvertes sur Sascha provenaient des forums publics. Cependant, ses prochaines recherches ne seraient pas aussi innocentes.

Un autre coup de bélier contre son esprit. Elle sortit de la pièce et se força à aller prendre de l'eau et plusieurs barres énergétiques dans le réfrigérateur. À l'instant où elle s'en saisit, elle se rappela le sourire moqueur de Vaughn. Elle pouvait imaginer ce que le changeling aurait dit de son choix de repas et, même si c'était un jeu dangereux, elle s'autorisa à penser à lui jusqu'à ce qu'elle arrive dans sa chambre. Une fois à l'intérieur, elle posa la nourriture et ferma la porte.

La poussée suivante faillit lui faire perdre l'équilibre. Elle chancela, mais resta debout ; si elle tombait, les capteurs dans le couloir risquaient de le signaler. Respirant profondément, elle parvint à atteindre le lit sans s'effondrer. La sueur mouillait ses paumes et ses tempes ; une réaction physiologique due à des facteurs de stress inconnus.

La peur.

Elle était Psi. Elle n'aurait pas dû ressentir la peur. Mais elle n'aurait pas dû non plus voir ce qu'on l'obligeait à présent à voir.

Puis la noirceur perça une brèche dans les murs peu solides derrière lesquels elle s'abritait, et planta ses griffes dans son esprit. Faith se cambra, ferma les poings, serra les dents avec une violence inouïe, et se perdit dans la vision.

CHAPITRE 9

On aurait dit que la noirceur savait quand Faith était seule et sans défense. Comme une bête vicieuse qui attendait dans l'ombre que sa proie baisse sa garde, elle s'insinuait à travers ses visions et s'emparait de ses sens. Et ensuite elle – *il* – la forçait à regarder ce qui arriverait si on ne l'arrêtait pas.

Du sang, tant de sang sur ses paumes, ses cheveux, sa peau. Sa main pâle, fragile, était à peine visible sous l'enrobage riche, sombre… *Une minute.* Il était plus âgé que cela. Il avait des dizaines d'années d'expérience de plus que ce mince garçon couvert de sang. Mais c'était la même noirceur, le même mal. Même si ce qu'elle était en train de vivre n'avait rien d'habituel, Faith comprenait la scène.

Le don de clairvoyance prenait de nombreuses formes : parfois, elle permettait de connaître le passé. Les C-Psis dont c'était la spécialité étaient particulièrement rares. Faith ne croyait pas qu'il y en ait eu un seul au cours des cinquante dernières années. En général, ces individus rejoignaient la Sécurité. Mais la plupart des C-Psis actifs avaient un ou deux flashs de ce type par an. Pour sa part, Faith avait toujours vu des images inoffensives en lien avec l'avenir qu'elle tentait d'apercevoir.

Jamais auparavant elle n'avait été couverte de sang au point d'en être poisseuse. À chaque inspiration, elle en sentait l'odeur métallique. Ses cils étaient parsemés de croûtes de sang séché, et, sous ses ongles, le liquide était si sombre qu'il paraissait presque noir. Sur le sol, ses empreintes de pas avaient déjà coagulé. Elle tenait à la main le couteau qu'elle avait utilisé. Quand elle le leva, la lumière d'une torche se refléta dessus.

Une torche?

Elle se retourna et découvrit qu'une dizaine d'hommes vêtus de noir l'entouraient. En un éclair, la vision se lézarda et quand Faith rouvrit les yeux, elle se trouvait dans une pièce intégralement blanche. La soif de sang bouillonnait dans ses veines, et elle s'aperçut qu'elle était plus âgée, bien plus. Et qu'elle avait faim. Tellement *faim*. D'une proie humaine.

Un autre bond violent dans le temps. Elle était de nouveau avec les hommes habillés de noir. Ils la libérèrent au début d'un labyrinthe et elle commença à chasser. La peur qu'elle sentait chez son gibier agissait sur elle comme une drogue. Elle courait sans hésiter, car elle savait qu'ils avaient choisi un sacrifice approprié. C'était toujours le cas.

Sa main se referma sur le couteau. La fille avait trébuché. Faith apercevait sa nuque vulnérable. Sur son visage, un sourire remplaça l'expression d'excitation. Elle allait s'en donner à cœur joie.

Non!

Faith s'arracha à la vision si brutalement qu'elle tomba par terre. Recroquevillée en position fœtale, elle essaya d'étouffer ses gémissements, d'effacer de son cerveau la souillure du sang. L'espace d'un long moment, elle était devenue le tueur, l'être vicieux qui avait pris la vie de sa sœur. C'était ce qui l'avait ramenée : savoir que, si elle laissait la vision se poursuivre, elle risquait de sentir ses propres mains enserrer la gorge de Marine.

À côté du lit, le tableau de communication sonna. Ils l'avaient entendue tomber, bien sûr. Les détecteurs situés à l'extérieur de la pièce étaient très sensibles, et elle avait fait beaucoup de bruit. Elle se força à se relever et répondit.

— Je me suis pris les pieds dans quelque chose.

— Êtes-vous blessée ?

— Non. Je vais bien. Veuillez ne plus me déranger jusqu'au matin.

Et, après cette simple déclaration, elle coupa la communication, consciente qu'elle ne pourrait feindre l'indifférence plus longtemps. Sa voix était prête à se briser ; elle voulait trembler, pleurer.

Deuxième étape du déclin qui la rapprochait chaque jour un peu plus de cette fin inéluctable : la folie des C-Psis. Elle devait sortir de cette enceinte oppressante. Mais elle ne pouvait pas partir. Pas maintenant. Ils savaient qu'elle était éveillée ; ils allaient peut-être même essayer de la contacter de nouveau, sans tenir compte de ses ordres. Le désir de fuir était si fort qu'elle avait l'impression que sa peau contenait à grand-peine sa chair, comme si celle-ci allait exploser.

Elle ne pouvait pas céder à son instinct, ne pouvait pas s'enfuir, ne pouvait pas sortir vers la sécurité, vers les yeux brillants d'un prédateur si dangereux qu'elle n'aurait pas dû songer à lui en même temps qu'au mot « sécurité ». De toute manière, il était trop loin ; elle était prisonnière en ce lieu que tous nommaient sa « maison ». Celle-ci deviendrait-elle un jour sa tombe ?

Frissonnant à cette pensée morbide, elle se traîna de nouveau jusque dans son lit. Étendue sur le dos, le souvenir du sang et de l'horreur pour seul compagnon, elle contempla le plafond. Et même si elle refusait d'admettre qu'elle ressentait quoi que ce soit, les griffes de la solitude lui enserrèrent le cœur.

C'était douloureux.

Faith sentit un soupir dans son cou et se réveilla aussitôt. Son rythme cardiaque s'emballa. Elle connaissait cette odeur masculine, mais sa présence en ce lieu était impossible. Songeant qu'il s'agissait d'une illusion créée par son esprit surmené, elle ouvrit les yeux et se retrouva nez à nez avec un homme jaguar. Il était allongé à côté d'elle, la tête appuyée sur une main.

— Que fais-tu dans mon lit? demanda-t-elle, trop surprise pour pouvoir s'en empêcher.

— Je voulais juste voir si je pouvais entrer.

Il avait laissé ses cheveux détachés, et ils flottaient sur ses épaules telle une vague d'ambre doré qui étincelait malgré la faible lumière projetée par la petite lampe de chevet.

Celle-ci permettait généralement à Faith de différencier les rêves de la réalité mais, à présent, elle n'était plus certaine de savoir où elle en était. Elle leva le bras et toucha les cheveux de l'homme. Des mèches chaudes glissèrent entre ses doigts. La décharge de sensations la prit par surprise, et elle retira vivement la main.

— Tu es réel.

Il esquissa un sourire.

— Tu es sûre?

Il effleura sa bouche d'un baiser.

Il l'avait à peine touchée, mais elle eut l'impression d'avoir été brûlée.

— Tu es vraiment réel.

Son ton était accusateur.

Il rit, totalement impénitent.

— Ne fais pas de bruit, le mit-elle en garde. Cette pièce et ma salle de bains sont privées, mais tout le reste est sous surveillance. Est-ce que tu…?

—Ils ne savent pas que je suis là. (Il regarda vers la lucarne sur le toit que personne n'aurait dû pouvoir ouvrir.) Les Psis ne se méfient pas des dangers qui viennent d'au-dessus.

Elle n'arrivait pas à comprendre comment il s'y était pris, mais cela ne la surprenait pas : Vaughn était un félin, après tout.

—C'est Sascha qui t'envoie ?

—Sascha croit que je te dévorerai à la première occasion.

—Et c'est le cas ?

Elle ne savait pas quoi penser de Vaughn, du jaguar qui rôdait dans les ténèbres derrière la beauté de ses yeux.

Il laissa une main s'attarder sur son visage, et elle se força à ne pas remuer. Elle était forte, et elle pouvait dépasser ce blocage. Ses doigts la picotaient du souvenir sensoriel des cheveux de Vaughn, et elle se demanda ce qu'elle ressentirait si elle touchait sa peau.

—Rapproche-toi et tu le découvriras.

À présent, la voix de l'homme était rauque, mais elle ne contenait aucune menace. Elle était presque…

Elle chercha le mot adéquat dans son dictionnaire mental.

—Tu essaies de me séduire.

Personne n'avait jamais fait cela. Ils avaient réclamé, ordonné, usé de la flatterie, mais personne n'avait jamais essayé de la séduire pour obtenir ce qu'il voulait.

Il s'était approché, même si elle n'avait pas remarqué le mouvement. Mais il restait au-dessus des draps, tandis qu'elle était allongée en dessous. Pourquoi, alors, pouvait-elle sentir la chaleur de son corps, presque comme s'il brûlait d'un feu encore plus chaud qu'elle ?

—Peut-être.

Elle mit une seconde à se souvenir de sa question.

—Pourquoi ?

Ses mains reposaient au-dessus des draps, à quelques centimètres du torse de Vaughn. Elle écarquilla les yeux.

— Tu es nu ?

— À moins que tu souhaites me donner des vêtements, je le suis, en effet.

Et cela n'avait pas l'air de le déranger le moins du monde.

— Tu ne peux pas entrer nu dans la chambre d'une femme.

Ce comportement était inacceptable quelle que soit l'espèce.

— Quand je suis arrivé, j'étais habillé… de pelage.

Au-dessus d'elle, elle admirait les yeux dorés et la peau brillante du mâle ; il était si beau qu'elle s'émerveilla de son existence dans le même monde qu'elle.

— Je peux me retransformer, si tu préfères.

C'était un défi.

— Très bien.

Elle n'allait pas le laisser s'imaginer qu'il pouvait se permettre tout ce qui lui passait par la tête.

— Tu es sûre de vouloir un jaguar dans ta chambre ?

— Je crois que j'en ai déjà un.

Mais quelque chose en elle désirait voir la métamorphose, le même quelque chose qui savait que Vaughn était beau, alors qu'elle n'aurait pas dû être capable de reconnaître la beauté masculine.

— Ne bouge pas, mon petit écureuil.

Une éclatante lueur arc-en-ciel envahit la pièce. Faith se figea. Elle avait pensé que la transformation serait douloureuse pour Vaughn, et n'avait pas réellement cru qu'il s'exécuterait. Mais il n'était pas question ici de souffrance, seulement d'émerveillement.

Un battement de cœur plus tard, le scintillement avait disparu et Faith était allongée à côté d'un jaguar aux crocs pointus et aux yeux en tous points semblables à ceux de l'homme qui occupait cette place quelques instants plus tôt. Elle déglutit. Elle était Psi ; elle ne connaissait pas la peur. Mais il était raisonnable de se tenir sur ses gardes en présence d'une créature aussi redoutable.

Le félin ouvrit la gueule et gronda de manière à peine audible.

— Était-ce une question ? hasarda-t-elle. Parce que je ne parle pas le jaguar.

D'où était sortie cette remarque ? Cela n'avait pas le moindre sens ; bien sûr qu'elle ne parlait pas le jaguar.

L'animal baissa la tête et se frotta le museau contre la gorge de Faith. Le cœur de celle-ci menaça de sauter hors de sa poitrine.

— Je suis plus forte que ça, chuchota-t-elle, et elle se força à poser la main sur la nuque du félin.

Elle tira. Il refusa de bouger. Elle tira de nouveau, cette fois avec plus de vigueur.

Elle ressentit le grognement jusque dans ses os.

— Ça suffit, Vaughn.

Sans prévenir, la fourrure sous ses doigts disparut, son incroyable douceur scintillant jusqu'à laisser place à un mâle nu au-dessus d'elle. Elle se retrouva à serrer une mèche de cheveux ambrés.

— Alors tu veux bien caresser le félin, mais pas l'homme ?

— J'essayais de te faire bouger.

Elle ne le lâcha pas, en était incapable. L'odeur de Vaughn était partout, sa peau dorée si proche qu'elle pouvait la toucher, son sourire félin.

— Où souhaites-tu que je bouge, ma petite chérie ?

Elle savait qu'il avait ajouté « petite » à dessein.

— Loin de moi.

— Tu es sûre? (Son sourire devint coquin.) Si je bouge, tu risques d'en voir plus que tu le voudrais.

— Je sais que ce genre de comportement n'est pas non plus acceptable parmi les léopards.

Elle ne le savait pas à proprement parler, mais cela semblait plus que probable.

— Comment réagirais-tu si un inconnu entrait ainsi dans la chambre de ta sœur?

Soudain, Vaughn se figea et toute trace d'amusement disparut de son visage. Il était si immobile qu'on aurait dit une statue. La partie de Faith qui avait retiré une immense stimulation intellectuelle de leur joute verbale se tut, consciente qu'elle avait réveillé quelque chose de très dangereux.

— Lâche mes cheveux, Faith. Et ferme les yeux. Quand tu les rouvriras, je ne serai plus là.

Elle avait passé les dernières minutes à essayer de le persuader de s'en aller, et, à présent qu'il acceptait, elle s'aperçut qu'elle ne le souhaitait pas. Pour la première fois, elle était avec quelqu'un qui était venu pour la voir. Juste elle. Pas Faith NightStar la C-Psi, mais Faith, la personne, indépendamment de son don.

— Je suis désolée, dit-elle, hésitante.

Elle ignorait tout des interactions avec les changelings, mais elle se rendait compte qu'elle l'avait blessé. Au cours de sa formation, elle avait appris à reconnaître les émotions pour pouvoir mieux les éliminer. Voilà comment elle le comprenait. Cela n'avait rien à voir avec cette sensation étrange, près de son cœur.

— Si je t'ai offensé, je te prie de m'en excuser. Je voulais… jouer.

Ce dernier mot prit Vaughn totalement au dépourvu. Inconsciemment, son corps se détendit.

— Tu as changé d'avis, petit écureuil ?

— Je ne sais pas. (Elle lâcha ses cheveux, mais commença à lui masser le crâne.) Je n'ai jamais rien connu de tel. Les règles ne prévoient pas de situations comme celle-ci.

— « Les règles » ?

— Les règles de Silence.

Elle effleura l'épaule de Vaughn du bout des doigts puis écarta la main comme si elle s'était brûlée, et la laissa retomber sur l'oreiller.

— Pourquoi ma question t'a-t-elle heurté ?

Vaughn ne parlait de son passé avec personne, mais il répondit pourtant à Faith ; c'était comme s'il agissait sous l'emprise d'une force plus puissante que la sienne, et que ni l'homme ni la bête ne pouvaient résister.

— Ma sœur est morte quand j'avais dix ans.

À sept ans, Skye avait été si fragile, si faible, qu'elle n'avait pas pu survivre, même sous sa forme de jaguar.

Il lui avait apporté de la nourriture, lui avait donné tout ce qu'il avait, mais Skye avait abandonné le combat à l'instant où elle avait compris que leurs parents ne reviendraient pas les chercher. C'était comme si son âme s'était envolée, et rien de ce qu'il avait fait n'avait pu la ramener. Elle avait cessé de manger, de boire, puis de respirer.

Vaughn avait failli mourir aussi, car il avait voué un amour sans bornes à sa sœur. Toujours débordante d'énergie, celle-ci l'avait suivi partout avant même d'avoir su marcher. Il haïssait ses parents de toutes ses forces, mais ce n'était pas parce qu'ils l'avaient abandonné. Non, c'était parce qu'ils avaient brisé le cœur de Skye.

— Je ne peux pas comprendre ce qu'elle représentait pour toi, commenta Faith avec dans la voix une douceur à laquelle il ne se serait jamais attendu chez une Psi. Mais je peux l'imaginer. Tu portes son deuil.

— Tu portes le deuil de Marine ?

Dans les yeux de Faith, les lueurs vif-argent déclinèrent jusqu'à ce qu'elles ne soient plus que des échos sourds dans les ténèbres.

— Les Psis ne portent pas le deuil. Il faut des sentiments pour ça.

— Et tu n'en éprouves aucun.

— Non.

— Tu es sûre ?

Baissant brusquement la tête, il lui mordit le lobe de l'oreille de ses dents pointues et étouffa son cri en lui plaçant une paume sur la bouche.

— Qu'est-ce que tu fais ? chuchota-t-elle en repoussant sa main.

— Ton corps ressent, Faith. Ton corps a soif de sensations. (Il lui parla à l'oreille.) Le corps et l'esprit ne peuvent pas être déconnectés à ce point. Si ?

Elle ne répondit pas. Il entendit le battement rapide de son cœur et comprit qu'il l'avait trop poussée. Mais ce n'était pas encore assez. Elle devait aller plus loin, découvrir davantage. C'était impératif. Le jaguar savait pourquoi, mais l'homme n'était pas prêt à écouter.

— Et la réponse à ta question est que, si j'avais trouvé un étranger nu dans le lit de ma sœur, je l'aurais taillé en pièces. (Il lui effleura le cou des lèvres et goûta la fureur de son pouls, puis releva la tête pour contempler son visage.) Je réserverai le même sort à tout homme que je trouverai dans ton lit.

Faith cligna des yeux et, le temps qu'elle rouvre les paupières, Vaughn n'était plus qu'une ombre qui se glissait par la lucarne. Mais rien ne pouvait effacer l'odeur animale sur ses draps, sur sa peau. La sensation des lèvres du changeling sur sa nuque soudain sensible lui fit serrer les poings en un effort pour maîtriser une situation qui semblait échapper totalement à son contrôle. Comment pouvait-il avoir un tel effet sur elle ? Comment ?

Silence lui donnait sa force, lui permettait de maintenir ses émotions en cage. Si elle se laissait aller, qui sait à quelles autres sensations le jaguar l'initierait ? Son cerveau se révolta, insistant pour lui montrer des images du visage sans lèvres et des yeux fiévreux de sa tante. Le rappel était on ne peut plus brutal : elle devait reprendre le contrôle de sa psyché corrompue, ou les visions s'empareraient d'elle comme elles menaçaient de le faire en cet instant précis. La logique voulait qu'elle se présente aux M-Psis, reconnaisse que le conditionnement n'opérait plus et demande à suivre de nouveau la formation.

Mais respecteraient-ils ses souhaits, ou en profiteraient-ils pour la mettre « en lieu sûr », quelque part où elle pourrait prédire l'avenir sans leur causer autant de problèmes qu'à l'heure actuelle, lorsqu'elle réclamait de temps à autre des moments d'intimité ?

Peu importait la réaction des M-Psis ; elle n'irait pas les trouver. Elle allait effectuer un choix là où aucun choix n'était possible ; elle allait agir d'une manière qui risquait d'ouvrir grande la porte à la folie à laquelle elle cherchait précisément à échapper. Cette partie étrange d'elle-même, inconnue, qui semblait s'éveiller, ne voulait pas cesser d'être fascinée par le jaguar qui la touchait comme si elle lui appartenait, comme si elle avait déjà accédé à tous ses désirs.

Attention, Faith. Le murmure était silencieux. *Il ne s'arrêtera pas quand tu le lui demandes.* Vaughn n'était pas Psi, et ne répondrait pas au doigt et à l'œil, car il n'était pas homme à obéir lorsqu'il ne le souhaitait pas. Mais, malgré cela, elle ne garderait pas ses distances.

Quelle meilleure preuve de l'accélération de son déclin ?

Vaughn foula d'un pied léger les marches de pierre qui menaient à la véritable entrée de sa tanière. On accédait à celle-ci par une enfilade de tunnels semblables aux labyrinthes creusés par un lapin de garenne, qui agissait comme un périmètre de défense. Située au centre, sa maison bénéficiait pendant la journée d'un bon éclairage grâce à l'utilisation avisée de plusieurs cheminées naturelles ainsi que de miroirs rudimentaires.

Du dessus, son antre ressemblait à une colline en passe d'être avalée par la forêt. Elle était enfouie loin dans les bois, à l'est du repaire de Lucas, et, à ce jour, personne ne l'avait encore découverte, que ce soit par accident ou en la cherchant. Seuls les amis les plus proches de Vaughn savaient où il vivait et comment déjouer les pièges des grottes extérieures. Quant à ceux qui l'ignoraient… eh bien, les jaguars n'étaient pas réputés pour leur gentillesse.

Arrivé chez lui, il traversa le salon et reprit forme humaine dans sa chambre. Nu, il s'étira avant d'entrer dans la douche ; celle-ci était comme une cascade jaillissant du mur de pierre. Il avait passé des heures à créer cette illusion, car sa bête n'était pas heureuse lorsqu'elle se trouvait dans des endroits trop humains, trop civilisés.

Mais l'homme et le jaguar appréciaient les sensations et le plaisir. Et l'eau. Alors, cette maison possédait une cascade, ainsi que des tapis luxueux que Vaughn avait amassés au fil des années, sur lesquels ni ses pattes ni ses pieds ne produisaient le moindre son. Les murs étaient couverts de tapisseries, des pièces uniques plus fines que celles qu'on trouvait dans nombre de musées. Au-delà de leur intérêt esthétique, elles servaient à retenir la chaleur en hiver, quand Vaughn utilisait des écogénérateurs pour chauffer l'eau qui parcourait sa tanière dans de minces tuyaux. Il appréciait particulièrement la température agréable lorsqu'il passait la nuit à travailler sur une sculpture, manipulant des ciseaux glacés pour tailler les arêtes du bois.

Ses fauteuils étaient confortables, et son lit assez grand pour s'y étaler, et largement assez grand pour pouvoir y divertir une partenaire même dans ses jours les plus énergiques. Mais il n'avait jamais amené une femme ici. Pourtant, à présent, il imaginait une chevelure roux foncé contre les oreillers, un corps à la peau diaphane étendu sur l'épaisse couverture. Faith ressemblerait à un joyau exotique exposé sur un lit de velours noir raffiné.

Un grondement monta dans sa gorge quand l'excitation le saisit vicieusement et le secoua avec violence. Il aurait pu se débarrasser de la douleur physique seul, mais il ne le souhaitait pas. Non, il voulait la Psi dont il sentait toujours l'odeur sur sa peau. L'homme recommanda la prudence, conseilla d'attendre pour être certain qu'elle ne s'amusait pas avec lui, qu'elle n'était pas une taupe envoyée par le Conseil pour neutraliser DarkRiver de l'intérieur ; mais le jaguar avançait à l'instinct, et il affirmait que Faith était sienne.

Chez la majorité des changelings, la moitié humaine l'aurait sans doute emporté, mais la moitié animale de Vaughn était plus forte que celle de la plupart de ses semblables. Il sortit de la cascade et prit une profonde inspiration. L'air aurait dû sentir la terre et la forêt, mais à la place il apportait des effluves alléchants qui évoquaient le feu et la féminité.

Sans bouger, Vaughn repoussa les cheveux qui lui revenaient dans les yeux et réfléchit à la suite. Faith avait accompli d'immenses progrès depuis leur première rencontre. Elle supportait qu'on la touche brièvement, son rapide baiser ne lui avait pas fait perdre connaissance, et elle avait réagi à sa nudité, mais pas différemment de la plupart des femmes. Il sourit à ce souvenir. Faith n'était pas froide, malgré tous ses efforts pour le persuader du contraire.

Malgré tout cela, un point crucial restait inchangé : Faith était toujours loin de tolérer le type de contact dont le jaguar avait soif. Il voulait la lécher des pieds à la tête, avec des arrêts prolongés dans de tendres endroits féminins qui l'attiraient telle une drogue. Cependant, dès qu'il demanderait plus que l'esprit de la Psi ne pouvait supporter, il risquait de la perdre. Et cette idée était inacceptable. Alors, que pouvait-il faire ?

— Tout doucement, souffla-t-il, le corps tendu par l'attente.

Faith NightStar était sur le point d'être prise en chasse. Vaughn n'avait aucune intention de la blesser, mais il comptait bien abattre les murs sensoriels qui les séparaient. Quand il en aurait terminé, Faith serait consumée par le désir, chaque cellule de son être hurlant le nom du jaguar.

L'entreprise demanderait de la patience, mais Vaughn avait l'habitude de traquer sa proie sans relâche pendant des heures, des jours… des semaines.

CHAPITRE 10

L e jour suivant, Faith se surprit à agir de manière inexplicable. Au lieu de profiter du temps dont elle disposait
pour renforcer ses boucliers, qui de toute évidence ne
remplissaient pas leur office, elle ne cessait de se remémorer
la sensation de la peau de Vaughn, si chaude et si différente
de la sienne. Happée dans son souvenir, elle fit courir ses
doigts le long de son bras. C'était la première fois qu'elle
traitait son corps comme un objet sensuel entièrement
dissocié de sa fonction pratique.

Une sonnerie discrète retentit.

Assez disciplinée encore pour ne pas trahir sa surprise, elle
coupa l'alarme. Il était 13 heures, elle aurait dû avoir repris
son travail depuis longtemps. Après une inspection rapide
mais consciencieuse de ses boucliers, qui s'avérèrent en réalité
intacts, elle sortit de la pièce et s'installa dans son fauteuil en
position inclinée. Les fonctions de surveillance s'activèrent
en émettant un vrombissement censé être inaudible pour
l'oreille humaine, mais qu'un sens méconnu, profondément
enfoui en elle, lui avait toujours permis d'entendre.

Au bout de quelques secondes, la voix du M-Psi qui
supervisait la session jaillit du petit communicateur encastré
dans l'accoudoir du fauteuil. Il n'y avait pas d'écran vidéo ;
ils avaient jugé préférable lorsqu'elle était enfant de ne pas la
distraire avec le visage d'un autre, et elle ne leur avait jamais

demandé de modifier ce paramètre. Elle ne se leurrait pas pour autant : eux pouvaient la voir.

— Toutes tes fonctions biologiques et neurologiques restent dans les limites acceptables. Il s'avère en revanche que ton potentiel psychique brut a augmenté.

La chose avait de quoi la surprendre. Parce qu'elle était une cardinale, ses capacités échappaient à toute classification, mais apparemment les M-Psis pouvaient tout de même en évaluer les fluctuations.

— « Augmenté » ? dit-elle, feignant un intérêt détaché. Est-ce le signe d'une détérioration mentale ?

— Au contraire, c'est un signe de bonne santé. Il nous est déjà arrivé de remarquer de telles hausses chez des esprits de rang élevé… Nous ne savons pas mesurer les dons des cardinaux au-delà de 10,0, mais nous sommes capables d'observer leur évolution dans un sens ou dans l'autre, expliqua-t-il, illustrant la vérité que les Psis, comme n'importe qui, aimaient parler des sujets qu'ils maîtrisaient. D'après nos théories, le cerveau intègre des raccourcis psychiques au bout de plusieurs années de sollicitation permanente, développant ainsi des capacités supplémentaires.

C'est de la langue de bois, songea Faith. Si ses pouvoirs avaient augmenté, c'était parce que son conditionnement s'effritait. Le lien de causalité était d'une logique implacable. Contraints d'englober davantage que le seul domaine du commerce, les canaux de ses visions s'élargissaient. Peu importait que le sujet de ces nouvelles visions ne fasse pas partie des domaines acceptables. Leur existence même prouvait que son potentiel était inexploité. Qu'on lui avait volontairement appris à étouffer ses capacités.

Elle en vint à se demander ce qu'on avait bridé d'autre chez elle. Qui aurait-elle été si elle n'avait pas été créée selon le protocole Silence, génétiquement sélectionnée pour générer des revenus constants ? À quoi ressemblerait sa vie si elle était née normale, sans la menace d'une folie inéluctable, née assez femme pour se frotter à Vaughn ?

— Peut-on démarrer la session ? demanda le M-Psi. Ou souhaites-tu consulter les nouvelles radiographies de ton cerveau ?

— J'aimerais travailler un peu d'abord. Lance la séquence aléatoire, la liste complète.

Un panneau transparent sortit de derrière son fauteuil pour venir s'incurver devant ses yeux. S'immobilisant à un centimètre de ses cils, sa surface s'opacifia. La seconde suivante, une suite de mots commença à défiler en un flux régulier et rapide. Il s'agissait de la liste actualisée de ses requêtes en attente. Même si on pouvait stimuler les prédictions, il était impossible de les contrôler entièrement, à la frustration de bien des entreprises. Mais, avec Faith, l'exactitude était presque toujours au rendez-vous, ce qui justifiait le prix élevé de ses services.

Une fois son cerveau stimulé par les amorces adéquates, la vision survenait généralement au bout d'une ou deux semaines, et elle pouvait se déclencher n'importe où : au cours d'une promenade dans le jardin, pendant son sommeil, lors d'une visite des M-Psis. Toutefois, au fil des ans, elle avait remarqué qu'en mettant son esprit en condition elle parvenait à cadrer les visions dans un environnement plus restreint. Ce talent en particulier lui offrait la liberté de ne pas être surveillée en permanence mais, tant que la moindre vision surviendrait en dehors de ce fauteuil, elle n'obtiendrait jamais une intimité totale.

Son regard s'arrêta sur le symbole Tricep, perdu au milieu de la multitude de données qui défilaient devant elle. À plusieurs reprises, il se détacha de la masse malgré la vitesse et le volume d'informations. Son cerveau avait fait son choix. Elle ferma les yeux et laissa le rythme de sa respiration se modifier. C'était la première étape du processus destiné à la plonger dans le demi-sommeil qu'elle appelait « animation suspendue ». Dans cet état, elle n'existait ni dans ce monde ni dans le Net, mais dans un endroit où seuls les C-Psis pouvaient se rendre, et où ils se fondaient avec les courants temporels du monde.

Puis elle ouvrit ses canaux psychiques. En réalité, il lui était impossible de les fermer, mais avec un peu de concentration elle parvenait à les dilater. Comme ces canaux étaient rattachés à son cerveau, ils n'étaient pas accessibles depuis le PsiNet ; seules ses visions pouvaient les traverser. Et si une part d'elle-même doutait des visions qui choisissaient de s'infiltrer, elle ne laissait pas ces incertitudes se frayer un chemin jusqu'à sa conscience.

La prédiction Tricep fut un jeu d'enfant. Elle en ressortit avec la sensation désormais familière d'avoir à peine échauffé les muscles de son cerveau. Alors qu'elle dictait les détails de ce qu'elle avait vu, elle comprit subitement que, si elle continuait ainsi, il n'y avait pas à douter qu'elle deviendrait folle… d'ennui. Ayant demandé au M-Psi de refaire défiler la liste, elle lui livra deux nouveaux rapports parfaits avant qu'il l'interrompe.

— Il ne faudrait pas fatiguer ton cerveau.

Puisque la session n'avait sollicité qu'une infime portion de ses considérables pouvoirs, Faith aurait pu le détromper, mais elle s'en garda. Elle préférait consacrer son temps et son énergie à autre chose.

— Je serai dans mes appartements privés.

— Faith, tes niveaux de surveillance ont radicalement baissé depuis peu.

En d'autres termes, on ne l'espionnait plus à chaque heure de la journée.

—J'ai arrangé ça avec mon père.

C'était au mieux une solution provisoire. Anthony ne tarderait pas à comprendre qu'elle ne cherchait pas à rejoindre les rangs du Conseil… et quelle excuse inventerait-elle alors pour échapper à l'étroite surveillance qu'on lui imposait ?

Arrivée dans sa chambre, elle se défit de sa robe tout en avalant une barre protéinée, puis prit une douche rapide avant d'enfiler un pantalon de pyjama en coton et un débardeur. Enfin prête, elle s'assit jambes croisées, une position de yoga classique, et entreprit de calmer les remous de son esprit pour se préparer à s'immerger dans le Net.

Il n'était pas nécessaire de se mettre en condition de cette manière ; les Psis entraient et sortaient librement du Net. Sauf que, contrairement à eux, Faith n'avait pas l'habitude de s'ouvrir à cette gigantesque mine d'informations. Même lors de sa précédente incursion, elle s'était tenue à distance des zones de données les plus foisonnantes, et donc les plus chaotiques. Mais elle avait dépassé le stade de la machine parfaitement conditionnée ; elle ne laisserait pas des réactions de stress programmées lui imposer des limites.

« Bon, et quelles autres réactions physiologiques as-tu éprouvées ? »

La voix amusée de Vaughn flotta dans son esprit et menaça de réduire à néant les fruits de sa méditation. Elle s'incita à oublier l'odeur de sa peau, la chaleur intense de son corps de jaguar lorsqu'il avait frôlé ses jambes, la sensation de ses lèvres.

—Concentre-toi, marmonna-t-elle.

Elle se mit à réciter les noms des compagnies sur la liste d'attente de ses prédictions. Il lui fallut vingt minutes pour en venir à bout et, lorsqu'elle eut fini, elle avait retrouvé son calme.

Elle ouvrit sa conscience et s'avança dans les archives les plus vastes et les plus régulièrement mises à jour du monde, prête à chercher des informations sur les C-Psis, sur elle-même. Ce jour-là pourtant, en dépit de sa concentration, le Net ne lui livra rien d'utile. Les capacités que lui conférait son don détectèrent bien quelque chose sous la surface, mais elle n'avait aucun moyen de savoir s'il s'agissait d'un écho ou d'une prédiction.

Au bout de plusieurs heures, elle abandonna enfin ses recherches infructueuses et, renonçant à manger une autre barre protéinée ou une tasse de soupe, se roula en boule sous la fine couverture de son lit. D'habitude, lorsqu'elle atteignait ce stade de fatigue mentale, elle n'avait pas de visions ; ou celles-ci restaient dans le domaine de l'inconscient. Mais la noirceur n'avait pas été rassasiée lors de la dernière invasion de son esprit.

À présent, elle allait le lui faire payer.

Vaughn acheva son tour de garde et vint à la rencontre de son remplaçant, Dorian. Ce dernier, bien que latent et donc incapable de se métamorphoser, n'était en rien diminué par rapport à ses compagnons de meute. Il n'aurait jamais accédé au rang de sentinelle si ça n'avait pas été le cas.

Comme tous les autres, Dorian était animé d'une loyauté indéfectible. Aucune sentinelle ne risquait d'être tentée par l'idée de la trahison. Mais il existait d'autres tentations, et c'était une tout autre affaire que d'y résister.

— Tu connais le quadrillage ?

Hochant la tête, Dorian ajusta le fusil qu'il portait à l'épaule. C'était sa seule arme visible.

— Des soucis ?

— Des jeunes loups s'amusent à chasser dans le quart est.

— Je peux leur tirer dessus ?

— Nous sommes amis maintenant.

Les deux meutes étaient même liées par le sang. Mais comme Lucas et Hawke – le chef de meute SnowDancer – n'avaient prêté serment que quelques mois plus tôt, il fallait un peu de temps à tout le monde pour s'adapter.

— Pas question de les prendre pour cible.

Dorian esquissa un sourire carnassier.

— Je te promets de ne pas leur porter de coup fatal.

— Je suis sûr que Lucas et Hawke apprécieraient.

Après avoir dressé un bref récapitulatif des autres faits inhabituels, Vaughn reprit sa forme de jaguar et partit.

Il était censé regagner son antre pour remédier à son manque de sommeil ; son corps l'avait maintenu éveillé l'essentiel de la nuit précédente. Et lorsqu'il était parvenu à s'endormir, des rêves d'une sensualité intense n'avaient cessé de troubler son repos, lui insufflant l'envie dévorante de se rassasier du corps d'une femme bien précise.

S'il avait cru pouvoir satisfaire son désir avec une autre, il n'aurait eu aucun mal à trouver une amante consentante. Il avait beau être un jaguar au milieu des léopards, les femmes de DarkRiver l'avaient toujours considéré comme un partenaire sexuel plus que satisfaisant. Et elles n'étaient pas du genre à hésiter lorsqu'il s'agissait de dire à un homme qu'il n'était pas à la hauteur.

Ce n'était pourtant pas l'une de ces panthères avenantes qu'il courrait rejoindre, mais une Psi susceptible de succomber à une attaque, terrassée par la fureur qui animait Vaughn. C'était une chose qu'aucune des deux moitiés de sa nature ne pouvait tolérer. Il l'avait marquée, et il la posséderait même s'il lui faudrait l'en persuader à force de baisers langoureux. Les félins étaient doués pour les jeux de séduction. Ce n'était qu'un aspect plus sensuel de leur activité favorite : la chasse.

Le jaguar parcourut la distance qui séparait son poste de garde de la maison de Faith, investi de la pleine assurance née du fait qu'il était la créature la plus dangereuse de la forêt. Mais, cette nuit-là, il ne s'intéressait pas aux petits animaux qui fuyaient dans l'ombre à son approche.

Car cette nuit-là il chassait le plaisir.

D'instinct, Faith voulait lutter contre la noirceur qui se refermait sur elle pour l'aspirer mais, comme elle l'avait appris au cours des semaines précédant le meurtre de Marine, plus elle se débattrait, plus la noirceur s'accrocherait à elle. Aussi la laissa-t-elle – le laissa-t-elle – prendre le dessus et l'entraîner dans son monde.

À sa noirceur se mêlaient de ternes éclats de rouge. Sa soif de sang revenait bien plus vite que Faith ne l'aurait cru possible ; loin de rassasier cette créature, le meurtre de Marine n'avait fait qu'aiguiser son appétit.

Le tueur la relâcha une fois qu'elle n'eut plus aucune chance de s'échapper. À présent, elle regarderait et verrait, lui tiendrait lieu d'audience et de disciple, car il était un être important qui s'attendait à ce qu'on lui rende hommage. Qu'elle fut la seule personne à connaître son génie était pour lui une source de grande colère, qu'il déchaînait sur elle en l'obligeant à être témoin de chacun de ses actes maléfiques. Ils n'avaient pas encore pris corps, mais en cet instant où elle arpentait les couloirs tortueux d'une vision reliée d'une manière ou d'une autre à l'esprit du meurtrier, ils étaient sa réalité.

Un violent tourbillon de rouge trancha le cours de ses pensées lorsqu'il pénétra son esprit. Elle perdit toute conscience d'elle-même, oublia qu'elle était une cardinale du nom de Faith pour devenir une créature pétrie de douleur et de peur. La noirceur la poussa au bord de la folie, la harcela avec les émotions qu'on lui avait appris à ne plus ressentir, à ne plus même admettre posséder. Son impuissance fit rire le tueur. Il la saisit entre ses dents et la secoua rudement.

Il souhaitait non seulement qu'elle regarde, mais aussi qu'elle comprenne ses désirs pervers. Lorsqu'il vit qu'elle n'obtempérait pas, qu'elle ne le pouvait pas, il devint fou de rage. Encerclée par une épaisse couche de cruauté et de folie meurtrière, Faith fit la seule chose en son pouvoir pour se protéger. Elle déserta la partie civilisée et pensante de son esprit pour se retirer entre les murs du cœur de sa psyché, et se replia sur elle-même comme un enfant adoptant la position fœtale.

Pourtant, la noirceur continuait à la brutaliser. L'incapacité de Faith à l'affronter réjouissait le meurtrier, et il jouait avec elle comme un chat avec une souris prise au piège. Il ne souhaitait pas la tuer, non ; il voulait exercer son pouvoir sur elle jusqu'à ce qu'elle cesse de lui résister et le laisse violer son esprit. Alors il serait libre d'exhiber ses moindres désirs, chacun des actes qu'il fomentait, une déferlante d'horreurs sans fin.

Trop profondément enfouie dans le cœur le plus animal de sa psyché pour se rappeler qu'elle n'était pas censée éprouver de peur, Faith se lança dans la lutte de tout son être.

Sans parvenir à se libérer.

Vaughn se réceptionna sans bruit sur la moquette moelleuse de la chambre de Faith. Ses pieds étaient nus mais ses jambes couvertes ; il avait dissimulé un jean dans la forêt plus tôt ce jour-là, ne voulant pas scandaliser Faith plus qu'elle n'allait déjà l'être. Évidemment, il se délectait tout de même d'avance de la surprise qu'il lirait dans ses yeux lorsqu'elle le verrait venir la rejoindre pour la deuxième nuit d'affilée.

Mais, à l'instant où il s'avança vers son lit, ses sens tirèrent la sonnette d'alarme. Sa couverture en boule par terre, Faith était recroquevillée sur elle-même ; grâce à son ouïe fine, le félin détecta sa respiration superficielle et les battements léthargiques de son cœur. L'odeur d'une chose qui n'aurait pas dû se trouver là, qui n'y avait pas sa place, pervertissait l'air. Lorsqu'il étrécit les yeux dans la pénombre, il distingua des ténèbres plus épaisses autour de Faith, comme l'autre nuit dans la cabane.

Convaincu que la noirceur resserrerait son étreinte sur Faith si elle le sentait sur le point d'intervenir, Vaughn grimpa sur le lit en silence. Puis il agit à la vitesse de l'éclair. Se saisissant de Faith, il la plaqua contre lui et l'enveloppa pour bloquer physiquement la noirceur. La logique voulait que son stratagème échoue ; la chose qui attaquait Faith opérait sur un plan purement psychique. Mais l'instinct de Vaughn soutenait le contraire. Et il s'avéra que celui-ci avait raison.

Il sentit le vide glacé du mal à l'état pur le frôler lorsqu'il déchira la noirceur en deux avec son corps. Celle-ci était incapable de se raccrocher à quoi que ce soit en lui car il était trop différent, trop animal. Vaughn laissa un grondement monter dans sa gorge ; il avait sorti les griffes dès l'instant où il avait mis Faith en sécurité. Incapable de se repaître de sa proie alors qu'une cage humaine la protégeait, la créature de ténèbres s'évanouit.

Vaughn attendit que l'air fût débarrassé de l'odeur empoisonnée pour poser les yeux sur Faith. Rentrant les griffes, il écarta d'une main les mèches de cheveux qui lui barraient le visage. Sa peau était fraîche, trop fraîche. Et son cœur battait de moins en moins vite, comme si elle continuait à lutter de toutes ses forces sans savoir qu'elle ne risquait plus rien. Vaughn avait envie de laisser libre cours à sa violence, avait envie de traquer la noirceur. Mais, au lieu de cela, il glissa la main derrière la nuque de Faith et l'embrassa.

Seul le toucher l'affectait suffisamment pour passer outre à sa nature psychique. La plupart des humains auraient été choqués par l'intensité bestiale de son baiser, mais Vaughn n'était pas humain. Et lui n'était pas choqué.

Une sensation semblable à une décharge électrique parcourut la peau de Faith et, sans être désagréable, c'était impétueux. Redoutant une ruse, mais incapable de rester sourde à la douleur lancinante de ses terminaisons nerveuses qui revenaient soudain à la vie, elle abandonna sa position de repli. Elle vit alors de l'énergie décrire un arc dans son esprit, argentée et lumineuse, passionnée et débridée, une tempête d'éclairs qui consumait les derniers échos de la noirceur machiavélique.

Le sang qui coulait dans ses veines sembla se transformer en lave. Autour d'elle, des centaines de brasiers s'allumèrent. Elle se tenait au beau milieu d'une fournaise qui la protégeait sans l'épargner pour autant. Ces flammes voulaient la caresser, la toucher.

Incapable de supporter la faim dévorante de la tempête, d'affronter l'intensité de la déflagration, elle se secoua de son rêve pour réintégrer la réalité. Mais le rêve la suivit. Ses lèvres étaient en feu. Son corps explosait de chaleur. Une flamme plus puissante encore l'enveloppait, une peau qui semblait brûler à une température plus élevée que la sienne, une torche vivante posée sur sa nuque, sous ses cuisses, sur sa joue qu'elle découvrit collée contre une surface dure et musclée.

Elle essaya d'aspirer une goulée d'air, mais on s'était déjà emparé de sa bouche. Elle battit des cils. Des yeux couleur d'or sombre croisèrent les siens, un regard brutal, sauvage… et sécurisant. Il relâcha ses lèvres une seconde, à peine le temps qu'il fallait à Faith pour reprendre son souffle, avant de s'en saisir de nouveau. Elle s'aperçut qu'elle avait la main posée sur son épaule et qu'elle s'y accrochait, qu'elle s'accrochait à lui.

Son cerveau était étourdi par une telle avalanche de sensations, mais l'autre choix qui s'offrait à elle était pire. Dans son état de semi-conscience, elle n'était pas certaine que la noirceur ne reviendrait pas si elle s'arrachait à ce trop-plein d'émotions. Aussi l'accepta-t-elle, se tournant pour enrouler les bras autour du cou de l'homme dangereux dans son lit, moulant son corps au sien.

Si elle devait basculer dans la folie, elle préférait se perdre dans la fournaise plutôt qu'être aspirée par la cruauté sadique de la noirceur. Son cœur de femme sentait les mains plaquées sur son dos qui, bien que grandes et puissantes, la serraient sans lui faire aucun mal. Puis même cette pensée fut balayée par une vague soudaine de sensations et elle fut réduite à n'être que chair, une créature dépossédée de son esprit et de ses pensées. Elle ferma les yeux.

Vaughn sentit Faith s'abandonner corps et âme. Le félin était prêt à prendre son dû, mais l'homme savait que ce n'était pas le genre de soumission propre à le satisfaire et qu'il risquait de la blesser à vie. Elle ne s'offrait pas à lui ; elle se servait de lui pour échapper à la noirceur. Et même si Vaughn ne voyait pas d'inconvénient à ce que Faith l'utilise de cette manière, il n'appréciait pas en revanche qu'elle n'ait pas conscience de l'identité de la personne à laquelle elle s'agrippait.

Il mit fin à leur baiser et eut le plaisir de sentir les ongles de Faith lui labourer la peau alors qu'elle tentait de le ramener à elle.

— Faith.

Il prit un ton autoritaire, teinté de la rudesse d'un grondement. Ce n'était pas difficile. Dans son état d'excitation, il peinait à maîtriser sa bête. C'était une chose que Faith allait devoir apprendre à gérer, mais pas ce jour-là. Pour l'heure, il fallait veiller à sa sécurité.

— Ouvre les yeux.

Elle secoua la tête, mais relâcha le cou de Vaughn et ramena les mains sur son torse en serrant les poings.

Un sourire étira lentement les lèvres du jaguar.

— Je ne suis pas nu.

Prenant un de ses petits poings, il le posa sur le jean qui recouvrait sa cuisse, avant de devoir refouler une envie très sexuelle lorsque Faith déplia les doigts et que son contact envoya des frissons de plaisir dans son bas-ventre.

— Tu es réel ?

Sa question révélait de façon brutale jusqu'où elle s'était terrée dans son esprit avant qu'il vienne l'en arracher. Se penchant vers elle, il lui mordilla le cou. Elle sursauta et ouvrit enfin les yeux.

Intenses et sauvages, des éclairs d'argent zébrèrent leur profondeur de firmament.

Chapitre 11

— **Q**uoi? demanda-t-elle tandis qu'il la dévisageait toujours.

— Je vois des éclairs.

— Comment...? (Elle secoua la tête mais ne descendit pas de ses genoux, ce qui dit à Vaughn tout ce qu'il voulait savoir.) Merci.

— De rien.

Elle lui jeta un regard méfiant.

— Pourquoi tu es aussi aimable?

Parce que le félin se divertissait à la taquiner.

— Je suis toujours aimable.

La méfiance de Faith se mua en incrédulité totale.

— Tu joues au chat et à la souris avec moi.

Surpris par sa perspicacité, Vaughn haussa les épaules.

— Je suis un chat.

— Tu as raison.

Puis elle fit une chose qui le pétrifia. Se rapprochant de lui, elle prit une profonde inspiration et déposa un baiser fugace sur ses lèvres.

— Merci. Je ne m'en serais pas sortie toute seule.

Un sentiment de colère à l'état brut évinça l'envie de jouer de Vaughn.

— Bordel, mais qu'est-ce qui t'a pris d'aller affronter seule une vision pareille?

— Tu sais bien que je ne peux pas les contrôler.

Il la plaqua tout contre lui, prêt à sortir les griffes, et se plongea dans son regard où l'orage se déchaînait.

—Alors apprends.

Faith cligna des yeux, dubitative quant à la manière dont elle devait gérer l'humeur de Vaughn. Mais si elle se fiait à tout ce qu'elle avait pu apprendre au sujet des prédateurs – à son sujet –, elle ne devait rien laisser paraître de son manque d'assurance.

—Il m'est difficile d'apprendre à contrôler une chose qui n'obéit à aucune règle, lui fit-elle remarquer, et il n'existe aucun moyen de garantir que les visions ne surviendront que lorsque je l'aurai décidé. C'est vrai qu'en général je parviens à les retarder en recourant à certaines techniques, mais je ne peux pas les tenir à distance pendant de longues périodes.

—Qui te le dit ?

—Mes formateurs, le clan, le Conseil… (Elle eut soudain un éclair de lucidité.) Pourquoi ne m'apprendraient-ils pas à bloquer mes visions s'il existait un moyen de le faire ?

—Qu'est-ce que ce genre de contrôle impliquerait pour le Conseil ?

—Ça contribuerait à un accroissement considérable des bénéfices, dit-elle. Je pourrais effectuer des prédictions sur commande ; je ne risquerais plus d'avoir des visions pendant mon sommeil ou dans d'autres circonstances qui pourraient avoir une incidence sur ma mémoire, comme cela se produit parfois en l'état actuel. Ça n'a donc aucun sens qu'ils choisissent de ne pas m'apprendre à contrôler mes visions, s'ils savent comment s'y prendre.

—Faith, pourquoi tu vis dans cette maison encerclée de détecteurs ?

Elle n'avait pas envie de lui répondre, et cette pulsion soudaine allait tellement à l'encontre de tout comportement rationnel qu'elle savait ne pas pouvoir y céder.

— Les visions épuisent parfois mon corps et mon esprit. La surveillance est nécessaire, au cas où j'aurais besoin d'assistance.

— Alors que, si tu savais contrôler tes visions, tu pourrais les contenir le temps de te rendre en lieu sûr, et tu n'aurais pas besoin de vivre en cage.

Faith détacha lentement les mains de son corps.

— Tu veux me faire dire qu'ils ne m'apprennent pas à contrôler mes visions parce que de cette façon je dépends d'eux et qu'ils sont libres d'exploiter mon don comme bon leur semble. Je n'ai pas d'autre choix que d'effectuer des prédictions.

— Ce que je veux, c'est que tu te serves de ton cerveau de Psi raisonnable… S'ils sont capables d'exercer une influence sur tes visions pour qu'elles rapportent de l'argent en se limitant au domaine des affaires, tu ne crois pas qu'ils pourraient t'apprendre à décider si tu souhaites ou non laisser une vision venir à toi ?

Pour un individu d'une espèce connue pour agir d'abord et réfléchir ensuite, son raisonnement sonnait bien trop juste.

— Quoi qu'il en soit, dit-elle au lieu d'affronter sa logique irréfutable, je ne sais pas les contrôler à l'heure actuelle, encore moins celles qui impliquent la noirceur. Je ne peux pas non plus prendre le risque de révéler la détérioration de mon conditionnement en leur demandant une formation supplémentaire.

— Tu es une cardinale. (Vaughn lui releva le menton jusqu'à ce qu'elle ne puisse plus se dérober à son regard doré et sauvage.) Tu n'as pas besoin qu'on te prenne par la main.

— Mais j'ai besoin qu'on m'aide à écarter la noirceur.

Jamais elle ne contrôlerait ses visions avec assez d'aisance – si c'était seulement envisageable – et assez rapidement pour lutter contre sa puissance grandissante.

—Je n'arrive pas à me libérer de son emprise une fois prise dans ses griffes.

—Peut-être parce que tu as enfermé à double tour ce qui t'est nécessaire pour la combattre.

Elle s'écarta de son torse et se laissa glisser pour se mettre à genoux à côté de lui.

—Les émotions.

Il s'étira sur le dos, se comportant comme s'il se trouvait en territoire conquis. Elle avait lu que les changelings prédateurs mâles aimaient marquer leur territoire, qu'il s'agisse d'un lieu ou de partenaires sexuelles. Des décharges électriques la traversèrent, une réminiscence de l'orage dans ses yeux.

—Il faut vaincre le feu par le feu, mon petit écureuil.

Elle aurait pu être déstabilisée par la manière dont il lui renvoyait ses propres pensées si elle n'avait pas été occupée à se concentrer pour éviter de détailler du regard son corps étendu avec tant de nonchalance sur son lit. Vaughn était imposant et dangereux, mais il y avait aussi chez lui quelque chose d'irrésistible qui invitait aux caresses.

—Je ne peux pas. (Elle secoua la tête pour chasser son étrange envie.) Tu ne mesures pas l'étendue de la folie qui contaminait les C-Psis avant l'instauration du protocole Silence. (Elle avait consulté les archives, des archives que personne n'avait pu falsifier.) Les registres de ma propre famille comptent de nombreuses générations de malades mentaux.

—Combien sur une génération ?

Elle consulta les dossiers mémorisés dans son esprit.

—Au moins un.

—Et combien de C-Psis par génération?

—Le clan NightStar a toujours produit un nombre inhabituellement élevé de clairvoyants. Chaque génération compte au moins un C-Psi cardinal, parfois même deux, et environ dix de rangs moins élevés.

—Un sur onze ou douze, ça me semble être une moyenne plutôt raisonnable en comparaison de ce qui t'attend maintenant.

La folie assurée dans vingt ou trente ans si elle avait de la chance; condamnée à passer les cinq ou six décennies suivantes prisonnière de l'enfer de son esprit morcelé.

—Mais ceux qui ont succombé à la folie jusqu'ici… ils étaient jeunes. Et si j'étais l'élément déficient de ma génération? Si je m'affranchis de Silence, je cours à ma perte.

—Et si tu ne t'en affranchis pas, tu passeras le restant de tes jours dans une cage.

—C'est facile à dire pour toi, dit-elle en secouant la tête. Tu as grandi à l'extérieur, au contact de toutes les sensations et de toutes les expériences. Tu ne peux pas imaginer ce que tu me demandes d'envisager.

Vaughn posa sa grande main sur son dos, à quelques centimètres à peine de la courbe de ses fesses.

—Regarde-moi, Faith.

Sans quitter son visage des yeux, elle pivota jusqu'à presque effleurer des pieds le jean de Vaughn au niveau de sa cuisse. Il n'y avait rien d'apprivoisé chez lui et c'était ce qui l'attirait. Mais elle était différente.

—D'aussi loin que je me souvienne, j'ai vécu dans ce complexe. Même la liberté qu'offre le PsiNet m'était inaccessible parce qu'on m'a conditionnée à m'en méfier.

Elle se rendit alors compte qu'elle avait elle-même brisé ce conditionnement. Elle ressentit une vague de chaleur incompréhensible bien que réconfortante à cette idée.

— Je suis en train d'y remédier. Je sors explorer le Net pour voir quelles informations il a à me livrer.

— Rien de tout ça ne te force à quitter ton petit cocon douillet.

C'était la repartie franche et directe d'un homme dont le pendant animal ne voyait clairement aucune raison de mentir.

— Tu penses que ça fait de moi une lâche, que je devrais sortir et découvrir le monde. Ce que tu ne comprends pas, c'est que le monde pourrait me tuer.

— Explique-moi alors.

Elle savait depuis le début qu'elle n'obtiendrait pas facilement l'approbation de ce jaguar étendu sur son lit, avec sa peau scintillante et ses cheveux ambre et or.

— S'il y a une chose que personne ne peut feindre, c'est la réaction de ceux de mon espèce lorsqu'ils côtoient un nombre important d'individus sans boucliers. Toutes les espèces possèdent un bouclier naturel, même si celui des changelings est de loin le plus résistant ; mais l'enveloppe superficielle de l'esprit – le moi que l'on montre en public – est dépourvue de bouclier pour presque tout le monde.

— Et pour moi ?

Il crispa la mâchoire.

Elle secoua la tête.

— Ton blocage est total. Ça arrive chez certains individus ; c'est une extension du bouclier naturel. Par contre, dans ton cas je soupçonne Sascha d'y être pour quelque chose. (Lorsqu'il ne répondit pas, elle sentit une chose inconnue au fond d'elle se flétrir.) Je ne suis pas digne de ta confiance, c'est ça ?

Il pressa doucement les doigts contre sa colonne vertébrale.

— La confiance se mérite.

—Je te fais confiance.

—Vraiment? Tu ne te retrouves pas plutôt dans cette position par nécessité?

Elle n'avait pas de réponse à lui fournir, car elle l'ignorait elle-même.

—Le moi public, commença-t-elle, se tournant vers un sujet familier auquel se raccrocher, diffuse en permanence une explosion de pensées et de sentiments. Tous les Psis sont formés à se protéger contre ces parcelles de données éparses, au point que la plupart ne remarquent même plus leur bruit de fond. Mais il a été largement certifié que ces pensées affectent les C-Psis, quelle que soit la solidité de leurs boucliers.

—De quelle manière?

Il glissa la main sous le tissu léger de son haut pour la poser à la base de sa colonne vertébrale.

Elle sentit son estomac se tordre en un nœud serré.

—Il faut que tu arrêtes de me toucher.

—Pourquoi?

—C'est trop. (Surtout rajouté aux trahisons qu'il lui demandait d'attribuer à son propre peuple, sa propre famille.) S'il te plaît, Vaughn.

Elle paraissait si fragile assise là, avec ses yeux de firmament et sa peau crémeuse. S'il s'était agi de n'importe quelle autre femme, il l'aurait plaquée sur le lit et maintenue de force. Mais, avec Faith, il risquait de la faire paniquer, et pour l'heure il ne souhaitait la rendre vulnérable d'aucune manière; la noirceur attendait peut-être une brèche dans ses défenses. Il n'était pas pour autant question de la laisser s'enfuir.

—Chaque fois que j'agis comme tu le veux, j'aide ton clan et ton Conseil à t'emprisonner.

—Tu es réellement convaincu de ça?

— Vous inspirer la peur d'être touchés est un aspect de la manipulation qu'ils exercent.

Il lui sembla que Faith resserrait les bras qu'elle avait passés autour de ses genoux.

— Si je te demande de t'éloigner parce que je suis sur le point d'avoir une attaque ou de m'évanouir, tu dois m'écouter. C'est à cette seule condition que je pourrai te laisser te rapprocher peu à peu.

Il se sentit gonfler de satisfaction.

— Tu admets donc m'avoir laissé me rapprocher.

Elle dressa la tête avec un air tellement hautain qu'il aurait fait la fierté de n'importe quel félin.

— Je suis une cardinale. Nous sommes tous nés avec des pouvoirs qui excèdent la moyenne ; depuis notre première rencontre, j'ai employé mon temps à déterminer comment m'en servir de manière offensive.

— Dis-moi.

— Non. (Séduisants avec leur assurance malicieuse, ses yeux ne ressemblaient plus désormais à l'ardoise de froideur qu'il avait vue la première nuit.) Pourquoi je devrais révéler mes secrets à quelqu'un qui n'a pas confiance en moi ?

— Aïe ! (Il suivit du bout des doigts sa colonne délicate.) Tu sais frapper là où ça fait mal.

— C'est ce qui me maintient en vie.

Le jaguar n'aimait pas l'entendre dire ce genre de choses et penser qu'elle puisse avoir besoin de telles armes, car cela impliquait l'existence d'un danger.

— Il faut que tu partes. Trouve le moyen de renforcer tes boucliers pour pouvoir affronter le monde extérieur et pars.

Il n'y avait pas la moindre trace d'amusement dans le sourire que Faith lui adressa.

— Je mourrais. C'est une réalité indéniable. Dès l'instant où je me déconnecterais du Net, je perdrais l'énergie psychique nécessaire à ma survie et mon esprit s'éteindra. À moins que tu fasses pour moi ce que Lucas fait pour Sascha.

— Comment tu as deviné ça ?

— Je ne suis pas stupide, Vaughn. Il est clair qu'il existe une sorte de connexion psychique entre eux. (Elle appuya le menton sur ses mains, croisées sur ses genoux.) J'arrive presque à l'atteindre, mais pas tout à fait. Comme s'il s'agissait d'une chose extérieure au PsiNet mais qui le frôle.

Tous les sens de Vaughn se mirent en alerte. Si les Psis parvenaient à détecter la Toile qui reliait le couple dominant à leurs sentinelles, DarkRiver perdrait l'un de ses principaux avantages stratégiques. Si en revanche Faith sortait de l'ordinaire, il fallait savoir pourquoi. Vaughn avait sa petite idée sur la question, mais le félin n'attaquait jamais avant d'avoir l'assurance absolue de son succès. C'était la marque du chasseur efficace qu'il était.

— Et si je parvenais à te libérer du Net, tu penses pouvoir m'accepter ?

Avec un peu plus d'insistance cette fois-ci, il pressa les doigts contre le bas de son dos.

Faith se raidit.

— Ne me pousse pas à bout, jaguar.

Pour la première fois, elle sortait vraiment les griffes. Intrigué, Vaughn posa la main à plat et remonta jusqu'à la courbe de sa cage thoracique. Ses seins étaient si proches qu'il dut se faire violence pour ne pas la caresser plus haut.

— Sinon quoi ?

— Tu ne veux pas le savoir.

— Peut-être bien que si.

Se déplaçant avec la vélocité animale propre à son espèce, il la plaqua sur le dos et se plaça au-dessus d'elle avant qu'elle ait pu réagir. Devenus d'un noir absolu, les yeux de Faith étincelèrent, puis des éclairs d'argent se mirent à lacérer leurs ténèbres épaisses.

—Qu'est-ce que… ?

Ce fut alors que Vaughn repéra le loup gigantesque dans un coin de la chambre. Visiblement enragée, la créature était ramassée sur elle-même, prête à attaquer.

Ses instincts de jaguar prirent le dessus.

Écartant Faith d'une main, il bondit sans bruit en direction du loup… et passa au travers. Seule son agilité évita le raffut qu'il aurait dû faire en atterrissant de tout son poids sur la moquette. Entendant alors un rire léger et féminin, si bas qu'il lui parvint à peine et qui paraissait rouillé par le manque d'habitude, il se redressa et étrécit les yeux.

—Très drôle.

Il soutint le regard noir et argent de la femme qui l'observait depuis le lit, ses cheveux d'un roux profond encadrant son visage qu'elle tenait entre les mains. Il lui sembla ne jamais avoir vu de spectacle plus beau. Aussitôt, le félin assoiffé de sexe le contredit ; le plaisir aurait été plus grand si elle avait été nue.

—Tu as donné une correction au vilain toutou ? lui demanda-t-elle.

Il s'aperçut qu'elle ne se rendait même pas compte de ce qui était en train de se passer. Elle avait ri, et voilà qu'elle le taquinait. Ce changement serait-il durable, ou bien essaierait-elle de l'enrayer ? Mais Vaughn n'avait pas la moindre intention de la laisser choisir la deuxième option.

—Des illusions ? Tu n'es pas censée entrer dans ma tête pour ça ?

Sans compter que son esprit était changeling et qu'il était presque impossible pour un Psi de le manipuler.

—Je suis plus douée que ça, dit Faith sans la moindre arrogance. Mes illusions sont concrètes, dans le sens où, s'il y avait eu une caméra dans ma chambre, elle aurait également enregistré l'image du loup.

Vaughn s'avança vers elle et eut le plaisir de regarder ses yeux incroyables traversés d'éclairs perdre peu à peu leur éclat, puis revenir à un noir d'une certaine manière plus doux que les ténèbres absolues qui suivaient ses visions. S'agenouillant à côté du lit, il écarta ses cheveux et prit son visage entre ses mains.

— Tu as tout d'une femme.

Ma femme.

Inclinant la tête, il l'embrassa. De son point de vue, c'était un baiser chaste, une simple mise en bouche alors qu'il aurait voulu se gorger d'elle, mais elle gémit et s'agrippa à lui pendant cinq longues secondes avant de s'écarter. Il jura dans sa barbe, le sens de ses paroles crues explicite. Leur relation n'irait nulle part si Faith ne parvenait pas à supporter plus qu'un baiser innocent ; le toucher était l'essence de ce qui définissait Vaughn.

Après la semaine qu'il avait passé enfant dans la nature, les léopards de DarkRiver n'étaient parvenus à obtenir de réactions de sa part qu'en multipliant les contacts physiques. Lors de son premier mois au sein de la meute, il avait dormi sous sa forme de félin, entouré d'autres corps animaux. Privé du toucher, il tendait à devenir de plus en plus agressif, de plus en plus sauvage ; le félin en lui remontait à la surface jusqu'à ce que l'homme se retrouve enfoui. La meute l'aidait en général, mais ces derniers temps il désirait les caresses d'une autre personne.

— Vaughn. (Faith adopta un ton aussi docile et aussi peu provocant que possible.) Vaughn, tu as sorti les griffes.

Elle les sentait contre son crâne et son visage, et elle était suffisamment terrifiée pour l'admettre. Sa réaction venait d'un moi primitif qui avait existé avant Silence, avant la civilisation. Seule lui importait la survie… à n'importe quel prix.

Une décharge d'énergie psychique pourrait paralyser le prédateur qui la retenait prisonnière, mais risquerait de causer des dégâts irréversibles. Une telle idée lui était insupportable.

— Ne me fais pas de mal, Vaughn. (Elle l'appela de nouveau volontairement par son nom.) J'ai besoin de me sentir en sécurité avec toi.

Même si c'était irrationnel, elle se sentait en sécurité malgré tout.

Il avait laissé sortir le félin, mais la pression de ses griffes sur la peau de Faith était si légère qu'elles ne menaçaient pas de l'érafler, encore moins de l'entailler. Pourtant, Faith savait qu'il pouvait perdre le contrôle à tout instant, et le jaguar dans les yeux de Vaughn se rapprochait dangereusement de la limite.

— Tu ne te le pardonneras jamais si tu me fais du mal.

— Jamais je ne te ferai de mal. (Sa voix était un son guttural, à mi-chemin entre l'humain et l'animal en lui.) Touche-moi.

Alors qu'elle s'apprêtait à refuser, elle se reprit. Pourquoi formulait-il cette demande à ce moment précis ? Elle était intelligente, elle pouvait le deviner. Refoulant la réaction instinctive de son corps, celle de se battre ou de prendre la fuite, elle ferma les yeux et s'obligea à respirer selon un rythme censé favoriser la lucidité. Sauvage et charnelle, l'odeur de Vaughn emplit ses poumons et eut l'effet inattendu de canaliser ses pensées désordonnées. Pourquoi un changeling demanderait-il à être touché dans un tel état ? La logique arguait que c'était parce qu'il croyait que ça l'aiderait à reprendre le contrôle de lui-même. Et si la logique se trompait ?

—J'ai confiance en toi.

Douloureusement consciente de ses griffes sorties, Faith s'avança avec une lente précision et effleura ses lèvres. Elle sentit sa chaleur, sa virilité assumée et primaire. Presque aussitôt, son esprit lui envoya des signaux d'alerte. Les événements de la nuit l'avaient poussée à bout, même avant que Vaughn laisse sortir le félin. Son cerveau lui hurlait qu'elle était à deux doigts de s'effondrer. Tant pis pour elle. Elle n'avait pas l'intention d'abandonner Vaughn. Il l'avait tirée de son cauchemar... c'était à son tour de l'aider.

Elle érafla par mégarde sa lèvre inférieure et le grondement qu'il émit se déversa dans sa bouche. Elle se figea. Ce fut alors que des dents aiguisées s'emparèrent à leur tour de sa bouche pour la mordiller d'une manière terriblement provocante. Un instinct enfoui en Faith s'embrasa, et à la déflagration de son esprit s'ajouta la chaleur vibrante de son corps.

La peau luisante de sueur, son estomac se noua et elle se retrouva à serrer les cheveux de Vaughn, la peau de son crâne à portée de ses doigts. La chaleur et le toucher, le désir et le besoin, la puissance et la fureur, tout s'agitait en elle comme une vague violente qui ravageait ses boucliers les plus intimes. Soudain, le plaisir se mua en douleur, et la douleur jeta un voile d'ébène sur ses yeux.

À la seconde où Faith céda, Vaughn le sentit. Il avait depuis longtemps rentré les griffes, et s'arracha à leur baiser car elle semblait incapable de le faire.

—Faith.

La respiration saccadée, elle ouvrit les yeux et il vit qu'ils avaient adopté la mauvaise nuance de noir.

—Ça m'emporte.

Par ces mots, elle annonçait l'inéluctable.

La colère de Vaughn menaça d'anéantir le contrôle qu'il venait de retrouver.

—Non.

Se relevant, il la regarda s'installer et s'étendre sur le côté au milieu du lit. Il suivit des yeux ses moindres gestes.

—Je t'ai aidé?

—Oui.

Il lécha le goût qu'elle avait laissé sur ses lèvres.

—Au moins, je suis assez forte pour ça.

—Tu es assez forte pour tout surmonter. Tu es passée du stade où tu étais incapable de supporter le moindre contact à celui d'accepter un baiser et d'en donner un à ton tour, en très peu de temps.

Il remonta sur le lit. Et même si ça allait à l'encontre de tous ses instincts, il maintint suffisamment de distance entre eux pour ne pas l'oppresser.

—J'aimerais être assez forte pour en faire davantage… être davantage.

Elle chuchotait, mais le félin eut la certitude d'avoir détecté des accents de colère rentrée dans sa voix. Bien.

—Tu vois l'avenir, Faith. Ça te rend extraordinaire.

À sa grande surprise, elle se rapprocha d'un centimètre.

—Ne pars pas avant que je me réveille. Je crains que les visions de la noirceur reviennent alors que mes boucliers sont endommagés.

En d'autres termes, elle avait peur. Et si elle était capable d'éprouver de la peur, elle pourrait également connaître le plaisir.

—À quel moment je t'ai laissé entendre que je comptais te quitter, même si tu me le demandais?

—Tu m'attendras la nuit après la prochaine? Je sais que j'avais dit cinq jours, mais les visions progressent trop vite.

Je pense pouvoir m'arranger pour qu'on ne remarque pas mon absence.

— Sois prudente.

Son clan était trop puissant pour ne pas avoir de relations. Au moindre soupçon concernant leur précieux atout, le Conseil enfermerait Faith pour de bon et il deviendrait beaucoup plus dangereux de la libérer. Vaughn ne se souciait pas de verser du sang, mais il ne voulait pas qu'elle se retrouve prise dans la bataille.

— Dors, mon petit écureuil. Je suis là.

Peu après qu'elle eut fermé les yeux, il sentit la peur qui enveloppait Faith se dissiper. Tant qu'elle dormirait, il veillerait sur son sommeil. Les Psis auraient peut-être prétendu qu'il ne pouvait nuire à la noirceur que sur le plan physique puisque celle-ci était un être psychique, mais par deux fois il avait vu et senti la hideuse réalité de la menace qui avait retenu Faith captive. Son instinct lui soufflait que, s'il parvenait à tenir la noirceur à distance, il pourrait protéger la jeune femme.

Il ne la quitta qu'à l'aube, au moment où elle ouvrit les yeux.

CHAPITRE 12

F aith se réveilla juste à temps pour voir Vaughn s'échapper
par la lucarne. Il était si agile, si puissant et si exotique
qu'elle ne put s'empêcher d'être fascinée.

— Qu'est-ce que tu es en train de me faire ? chuchota-
t-elle bien après son départ.

La nuit précédente, son esprit s'était morcelé, elle était
passée outre au conditionnement et avait éprouvé des
sensations. Mais il lui avait fallu payer le prix fort ; son
cerveau avait littéralement cessé de fonctionner et elle avait
glissé dans le sommeil. Et puis il y avait eu la douleur, une
douleur insoutenable. Elle n'avait pas laissé Vaughn en voir
toute l'étendue, comprenant d'une manière ou d'une autre
que sa souffrance se répercuterait sur lui. Mais à présent elle
s'autorisait à se remémorer son supplice, le vide glacé de son
esprit s'éteignant une section après l'autre.

Depuis qu'elle les avait rencontrés, elle réagissait au
contact des changelings, à celui de Vaughn. Non seulement
les avait-elle laissés l'obliger à s'ouvrir aux sensations, mais
elle commençait même à envisager la possibilité de se libérer
définitivement du conditionnement de Silence. Ce jour-là
pourtant, elle voyait les choses sous un autre angle. Même si
elle était parvenue à enfreindre certaines règles, à supporter
certains contacts physiques, à connaître certaines émotions,
à la seconde où elle avait tenté d'aller plus loin, elle avait été
cruellement punie.

Il était à présent évident pour elle que la douleur devait s'intégrer au conditionnement pour qu'il tienne. C'était une technique pavlovienne classique : sanction par la douleur en cas de « mauvaise » conduite, récompense en cas de bonne. En tant qu'adulte elle était capable de comprendre le fonctionnement de cette méthode, mais enfant elle y aurait été vulnérable à un point inimaginable.

Il leur aurait suffi de lui faire mal assez de fois en cas de comportement « inadéquat » pour qu'elle en vienne à redouter la douleur et se plie à leurs exigences. Il était également certain que la douleur ciblée n'était pas l'unique méthode à laquelle ils recouraient pour s'assurer la coopération des gens. Faith soupçonnait néanmoins qu'il devait s'agir d'un des éléments clés du protocole.

Même si elle comprenait le fondement sous-jacent du conditionnement, serait-elle capable de s'en affranchir ? Et, question plus difficile, le souhaitait-elle ? La nuit précédente, elle avait dit vouloir être plus que la femme qu'elle était. Mais, pour devenir cette femme, il lui faudrait renoncer à tout ce qu'elle connaissait, tourner le dos au monde qui était le sien. Abandonner son père, son clan, son peuple.

Et elle n'y gagnerait qu'une vie à l'extérieur, avec une espèce diamétralement opposée à la sienne. Elle ignorait comment se comporter avec ceux qui la considéraient comme une abomination contre nature. *Non,* songea-t-elle, *ce n'est pas tout à fait juste.* Vaughn ne semblait pas voir en elle une machine dénuée de sentiments. Malgré tout, même lui voulait la voir changer, ne plus être ce qu'elle était, s'affranchir de Silence pour mener une autre vie.

Mais renoncer à son identité – Faith NightStar, cardinale C-Psi, joyau du groupe NightStar – n'avait rien d'une décision facile.

Vaughn fit la sieste quelques heures sur les hautes branches d'un arbre avant d'aller remplacer Mercy à son poste de garde. Lorsqu'il vit qu'elle l'attendait sous sa forme humaine, il comprit qu'elle voulait lui parler. Changeant d'apparence, il rattrapa au vol le pantalon qu'elle lui lançait et l'enfila.

— Qu'est-ce qui se passe ?

— Rien de grave, dit-elle. Je voulais savoir si tu pouvais t'occuper de mon quadrillage vendredi dans deux semaines. J'ai un pot qui se termine tard.

Mercy travaillait pour CTX, un réseau de communication fondé par DarkRiver en collaboration avec les SnowDancer. C'était une bonne situation pour une sentinelle ; le travail passait après les affaires de la meute, et la direction se montrait compréhensive. Peut-être parce que la direction était constituée de loups et de léopards.

— Aucun problème.

— Ta dernière sculpture avance bien ?

— Elle est terminée.

Vaughn avait déjà entamé un nouveau projet. Une sculpture en marbre d'une femme faite de passion et de chaleur, de tentation et de mystère.

— Si tu croises Barker, tu pourras lui dire qu'il peut passer la chercher ?

Mercy hocha la tête et ses cheveux roux s'agitèrent doucement dans le vent. Leur couleur lui rappela Faith, même si les cheveux de sa Psi, plus foncés, évoquaient davantage des cerises mûres.

— Entendu. (Elle lui adressa un salut de la main.) À plus tard.

Vaughn décida d'effectuer une partie de son tour de garde sous forme humaine ; sa vitesse et sa puissance suffisaient amplement à tenir en respect la plupart des intrus. Tout en courant, il réfléchit à sa nouvelle pièce. Il savait qu'elle serait magnifique, sa plus belle œuvre. Et aussi qu'il ne la vendrait jamais.

La forêt défilait à toute allure autour de lui, ses pensées concentrées sur les courbes d'une femme aux yeux de firmament. Mais il n'était pas inattentif au point de manquer la tache couleur léopard là où n'aurait dû se trouver que de la verdure. Revenant sur ses pas, il suivit la piste olfactive jusqu'à deux petits léopards occupés à faire semblant de se battre. Au grondement qu'il émit, ils se séparèrent et le regardèrent. Ils savaient qu'ils allaient avoir des ennuis.

— Il m'a semblé entendre Tamsyn dire que vous alliez passer la journée avec Sascha.

Il croisa les bras et se demanda comment Tamsyn, la guérisseuse de DarkRiver et la mère des petits, s'y prenait pour gérer les soucis multipliés par deux sans s'arracher les cheveux.

— Qu'est-ce que vous fabriquez si loin dans la forêt ?

Les petits léopards étaient de nature curieuse ; il n'y avait rien d'inhabituel à ce qu'ils s'éloignent au cours de leurs explorations, et ils étaient en sécurité sur les terres de DarkRiver. Il fallait tout de même leur fixer des limites. Et, d'après la première règle, ils n'étaient pas censés s'écarter de plus d'un kilomètre de la maison où ils se trouvaient.

Les petits se laissèrent tomber sur le ventre en miaulant, essayant d'exercer leur charme pour se tirer d'affaire.

— Je ne suis pas Sascha ou votre mère, leur dit Vaughn, quoique amusé.

Ces deux petits allaient devenir de bons soldats en grandissant. Et, comme Kit, ils plairaient aux femmes.

— Allons-y.

Se relevant, ils ouvrirent la marche sur leurs petites pattes. De vrais jumeaux sous leur forme humaine, Julian et Roman l'étaient également sous forme féline. Seuls ceux qui les connaissaient très bien étaient capables de les différencier. Vaughn y était toujours parvenu, peut-être parce que le pendant animal ressortait davantage chez lui. Après les avoir ramenés dans la zone sécurisée, il s'accroupit à leur niveau.

—Vous connaissez les règles. Elles existent pour vous protéger et assurer que les femmes ne perdent pas la tête.

Il n'exagérait pas. Les mères léopards n'étaient pas loin de devenir folles avec les bêtises qu'inventaient les petits et les jeunes.

—Vous voulez causer du souci à Sascha ?

Les petits secouèrent leurs petites têtes de chatons.

—Alors restez dans ce périmètre.

Vaughn savait Sascha capable de retrouver les jumeaux grâce à ses dons psychiques, mais ça ne changeait rien aux règles.

Une petite patte griffue lui titilla le bras, puis une seconde l'imita de l'autre côté. Vaughn se mit à rire.

—Non, je ne suis pas fou à ce point-là. Bon, allons dire à Sascha que vous n'avez rien.

Il se transforma et les laissa chahuter avec lui quelques minutes avant de les escorter jusqu'au repaire d'où ils s'étaient échappés. Sascha se tenait au pied de l'arbre.

—Je crois que je vais vous mettre une laisse, vous deux, dit-elle, d'une voix assurée qui sonnait très Psi. Et je ne vous avais pas dit que je vous changerais en rats si vous vous comportiez mal ?

Les deux petits se figèrent immédiatement.

—Qu'est-ce que tu en penses, Vaughn ?

Il acquiesça. Julian le regarda comme s'il était un traître et Roman essaya de se cacher derrière un arbre. En riant, Sascha souleva Roman par la peau du cou et embrassa sa tête poilue. Julian accourut et se mit à grogner pour attirer son attention. Le prenant dans ses bras, Sascha adressa à Vaughn un hochement de tête.

— Merci d'avoir retrouvé les deux terreurs. Je te jure, il suffit que je tourne le dos une seconde pour qu'ils disparaissent.

Vaughn émit un bruit de gorge caverneux pour lui signifier que ce n'était rien.

— Je travaille avec Zara sur une version améliorée d'un plan pour l'une des nouvelles maisons de la résidence, lui dit-elle, faisant allusion à l'architecte qui travaillait avec eux. Apparemment, les loups ne sont pas satisfaits. (Lorsque Vaughn gronda, elle sourit.) Oui, je sais. Maudits loups. Il n'y a pas une meute pour rattraper l'autre, pas un seul de vous n'est prêt à accepter complètement le nouveau traité.

Julian et Roman gigotèrent dans ses bras et elle les regarda.

— D'accord, d'accord. On va en ville retrouver Lucas et Nate.

Au nom de Nate, leur père, les petits s'animèrent.

— J'ai des vêtements pour vous dans la voiture, les deux teignes.

Alors que Vaughn allait faire demi-tour et partir, Sascha l'interpella.

— Comment va-t-elle ?

Il secoua la tête. Il ne progressait pas aussi vite avec Faith qu'il l'aurait voulu. Et il ne se sentait pas d'admettre qu'il avait besoin d'elle à ce point.

Faith venait d'effectuer une prédiction lucrative pour FireFly Industries lorsque son tableau de communication sonna. Elle se servit de sa télécommande pour décrocher, mais l'appel fut coupé avant qu'elle ait pu parler. Haussant les épaules, elle l'attribua à une erreur de numéro et se leva de son fauteuil.

— Je vais faire un tour, dit-elle au M-Psi. Dites aux gardes de ne pas m'approcher.

Elle formulait la même requête chaque fois qu'elle sortait d'une prédiction particulièrement intense. Ses sens semblaient toujours décuplés après de telles visions. Elle en arrivait à entendre tout ce qui se passait autour d'elle, y compris les bavardages des esprits en principe verrouillés des gardes.

Pourtant, elle ne remarqua ce jour-là aucun des symptômes habituels de son hypersensibilité, et se contrôlait à vrai dire parfaitement malgré les événements de la nuit passée. Et elle voulait un peu d'intimité pour réfléchir à ce qui pouvait l'expliquer. Décidant que sa simple robe longue ferait l'affaire, elle sortit dans la brise tiède de l'après-midi.

Elle ne vit pas les gardes, mais savait qu'ils étaient là. Ce n'était pas comme s'ils s'avéraient d'une grande utilité : Vaughn allait et venait en douce sans être inquiété. Et Faith n'y voyait pas le moindre inconvénient. La nuit précédente, elle avait reconnu éprouver de la peur face à la folie meurtrière de sa vision. Ce jour-là, elle s'accorda le droit d'admettre que Vaughn lui plaisait, qu'elle aimait sa nature sauvage et même le danger qu'il représentait. Mais les émotions plus intenses restaient encore hors de sa portée.

Personne issu du monde des changelings ne pouvait comprendre ce que ça faisait de passer son existence entière sans connaître d'émotions, et d'en être soudain assailli de toutes parts. La noirceur avait introduit dans sa vie la menace et le mal, des envies psychopathiques et des besoins sadiques. Elle se serait peut-être effondrée sous leur poids si Vaughn ne lui avait pas apporté le plaisir, le désir et l'espièglerie. Il n'était pas un homme facile à gérer, mais c'était ce qui contribuait à le rendre incroyablement fascinant. La nuit précédente, elle s'était retrouvée nez à nez avec l'animal qui vivait sous sa peau, et…

— Faith NightStar.

Elle dévisagea la femme brune et mince, d'apparence presque fragile, qui venait de surgir de l'ombre d'un sapin vert foncé. Personne n'aurait dû se trouver dans cette enceinte en dehors de Faith et de ses gardes.

— Qui êtes-vous ?

L'intruse esquissa un sourire froid qui n'éclaira en rien ses yeux bleu pâle.

— Intéressant. Vous vivez isolée au point de ne pas connaître mon identité, alors que vous avez effectué pour nous un travail considérable.

La mémoire revint à Faith en reconnaissant sa voix.

— Shoshanna Scott.

Membre du Conseil Psi, elle en était aussi le visage, qu'elle avait beau et photogénique.

— Je m'excuse d'empiéter sur votre intimité, mais je ne souhaitais pas que cette conversation soit enregistrée.

— Vous m'avez appelée plus tôt, dit Faith.

L'instinct en elle qui comprenait ce genre de choses le savait. Elle savait également qu'elle se trouvait en présence d'une personne très dangereuse, une femme susceptible de frapper sans crier gare et dépourvue du genre de contrôle que « l'animal » que Faith avait eu en face d'elle seulement quelques heures plus tôt exerçait sur lui-même.

— Oui. Nous voulions vérifier le système de surveillance.

Faith attendit de savoir ce que le Conseil voulait d'elle. Leurs requêtes lui avaient toujours été transmises par le biais de son clan, mais peut-être s'agissait-il cette fois d'une prédiction qui exigeait la plus entière discrétion.

— Votre précision est impressionnante, Faith.

—Merci.

—Si nous marchions?

—Si vous le voulez.

Elle savait comment s'adresser au Conseil ; elle vivait certes isolée, mais elle n'était pas stupide.

—Y a-t-il une chose pour laquelle vous souhaitiez que j'essaie d'effectuer une prédiction?

Essayer, car les prédictions ne venaient pas sur commande. Mais, si Vaughn avait raison, elle parviendrait peut-être à exercer son esprit pour contrôler le moment où ces visions survenaient. L'idée avait de quoi la séduire.

—Je voulais simplement vous parler.

Shoshanna croisa les mains derrière le dos ; son tailleur intégralement noir donnait à ses doigts une pâleur cadavérique.

—Vous portez souvent ce genre de vêtements?

Faith savait que sa tenue n'était pas courante chez les Psis.

—Ils facilitent la tâche de l'équipe médicale en cas d'intervention.

La vérité étant simplement qu'elle préférait… qu'elle aimait porter des robes.

—Bien entendu. Je n'ai jamais réellement parlé à un individu possédant le don de clairvoyance. Qu'est-ce que ça fait de voir l'avenir?

Elle riva sur Faith son regard bleu pâle alors qu'elles s'arrêtaient à côté d'un petit bassin.

—Puisque je n'ai jamais vécu autrement, il m'est difficile de comparer, dit Faith.

Elle s'exhorta à la prudence. Au moindre faux pas, Shoshanna comprendrait qu'elle n'était pas une C-Psi tout à fait normale.

—En revanche, ça m'a donné un objectif à l'époque où la plupart des Psis n'étaient pas encore formés.

181

— Vous effectuez des prédictions depuis l'âge de trois ans ?

— Officiellement. Mais ma famille a gardé des registres qui indiquent que je réalisais déjà des prédictions non verbales, décousues mais exactes, même avant cela.

Elle préférait ne pas s'en cacher car elle soupçonnait Shoshanna de déjà connaître son passé ; les Conseillers s'arrangeaient toujours pour se renseigner sur ceux qu'ils souhaitaient aborder.

— De quelle manière le passage au protocole a-t-il influé sur vos capacités ?

Le protocole. Silence. Un choix fait bien des générations auparavant afin d'éradiquer la violence, mais qui était également parvenu à évincer la joie, le rire et l'amour. Il avait changé les Psis en une race robotique et dénuée d'émotions qui excellait dans le domaine des affaires et de la technologie mais ne produisait d'art sous aucune forme, ni grande musique ni œuvres littéraires.

— Ma capacité à affiner mes visions s'est développée de pair avec mon assimilation du protocole. Au lieu de nécessiter plusieurs amorces pour les déclencher, j'ai commencé à ne plus avoir besoin que d'une ou deux.

Elle se garda de dire qu'au fil de sa progression elle avait également cessé d'avoir des visions de la noirceur.

Ce souvenir inattendu avait resurgi dans un éclair, comme si les questions de Shoshanna avaient débloqué un compartiment secret de son esprit, lui rappelant qu'il y avait eu une période de son enfance où elle avait vu la noirceur. Elle dut exercer toute sa maîtrise pour conserver une expression neutre.

— Intéressant.

Shoshanna se remit à marcher.

Faith la suivit en silence. L'autre femme était belle, mais elle appartenait au Conseil ; personne n'accédait à ce poste sans verser de sang. Soudain, Faith vit littéralement le fluide rouge foncé entacher les mains de la Conseillère. L'image disparut instantanément, mais Faith comprit l'avertissement. Elle n'avait pas juste vu du sang ; elle venait d'avoir une vision de l'avenir.

Un jour prochain, Shoshanna Scott aurait le sang de Faith NightStar sur les mains.

À moins qu'elle puisse changer ce futur. C'était ce qui expliquait la valeur des C-Psis ; les événements qu'ils prédisaient n'étaient pas figés. Une compagnie pouvait devancer un concurrent si elle savait que ce dernier était sur le point de lancer une innovation majeure sur le marché, ou encore acheter des parts dans une entreprise dont la réussite avait été prédite. Mais Faith n'avait jamais rien vu auparavant qui ait le potentiel de la toucher de manière aussi directe.

— Votre travail vous satisfait-il ?

La voix froide de Shoshanna tranchait sur le bruissement des feuilles dans le vent.

Comme Faith ignorait ce qu'elle lui voulait, elle choisit de répondre la vérité.

— Non. C'est devenu trop facile. Je peux prédire les tendances du marché pendant mon sommeil si besoin. Il n'y a pas de défi à relever.

Le protocole les avait peut-être privés de leurs émotions, mais il n'avait en rien étanché leur besoin insatiable de stimulation intellectuelle.

— Je suis la meilleure de cet hémisphère. Quant à l'hémisphère Sud, il n'y a que Sione du clan PacificRose qui me concurrence parfois.

— Vous n'avez pourtant jamais déposé votre candidature pour un poste plus important.

Faith commençait à avoir une petite idée de l'objet de cette visite, mais ne parvenait pas à y croire.

— Il se trouve que je l'ai envisagé récemment. Mais sachant que mon âge peut constituer un obstacle, j'ai jugé préférable d'attendre et d'apprendre.

— Très judicieux. (Shoshanna semblait réellement impressionnée par son mensonge.) Personne n'imaginerait avoir à surveiller une C-Psi cardinale. Vous avez appris des choses intéressantes ?

Faith opta de nouveau pour l'honnêteté, consciente que Shoshanna connaissait probablement déjà la réponse.

— Il y a des signes de dissension au sein du PsiNet. La disparition du Conseiller Santano Enrique dans des circonstances quelque peu mystérieuses a engendré beaucoup de spéculations.

— D'après vous, que devrions-nous faire pour y couper court ?

Faith n'était pas certaine de vouloir qu'on y mette un terme ; les débats et les changements ne pouvaient qu'être bénéfiques au Net ; certainement plus qu'une obéissance stérile. Mais, en le disant, elle risquait de s'attirer une attention indésirable.

— Je suis certaine que le Conseil a trouvé une bien meilleure solution que tout ce que je pourrais proposer.

Cette fois encore, Shoshanna sourit de ce sourire froid de Psi, une habitude que Faith n'avait jamais adoptée. Pourquoi sourire si elle ne ressentait ni amusement ni espoir ?

— N'ayez pas peur de m'offenser, Faith. Je veux savoir ce que vous feriez.

— Je donnerais une réponse aux masses. Une réponse concrète. Rien n'arrête les suppositions plus vite qu'une vérité irréfutable.

Mais ce qu'elle avait entrevu au sein du Net trahissait une insatisfaction plus profonde. Le Conseil avait déjà perdu du terrain, beaucoup même. Quoi que ses membres puissent dire dorénavant, certaines personnes resteraient dubitatives.

Shoshanna s'arrêta et Faith se rendit compte qu'elles étaient revenues à leur point de départ.

— Il se trouve que je partage votre avis. Peut-être aurons-nous l'occasion d'approfondir le sujet à l'avenir.

Comprenant qu'elle prenait congé, Faith hocha la tête.

— Ce serait avec plaisir, Conseillère.

Puis elle tourna le dos à la femme qui aurait un jour son sang sur les mains et rentra chez elle sans se presser. Elle avait de la chance que Shoshanna ne soit pas un félin comme Vaughn, ou les battements désordonnés de son cœur auraient pu la trahir.

Elle retenait cependant un point positif de cette rencontre… Elle allait pouvoir mentir à son père sans problème de conscience et exiger de l'intimité pour des « motifs réglés en amont ». Ce fut exactement ce dont elle s'occupa en arrivant chez elle.

— On t'a contactée ? lui demanda Anthony.

— En un sens, éluda-t-elle, se résignant au fait que, depuis le début, mentir n'avait jamais été vraiment simple. Je ne pense pas qu'il soit sage d'en parler sur le réseau global de communication.

— Bien sûr. Fixons un rendez-vous.

C'était la dernière chose qu'elle souhaitait.

— Pas encore, père. À ce stade, éveiller les soupçons pourrait être nuisible.

À sa santé, certainement. Elle avait eu vent des pratiques des aspirants pour éliminer la concurrence.

Anthony acquiesça.

— Tiens-moi informé. La prochaine fois, passe par le PsiNet.

— Entendu.

Cette nuit-là, la noirceur ne vint pas. Pas plus que Vaughn. La moitié rationnelle de Faith lui disait de profiter de ce répit pour renforcer ses boucliers. Mais cette moitié rationnelle ne faisait pas le poids face à ses souvenirs de la nuit passée : une terreur éprouvante et la dangereuse sécurité que lui avaient offerte les caresses d'un jaguar.

À vrai dire, elle s'était attendue à le retrouver à son côté après l'intensité de la nuit précédente, en était arrivée à compter sur sa présence physique ; elle, une femme habituée à n'avoir personne dans son espace privé. Et il n'était pas là. Mais ça n'avait pas d'importance. Elle était Psi, se dit-elle en éjectant sa couverture du pied et en assenant un coup de poing à son oreiller étrangement inconfortable pour lui donner une meilleure forme. Elle n'éprouvait rien... et certainement pas de la déception ou de la colère.

Chapitre 13

Ayant épuisé toute sa maîtrise de lui-même la nuit précédente, Vaughn attendait Faith et il commençait à perdre patience. Même s'il avait gardé sa forme humaine, il avait gagné le sommet d'un arbre pour s'en servir de poste d'observation, tapi au-dessus du grillage. La silhouette féminine de Faith aurait déjà dû s'être montrée.

Cinq autres minutes s'écoulèrent péniblement. Alors qu'il envisageait d'aller la chercher, il la repéra enfin dans l'obscurité impénétrable de la nuit voilée de nuages. Elle escalada le grillage avec autant d'aisance que la première fois et rejoignit en quelques secondes l'endroit où il se tenait. Il décida de la laisser s'enfoncer un peu plus dans les bois avant de sauter, pour ne pas risquer de l'effrayer et de lui arracher un cri.

Arrivée à sa hauteur, elle s'arrêta et leva la tête pour regarder les branches.

— Vaughn ? J'espère que c'est toi.

Le félin était agacé qu'elle l'ait découvert. L'homme voulait savoir comment elle s'y était prise.

— Ne fais pas de bruit.

Elle lui jeta un regard noir lorsqu'il se laissa tomber en face d'elle, pieds nus mais vêtu par ailleurs d'un jean et d'un tee-shirt.

— Ça ne risque pas, vu le mal que je me suis donné pour venir jusqu'ici sans alerter personne.

Elle était hautaine, une vraie femme.

Il voulait la mordre. Assez fort pour la marquer. La faire sienne.

—Comment tu as su que j'étais là-haut ?

—J'ai senti ta présence. Ça doit être le signe d'un aspect jusque-là inactif de mes capacités.

—Et pour les autres changelings ?

—Je ne sais pas. Je ne détecte personne… Il y a quelqu'un d'autre ici ?

Vaughn sourit, conscient que ça allait la rendre furibonde.

—Tu sais que je ne peux pas te le dire.

En l'occurrence, Clay était tout proche, venu prendre le relais de Vaughn. Ils avaient échangé leurs postes une demi-heure plus tôt, mais le léopard était resté dans les environs pour s'assurer que Faith et Vaughn s'en sortaient sains et saufs. Voyant que Faith était incapable de ressentir la présence de l'autre sentinelle, Vaughn se calma et refréna ses pulsions sauvages.

—On ne sait jamais de quelle manière tu pourrais te servir de cette information.

—Qu'est-ce que tu attends de moi ? lui demanda-t-elle d'un ton glacial. Que j'écrive ma loyauté en lettres de sang ?

—Colérique, on dirait…

—Je ne suis pas colérique. Tu comptes passer la nuit là ? Je n'ai pas de temps à perdre.

Vaughn émit un léger sifflement pour signaler à Clay que tout allait bien. Un grondement sourd lui parvint en réponse et, à sa grande surprise, il y décela un soupçon de rire.

—Gare à toi, léopard, marmonna-t-il, si bas que seul un changeling pouvait l'entendre. Il n'y a que moi qui aie le droit d'être amusé par Faith.

Il y eut un nouveau grondement, plus proche cette fois, puis le silence. Clay était retourné à son travail.

En règle générale, c'était les soldats qui patrouillaient les frontières du domaine considérable de DarkRiver, tandis que les sentinelles assuraient surtout la sécurité du couple dominant. Il avait cependant été décidé que cette zone devait être maintenue sous étroite surveillance. Même si Faith s'avérait totalement digne de confiance, elle n'était ni soldat ni sentinelle, et pouvait sans le savoir mener l'ennemi jusqu'à leur porte.

Vaughn sourit de nouveau à la pensée de sa Psi, une Psi folle à lier mais qui refusait de l'admettre. Il était clair que peu à peu elle n'agissait plus comme le conditionnement le prévoyait. Rien n'aurait pu réjouir davantage le jaguar. Aucune moitié de sa nature n'appréciait outre mesure de devoir passer ses nuits dans un état d'excitation que rien ne promettait d'apaiser. Vaughn s'impatientait, et il se sentait amplement prêt à pousser Faith dans le droit chemin. Le félin ne voyait aucune raison de jouer selon les règles alors qu'à l'évidence elle désirait tout autant se délecter de lui.

La rattrapant, il la suivit un peu en retrait, juste assez loin pour pouvoir admirer le balancement de ses hanches. Elle avait des formes parfaites ; quoique petite, elle n'était pas trop mince, son corps assez voluptueux pour flatter l'œil et inviter à la tentation. Vaughn voulait voir bouger sur lui ces fesses aguicheuses. Étant donné leur différence de taille, il profiterait au mieux de cette vue assis, avec elle l'enfourchant dos à son torse. Un grognement menaça de jaillir de sa gorge.

Faith regarda par-dessus son épaule.

— Arrête ça.

— Quoi ?

Il se demanda si sa peau était aussi dorée et crémeuse sur le reste de son corps. Elle lui semblait délicieuse et il rêvait de la lécher. De la mordre.

—Tu sais très bien quoi.

—La question que je me pose, c'est comment toi tu le sais ?

—Je suis Psi.

—Tu es C-Psi, pas télépathe.

Elle étrécit les yeux et il sut qu'elle n'avait pas conscience de ce geste qui la trahissait. Et, même s'il en tirait une grande fierté, il allait devoir l'en avertir avant qu'elle regagne cette prison qu'elle appelait « sa maison ».

—Je suis une femme. On est nées avec ce genre d'intuition. Alors arrête.

—Pourquoi ?

—Pourquoi ? (Elle lui jeta un regard arrogant de Psi.) Qu'est-ce que tu dirais si je pensais à toi de la manière dont tu penses à moi et à mon corps ?

Il sourit.

—Tu sais bien que ça me plairait. (Quelque chose dans la remarque de Faith le fit s'interrompre.) Tu es en train de dire que tu es capable de voir ce que je vois ?

Sous le regard ravi de Vaughn, les joues de Faith rosirent. Son conditionnement physique commençait à se fissurer bien plus qu'il n'aurait pu l'espérer : les Psis ne rougissaient pas.

—Oui. Je ne sais pas pourquoi, alors que je ne peux accéder à rien d'autre de toi. Aucun de mes boucliers ne semble fonctionner. Alors maîtrise-toi.

Passant devant elle, Vaughn médita cette découverte tandis qu'il la menait à la voiture. Le nouveau bandeau était posé sur le siège passager, un morceau de soie noire qu'il avait acheté exprès pour elle. La colonne vertébrale raide et tendue à se rompre, Faith déposa ses affaires sur la banquette arrière avant de le ramasser.

—Fais vite.

Vaughn ajusta le bandeau sur ses yeux et se rapprocha d'elle jusqu'à coller son torse contre la poitrine de la jeune femme.

— J'aime aller lentement. (Il s'imagina exprès se livrant à des jeux sexuels avec elle les yeux bandés.) À ma merci.

— Je te l'ai dit, je ne suis pas aussi impuissante que tu le penses.

Ses paroles étaient tranchantes, mais sa voix enrouée. Même si elle insistait sur sa nature de Psi, Faith n'était plus désormais complètement liée par Silence. Ce qui présageait des ennuis. Mais, pour l'heure, Vaughn ne se souciait que du plaisir.

— Les illusions ne m'effraient pas, bébé.

Prenant son temps pour faire le nœud, il laissa son esprit s'emplir d'images d'elle nue, les yeux bandés, les mains liées à sa tête de lit et les jambes écartées pour maintenir son équilibre. Puis il se visualisa caressant sa peau crémeuse, l'explorant de la langue, malaxant la chair voluptueuse de ses fesses et l'immobilisant pour la posséder.

Un courant électrique passa dans ses doigts à l'endroit où il la touchait.

— Merde! (Il s'écarta d'un bond en grondant.) Ça fait mal.

La vive douleur se dissipa instantanément.

— Tu devrais m'écouter la prochaine fois.

Faith se glissa dans la voiture sans hésiter et claqua la portière.

Vaughn se demanda s'il devait lui dire que sa réaction ne la rendait pas moins attirante à ses yeux, au contraire. Les jaguars aimaient les femmes dures à cuire. En souriant, il se frotta les doigts sur son jean et contourna le véhicule pour prendre le volant.

Faith se tut jusqu'à ce qu'il ait démarré le moteur.

— Je t'ai vraiment fait mal ? Je ne me suis jamais servi de ce talent contre un être vivant auparavant.

Sa Psi, celle qui n'éprouvait rien, découvrait soudain le remords.

— Si c'était le cas, je le méritais. (Il lui caressa la joue d'un doigt.) Ça ne veut pas dire que je vais arrêter, mais je serai un peu plus vigilant quand je t'attacherai.

— J'aurai dû t'électrocuter plus fort.

Elle croisa les bras.

— Sascha n'a jamais mentionné ce genre de talent. Est-ce qu'il est propre à un autre type de Psi ?

— Pourquoi je devrais te le dire ? Tu ne me racontes pas tes secrets.

— Tu es connectée au Net. Tu pourrais transférer tout ce que je te confie sans même t'en rendre compte.

C'était indéniable.

— Tu as raison. (La voix de Faith s'était considérablement adoucie.) Je suis placée sous surveillance constante, et hier…

— Hier ? Qu'est-ce qui s'est passé hier ?

Il entendit presque sa bouche claquer lorsqu'elle la referma.

— Je ne suis pas ton espionne, Vaughn. Trouve-toi quelqu'un d'autre si tu cherches une marionnette.

Sa déclaration était dépourvue de la moindre émotion susceptible d'inciter Vaughn à l'excuser, lui rappelant de manière déplaisante que la femme assise à côté de lui était une Psi cardinale. Et qu'elle appartenait au camp ennemi.

— C'est toi qui es venue à nous, lâcha-t-il. Tu es venue parce que tu ne pouvais te fier à personne de ton précieux monde… Ils t'auraient tourné le dos. DarkRiver n'est pas un centre caritatif pour Psis égarés. (Caressé à rebrousse-poil par les paroles de Faith, il appuya sur l'accélérateur.)

Te demander de nous donner quelque chose en échange de notre aide, c'est un marché honnête. Tu t'y connais en affaires, non ?

À peine eut-il prononcé ces mots qu'il sut qu'il aurait dû contenir sa colère. Il s'emportait rarement, mais lorsque cela se produisait il avait tendance à se montrer dur. La douleur de Faith était d'autant plus intense qu'elle la cachait sous l'armure du protocole Silence cassant des Psis, mais il la ressentit au cœur de sa virilité.

— Je suis désolé, mon petit écureuil. Je suis allé trop loin.

— Pourquoi t'excuser ? Tu n'as fait qu'énoncer la vérité.

Sa voix était si froide que Vaughn s'attendait à voir des glaçons se matérialiser dans l'air.

Il se détendit. La colère de Faith ne le dérangeait pas ; c'était son masque dénué d'émotions qu'il détestait.

— Ouais, mais ce n'est pas pour ça que je l'ai dit.

— Je ne comprends pas.

Elle n'exprimait pas la moindre curiosité, seulement le calme caractéristique des Psis.

— J'ai dit ça parce que tu m'as poussé à bout. (Il emprunta une allée verdoyante et jeta un coup d'œil à Faith, parfaitement immobile à côté de lui.) C'est vrai, on ne va pas se gêner pour diffuser les informations que tu nous donneras… Il faudrait être stupide pour ne pas recueillir un maximum de détails tant que tu seras rattachée au Net, mais on ne le fait pas derrière ton dos, alors ne viens pas nous accuser de ça.

Faith ne savait pas quoi répondre. Vingt-quatre années durant, elle avait vécu dans un monde régi par des principes bien différents. On n'y disait jamais rien avec autant de franchise, sans user de subterfuges. La visite de Shoshanna Scott l'illustrait de manière flagrante : la Conseillère s'était limitée à des allusions et à des indices, sans jamais révéler tout à fait ce qu'elle voulait de Faith, même si Faith s'en doutait. C'était sa motivation qu'elle ne comprenait pas.

Son instinct la poussait presque à en parler à Vaughn, mais elle n'en était pas capable. Pas encore. Si elle livrait le Conseil aux félins en dépit de son absence de certitudes, elle trahirait en un sens la loyauté qu'elle devait aux siens. Eux comprenaient ce qu'elle était, ce qu'elle savait faire et ce qu'un tel don lui coûtait. Elle était respectée, plus que respectée. Si la visite de Shoshanna pouvait être interprétée comme un signe en ce sens, elle était même susceptible d'accéder à un rang plus élevé, le plus élevé de tous au sein de son clan.

Mais si elle se pliait à la volonté de Vaughn et parvenait à se déconnecter du Net sans séquelles, que serait-elle ? Rien. Une Psi brisée, sans espèce ni famille. Elle avait suffisamment lu sur le sujet pour savoir que son don n'était pas toujours respecté dans le monde des humains et des changelings. Beaucoup dénigraient le concept de clairvoyance. Certains allaient jusqu'à le taxer de supercherie.

Bien sûr, tout cela n'aurait aucune importance si ses capacités continuaient à glisser vers le chaos. Même si elle ne parvenait pas à les bloquer, elle devait trouver le moyen d'exercer un contrôle sur ses visions. Sentant Vaughn lui effleurer la joue, elle fut incapable de retenir sa réaction impulsive.

— Oui ?

— On est arrivés.

Alors qu'elle retirait son bandeau, la sensation persistante du contact de Vaughn menaçait de remettre en cause la décision qu'elle venait de prendre de redevenir maître de son corps et de son esprit. Elle savait qu'il était risqué de ressentir quoi que ce soit, que les émotions pouvaient la perdre, mais tout cela n'atténuait en rien la tentation de s'engager avec Vaughn à tous les niveaux, physique, mental et émotionnel.

Parce qu'elle savait que, si elle parvenait à enchaîner le côté obscur de son don et à retrouver une existence normale, elle passerait le restant de ses jours sans ce jaguar qui aimait la taquiner avec tant de sensualité, qui l'obligeait à affronter ses peurs et qui la faisait se sentir vivante, tout simplement.

Laissant le bandeau sur le tableau de bord, elle sortit de la voiture et claqua la portière. Vaughn se trouvait déjà sur le perron éclairé et parlait avec Sascha. Faith ne voyait pas Lucas, mais devina qu'il se trouvait dans les parages ; le léopard dominant lui était apparu extrêmement protecteur vis-à-vis de sa compagne. Ce qui l'amena à se demander si le Conseil était allé plus loin qu'interdire tout contact avec Sascha Duncan.

— Bonjour, Faith.

Sascha sourit et indiqua la chaise à côté d'elle.

— Bonjour.

Faith prit place, mais se trouva dans l'incapacité de regarder Vaughn. Par sa simple présence, il lui en demandait trop, et elle ignorait quelles réponses lui donner.

— Je reste dans les parages.

Vaughn s'éloigna puis tourna à l'angle, et elle crut – même si c'était impossible – le sentir se transformer.

— Où est Lucas ? demanda Faith plutôt que d'aller le rejoindre pour satisfaire son besoin de revoir le jaguar.

C'était un homme dangereux comme une lame acérée, beau sous ses deux formes, et l'envie de le caresser la démangeait. Mais elle pouvait plus facilement la justifier lorsqu'il était animal, se convaincre que ce n'était pas la même chose que de faire courir ses doigts sur la peau de l'homme. Bien sûr, indépendamment de son hésitation quant au chemin qu'elle devait choisir, elle n'était pas certaine de parvenir à toucher l'homme ou le félin sans tomber en miettes.

— Mon compagnon avait d'autres affaires à régler.

Cette déclaration inattendue ramena l'attention de Faith sur la femme à son côté.

— Il t'a laissée venir seule ?

Sascha rejeta sa natte par-dessus son épaule.

— Je suis une cardinale dotée de pouvoirs considérables. Pourquoi tout le monde s'imagine que j'ai besoin d'être protégée ?

— Je ne voulais pas t'offenser.

— Je ne le suis pas. (L'autre femme secoua la tête.) Tu as raison, les hommes de DarkRiver sont possessifs et protecteurs à l'extrême. Mais il ne faut pas les encourager ; on doit apprendre à s'imposer, sinon on court au désastre.

Faith s'aperçut que sa curiosité était attisée à l'idée d'en apprendre plus sur le monde de Vaughn.

— Comment ?

— Comme tous les prédateurs, les félins sont très puissants, tant sur le plan physique qu'émotionnel. S'ils ne reçoivent pas le même genre de, comment dire… d'attention de la part de leurs compagnes, ils ont tendance à devenir agressifs dans le pire sens du terme. (Sascha haussa les épaules.) Ils essaient de dominer, mais ils ne se satisfont pas d'une compagne soumise. Les félins aiment qu'on sorte les griffes.

Était-ce ainsi que Vaughn s'y prenait avec elle ? La poussait-il dans ses retranchements pour l'obliger à sortir les griffes ?

— Tu pourrais m'expliquer ce que signifie devenir la compagne d'un changeling ?

— Ce n'est pas simplement se marier à lui, et c'est bien plus que tout ce que les Psis connaissent.

Un sourire étira les lèvres de Sascha. Avec ses cheveux nattés qui mettaient en valeur ses traits ciselés, elle était l'image même de la beauté parfaite.

— C'est tout ce dont je n'ai jamais osé rêver, ajouta-t-elle.

Faith voulait lui en demander beaucoup plus, mais elles disposaient d'un temps limité ; elle devait être rentrée au complexe avant l'aube.

— La noirceur continue à me traquer.

— « Traquer » ? C'est étrange d'employer un tel mot.

— Mais il convient à la situation. J'ai physiquement l'impression que la noirceur me cherche et se referme sur moi.

— On croirait presque un contact télépathique forcé plutôt qu'une vision.

Faith hocha la tête.

— En effet, mais ce n'est pas le cas. Même si je vois l'avenir, les visions sont véhiculées par le meurtrier, si bien qu'en réalité je me retrouve dans deux espaces temporels, à la fois dans l'esprit du tueur qui projette ses forfaits et dans le futur où les événements se déroulent pour de bon.

— Continue, dit l'autre Psi au bout d'un long silence.

— Une fois que cette chose… qu'il s'est refermé sur moi, et il y a peut-être à ce moment-là une part d'interférence télépathique, admit-elle, je n'arrive pas à trouver le moyen de m'échapper, de mettre fin à la vision. C'est lui qui décide du moment où il me relâche.

— Mais ?

— Vaughn peut me libérer. Par le contact physique.

Le souvenir de ses lèvres sur les siennes se fondit avec le choc qu'elle avait éprouvé en sentant ses griffes contre la peau fragile de son visage.

— Il y a autre chose, ajouta Faith en se frottant les mains sur son jean. Je crois que j'avais des bribes de ces visions lorsque j'étais enfant, peut-être avant mes trois ans. Lorsqu'on est aussi jeune, les souvenirs ne sont pas fiables, mais je crois qu'il y a une forte probabilité que ça se soit produit.

— Intéressant. (Sascha se pencha et s'accouda sur ses genoux.) Même si le protocole est appliqué dès la naissance, j'ai entendu dire qu'il n'était pas réellement «implanté» avant un certain stade du développement psychologique… et le moment varie d'un enfant à l'autre.

— J'ai lu un rapport similaire il y a un an. Ils cherchent à mettre au point une méthode pour remédier à cette faille dans le protocole ; de l'avis général, c'est cette période qui prédispose certains individus à devenir des adultes déficients.

Alors même qu'elle prononçait ce mot, Faith se rendit compte qu'il avait été employé pour définir la femme à côté d'elle, une Psi tout sauf déficiente. Un mensonge de plus. Un nouveau coup porté à la confiance qu'elle avait en son peuple.

Sascha secoua la tête.

— Je ne crois pas qu'on puisse y remédier. Les enfants en bas âge sont beaucoup plus proches de leur nature animale de base. À moins de réinitialiser le cerveau lui-même, on ne peut rien y changer.

— C'était l'une des solutions proposées dans le *Psi-Med Journal*.

Même alors, des mois avant que son esprit commence à se détraquer, Faith avait trouvé cette idée révoltante. Le cerveau était la seule chose encore sacrée pour les Psis. Le réinitialiser équivaudrait à effacer toute trace d'individualité, faisant du PsiNet un véritable esprit collectif.

— J'aimerais ne pas te croire, être surprise et révoltée.

Sascha força les battements de son cœur à ralentir. Après des années passées à tout dissimuler, la liberté qu'elle avait de ressentir les choses l'entraînait parfois à se laisser emporter par ses émotions.

—Mais je connais trop bien le Conseil pour croire qu'ils hésiteraient à détruire les cerveaux d'enfants si cela leur permettait de consolider leur pouvoir.

—La procédure n'a pas été appliquée. Ça reste purement théorique.

Alors que la C-Psi se contentait d'énoncer un fait, Sascha ressentait l'horreur en elle, une horreur si profondément enfouie que Faith, prise dans les griffes de Silence, n'avait pas conscience de son intensité.

Sascha la comprenait. Chez toutes les autres espèces, une idée de la sorte, même théorique, aurait été considérée odieuse, une violation fondamentale de la confiance établie entre l'adulte et l'enfant.

—Qu'est-ce qui les arrête ?

—Ils craignent d'endommager de potentielles capacités psychiques. (Les yeux de Faith étaient un champ d'étoiles impénétrable.) Je ne vois pas comment ils pourraient éliminer ce problème.

Sascha n'en était pas aussi sûre qu'elle.

—Silence aussi était une idée théorique.

Elle avait déterré bon nombre d'informations sur l'histoire des Psis au cours des derniers mois, et avait trouvé l'essentiel de ce qu'elle cherchait par la voie la plus improbable : les bibliothèques des humains.

En parcourant ces bibliothèques délaissées par les Psis, qui les considéraient dépassées et peu pratiques, elle avait découvert des lettres manuscrites et des documents qui relataient les premières heures de Silence. Le véritable commencement. Ça n'avait pas été 1979 ; Enrique s'était trompé, les soixante-dix-neuf entailles sur chacune de ses victimes qui rendaient hommage à cette date avaient été une erreur. Et cela la réjouissait d'une façon que seule sa nouvelle famille assoiffée de vengeance pouvait réellement comprendre.

— Je croyais qu'il avait été initié par le Conseil en association avec nos chercheurs M-Psis les plus éminents.

La voix de Faith arracha Sascha au théâtre macabre de ses souvenirs.

— Non, répondit-elle. Au départ, il a été pensé par un groupuscule, une sorte de culte du nom de « Mercure ».

À l'époque, personne ne les avait pris au sérieux. Cependant, vingt ans après avoir publié leur manifeste, les membres de Mercure avaient exhibé les premiers cobayes sur lesquels ils avaient obtenu des résultats. Comme les individus ayant réussi les tests n'étaient que des adolescents, leur conditionnement était voué à l'échec, mais cela avait suffi à changer les choses. La majorité des gens avaient cessé de donner à Mercure l'appellation de « culte » pour le qualifier de « groupe de réflexion ».

Il s'était écoulé cent ans avant qu'ils soient transformés en visionnaires, les sauveurs des Psis.

— Le premier Conseil pro-Silence était dominé par des acolytes de Mercure. Deux d'entre eux étaient des cobayes de leur version bêta du protocole.

— Sascha ?

Tirée de ses réflexions douloureuses sur le prix élevé d'un protocole Silence aussi absolu, elle se retourna. Faith avait tendu la main, se reprenant avant d'achever son geste.

— Tu dois être plus prudente, dit Sascha d'une voix douce.

Elle n'avait aucune envie de resserrer la camisole de force qu'était Silence, mais, tant que l'autre cardinale serait reliée au Net, elle devait rester sur ses gardes en permanence.

Faith referma la main et serra le poing sous sa cuisse.

— Je suis en train de changer, Sascha. J'essaie de lutter contre, mais ce changement se produit à un niveau tel que je ne parviens pas à l'empêcher. Et je ne suis pas certaine que ce soit une bonne chose.

— Pourquoi ?

— Je suis une C-Psi, estimée et protégée au sein de notre espèce. Ici, je ne serais rien.

— Ce n'est pas vrai. (Sascha tenta de se servir de ses dons d'empathie pour apaiser la douleur lancinante à l'intérieur de Faith, une douleur qu'elle ressentait comme un poids sur son cœur.) Si tu apprends à te servir de tes dons et à les gérer différemment, tu auras tout autant de valeur ici. Imagine les catastrophes et la violence que tu pourrais éviter. Tu pourrais sauver tellement de vies.

Faith détourna le regard. Elle ne voulait pas voir l'envers du décor, ne voulait pas penser aux morts que les clairvoyants ayant choisi la voie de la facilité avaient sur la conscience. Comme elle.

— Tu as une idée de pourquoi mes boucliers ne tiennent plus ? Ces défenses sont spécialement conçues pour protéger les C-Psis au cours de leurs visions, mais elles ne peuvent rien contre la noirceur. Elles ne suffisent pas à assurer ma sécurité.

Seul Vaughn y parvenait, et Faith se demandait pourquoi il se donnait cette peine. Si les clairvoyants ne s'étaient pas retirés dans le silence, la sœur du jaguar serait peut-être encore en vie, elle aussi.

CHAPITRE 14

—Q ue ressens-tu au cours de ces visions? demanda Sascha, sans l'obliger à affronter le problème comme Vaughn aurait procédé. Il n'y a que nous deux ici.

—Et un félin doté d'une ouïe très fine.

Faith ne le voyait pas, mais elle savait qu'il se trouvait là quelque part, à faire les cent pas et à veiller sur elles.

—Deux, à vrai dire, rectifia Sascha. Je soupçonne qu'on le doit au côté protecteur à l'excès de Lucas, même si ça ne m'étonnerait pas que l'initiative vienne des sentinelles.

Son rire était à la fois amusé et exaspéré.

—«Deux»?

Faith pouvait tolérer que Vaughn entende sa confession, car, malgré ce qu'elle avait pu dire dans la voiture, elle se fiait à lui. Mais un autre félin?

—Ne t'inquiète pas. Vaughn ne permettrait jamais qu'il reste assez près pour surprendre notre conversation.

Détectant une insinuation dans le ton de sa voix, Faith se figea.

—Quoi?

Sascha sourit.

—Rien. Alors, que ressens-tu?

—Colère, douleur, malveillance, fureur, soif de sang.

Elle ne se sentait pas le courage d'énumérer les plaisirs malsains nés des tendances sexuelles sadiques de cet esprit violeur. Car, au cours de ces visions, elle se fondait en lui et le plaisir du tueur devenait le sien.

Ça lui donnait envie de vomir, de s'arracher l'esprit. Elle ne s'étonnait pas que les C-Psis aient choisi la voie de la lâcheté et accepté les pratiques aseptisées de Silence.

—La pire façon possible de s'affranchir du protocole. (L'expression de la cardinale rebelle s'adoucit.) Je pense que les émotions sont à la base du manque de résistance de tes boucliers. Avant, les Psis auraient probablement combattu le mal par le mal en dressant des blocages consolidés par l'intensité de leur horreur face à de tels actes.

Faith fut déroutée de constater que Sascha se faisait l'écho des précédentes remarques de Vaughn.

—C'est une pure hypothèse de ma part, mais je sais que mes boucliers ont cédé parce que je refoulais les émotions alors qu'elles étaient ma force.

Faith n'en demanda pas davantage à Sascha sur ses capacités ; elle n'oubliait pas qu'elle était bel et bien reliée au Net et que son clan la surveillait. Pour couronner le tout, le Conseil lui portait désormais un intérêt hors du commun.

—Mais mon don ne repose pas sur les émotions.

—Je crois que tu te trompes. Si les émotions ne jouaient pas un rôle crucial dans la pratique de la clairvoyance, les C-Psis n'auraient jamais vu ce qu'ils voyaient autrefois, les meurtres et les catastrophes. Ils prédisaient ces choses parce qu'ils étaient des individus soucieux des autres, motivés par leur volonté de contrer le mal.

Faith n'arrivait pas à concevoir la force qu'il avait fallu aux clairvoyants d'avant Silence pour affronter à l'infini la perspective des morts et des souffrances possibles.

—Tu veux dire que Silence pourrait avoir privé de ses défenses le cœur de mes émotions, cette partie de mon esprit capable de voir la noirceur. Le simple fait d'admettre l'existence d'un tel cœur irait à l'encontre du conditionnement. Si je suis cette logique, je ne peux pas protéger ce qui n'existe pas.

Et elle se retrouvait ainsi à la merci du pouvoir machiavélique d'un tueur en manque d'auditoire.

— Exactement.

Les yeux de Sascha étincelèrent et Faith s'imagina presque y voir des couleurs. Impossible.

— Je crois que c'est pour cette raison que Vaughn est capable de te libérer ; son contact réveille ce cœur enseveli.

L'estomac de Faith se noua à la mention du félin qui, d'une manière ou d'une autre, était devenu indissociable de son existence.

— Admettons que tu aies raison, que je parvienne à trouver cette zone de mon cerveau et à réactiver les défenses ; ça ne mettra pas un terme aux visions, mais m'aidera juste à leur échapper plus facilement, n'est-ce pas ?

— Faith, soupira Sascha. Si tu continues à essayer de bloquer ton don comme il a été bloqué pendant vingt-quatre ans, tu vas te détruire de l'intérieur.

Et devenir folle, acheva Faith en silence, serrant les poings de toutes ses forces sous ses cuisses.

— Si j'accepte ces visions, cela reviendra à accepter les émotions et je ne serai pas capable de le cacher longtemps. On me surveille de trop près. Ça aboutira au même résultat : l'internement dans un hôpital psychiatrique.

Un autre piège sans issue possible.

— Il y a toujours plusieurs choix qui s'offrent à toi. Reste à savoir si tu es prête à les envisager.

À moins que tu ne sois lâche et préfères te cacher derrière le bouclier bien arrangeant de Silence ?

Jamais Sascha ne prononcerait ces paroles, contrairement à Vaughn qui n'hésiterait pas une seconde. Il n'y allait pas en douceur comme la cardinale à côté de Faith. C'était un prédateur et il attaquait de front. Faith regarda la forêt dans l'attente de le voir apparaître dans un éclair or et noir ; un jaguar qui lui tournait autour pour la protéger, l'emprisonner peut-être. Elle aurait dû essayer de s'enfuir, de s'échapper, mais bien sûr elle n'avait nulle part où aller.

Pas alors que la réelle menace se trouvait dans sa tête.

Vaughn arpenta une dernière fois son périmètre et s'assura que Dorian, la seconde sentinelle de la zone, n'empiétait pas sur ses frontières. Seul Vaughn avait le droit de se trouver aussi près de Faith. Rien que de savoir Dorian dans les environs lui donnait des envies de réactions violentes. Le jaguar comprit soudain le désir de possession extrême qui s'emparait des léopards de DarkRiver lors de la danse nuptiale, comprit pourquoi certains d'entre eux n'étaient parfois pas loin de se transformer en bêtes sauvages.

Car la même fureur agressive l'envahissait désormais.

Il poussa un rugissement et le silence s'abattit sur la forêt. Maussade mais toujours vigilant, il se mit de nouveau à réfléchir à la manière dont il pourrait séduire l'objet de son désir. Il n'était pas stupide. Il savait que l'acte sexuel ne contribuerait qu'à augmenter la tension entre eux au lieu de la réduire. Mais, s'il ne la possédait pas rapidement, il se sentait prêt à s'arracher une patte.

À la frustration de l'homme s'ajoutait celle du félin, qui lui disait de la prendre et que le plaisir aurait raison des craintes de Faith. L'homme voulait aller dans son sens. Ça aurait été si facile… sauf qu'il s'agissait d'un mensonge. Aucune personne élevée comme l'avait été Faith, dans le clapier dénué d'intimité qu'elle appelait « sa maison », ne parviendrait à s'adapter en si peu de temps à des besoins aussi féroces que ceux de Vaughn. Et une Psi, en plus ? Impossible.

L'acte sexuel risquait même de déclencher ces attaques auxquelles Faith était conditionnée à s'attendre.

Mais ils étaient liés sur le plan psychique, une proximité qu'il n'avait jamais envisagée. Le fait qu'elle ne perçoive que ses pensées les plus érotiques le ravissait. Il n'y voyait que des avantages : il conservait à la fois son intimité et sa capacité à la séduire, sans devoir en passer par le contact physique qui risquait de lui nuire.

Le sang battant à ses tempes sous l'effet du désir, il se mit à penser à Faith et à toutes les manières dont il avait envie de la prendre. Fidèle à sa nature, le jaguar voulait la prendre par-derrière. L'homme reconnut que la vue serait inégalable. Il y aurait tant à explorer et à caresser tandis qu'elle serait à sa merci. Le corps de Vaughn gardait encore le souvenir de la douleur mordante qu'elle lui avait infligée la dernière fois qu'il l'avait provoquée. *Elle n'est peut-être pas si impuissante que ça*, songea-t-il en souriant intérieurement. Mais, pour l'heure, il s'agissait de son fantasme et elle était sienne : soumise, avide de caresses, de baisers et d'être possédée.

Quelque chose « cogna » contre son esprit.

Il devint parfaitement silencieux et examina la nature du contact. Depuis que Sascha avait découvert la Toile céleste qui reliait les sentinelles à leur chef, ils s'étaient exercés à des usages stratégiques possibles. Jusque-là, seule Sascha était parvenue à envoyer des messages – à Lucas – mais Vaughn et Clay s'étaient avérés capables d'établir un contact rudimentaire en « frappant ».

Vaughn ressentait également les émotions transmises par Sascha, mais il n'avait jamais rien « entendu » d'autre auparavant. Sascha demeurait la seule à savoir capter les signaux de tout le monde, même si Lucas semblait avoir le potentiel pour réaliser la même chose en exerçant son esprit. Grâce à leurs recherches sur la Toile, Vaughn avait appris que les odeurs mentales des membres de sa meute étaient identiques à leurs odeurs physiques. Et il connaissait l'effluve de chacun.

Qui ne ressemblait certainement pas à celui d'une femme et du désir, du manque et de la peur, de la passion et du musc.

Le félin avait envie de ronronner. Encouragé dans ce sens, il poursuivit ses rêveries érotiques, s'amusant avec cette femme qu'il avait décidé de s'approprier. Faith aurait beau lui résister, Vaughn ne laissait jamais s'échapper une proie qu'il avait marquée. Il s'imaginait à présent posant les mains sur ses hanches, caressant cette peau tentante, crémeuse et dorée, se délectant de sa tiédeur et de sa douceur si féminine. D'abord il la caresserait tendrement pour l'apaiser, songea-t-il, comme il procéderait avec une femme léopard obstinée. Puis il se pencherait pour la lécher jusqu'au cou, cédant à l'envie de goûter sa peau puis d'atteindre les battements affolés de son pouls.

Il ressentit une nouvelle intrusion mentale, beaucoup plus pressante cette fois. Vaughn l'encaissa avec un grondement de plaisir intérieur. Il ne sous-estimait pas Faith : une cardinale n'était peut-être pas capable de manipuler aisément l'esprit d'un changeling, mais elle pouvait l'écarteler et tuer sa victime. Vaughn savait malgré tout qu'elle n'en arriverait pas là, car il avait compris une chose qu'elle n'était pas encore prête à accepter. En conséquence de cette réalité, Faith ne pouvait pas le blesser.

Dans son fantasme, il referma la mâchoire sur son pouls. Il pouvait la mutiler gravement mais ne le ferait jamais, et cela donnait à Faith du pouvoir sur lui. C'était une chose qu'il restait encore à apprendre à sa Psi. Alors qu'il refermait la main sur son sein et trouvait son téton sous ses doigts, il la mordit à peine plus fort, juste assez pour la marquer, la désigner comme sienne.

Le coup suivant dans son esprit était teinté de désespoir. Conscient qu'il l'avait poussée à bout, et même s'il était loin d'avoir satisfait ses envies, il chassa de son esprit l'image du corps de Faith et s'obligea à revenir à des pensées qu'elle ne pouvait pas voir. Ne pas comprendre la raison du lien qui les unissait devait la rendre folle. Bien. Elle devait s'ouvrir au monde sauvage et débridé de Vaughn ou elle ne s'affranchirait jamais de Silence. Et il fallait qu'elle abatte ses murs. Elle n'avait plus le choix.

Lucas vint chercher Sascha un peu après 2 heures. Observant le véhicule qui disparaissait dans les ténèbres, Faith se mit à attendre Vaughn. Elle le sentait en elle, là où personne n'aurait dû pouvoir entrer, et sut qu'il se trouvait à proximité. Son intuition se vérifia. Il sortit de la forêt à pied une seconde à peine après que le dernier ronronnement du moteur de la voiture se fut évanoui.

Il était nu.

Elle agrippa la balustrade du porche, le corps entier secoué de décharges électriques qui la déchiraient et lui hurlaient de s'enfuir. Elle avait eu l'intention de lui dire de cesser de penser à elle avec une telle intensité, de tenir tête à ce prédateur qui estimait que son corps lui appartenait d'une manière qu'elle peinait à comprendre.

Mais elle ne parvint qu'à le regarder s'avancer vers elle. Il n'émanait de lui que grâce et danger, et par chacun de ses gestes il proclamait n'être ni humain, ni Psi, ni rien qui fût civilisé. Ses cheveux détachés tombaient sur ses épaules, encadrant ses yeux sauvages, pas tout à fait humains ; et son corps était tout en muscles fins.

Les yeux de Faith refusaient d'obéir à ses ordres, et elle continua à le détailler du regard même si elle savait que c'était une erreur. Il y verrait une invitation. Pourtant, elle persistait à s'attarder sur la fine toison qui recouvrait son torse et qu'elle retrouva au niveau de son nombril dans une nuance plus sombre. Cette ligne étroite qui descendait plus bas semblait la défier de façon éhontée : elle s'incita à détourner le regard, mais il était déjà trop tard et elle ne put ignorer son imposante virilité déjà en érection.

Un gémissement lui échappa et elle contracta nerveusement la main sur la balustrade. Il était magnifique. Jamais auparavant elle n'avait vu d'homme si à l'aise dans sa nudité totale. Son cœur battait si fort qu'il lui faisait mal. Elle devait s'enfuir… elle devait le regarder. Puis il se retrouva devant elle, à une marche d'écart, et même alors il était plus grand et plus fort qu'elle, indéniablement mâle dans son essence.

Il braqua ses yeux à moitié humains sur elle.

— Qu'est-ce que tu veux ?

— Je ne sais pas.

C'était le cœur secret de Faith qui lui avait arraché cette réponse brute ; cette partie méconnue d'elle-même qui renfermait à la fois l'effroi le plus glaçant et le désir le plus exquis.

— Tu peux toucher. (La voix de Vaughn était un ronronnement qui passa sur elle comme de la fourrure, la plus douce et la plus sensuelle des caresses.) Je t'ai touchée… Je te donne la possibilité de me rendre la pareille.

Le toucher ?

C'était une très mauvaise idée. Selon toute probabilité, ça risquerait de fragmenter complètement son esprit et de la laisser dans un état critique.

— Je ne peux pas.

— Tu t'arrêtes quand tu veux, dit-il d'une voix enjôleuse. Je te donne les rênes. (Levant les bras, il agrippa le rebord du porche.) Promis.

Se fier à un félin ? Il faudrait qu'elle soit folle.

—Je dois rentrer, murmura-t-elle, mais elle gardait les yeux rivés sur les lèvres charnues et sensuelles de Vaughn, l'esprit noyé sous l'écho de ses pensées érotiques.

—Pas avant plusieurs heures. Ça nous laisse tout le temps de nous amuser.

Assez de temps pour réparer ses boucliers ? Ceux la protégeant du PsiNet tenaient bon mais, malgré tout ce qu'elle avait appris ce soir-là, elle n'avait pas encore trouvé de méthode pour se protéger de la noirceur et éviter la douleur du conditionnement. Mais ça n'avait pas d'importance : elle était déjà folle. Car elle allait accepter l'invitation de Vaughn. Et y prendre du plaisir. Les décharges électriques qui couraient sur sa peau lui faisaient l'effet d'une chaude caresse, et les palpitations entre ses jambes lui procuraient un plaisir déroutant mais exquis.

Elle éprouvait des sensations.

Levant la main avec laquelle elle ne s'accrochait pas à la balustrade, elle hésita, consciente de la nature animale de Vaughn.

—Promis ?

Joueur, il fit claquer ses dents comme pour mordre les doigts de Faith.

—Promis.

—Même si…

Elle ne savait pas comment formuler ce qu'elle essayait de dire.

—Même si tu me suces et que tu me prives d'orgasme. Même dans ce cas-là.

À l'idée de jouer avec lui de cette manière, sa vision se voila de flammes brûlantes. Elle n'avait jamais réussi à comprendre l'attrait qu'un acte si scandaleux et si intime présentait pour les femmes humaines et changelings.

Quelle satisfaction une femme pouvait-elle en tirer ? À présent, elle savait. La simple pensée d'avoir Vaughn à ce point à sa merci et de lui donner un tel plaisir constituait déjà une drogue. Une drogue trop puissante, peut-être.

— Il se peut que j'aie une réaction de rejet.

À tout ce qu'ils pourraient tenter.

— Je t'arrêterai avant que tu ailles trop loin. Je ne te laisserai pas te mettre en danger.

Le concept de « trop loin » n'était plus aussi clairement délimité qu'autrefois.

— Je vais devoir te faire confiance.

— Oui.

La vérité nue, sans détours.

Elle lui effleura les lèvres du bout des doigts alors qu'il terminait de parler et attendit que survienne la vague de peur. Ou de douleur. Celle-ci arriva, son esprit enfermé dans la carapace du conditionnement rejetant ce geste. Au lieu de se replier sur elle-même, elle laissa libre cours aux décharges électriques. La tempête était si violente et si sauvage qu'elle ensevelit la peur et la douleur sous une avalanche de sensations pures. Et soudain Faith fut libre.

Elle pressa la main contre les lèvres de Vaughn et il les écarta pour lui permettre d'y glisser un doigt. La succion de sa bouche se répercuta directement entre ses cuisses.

— Comment ?

Ébranlée par l'intensité de sa réaction face à un acte aussi simple, elle voulut retirer son doigt.

Vaughn menaçait de la mordre, mais la relâcha après l'avoir éraflée sans douleur.

— Parce que c'est moi.

Elle voulait s'opposer à l'arrogance de sa réponse, mais quelque chose dans son regard lui dit qu'il s'agissait de la vérité. Inspirant avec peine une goulée d'air, elle suivit des yeux les doigts qu'elle faisait courir timidement sur ses épaules.

Il s'enflamma, comme si son corps se consumait pour elle et qu'il saurait la réchauffer même durant les nuits les plus froides. Effrayée de constater à quel point cette idée la séduisait, elle faillit retirer vivement la main, mais elle en avait trop envie pour abandonner si vite.

— Je suis forte, dit-elle sans s'apercevoir qu'elle avait parlé à voix haute jusqu'à ce que Vaughn lui réponde.

— Oui, tu l'es.

Elle explora des doigts la toison dorée de son torse et sentit les battements de son cœur sous sa paume, puissants et réguliers, un peu rapides. Cette faim dévorante l'ébranlait autant qu'elle, mais il n'avait pas peur. Car lui aussi était sauvage.

Faith se sentit envahie à son tour par les pulsations de son pouls. Ils étaient dans sa tête, sa bouche, sa poitrine, dans la chaleur entre ses jambes, dans chaque recoin de sa peau humide de sueur. Elle savait qu'elle dépassait ses limites et s'en moquait. L'odeur charnelle de Vaughn emplit son esprit alors qu'elle se penchait vers lui et inspirait à pleins poumons. Les sensations lui montaient à la tête, une addiction qu'elle n'avait jamais eu conscience d'avoir. Ses tétons avaient durci depuis longtemps, mais ils semblaient désormais se consumer, frottant contre son soutien-gorge comme si ses seins avaient gonflé de volume et que la pression était trop forte.

Elle voulait presser sa propre chair pour apaiser la douleur. Sous sa paume, le pouls de Vaughn s'emballait. Elle le regarda et vit que ses yeux, au fond desquels se lisait un savoir obscur, luisaient d'un feu intérieur.

— Laisse-moi faire, gronda-t-il, et c'était réellement un grondement.

Elle aurait dû avoir peur de l'animal que cachait si peu sa peau humaine, mais elle avait depuis longtemps cessé d'écouter sa raison.

— Non.

S'il la touchait, elle ne répondrait plus de rien.

Il gronda de nouveau, un bruit sourd dans sa gorge, mais ne revint pas sur sa promesse. Les muscles de ses bras saillirent lorsqu'il raffermit sa prise sur le rebord du porche. Une telle force, et il la laissait la contrôler. Ce sentiment de puissance l'enivrait, à moins que ce ne fût le désir qui répandait du feu dans ses veines ?

Revenant au corps de Vaughn, elle lâcha enfin la balustrade et glissa les deux mains le long de son torse. Il lui donnait envie de se lécher les lèvres. De le lécher lui. Rien ni personne n'avait jamais allumé un tel désir en elle.

— Fais-le, ordonna-t-il.

Elle savait ce qu'il voulait... Son sexe imposant était gorgé de sang. C'était son propre désir qui la surprenait. Mais pas assez pour l'arrêter. Sans en avoir conscience, elle se rapprocha et, une main sur les côtes de Vaughn, elle fit descendre l'autre pour effleurer son érection.

Il inspira brutalement, le corps vibrant sous la tension. Captivée, Faith répéta son geste.

— Ne... joue... pas... avec moi.

Elle l'entendit à peine à travers le déferlement de sensations qui la submergeaient, tandis qu'elle suivait une fois encore les contours de sa virilité fièrement dressée. Il se cambra. Et elle referma les doigts pour l'enserrer.

CHAPITRE 15

Faith s'aperçut qu'elle ne parvenait pas à refermer la main totalement sur le sexe de Vaughn. Comment une chose aussi volumineuse pourrait-elle se loger dans son corps ? Et pourquoi était-elle dévorée par la curiosité de le découvrir ?

Vaughn n'avait pas prononcé un mot depuis l'ordre qu'il lui avait aboyé, son corps entier une masse de granit souple entièrement à sa merci. Faith fut surprise de découvrir que la peau qui recouvrait son érection était délicate. Elle n'avait pas imaginé que son jaguar puisse être délicat à quelque endroit que ce soit. Ce fut sa dernière pensée cohérente.

Elle fit monter et descendre sa main le long de son membre turgescent, à la satisfaction de l'animal en elle, cet être primitif qui ne connaissait que la faim, le désir et le sexe. Ses seins étaient si douloureux que l'idée d'arracher ses vêtements et de se frotter contre le torse de Vaughn l'obsédait, mais il lui faudrait alors le relâcher et elle n'en avait pas envie. Elle ne voulait que le serrer et le caresser encore et encore. Et toujours plus.

—Arrête, Faith.

Sans se soucier de l'interruption malvenue de Vaughn, elle réfléchit aux millions d'autres choses qu'elle voulait lui faire. D'abord, elle poserait la bouche sur la toison d'or sombre de son torse pour goûter la sueur et la chaleur si tentantes et si proches. Peut-être même retirerait-elle ses vêtements, comme un prélude avant de coller son corps empourpré contre le sien.

— Bébé, arrête.

Il referma sa main imposante et virile sur ses cheveux.

Elle essaya de se dégager, mais il était trop fort. Puis, de son autre main, il recouvrit les doigts qu'elle serrait autour de son érection et tenta de l'inciter à lâcher prise. Elle réagit en lui labourant le torse des ongles de sa main libre, et compressa son sexe davantage.

Le grondement de Vaughn fit se dresser tous les poils de son corps. Elle s'attendait à ce qu'il la morde – elle n'y aurait rien trouvé à redire – mais pas à ce qu'il raffermisse son emprise sur sa main, au point où elle commença à penser qu'il allait la conduire à le blesser.

— Non !

Elle le libéra.

Il s'écarta hors de sa portée avec la rapidité du jaguar, si bien qu'elle dut empoigner la balustrade pour conserver son équilibre. Sa tête bourdonnait. Elle s'aperçut qu'elle tendait sa main libre vers lui.

— Vaughn. (C'était presque un sanglot.) S'il te plaît.

— Chut. (Il fut derrière elle avant même qu'elle ait pu le voir bouger.) Laisse-moi t'apaiser.

— M'apaiser ?

Le désir rampait sur sa peau, frappait aux murs de son esprit. Lorsqu'elle voulut se retourner, il l'immobilisa des deux mains. Se débattant avec la fureur d'une bête sauvage déchaînée, elle se contorsionna et donna des coups de pied dans le vide ; son esprit avait oublié qu'il possédait des capacités offensives. Sur le moment, elle n'était plus qu'une créature de chair, et sur ce terrain-là il la battait à plate couture.

— Non ! Non !

La colère menaçait de la submerger comme une tempête.

Vaughn la maintenait toujours grâce à la pression qu'il exerçait sur ses bras, tout en s'assurant qu'aucune autre partie de son corps ne la touchait.

— Dresse tes boucliers, bébé.

Son jaguar voulait s'opposer à sa décision, mais une promesse était une promesse.

— Non !

Il y avait tant de violence et d'obstination contenues dans ce mot, qu'il sut que ce qui la poussait à agir n'était pas tout à fait sensé.

— Tu vois la forêt devant toi ?

Elle s'obstina un moment à garder le silence.

— Oui.

— Il y a d'autres personnes qui pourraient nous voir.

— « D'autres personnes » ?

— Oui. Tu as envie que d'autres personnes me voient ?

Il s'adressait à une part d'elle-même dont elle ignorait l'existence, et pourtant c'était précisément celle qui exacerbait son désir.

Elle lui répondit sans hésiter.

— Non.

— Alors dresse tes boucliers.

Si elle avait eu la pleine maîtrise de ses facultés, elle lui aurait peut-être rétorqué qu'ils pouvaient aussi bien aller dans la cabane. Mais elle était évidemment loin d'avoir conscience de ses actes.

Son corps fut secoué d'un tremblement, puis elle cessa de protester. Il s'écoula un certain temps avant qu'elle retrouve l'usage de la parole.

— Tu devrais arrêter de me toucher maintenant. Et mets des vêtements, s'il te plaît.

Vaughn n'essaya pas de repousser les limites de Faith et lui obéit. Même si tourner le dos à ce qui aurait pu se produire le rendait malade.

La surcharge de sensations avait encore plus ébranlé le conditionnement de Faith.

Une heure après avoir échappé à la folie, elle était assise sur la balancelle et finissait une tasse de café. Malgré la présence de Vaughn adossé à la balustrade en face d'elle, ses pensées filaient vers quelqu'un d'autre.

Elle eut envie de se confier au jaguar.

— Ma sœur s'appelait Marine. Elle n'avait que vingt-deux ans mais travaillait déjà pour notre clan.

Vaughn ne dit pas un mot. Il s'était probablement rendu compte qu'elle avait simplement besoin de savoir qu'il serait là pour elle si elle s'effondrait. Après tout, il avait lui aussi perdu une sœur.

— Nous nous connaissions à peine… Je la voyais une ou deux fois par an peut-être, et encore. Mais j'avais pris l'habitude de suivre son évolution. Je le justifiais toujours en prétendant vouloir rester informée de l'activité du clan dans sa globalité, mais c'était un mensonge. J'avais envie de connaître ma sœur. (Elle avait gardé tous ses bulletins scolaires, tous ses carnets de formation.) C'était une télépathe cardinale.

Elle jeta un coup d'œil à Vaughn pour s'assurer qu'il comprenait.

Ses yeux ne luisaient pas, mais ils perçaient tout de même les ténèbres veloutées de la nuit.

— Extrêmement puissante.

— Oui.

Elle but un peu de café. Celui-ci lui réchauffa le corps, sans atténuer le froid qui s'était immiscé en elle.

— La plupart des Tp-Psis sont spécialisés dans divers domaines, mais Marine était une télépathe pure : elle était capable d'envoyer et de recevoir des messages sur des distances inimaginables.

Elle voulait qu'il saisisse la beauté de l'esprit parfait de Marine.

— En quoi est-ce un atout puisque vous avez le PsiNet ?

— C'est vrai que le Net nous permet de communiquer et de nous rencontrer indépendamment du lieu physique où nous nous trouvons, mais il implique aussi une certaine part de vulnérabilité. Nos esprits peuvent être piratés lorsque nous sommes immergés dans le Net. Sans compter que tout ce qui s'y dit, y compris derrière les murs des chambres fortes mentales les plus impénétrables, s'intègre en quelque sorte au Net. Même si personne ne peut y accéder, les informations sont là. La communication télépathique permet de contourner ces deux problèmes. Il n'y a aucun risque d'être piraté, et ça ne laisse pas de traces.

— L'assurance d'une sécurité parfaite, en déduisit Vaughn. Les services de Marine devaient être très demandés.

— Oui.

Mais elle avait consacré une partie de son emploi du temps chargé à la formation pour devenir bloqueuse, en prévision du jour où Faith basculerait dans la folie.

— Elle te ressemblait ?

Faith secoua la tête.

— Notre ADN du côté maternel était différent. Après ma naissance, le clan a décidé de ne pas prendre le risque de produire un autre C-Psi cardinal. Nous devons notre valeur à notre rareté, et ils ne voulaient pas saturer le marché.

Ce raisonnement froid lui avait été expliqué bien des années auparavant, car personne ne semblait se soucier de l'impact psychologique que pouvait avoir sur un enfant la découverte qu'il n'était qu'un produit manufacturé dans un but bien précis.

— Et donc, les M-Psis ont sélectionné un certain nombre de mères potentielles, dont le patrimoine génétique était dépourvu de clairvoyants.

Ils avaient également choisi des femmes aux dons télépathiques marqués, pour la bonne raison qu'un jour Faith aurait besoin d'un gardien, et que son père préférait que le pouvoir reste aux mains des membres de la proche famille.

— Ça a marché. Marine était une Tp-Psi cardinale sans une once des capacités propres aux clairvoyants. Sa peau avait la couleur de... du café au lait, et sa voix mentale était si claire qu'elle résonnait comme une cloche parfaitement accordée. Sa mère était originaire des Caraïbes.

— Mais elle vivait avec ton clan ?

— C'était inclus dans le contrat de reproduction. Comme la branche maternelle de sa famille voulait voir s'ils étaient capables de produire un C-Psi, mon père leur a permis de se servir de son matériel génétique sur une autre femme de leur lignée.

» Le descendant qui en est issu n'a jamais été considéré comme un membre de NightStar, tout comme Marine n'a jamais été rattachée à la famille des Caraïbes. (À l'expression du visage de Vaughn, elle s'interrompit.) Tu ne comprends pas. Moi non plus, je crois n'y être jamais parvenue. Si ça avait été le cas, je n'aurais pas tant désiré en apprendre plus sur Marine.

» Enfant, j'avais l'habitude de m'imaginer jouant avec elle, avant que le conditionnement ait raison de ce genre de rêveries. Elle incarnait le fantasme de tout ce que je recherchais chez une amie. (Mais, dans la réalité, il n'y avait jamais eu le moindre signe d'amitié dans leurs échanges, deux

Psis parfaites avec de la glace dans les veines.) Et maintenant je n'aurai plus jamais la chance de la connaître. Elle est partie.

Pour toujours.

Les yeux dans le vague, elle observait un point derrière l'épaule de Vaughn. Lorsqu'il s'avança pour se placer à son côté, caressant d'une main ses cheveux dénoués, elle ne lui demanda pas de s'éloigner. Elle avait besoin de savoir qu'il était réceptif à son chagrin muet, qu'il connaissait l'histoire de Marine. Il fallait que quelqu'un sache, pour se souvenir d'elle au cas où Faith ne s'en sortirait pas.

Une larme coula sur sa joue et, d'aussi loin que remontent ses souvenirs, c'était la première fois qu'une telle chose se produisait. Elle eut une sensation de feu liquide courant sur sa peau, tout de chaleur et de pureté.

— Elle a été tuée pour satisfaire une soif de sang, sa vie soufflée parce que la noirceur avait faim de douleur et de torture. Et j'ai été trop faible pour l'arrêter.

Elle ouvrit une main et la passa sur son cœur pour tenter d'atténuer le sentiment de culpabilité qui l'étreignait.

— Tu n'en avais pas les capacités.

Vaughn avait adopté une voix si douce qu'elle en était douloureuse.

— Vraiment ? Ou alors je refusais de voir ce que les visions essayaient de me dire, parce que j'étais trop lâche.

— Le sentiment de culpabilité ne disparaîtra jamais, lui dit-il avec une franchise toute changeling, mais tu peux faire en sorte qu'il ne te ronge plus autant.

— Comment ?

— En agissant pour rééquilibrer la balance, en sauvant la fille ou la sœur d'une autre personne.

Le tranchant de ses mots disait qu'il parlait d'expérience.

Le dévisageant, Faith ne s'étonna pas de constater qu'il avait pris les yeux du félin.

— Tu veux bien me parler d'elle ?

Elle savait déjà que son jaguar était un solitaire. Mais elle voulait qu'il lui fasse confiance, au moins assez pour ça.

Il cessa de passer la main dans ses cheveux.

— Ma sœur est morte de faim parce que j'étais trop jeune et trop faible pour assurer sa survie. Et elle me manque tous les jours.

Pour la première fois, Faith s'avança vers lui dans une tentative de réconfort. La main qu'elle posa sur sa cuisse était hésitante, mais son geste chargé de sens ; et même si Vaughn ne dit rien pour indiquer qu'il l'avait remarqué, il se remit à lui caresser les cheveux.

— Comment s'appelait-elle ?

— Skye. (Sa voix devint plus grave, jusqu'à se rapprocher davantage d'un grondement que d'un son humain.) Nos parents nous ont abandonnés sur un territoire de prédateurs, sans rien d'autre que les vêtements que nous avions sur le dos.

— Mais c'était des changelings.

— Notre nature n'est pas une garantie contre le mal. (Sous la main de Faith, sa cuisse devint dure comme de la pierre.) Mes parents n'étaient pas mauvais, mais ils se sont laissé entraîner… C'est ce que je m'oblige à croire pour ne pas devenir fou.

Faith garda le silence, s'efforçant de lui donner autant que ce qu'il lui avait donné.

— Mes parents m'ont eu très jeunes, hors mariage… La plupart des jaguars ne suivent pas les coutumes des humains. Skye est née trois ans plus tard. Lorsqu'elle a eu deux ans et demi, ils ont adhéré à une nouvelle religion et se sont mariés. Peu après, ils ont renoncé à tous leurs biens matériels et nous sommes allés vivre au sein d'une communauté. (Sa voix s'était durcie.) Ça n'aurait pas eu d'importance si je n'avais pas remarqué la manière dont certains «anciens» regardaient Skye. C'était un bébé et ils voulaient mettre leurs sales pattes sur elle.

Faith n'arrivait pas à concevoir une chose aussi ignoble.

—Tu l'as protégée.

—Elle est morte à cause de moi. (Vaughn vivait avec cette pensée depuis plus de vingt ans.) Je restais avec elle en permanence… Je refusais qu'ils l'approchent. Ils ont déclaré que j'étais un enfant à problèmes et mes parents ont dû m'éduquer selon les règles de leur nouvelle religion.

Battu et isolé pendant des heures, on lui avait reproché d'être «marqué par le péché».

Il avait été terrifié à l'idée qu'ils puissent atteindre sa sœur pendant qu'il était enfermé, mais ses parents n'avaient pas dû avoir tout à fait perdu la raison car ils gardaient toujours Skye auprès d'eux lorsqu'il était puni.

—Quand ils ont compris que je n'allais pas me soumettre et que j'avais prévenu les autres enfants de se méfier des anciens eux aussi, ils ont lancé une campagne pour se débarrasser de nous. Ils ont exigé de nos parents qu'ils prouvent leur dévotion à leur nouveau Dieu en renonçant aux «fruits du péché», à ces enfants qu'ils avaient eus hors mariage.

—Comment est-ce que…?

Effarée, Faith secoua la tête et il se rendit compte alors de la force avec laquelle il étreignait sa chevelure.

Desserrant le poing, il en lissa la masse soyeuse.

—Ça a pris un bon moment avant que mes parents cèdent.

Mais, les derniers temps, sa mère était devenue incapable de le regarder sans voir le péché, et son père avait cessé d'écouter ce que Skye pouvait avoir à dire.

— Lorsqu'ils nous ont fait monter dans la voiture en disant que nous ne reviendrions pas, nous étions tellement heureux.

Il se rappelait encore chaque étincelle d'espoir qui avait embrasé son cœur d'enfant de dix ans. Car malgré tout, à ce moment-là, il avait été encore un enfant.

— Au lieu de ça, ils nous ont emmenés au cœur de la forêt et nous y ont abandonnés.

C'était alors que le mal dont on avait abreuvé ses parents avait jailli. Skye avait pleuré et essayé de les rattraper, mais un petit jaguar ne pouvait rivaliser avec deux adultes. Vaughn l'avait suivie et attendu qu'elle soit trop épuisée pour pouvoir courir, puis leur avait trouvé un endroit où se cacher.

— Oh, Vaughn !

— Elle est morte dans mes bras cinq jours plus tard. (Son cœur s'était brisé ce jour-là, au point qu'il avait douté parvenir à recoller les morceaux un jour.) Je l'ai enterrée dans une grotte. (Là où il ne pleuvrait pas et où elle n'aurait plus jamais froid.) Après ça, j'ai décidé de continuer à marcher. Je voulais retrouver mes parents pour les tuer.

— Comment tu t'en es sorti ?

La voix de Faith était douce. Elle ne portait pas de jugement sur son besoin de vengeance.

— Je n'y suis pas parvenu. Je me suis effondré deux jours plus tard. (Mais même épuisé, brisé et perdu, il avait été pris dans les griffes de la plus féroce des colères.) Ce que j'ignorais, c'est que j'avais pénétré en territoire DarkRiver.

Si seulement leurs parents les avaient abandonnés plus près de la lisière, Skye aurait survécu, elle aussi.

— Une sentinelle m'a trouvé au bout de quelques heures. Lorsque j'ai pu parler, ils m'ont demandé ce qui s'était passé, et étaient prêts à verser du sang pour moi. Mais ça n'a pas été nécessaire. Mes parents étaient déjà morts.

Il ressentit le choc de Faith dans le mouvement brusque de sa tête.

— Quoi ?

— Ma mère a voulu revenir nous chercher.

Cette pensée apaisait un peu l'âme de Vaughn, l'aidait à croire en l'existence d'un Dieu meilleur.

— Mon père était bien déterminé à l'en empêcher. Deux jaguars adultes qui se battent sous leur forme animale peuvent faire beaucoup de dégâts… Il l'a tuée, puis s'est suicidé.

Faith se leva et il retira la main de ses cheveux.

— Je suis désolée.

Se rapprochant à peine, elle lui effleura la joue le temps d'une seconde.

Même si la caresse n'avait pas duré, Vaughn savait exactement ce qu'un tel geste avait dû lui coûter après sa récente crise.

— Ça valait mieux comme ça. S'ils avaient été en vie, c'est moi qui les aurais tués. (Et un tel acte aurait risqué de le détruire au-delà de tout espoir de rédemption.) DarkRiver a averti la Sécurité de l'existence du culte, qui l'a traqué puis démantelé. Comme il se trouvait parmi les victimes des humains opposés à la peine de mort, les gourous ont été incarcérés plutôt que soumis à la loi des changelings.

Sang pour sang, chair pour chair… vie pour vie. La sentence n'avait laissé à Vaughn aucune cible sur laquelle focaliser sa colère, sa rage.

Il aurait pu très mal tourner, mais DarkRiver ne lui en avait pas laissé la possibilité.

— Comment as-tu réussi à survivre ? demanda Faith en resserrant les bras autour d'elle. Comment ? Une telle douleur ? Comment, Vaughn ? Comment peux-tu être aussi fort ?

— Parfois, la rage peut être une bonne chose. Elle t'aide à avancer, même quand il ne te reste rien d'autre. (Il soutint le regard de Faith, fasciné par ses yeux de firmament, si inquiétants et si beaux.) Accepte la colère, Faith. Sers-toi de ton besoin de vengeance comme d'un bouclier contre la noirceur quand tu la traqueras.

— Et si je n'ai pas ça en moi? Si je suis trop faible?

— Et si tu l'avais? rétorqua-t-il. S'il te suffisait d'ouvrir la porte?

Faith regagna le complexe juste à temps. Le tableau de communication sonna alors qu'elle sortait de sa chambre, tôt le matin suivant. C'était de nouveau Anthony.

— Père.

— Faith, j'ai des informations à te communiquer.

— Compris.

Elle éteignit l'écran et retourna dans sa chambre. Après avoir poussé le verrou, elle s'adossa au mur, ferma les yeux et ouvrit une porte sur le PsiNet. Anthony l'y attendait déjà. Comme elle, il préférait voyager incognito, dissimulant sa puissance réelle sous une apparence anodine.

— Suis-moi.

Moins d'une minute plus tard, ils se retrouvèrent derrière les murs d'une des chambres fortes de NightStar. La plupart de ceux qui recherchaient un peu d'intimité sur le Net se servaient en général d'une simple pièce qui pouvait être créée sur le moment. Bien entendu, le niveau de sécurité de la pièce dépendait de la puissance du Psi à l'origine de sa création.

NightStar en revanche pouvait se permettre d'entretenir un certain nombre de chambres fortes sur le Net, les maintenant grâce à un flux de pouvoir constant alimenté par la plupart des membres du clan. Toutes les chambres fortes étaient protégées du piratage, mais Faith se demanda si le

Gardien du Net pouvait y entrer à sa guise. Et si c'était le cas, le Conseil avait-il les moyens de récupérer les données qu'il collectait ?

— J'ai des alliés parmi les collaborateurs du Conseil, lui dit Anthony. Des gens proches des Conseillers.

— Qu'as-tu appris ?

— Tu figures sur la liste des candidats pressentis pour remplacer Santano Enrique.

— Qui sont les autres ? demanda Faith avec calme.

Elle ne pouvait se permettre de laisser son cerveau perturbé influencer la partie mobile de son esprit. Son père était un Psi bien trop puissant pour ne pas détecter l'anomalie.

— Il semblerait qu'une certaine M-Psi ait également été envisagée, mais le Conseil s'intéresse en priorité à toi et à un Tk du nom de Kaleb Krychek.

— J'ai entendu son nom cité en relation à plusieurs événements au sein du Conseil.

— Exact. Kaleb est bien placé parmi les collaborateurs du Conseil malgré son jeune âge… Il est sur le point d'avoir vingt-sept ans. Il est particulièrement doué pour les jeux de pouvoir.

— Alors que je n'ai aucune expérience de ce genre de manœuvre stratégique.

— Tu détiens un avantage qui lui fait défaut.

— Je suis une C-Psi.

Et le Conseil aimait se trouver en position de force. Les talents de Faith étaient susceptibles d'accroître sa puissance de manière considérable.

— J'ai préparé un dossier sur Kaleb.

Anthony lui indiqua l'emplacement dans la chambre forte où il était rangé, et elle téléchargea les informations.

— Il est dangereux et a certainement déjà tué, en dépit de l'absence de preuves.

— Je veillerai à ne pas devenir la victime d'un malencontreux accident.

— Il est difficile de dire quels Conseillers te soutiennent et lesquels sont en faveur de Kaleb, alors ne baisse ta garde avec aucun d'eux.

— Ce n'est pas avec des Psis comme eux que je risque de le faire.

— Qui t'a abordée ?

— Shoshanna Scott.

— Quelles sont tes impressions ?

— Que rien n'est définitif pour le moment.

À part le sang sur ses mains. Faith chassa cette pensée immédiatement. Elle ne pouvait pas la laisser colorer sa présence sur le Net.

— J'imagine que d'autres me contacteront en temps voulu.

— Si tu as besoin de me parler à n'importe quel stade, ne t'encombre pas des formalités. Envoie-moi un message télépathique.

Elle hocha la tête, consciente du privilège qu'il lui accordait. Anthony avait beau être son père, seuls quelques rares Psis avaient le droit d'initier un contact télépathique avec lui.

— Entendu. Merci pour le dossier. Je vais l'étudier de près.

Elle y comptait réellement. Même si elle commençait à perdre le contrôle, elle ne s'était pas encore déconnectée. Il lui restait peut-être une chance d'éviter la folie et de sauver son existence en tant que Psi, la seule vie qu'elle savait mener.

Mais elle refusait de penser aux conséquences inéluctables si elle atteignait ce but : ne plus jamais éprouver l'angoisse exquise des émotions qui la comblaient de plaisir autant qu'elles la malmenaient... ne plus jamais se frotter à son jaguar.

CHAPITRE 16

Après avoir passé la journée à travailler sur la sculpture de Faith, Vaughn partit retrouver les autres sentinelles et le couple dominant tard cette nuit-là pour s'entraîner avec eux à renforcer ses boucliers mentaux. Ils avaient choisi une clairière près du repaire de Lucas, non loin d'une petite rivière qui traversait la zone et chargeait l'air d'humidité. Tamsyn, leur guérisseuse, s'était également jointe au groupe.

Sascha leur fit inlassablement répéter les exercices, impitoyable dans sa détermination à les rendre invulnérables aux attaques Psis, et ne leur accorda une pause que lorsqu'ils commencèrent à devenir hargneux.

—Étant donné votre absence de pouvoirs psychiques, vous vous en sortez bien mieux que je m'y attendais. Les boucliers que vous dressez surpassent les défenses changelings normales.

—Qui sont drôlement résistantes.

Nate passa un bras autour des épaules de Tamsyn. Celle-ci sourit et entremêla leurs doigts.

—Oui, acquiesça Sascha. Bientôt, vous ne serez pas loin d'être invincibles.

—On l'est déjà, Sascha chérie, lança Dorian de là où il était assis, dos à un arbre.

Sascha s'avança vers la sentinelle aux cheveux blonds et le fit se relever pour le gratifier d'une courte étreinte. Dorian n'était plus désormais aussi à vif qu'il l'avait été après le meurtre de Kylie perpétré par le tueur en série – et ancien Conseiller – Santano Enrique, mais il restait très marqué. Et, même si la perte brutale de sa sœur n'avait pas nui à ses talents de sentinelle, ils formaient une meute. Et la meute ne se montrait pas indifférente face à la souffrance d'un de ses membres.

Les besoins de Dorian ne le rendaient pas moins respecté au sein d'une meute où la faim de contacts physiques était acceptée et nourrie. L'empathie de Sascha en particulier semblait agir sur le léopard latent bien plus en profondeur que celle de n'importe qui d'autre. Elle s'appuya dos à lui et, tandis qu'il lui enlaçait la taille, elle ferma les yeux.

— Laissez-moi inspecter la Toile pour voir si ces nouveaux changements s'y manifestent.

Elle ouvrit les yeux une seconde plus tard et regarda droit là où Vaughn était accroupi. Mais elle ne dit rien de ce qu'il la savait vouloir dire.

— Tout me semble en ordre.

— Alors l'école est finie ? demanda Dorian. Personne n'est collé ?

— Va avant que je change d'avis. (Sascha l'embrassa sur la joue, riant à sa tentative de lui voler un baiser plus intime.) Vaughn, tu peux rester ? J'aimerais te parler.

Mercy émit un son menaçant.

— Tu as des ennuis avec la prof, jaguar. Tu n'as pas fait tes devoirs, c'est ça ?

— On l'en a distrait, murmura Clay, une ombre presque invisible dans les ténèbres.

— Il parle ! (Mercy leva les mains au ciel.) Combien de mots ça te fait aujourd'hui ? Dix ?

Elle taquinait toujours la sentinelle silencieuse lorsqu'elle quitta le terrain d'entraînement avec lui et Dorian.

Tamsyn serra Sascha dans ses bras en guise d'au revoir.

— Je crois que mes fils sont amoureux de toi. Tu devrais les entendre quand ils rentrent à la maison : Sascha a dit ci, Sascha a dit ça. (La guérisseuse secoua la tête.) Lucas a intérêt à se méfier.

Passant le bras autour de la taille de Tamsyn, Lucas plaqua un baiser sur ses cheveux.

— Dis à tes sales teignes de la laisser tranquille.

— Lucas ! s'exclama Sascha, choquée.

Tamsyn éclata de rire.

— Ne le prends pas au sérieux. Il a emmené mes adorables teignes courir l'autre jour avec Kit et d'autres jeunes.

— Désolée, je ne suis pas totalement habituée à votre façon de communiquer.

Se plaçant derrière sa compagne pour la prendre dans ses bras, Lucas se mit à lui mordiller le cou.

— Ne t'inquiète pas, chérie. (La guérisseuse sourit lorsque Sascha essaya de réprimander Lucas.) Tu n'es un félin que depuis quelques mois. Laisse-toi un peu de temps.

Nate prit Tamsyn par la main.

— On devrait aller récupérer Roman et Julian avant que Lysa décide qu'elle n'est plus notre amie.

Lucas attendit que Tammy et Nate se soient suffisamment éloignés.

— Si on rentrait pour discuter ? dit-il. Ça ne nous prendra pas longtemps si on court.

— Et moi alors ? demanda Sascha, les dévisageant tour à tour.

Ils oubliaient tout le temps qu'elle ne pouvait pas passer en mode fourrure.

Lucas lui présenta le dos.

— Grimpe, chérie.

Comme une invitation au vice, son sourire rappela à Sascha la toute première fois où il lui avait proposé de s'accrocher à lui.

— *Plus tard.*

L'avertissement qui passa entre leurs esprits se changea en promesse.

En quelques secondes, elle se retrouva sur son dos et ils s'élancèrent. Même à cette vitesse folle, elle gardait en lui une confiance absolue. Les changelings maîtrisaient l'espace à la perfection, sous une forme comme sous l'autre. Serrée contre le corps musclé de sa panthère, elle songea à ce qu'elle avait appris cette nuit-là. Une chose était sûre : la vie de Vaughn était sur le point de devenir très compliquée.

Le souffle d'air froid qui lui balayait le visage, le grondement sourd de Lucas pour avertir une créature en travers de leur chemin, les odeurs entêtantes de la forêt… tout cela l'ancrait solidement dans le monde physique. Se délectant de son droit à en profiter, elle s'immergea dans cette expérience sensorielle comme seule une ancienne captive de Silence pouvait le faire.

Mais, bien trop vite, la chevauchée exaltante fut terminée et ils se retrouvèrent dans le repaire. La laissant seule avec Vaughn, Lucas alla chercher des boissons. Sascha jeta un coup d'œil au jaguar affalé contre le rebord de la fenêtre en face d'elle.

— Vaughn.

— Je sais.

Le jaguar croisa les bras, son tatouage caché sous le sweat-shirt gris qu'il portait par-dessus son jean.

Lucas revint dans la pièce.

— Attrape.

Il jeta une bière à Vaughn et tendit à Sascha une bouteille de jus de canneberge ; l'alcool avait un effet bizarre sur les Psis.

Elle attendit que les deux hommes aient pris de longues gorgées de leurs bouteilles vert foncé.

— J'ai vu quelque chose sur la Toile.

Lucas lui passa un bras autour du cou et se mit à jouer avec l'extrémité de sa natte.

— Quoi donc?

— C'est peut-être plutôt à Vaughn de nous l'expliquer. (Elle se sentait mal à l'aise.) Je ne voulais pas empiéter sur ta vie privée. Je suis vraiment désolée.

Le jaguar fit passer sa bouteille à moitié vide d'une main à l'autre.

— Je savais que tu verrais le lien.

— Avec Faith? (Lucas cessa de tirer sur la natte de Sascha.) Pourquoi tu ne nous as pas dit que tu l'avais prise pour compagne?

— Parce que Faith n'est pas au courant. (Vaughn s'ébouriffa les cheveux d'une main, sa frustration évidente.) Elle n'est pas prête.

— On ne peut pas ne pas avoir conscience du lien avec son âme sœur, lui fit remarquer Lucas. Il se manifeste typiquement à des moments où l'on ne s'y attend pas.

— Elle se sent déjà bien assez piégée comme ça… Comment tu crois qu'elle va prendre une chose pareille? (Vaughn bascula sur ses talons.) Est-ce que d'autres Psis pourraient détecter le lien?

Sascha s'accorda un moment de réflexion.

— En toute logique, non. Le lien entre âmes sœurs étant de nature changeling, il est totalement dissocié du PsiNet. Mais… Faith est connectée aux deux mondes. Je ne sais pas de quelle manière ça va influer sur la situation. Il faut que tu lui en parles.

— Elle risque de vouloir s'enfuir. Elle en supporte déjà bien assez comme ça.

Sascha savait qu'il avait raison. Vaughn était la sentinelle dont elle s'était toujours le plus méfiée : il avait un côté primitif et dangereux. Son animal était tapi à fleur de peau. Elle n'arrivait pas à imaginer comment Faith allait réussir à gérer un jaguar aussi agressif. La C-Psi découvrait à peine les émotions et les sensations de tout ordre. Lui demander non seulement de s'engager avec un homme comme Vaughn, mais aussi d'accepter le dévouement extrême qu'impliquait le lien entre âmes sœurs, serait peut-être en exiger beaucoup trop.

Mais, comme Lucas l'avait déjà souligné, il était impossible d'ignorer l'existence d'un tel lien.

— Il se peut qu'elle te surprenne, dit Sascha. Elle a des visions effroyables alors qu'elle n'a pas reçu la formation nécessaire pour les affronter, et pourtant elle ne s'est pas effondrée. Je pense que Faith est plus solide qu'elle le soupçonne elle-même.

La tension de Vaughn était lisible dans la raideur de sa posture.

— Comment s'y prend-on pour la libérer du Net ? Est-ce que la Toile pourra vous supporter toutes les deux ?

Sascha se mordit la lèvre inférieure.

— Je crois qu'il y a assez d'énergie psychique. (Une énergie sans laquelle aucun Psi ne pouvait survivre, ce qui expliquait pourquoi se déconnecter du Net revenait en général à du suicide.) En théorie, la présence de deux esprits Psis devrait augmenter l'effet de multiplication.

— « Devrait » ?

Lucas s'avança pour lui adresser une moue désapprobatrice.

Vaughn regarda Sascha lui rendre sa grimace.

— Je me contente d'émettre des hypothèses. La Toile de DarkRiver n'était déjà pas censée exister. J'ignore comment ça va se passer, mais on doit essayer. Il n'y a pas d'autre solution.

Lucas se tourna vers le jaguar.

— Merde! Vaughn. Il a fallu que tu ailles t'unir avec une autre de ces maudites Psis. (Attirant sa compagne plus près de lui, il lui mordilla doucement le cou.) Bon, on va utiliser la Toile. On réfléchira au reste plus tard.

— Ça pourrait nous tuer tous les quatre si on se trompe et qu'il n'y a pas assez d'énergie, dit Vaughn en serrant les poings.

— Je n'aurais qu'à faire prêter serment à d'autres sentinelles pour renforcer la Toile. (La solidité de leur amitié – forgée à leurs heures les plus noires – était palpable dans la promesse de Lucas.) Mais d'abord il faut qu'on fasse sortir Faith. Vous avez des idées?

— On pourrait se servir de la vidéo?

Sascha parlait de l'enregistrement compromettant réalisé au moment où ils avaient abattu le tueur en série qui avait massacré Kylie et violé l'esprit de la SnowDancer Brenna.

Vaughn voulut saisir l'idée au vol, mais il était une sentinelle et avait juré de protéger DarkRiver.

— Les raisons pour lesquelles nous n'avons pas diffusé cet enregistrement à l'origine sont toujours valables. On ne peut pas prendre le risque que le Conseil se sente acculé.

Un animal dans cette situation n'avait rien à perdre à riposter par la violence.

— Il a raison, dit Lucas. Il ne faut pas qu'ils sachent qu'on est susceptible de les faire chanter encore bien des fois.

— Parle-moi, Sascha. (Vaughn croisa les bras et essaya de contenir l'envie qui le démangeait de s'emparer de ce qu'il voulait en dépit des conséquences.) Il y a d'autres idées qui te viennent à l'esprit?

— Le mode de vie isolé de Faith joue en notre faveur. (Sascha s'appuya contre Lucas.) Les gens la connaissent de nom, mais ils sont peu nombreux à l'avoir déjà vue.

Sa déconnexion n'aura pas les mêmes répercussions que la mienne. D'un autre côté, sa perte constituera un manque à gagner de plusieurs millions pour le Conseil.

— Comment ça ?

— Des taxes au sens strict, répondit Sascha. De gigantesques sommes d'argent circulent grâce aux C-Psis, et le Conseil en profite. Je sais de ma mère que, dans certains cas, le Conseil se sert des clairvoyants pour accroître ses richesses de façon beaucoup plus directe. Il accède à leurs services gratuitement, ou bénéficie de généreuses réductions.

— Laisse-moi deviner, l'interrompit Vaughn, furieux à l'idée que sa compagne puisse agir d'une quelconque manière dans l'intérêt de ce groupe de monstres sans cœur. Personne ne veut contrarier le grand méchant Conseil en demandant à être payé.

Sascha hocha la tête.

— Les gens qui touchent une rémunération ont tendance à disparaître, et leur argent à se retrouver aux mains du Conseil.

— Ce qui signifie qu'ils mettront tout en œuvre pour ne pas la perdre. Ils ne peuvent pas prétendre qu'elle est déficiente, comme ils l'ont fait avec Sascha. (Avec ses traits tirés par la colère, les cicatrices de Lucas ressortaient nettement sur son visage.) Et elle est une cardinale, elle aussi. Difficile de la cacher avec ces yeux.

— Personne ne va cacher Faith.

Vaughn savait que sa voix avait baissé de plusieurs octaves, mais il n'était plus en état de s'en soucier.

— Et Faith alors ? demanda Sascha d'une voix douce.

— Quoi, Faith ?

Vaughn posa sa bouteille vide sur le rebord de la fenêtre.

— Tu lui as demandé si elle avait envie de se déconnecter du Net ?

—C'est ma compagne. (Pour lui, la déconnexion de Faith allait de soi.) J'essaierai de lui accorder un peu de temps pour qu'elle s'habitue à l'idée, mais en fin de compte elle n'a pas le choix.

—Je pense que si.

La bête de Vaughn affleura la surface.

—Comment ça?

Les changelings, lorsqu'ils rencontraient leur âme sœur, ne pouvaient rien contre le lien qui se créait. Même les femmes les plus indépendantes, celles qui y opposaient le plus de résistance, avaient du mal à rester longtemps séparées des hommes destinés à être leurs compagnons.

—Elle n'est pas changeling, ça n'a donc pas le même effet sur elle que sur toi, à moins qu'elle s'avère réceptive à l'idée comme je l'ai été avec Lucas. Ce serait peut-être désagréable pour elle, mais elle peut sans doute te bloquer.

—Tu en es sûre?

Vaughn sentait les pointes dures de ses griffes tout contre sa peau humaine, prêtes à sortir.

—Non. Elle est différente de moi. En tant qu'empathe, il m'était impossible de ne pas remarquer mes sentiments pour Lucas. Je ne sais pas si Faith est liée à toi à ce point.

—Alors il se peut que je sois uni à une femme qui pourrait décider de ne pas être ma compagne?

C'était une idée cauchemardesque. Les changelings s'unissaient pour la vie. Le lien s'établissait en général après que la femme eut pris une décision consciente, ce qui rendait la relation de Vaughn et de Faith très particulière. Mais quelle que soit la manière dont ce lien s'était créé, rien ne pouvait le briser, pas même la mort. Il n'y avait pas de seconde chance. On pouvait prendre des amantes, mais il restait à jamais un vide impossible à combler… À jamais.

—J'ai besoin de courir.

Mais, même en courant jusqu'à l'épuisement, sa bête ne trouva aucun réconfort dans cet acte qui avait pourtant toujours représenté la liberté à ses yeux. Car Vaughn était enchaîné, lié sur le plan le plus intime à une femme susceptible de le détruire.

Faith se languissait de son jaguar, au point de ne pas réussir à maintenir en permanence son masque de normalité.

Elle se promenait dehors dans la douce lumière matinale en réfléchissant à la manière d'organiser une nouvelle escapade nocturne lorsqu'elle se mit à songer à Vaughn, à sa présence, et même à ses caresses. Ses pensées l'absorbaient tellement qu'elle faillit percuter un garde. Là n'était pas le problème ; mais, avec ses nerfs à vif, elle aurait pu sursauter sous l'effet de la surprise.

Se reprenant *in extremis*, elle courba la nuque.

— Mes excuses. Je ne regardais pas où je marchais.

— La faute me revient.

Le garde lui adressa un bref hochement de tête avant de reprendre sa ronde.

Elle s'obligea à partir dans la direction opposée, le cœur battant la chamade. *Prudence*, se dit-elle. Une seule erreur suffirait. Décidant d'essayer de se distraire avec un sujet moins sulfureux, elle s'installa sur un petit banc de jardin et ouvrit le dossier mental qu'Anthony lui avait donné.

Kaleb Krychek avait mené une vie intéressante. C'était un Tk-Psi cardinal né inopinément de deux Tp-Psis de rang inférieur, puis élevé presque comme Faith ; il avait passé toute son enfance dans un centre de formation. Anthony était parvenu à découvrir que l'un des instructeurs du jeune Kaleb avait été Santano Enrique en personne. Elle ignorait la raison de la disparition d'Enrique, mais cet élément de l'histoire pourrait s'avérer une arme utile en cas de besoin.

Kaleb avait rejoint les rangs des collaborateurs du Conseil presque aussitôt après son assimilation réussie du protocole. Sa montée en puissance avait été phénoménale, plus encore parce qu'il était un cardinal ; la plupart des cardinaux, même s'ils travaillaient pour le Conseil, étaient trop cérébraux pour s'encombrer d'histoires de politique et de pouvoir.

Faith tourna une autre page du dossier et tomba sur une liste de personnes disparues. Au bas mot, dix collaborateurs du Conseil de haut rang s'étaient volatilisés dans des circonstances mystérieuses, et Kaleb en avait tiré profit chaque fois. Pourtant, rien n'avait permis de remonter jusqu'à lui… Un fait qui ne le rendrait que plus intéressant aux yeux des dangereux Conseillers.

Comparée à lui, Faith était une novice naïve et sans défense. Ce qui l'amenait à se demander pourquoi on l'envisageait comme candidate. Alors qu'elle s'apprêtait à étudier plus en détail le dossier de Kaleb, elle la sentit. L'intrusion de la noirceur.

— Non.

Il lui paraissait obscène qu'après trois jours de paix psychique le mal vienne la pourchasser en pleine lumière.

Son premier instinct fut de lutter, d'empêcher le retour de l'invasion machiavélique. Mais elle en avait fini de fuir. Si elle arrivait à se frotter à un jaguar et à en sortir vivante, alors elle devait être capable d'affronter la facette la plus hideuse de son don. Relâchant le souffle qu'elle retenait, elle laissa le tueur s'emparer d'elle et exposer ses trophées. Elle vit à travers ses yeux, s'obligea à regarder ce qui ne s'était pas encore produit. Il n'y avait là rien d'irrémédiable ni de figé. Un jour prochain, le tueur prendrait en chasse la cible de ses fantasmes, selon le plan qu'il avait défini. Faith étudia les moindres caractéristiques de la victime qu'il convoitait et essaya de déterminer son identité, le lieu et – plus important encore – le moment où elle se trouvait.

Elle portait un tailleur noir, une chemise blanche, et sa peau était d'une couleur rare chez les Psis après tant de générations de métissage : un blanc pur avec de légères nuances d'un bleu très clair. La froideur de son visage dépourvu d'expression rendait cependant indiscutable son appartenance à l'espèce de Faith. Les cheveux de la Psi inconnue, accordés à son teint, étaient blond platine, et ses yeux bleu vif. Elle ne ressemblait en rien à Marine.

Mais, comme l'esprit de Faith s'évertuait à le lui chuchoter, le tueur n'avait pas éprouvé les mêmes sensations avec Marine. Les visions concernant sa sœur s'étaient focalisées sur sa mort en elle-même et les émotions du tueur au moment de l'acte, tandis que, pour cette nouvelle victime, il projetait de la traquer, de l'observer, de la savourer. Oui, prendre la vie de Marine lui avait procuré un plaisir considérable, mais il n'avait pas connu cette anticipation extrême. Si tel avait été le cas, Faith aurait peut-être compris à temps… et aurait pu sauver Marine du supplice d'être étranglée.

Elle secoua les chaînes de plomb de la culpabilité, ces chaînes qui risquaient de coûter une autre vie, et reprit le fil de ses pensées. Son instinct récemment éveillé lui disait qu'elle trouverait la clé de tout en découvrant pourquoi Marine et cette nouvelle cible inspiraient à l'auteur des crimes des réactions aussi différentes.

Alors qu'elle affrontait cette question, la noirceur se retira. La docilité de Faith avait apaisé le tueur, mais il ne fallait pas s'y fier. Il pouvait tout aussi bien décider de violer son esprit la fois suivante. Même si, pour l'heure, ce n'était pas une éventualité à laquelle elle pouvait songer. Car quelqu'un l'observait. Et la vue de cette personne lui donna la chair de poule.

Ouvrant les yeux, elle leva la tête et se retrouva nez à nez avec la Conseillère Nikita Duncan, l'une des femmes les plus dangereuses du Net. Le poison de son esprit était réputé plus redoutable que le virus biologique le plus meurtrier. Et elle avait surpris Faith aux prises avec une vision de la noirceur.

Faith se leva et lissa le dos de sa robe.

— Conseillère Duncan.

— Je m'excuse si je vous ai dérangée. (Les yeux en amande de Nikita étaient troublants dans leur fixité.) Je croyais que vos visions survenaient dans des locaux placés sous surveillance.

Faith secoua la tête et lui offrit une demi-vérité.

— Il m'arrive parfois par inadvertance d'activer une amorce lorsque je réfléchis à la meilleure manière d'aborder un projet, ou bien mon esprit juge simplement cet environnement-ci plus stimulant pour certaines visions.

— Je vois. Comme vos gardes ne sont pas loin, j'imagine qu'il n'y a pas de raison de s'alarmer.

Ni de réelle intimité.

— En effet. (Elle soutint le regard de Nikita.) Que puis-je pour vous, Conseillère?

En bondissant par-dessus le grillage pour suivre l'odeur de Faith jusqu'à un coin reculé de la propriété, Vaughn s'était attendu à tout… sauf à trouver sa compagne en pleine discussion avec Nikita Duncan. Conscient que la mère de Sascha était une puissante télépathe, il laissa sa bête remonter à la surface de son esprit; ainsi, si elle le remarquait, elle ne l'identifierait peut-être pas comme un changeling. Il maintint également entre eux une distance considérable, ce qui ne l'empêcha pas de saisir leurs moindres paroles. Et ce qu'il entendit lui donna envie de lacérer la branche d'arbre sous ses griffes.

— Vous n'êtes pas stupide, Faith. Vous devez savoir ce qui m'amène.

— Bien entendu. En revanche, la raison de ma nomination m'échappe.

La voix de Faith était aussi froide et aussi tranchante qu'un scalpel, radicalement différente de celle qu'elle employait pour s'adresser à Vaughn. Ébranlé de constater à quel point elle était bonne actrice, il en vint à se demander laquelle des deux personnalités correspondait à la véritable Faith.

— Il y a certaines choses que vous ne saurez pas tant que vous n'aurez pas été admise parmi nous.

— Je comprends que le Conseil tienne à ce que les choses restent confidentielles mais, pour être franche, je ne vois pas quels avantages je détiens sur d'autres aspirants potentiels.

Les cheveux noirs et raides comme des baguettes de Nikita encadraient un visage qui ne ressemblait en rien à celui de Sascha.

— Qui mettriez-vous sur cette liste d'aspirants ? Je suis curieuse de savoir à quel point vous êtes capable de déchiffrer les tendances du Net.

— Si vous n'y voyez pas d'inconvénient, Conseillère, je préférerais garder mes idées pour moi.

Faith jeta un coup d'œil furtif en direction de Vaughn, et le jaguar attendit qu'elle tende son esprit vers lui, mais elle n'en fit rien. Déçu malgré sa colère, il continua à l'observer. Et à écouter.

— Il y a certains noms qu'il vaut mieux ne pas prononcer trop tôt.

— C'est vrai. (Nikita garda le silence quelques secondes.) Vous êtes sous surveillance constante.

Faith ne répondit pas, et Vaughn comprit que c'était parce que la Conseillère n'avait pas posé une question mais énoncé un fait. C'était la froide logique des Psis en action. Et Faith la maîtrisait parfaitement.

— Comment pouvez-vous être au courant de quoi que ce soit alors que vous vivez aussi isolée ? demanda Nikita.

— Le PsiNet.

— J'avais cru comprendre que les C-Psis fréquentaient rarement le Net.

— Certains d'entre nous le font.

Le prédateur en Vaughn sut apprécier l'assurance née de l'expérience qu'il perçut dans le ton de sa voix. Faith ne pouvait pas se permettre de passer pour faible devant Nikita, une femme sans cœur qui avait coupé les liens avec sa fille aussi facilement qu'on jette les poubelles.

— Bien. Avant que je parte, vous devez savoir que certains Conseillers ne sont pas favorables à votre nomination. (Nikita jeta un coup d'œil à son agenda.) Attendez-vous à être convoquée d'ici à une semaine.

Vaughn demeura dans sa cachette jusqu'à ce que l'odeur de Nikita se retrouve dans la voiture garée devant la grille. Puis il traqua sa proie jusqu'à une autre section isolée du complexe. Faith ouvrit de grands yeux lorsqu'il se laissa tomber devant elle sous sa forme de jaguar, mais ne recula pas.

— Vaughn. Il m'a semblé t'avoir vu.

Il savait qu'elle mentait. Elle ne l'avait pas vu ; elle avait ressenti sa présence. Son refus d'admettre cette réalité ne fit qu'attiser sa colère. L'ayant poussée de la tête jusqu'à ce qu'elle comprenne le message et s'asseye par terre, il alla derrière le tronc noueux d'un arbre voisin pour se transformer.

Une part de lui-même avait envie de la choquer avec sa nudité, mais à cet instant-là sa colère le dominait trop… il ne voulait pas entacher la sexualité balbutiante de Faith avec sa fureur. Il se félicita d'avoir écouté l'instinct du jaguar peu après leur rencontre et dissimulé plusieurs vêtements à portée de main. Ayant déjà récupéré un pantalon, il l'enfila avant de revenir vers elle.

Elle l'attendait, bras passés autour des genoux, et regardait dans la direction exacte d'où il arriva alors qu'il n'avait pas fait un bruit.

— Vaughn, les gardes…

— … sont assez bruyants pour réveiller une garnison, sans compter qu'ils puent à mille lieux à la ronde.

Il s'accroupit devant elle, mais ne la toucha pas. Il se méfiait de ses propres réactions.

— Quoi ?

— Laisse tomber. Qu'est-ce que la mère de Sascha fabriquait ici ?

Le regard de firmament de Faith, qui avait commencé à se voiler de méfiance, se durcit.

— Tu n'as aucun droit de me parler sur ce ton. Si tu as l'intention d'essayer de m'intimider, tu peux aller te terrer quelque part et y rester !

CHAPITRE 17

L e jaguar était impressionné par les griffes de Faith. S'il n'avait pas eu la certitude qu'elle les avait trahis, la colère de Vaughn aurait pu se dissiper, apaisée par l'expression exacerbée de ses émotions. Mais ça n'allait pas se produire ce jour-là.

— Nikita Duncan appartient au Conseil, qui est notre ennemi. Pourquoi tu t'entretenais avec elle ?

Il avait bien compris ce qu'il avait entendu, mais il voulait savoir si Faith lui dirait la vérité.

Elle pinça les lèvres.

— C'est la seconde visite que je reçois d'une Conseillère. Shoshanna Scott était la première.

— Ça ne répond pas à ma question.

La colère que Vaughn luttait pour contenir, les muscles tendus, se manifestait par un léger tremblement à la surface de sa peau. Même s'il ne la blesserait jamais, il était d'une humeur massacrante.

— Si tu écoutais au lieu de me menacer de laisser sortir le jaguar, je te le dirais. Tu te rends compte que tu as tes yeux de félin ? (Elle secoua la tête.) Nikita est venue pour la même raison que Shoshanna. J'ai été désignée comme candidate pour occuper le poste de Santano Enrique au sein du Conseil.

Vaughn serra les poings si fort qu'il fit craquer ses os.

— Enrique était une ordure. Et tu voudrais prendre sa place ?

Faith sursauta comme si ses mots avaient eu l'effet d'une claque.

— Qu'est-ce que tu sais de lui ?

— Demande à ta saleté de précieux Conseil.

Il fixa sur elle des yeux qui n'étaient même plus en partie humains, la mettant au défi de poursuivre.

Depuis sa dernière vision, le conditionnement de Faith ne tenait plus qu'à un fil, qui céda avec un claquement mental audible. Faith était en colère, pour de bon cette fois. En colère au point de ne plus se soucier de paraître normale. Seule la proximité des gardes l'incitait à ne pas hausser le ton au-delà d'un murmure agressif.

— Oui, cracha-t-elle. C'est ma saleté de précieux Conseil, l'organisme qui dirige mon espèce. Comment tu le prendrais si je te demandais de trancher la gorge de Lucas juste parce qu'il ne se comporte pas selon des règles que j'aurais édictées ?

— Lucas ne couvre pas de meurtriers.

— Le Conseil non plus.

Sa réaction avait été instinctive. Les Psis étaient son peuple, pour le meilleur et pour le pire. Elle refusait de leur retirer sa loyauté si facilement.

— Foutaises !

Vaughn se pencha vers elle et, malgré le fait qu'il l'avait rendue folle de rage, elle espérait qu'il la toucherait. Mais il ne posa pas les mains sur elle.

— Le tueur que tu vois dans tes visions est un Psi et il en existe beaucoup d'autres comme lui.

Elle secoua la tête.

— Les tueurs en série sont toujours humains ou changelings.

— Pourquoi tu aurais des visions d'espèces avec lesquelles tu n'es jamais réellement entrée en contact? (Ce fut à son tour de secouer la tête, un mouvement violent qui rappelait le jaguar plutôt que l'homme.) Bon sang! bébé, écoute-toi un peu parler… Cet enfoiré est censé être une vision, mais il te retient prisonnière. Aucun humain ou changeling ne possède ce genre de pouvoir.

Il avait prononcé son petit nom d'une voix rauque, presque un grondement, et elle en fut brisée. Car ce qu'il disait sonnait bien trop juste.

— Ça ne peut pas être vrai. Silence a mis fin à la violence.

— Ouais, et ta sœur est toujours vivante.

Elle le gifla. De toutes ses forces. À peine l'eut-elle fait qu'elle se mit à trembler de la tête aux pieds.

— Je suis désolée. Je suis désolée. (Elle regarda fixement la marque blanche sur son visage, qui s'emplissait peu à peu de sang.) Oh, mon Dieu! (Son pire cauchemar devenait réalité.) Je croyais que mes boucliers tenaient bon, mais j'ai dû me tromper… Je dois être à la limite d'un effondrement psychique et mental total.

Autrement dit, de la folie.

— Merde! (Avec douceur, Vaughn lui prit le visage entre les mains.) Tout va très bien chez toi. J'ai largement dépassé les bornes. Tu étais en droit d'aller plus loin que de me gifler.

Elle posa les mains sur les siennes.

— Je suis désolée, je suis désolée, répéta-t-elle tout en essayant frénétiquement de localiser les fissures de son esprit, sans succès. Je n'ai jamais frappé personne. J'ignorais même que j'en étais capable… Pourquoi je t'ai frappé?

— Parce que Marine était ta sœur et que je n'avais aucun droit de me servir de cette perte contre toi. (Il inclina la tête jusqu'à ce que leurs fronts se touchent.) C'est moi qui devrais te présenter mes excuses. Ne fais pas cette tête, mon petit écureuil. Si tu étais un félin, tu m'aurais sûrement déjà lacéré le visage à coups de griffe.

À l'idée d'une telle violence, elle secoua la tête.

— Ce n'est pas possible.

— Nous ne sommes pas humains, dit-il lentement. Les règles que nous suivons sont différentes, et il ne faut pas s'attendre à ce que nous agissions de manière civilisée sous l'emprise de la passion, bonne ou mauvaise. C'est dans ces moments-là que l'animal est le plus fort, le plus puissant.

Faith se demanda si elle s'imaginait la menace implicite dans ses paroles… à moins que ce ne fût une invitation.

— Mais je ne suis pas une changeling. Je ne frappe pas les gens.

— Ça fait des siècles que les femmes humaines giflent les hommes quand ils se comportent comme des malotrus. Tu t'es contentée d'obéir à une réaction naturelle.

— Pas pour une Psi.

— Faith, Silence n'est pas normal. Il t'a été imposé. C'est ce que tu es sans lui qui est normal. (Il releva brusquement la tête.) Quelqu'un vient par ici.

Faith sentit l'esprit d'un garde effleurer ses boucliers externes.

— Va-t'en, chuchota-t-elle. Va-t'en !

Sa peur pour lui surpassait toutes ses autres émotions.

— Je veux que tu me dises une chose d'abord : est-ce que tu comptes accepter mon offre ?

Elle savait quelle réponse il attendait d'elle, mais elle ne pouvait pas lui mentir.

— Je ne sais pas.

— Décide-toi. Tu ne peux pas vivre dans les deux mondes.

Puis il disparut, une tache floue à la cime des arbres. Se levant, Faith partit en direction de la maison pour mettre de la distance entre elle et le garde qui se rapprochait. Elle avait peur de ce que ses yeux risquaient de dévoiler. Car, pour la première fois de sa vie, le firmament en elle commençait à révéler autre chose que l'infini conditionnement à Silence de la parfaite cardinale ; il trahissait des signes de vulnérabilité.

Elle pourrait encore passer pour normale et continuer à vivre dans son monde, mais elle changeait. Si elle n'acceptait pas ce changement sans réserves, elle devrait l'effacer à jamais de sa psyché. Il n'y avait pas de compromis possible. En devenant membre du Conseil, elle ne pouvait pas espérer que les changelings restent ses amis, que Vaughn vienne lui rendre visite, la tienne dans ses bras, l'éveille aux émotions.

Il fallait qu'elle choisisse.

Vaughn finit son tour de garde sans adresser la parole à un seul membre de la meute, puis s'élança dans la lumière violacée du jour qui se changeait en nuit. Il courut des heures durant, s'enfonçant toujours plus loin dans la Sierra Nevada, un territoire qui avait été autrefois la propriété exclusive des loups. L'air frais de la montagne avait une manière d'ébouriffer sa fourrure qui lui procurait d'habitude un vif plaisir. Mais pas cette nuit-là.

Cette nuit-là, c'était indéniablement sa moitié humaine qui tenait les rênes, et elle était plus que furieuse. Il s'était uni à une femme qui allait peut-être le rejeter et partir. Pour toujours. Cette pensée lui donnait envie de la secouer jusqu'à ce qu'elle retrouve la raison et accepte leur lien. Comment pouvait-elle ne pas le voir ? Et pourtant, c'était le cas.

Aiguillonné par un mélange chaotique de colère et de douleur, il courut si loin qu'il abandonna derrière lui tout ce qui lui était familier. Seulement alors grimpa-t-il dans les arbres pour trouver une branche du haut de laquelle il pourrait observer l'agitation nocturne de la forêt et réfléchir. Mais il n'y parvint pas ; ses émotions étaient trop violentes pour tolérer des pensées rationnelles. Aussi essaya-t-il de s'envelopper dans la solitude de la nuit, d'apprendre le bruit du silence, un bruit qui deviendrait coutumier si Faith reniait leur lien.

Il ne lui fallut pas plus de quelques secondes pour s'apercevoir qu'il s'était trompé. Il n'était pas seul ; l'odeur de la meute était prononcée chez la panthère qui l'avait suivi à la trace. Lucas alla s'installer sans bruit sur une autre branche de l'arbre que Vaughn avait choisi. Il n'essaya pas d'entamer la conversation et, lorsque Vaughn se remit en chemin, il courut à son côté.

Ce ne fut que bien des heures plus tard que Vaughn les ramena chez lui et qu'ils s'y transformèrent. Indifférents à leur nudité, ils s'assirent au sommet de la petite colline qui surplombait sa grotte et regardèrent l'aube éclatante poindre et embraser le ciel.

— Où est Sascha ? demanda Vaughn.

— Elle et Tammy sont restées dans la tanière des SnowDancer après avoir travaillé avec Brenna.

Lorsque Lucas prononça le nom de la louve violée par Enrique, Vaughn laissa exploser sa colère frémissante en fureur absolue.

— Tu l'as confiée aux loups ?

— Ouais. Hawke ne revient jamais sur sa parole. (Lucas sourit.) Et ce maudit loup sait que Clay et Nate le réduiront en pièces s'il touche à un cheveu de nos femmes. Ils sont là-bas, eux aussi.

— Elle est belle la confiance.

— Il faut du temps.

Et même si les partenariats économiques entre DarkRiver et les SnowDancer tenaient depuis presque dix ans, les deux meutes n'étaient liées par le sang que depuis quelques mois.

— Pourquoi tu m'as suivi ?

— Je me suis dit que tu aurais peut-être envie de parler.

— Pourquoi ça ?

Vaughn s'éclipsait pour aller courir loin presque chaque semaine, lorsque son jaguar aspirait à la solitude.

— Sascha. Elle a dit quelque chose avant de se rendre chez les SnowDancer.

— Quoi donc ?

— Ses pouvoirs se développent de manière inattendue. Ou alors, c'est l'influence de la Toile. (Lucas croisa les bras par-dessus ses genoux.) Elle n'a rien ressenti venant de toi de toute la journée et elle a commencé à s'inquiéter.

— Elle s'est inquiétée de ne rien ressentir ?

— Elle a dit avoir conscience en permanence de nos présences à tous au sein de la Toile, comme un bourdonnement qui lui assure qu'on est vivants. Mais hier tu t'es replié avec une telle violence qu'elle a pensé que quelque chose avait pu t'arriver.

L'idée d'être surveillé ne plaisait pas franchement à Vaughn.

— Je veux qu'elle m'apprenne à la bloquer.

— Ouais, elle s'en est doutée. Elle travaille sur des solutions adaptées à chacun.

— Bien.

— Alors, tu es blessé ?

— Non.

Rien de physique.

— Tu veux en parler ?

— À peu près autant que j'ai envie d'une lobotomie.

— En ce cas, ça te dirait un combat ?

Vaughn jugea que réduire Lucas en bouillie constituerait un excellent moyen de passer sa frustration et sa colère.

—Ça marche.

Ils reprirent leur forme animale et se jetèrent dans le corps à corps. Même si Lucas était le chef, ce soir-là ils étaient simplement amis. Les jaguars surpassaient les léopards en taille en général et Vaughn ne dérogeait pas à la règle. Lucas avait en revanche l'avantage de la rapidité, car il était un Chasseur, chargé de traquer et exécuter les changelings renégats. Ils se valaient dans la plupart des situations, mais ce soir-là Vaughn était submergé par la colère.

Lorsqu'ils décidèrent enfin d'arrêter, ils étaient tous deux en piteux état et quelque peu sanguinolents. Lucas essuya une entaille rouge sur son torse.

—Sascha va être furieuse. J'espère que ça guérira avant qu'elle le voie.

L'idée n'était pas complètement folle : la plupart des blessures superficielles et des égratignures guérissaient plutôt vite chez les changelings.

—Tu vas avoir un œil au beurre noir.

—Merde ! (Lucas se tâta l'œil.) Ça, ça ne guérira pas avant ce soir.

—Ouais ben, tu as failli m'arracher la main.

Vaughn plia le poignet, sa chair mise à vif par la morsure de Lucas.

—Il fallait que je t'empêche de me déchiqueter l'oreille. Je doute que ma compagne apprécie beaucoup une panthère avec une seule oreille.

Lucas se mit à sourire.

Vaughn grimaça.

—Hein ?

—Faith t'apprendra.

Le jaguar laissa retomber sa tête entre ses genoux relevés et un soupir brutal lui échappa.

— Faith…

Il ne pouvait pas en parler, ne pouvait pas la trahir même s'il s'agissait de Lucas. Elle était sa compagne. La loyauté qu'il lui devait passait avant tout le reste. Jusqu'à ce qu'elle le quitte, qu'elle brise leur lien, il l'honorerait de toutes les fibres de son être.

Lucas lui serra l'épaule.

— Elle te déchirera plus que n'importe quel animal, te donnera l'impression qu'on découpe ton cœur en mille morceaux, mais elle te guérira aussi comme personne d'autre n'en sera jamais capable.

Seulement si elle venait à lui.

Pour la première fois en plus de vingt-quatre ans, Faith était complètement perdue. Sa vie avait été réglée depuis sa naissance. On ne lui avait jamais vraiment donné le choix. Et voilà qu'elle se retrouvait à devoir prendre une décision qui allait changer le cours de son existence. Le problème étant qu'elle ne savait pas comment trancher.

Aussi employa-t-elle la matinée à télécharger dans son esprit une base d'amorces pour ses visions, et l'après-midi à cracher prédiction sur prédiction jusqu'à ce que Xi Yun intervienne.

— Tu ne vas pas pouvoir maintenir un tel niveau d'activité.

Le M-Psi exhibait son savoir.

— Merci de m'avoir arrêtée. J'avais oublié.

Ce qui avait été autrefois la vérité n'était plus désormais qu'une excuse arrangeante.

— C'est mon travail. (Il marqua une courte pause.) Je vais transmettre un programme nutritionnel à l'ordinateur de ta cuisine. Tes analyses biologiques indiquent que tu manques de certains minéraux.

— C'est noté.

Ayant mis fin à leur conversation, Faith se rendit à la cuisine et prit son temps pour siroter sa soupe et mastiquer ses barres protéinées.

Malgré cela, il n'était que 16 heures lorsqu'elle eut terminé. Comme elle ne tenait pas en place, elle se rendit dans sa chambre et résolut de divertir son esprit avec les flux de données du Net. Elle savait qu'elle ne faisait que repousser l'échéance, mais elle décida qu'elle en avait le droit ; personne ne méritait d'avoir à gérer tous les chocs qu'elle avait encaissés les jours précédents. Si elle le laissait respirer, son subconscient lui livrerait peut-être une réponse de lui-même. En attendant, elle chargea son esprit conscient de résoudre le mystère de l'intérêt soudain que lui portait le Conseil. Et il n'y avait pas que de lui qu'elle devait se méfier.

Kaleb Krychek pouvait se révéler un adversaire très dangereux s'il jugeait qu'elle constituait une réelle menace à sa promotion. Elle voulait tenter d'en apprendre davantage à son sujet ; même s'il s'agissait probablement d'une entreprise futile au vu des talents de cet aspirant, cela valait toujours mieux que d'être obnubilée par un jaguar qui n'était pas là pour la dérouter, la défier et la mettre hors d'elle.

Qui ne serait peut-être plus jamais là.

Fidèle à lui-même, le PsiNet était une étendue de ténèbres cloutée d'étoiles, brillantes, lumineuses et belles. Vaughn ne comprenait pas à quoi il lui demandait de renoncer. Ce réseau tentaculaire d'esprits débordait d'énergie, de capacités mentales et de puissance. Tandis que les cardinaux rayonnaient comme des supernovas, les Psis de rangs moins élevés se limitaient à de ternes lueurs, mais chaque esprit jusqu'au dernier contribuait à jeter de la lumière sur le monde d'obscurité et d'isolement qu'était l'individualisme absolu. Le PsiNet était le plus beau cadeau de son espèce, la plus grande œuvre d'art qu'ils aient créée. Si Faith se déconnectait, elle perdrait la lumière et se retrouverait seule comme jamais auparavant.

L'offre potentielle du Conseil lui donnerait une chance de s'immerger davantage encore dans le Net, de devenir l'un des gardiens de cette merveilleuse création. Et Vaughn ? N'était-il pas incroyable lui aussi, cet être qu'elle ne s'était pas imaginé un seul instant avoir le droit de toucher ? Il atténuait sa solitude intérieure par sa simple présence, lui apportait une intimité, une proximité que le Net ne lui offrirait jamais. Si seulement elle pouvait avoir les deux.

Mais elle devait choisir.

Secouant mentalement la tête pour en déloger la question à laquelle elle n'avait pas de réponse, elle guida son esprit jusqu'à l'un des principaux conduits de données. Même s'il était possible d'accéder aux informations depuis n'importe quel point du Net, l'essentiel des données brutes étaient expédiées par ces vecteurs, et s'y trouvaient ainsi sous leur forme la plus pure.

Évitant de lancer une recherche susceptible de déclencher un signal d'alarme, elle prépara son esprit à copier des fichiers correspondant à certains mots-clés, puis se laissa simplement traverser par le flot ininterrompu des téléchargements. Son acte ne présentait rien d'inhabituel, aussi ne prit-elle pas la peine de vérifier si quelqu'un la suivait.

Au bout d'une heure, constatant qu'elle ne trouvait rien qui réponde à ses critères, elle quitta le flux principal pour aller surfer sur le Net, passant les données aléatoires qu'elle rencontrait par des filtres préétablis. Le processus n'était pas aussi hasardeux qu'en apparence, et ce pour une raison très évidente : ancré dans les esprits de millions d'êtres psychiques, le Net s'ordonnait par conséquent selon les principes de l'énergie psychique. À cette date, personne n'était totalement parvenu à en expliquer les principes, mais tous les Psis savaient que, si l'on concentrait assez longtemps sur une recherche, le Net finissait par faire remonter des bribes de données pertinentes.

Ce qui arriva pour Faith.

Des murmures l'atteignirent. Comme elle l'avait confié à son jaguar, les paroles prononcées au sein du Net n'en disparaissaient jamais, même si celles échangées dans des chambres fortes ou derrière des boucliers y restaient enfermées et s'y désagrégeaient dans le secret. Les murmures exposés finissaient eux aussi par se dégrader, mais en attendant ils s'intégraient au plus vaste réseau d'information vivant du monde.

— *On a vu Kaleb Krychek en compagnie de Nikita Duncan.*

— *Le Conseil a une liste de candidats.*

— *... peut-être une C-Psi...*

— *Enrique était Tk, lui aussi.*

Les murmures surprirent Faith ; le Conseil avait les moyens d'empêcher des informations de circuler quand il le jugeait nécessaire. Ce qui signifiait donc en toute logique qu'ils avaient diffusé la liste. Voulaient-ils mettre les candidats à l'épreuve ? Dresser Kaleb contre Faith pour voir qui des deux en sortirait vivant ? Le Conseil était parfaitement capable de recourir à un stratagème aussi barbare sous prétexte d'efficacité, mais ça n'avait pas de sens dans la situation présente.

S'ils recherchaient de la puissance brute combinée à l'esprit froid et pratique des Psis, alors Kaleb était, sans l'ombre d'un doute, le candidat qui leur convenait. Il l'avait prouvé à maintes reprises. Les fuites étaient peut-être alors destinées à avertir Kaleb que cette fois ce ne seraient pas les seuls critères à entrer en ligne de compte. Mais une telle manœuvre était inutile. Faith savait que rien n'empêcherait Kaleb de l'éliminer s'il estimait qu'elle devait être neutralisée.

Quelque chose effleura son esprit, et la présence était si familière qu'elle lui accorda à peine une pensée. Pourtant, quelques secondes après le passage du Gardien du Net, elle se retourna pour le chercher des yeux, alors qu'il ne pouvait bien sûr pas être vu. Il était, simplement. Ce contact fugace était parvenu à stimuler la zone de l'esprit de Faith qui hébergeait les canaux de ses visions. Ce qu'elle apprit était vague, moins une vision que le pressentiment que le Gardien du Net allait jouer un rôle important dans sa vie.

Après avoir essayé d'affiner cette pensée quelques minutes de plus, elle y renonça et réintégra son corps, son énergie psychique épuisée par le chaos de son esprit. Elle eut envie de résister au sommeil pour échapper à la noirceur, mais opposa à cette tentation une logique imparable : les visions viendraient, qu'elle soit éveillée ou endormie. Sur ce point, elle n'avait pas le choix.

Tout comme la décision de se déconnecter du Net ne lui appartenait pas vraiment.

Deux heures plus tard, le contact qui l'éveilla ne fut pourtant pas celui du mal, mais d'une chose bien plus dangereuse.

— Tu es revenu.

Il lui caressa la joue du doigt.

— Tu as des cernes… J'aurais dû te laisser dormir.

— Non. Il faut qu'on parle.

Il cessa de la toucher et se releva avec fluidité pour s'asseoir sur le lit. L'imitant, elle se redressa pour lui faire face.

— J'ai réfléchi à ce que tu veux de moi, à la décision que tu me demandes de prendre, mais je n'ai pas d'autre choix que de vivre dans ce monde. Si je me déconnecte du Net, je mourrai.

— Tu m'avais demandé si je pouvais faire pour toi ce que Lucas fait pour Sascha. La réponse est oui.

Toutes les certitudes de Faith volèrent en éclats.

— Comment ?

— Décide-toi, et ensuite tu me poseras la question. Je ne peux pas prendre le risque de te confier cette information tant que tu seras connectée au Net.

— À cause de Sascha.

Une émotion qu'elle reconnut être de la jalousie plongea ses griffes en elle.

— À cause de tous les Psis qui pourraient un jour avoir besoin de cette information.

— Tu me demandes de prendre une décision impliquant mon futur et toute mon existence, en me reposant sur ta conviction que tu peux m'aider à me déconnecter. Et si tu te trompais ?

— Je ne me trompe pas.

Les paroles de Vaughn dénotaient l'assurance d'un prédateur habitué à régler les choses à sa manière.

— Comment tu le sais ?

Il se rapprocha de nouveau d'elle et la déstabilisa en déposant un rapide baiser sur ses lèvres.

— Parce que tu t'es déjà déconnectée… Il ne te reste plus qu'à ouvrir les yeux pour le voir.

— Vaughn.

C'était un murmure qui disait tout son désir, sa frustration et son désespoir.

— Toujours.

Le souffle de Vaughn était chaud contre son oreille.

Elle secoua la tête en signe de reproche.

— Pas si je choisis de continuer à mener la vie pour laquelle je suis douée.

Quelque chose vacilla dans les yeux pas tout à fait humains de Vaughn.

— Même dans ce cas, Faith. Même dans ce cas. Si tu as besoin de moi, je viendrai.

Ce qui le déchirerait, détruirait son sens de l'honneur et de la loyauté… car il coucherait avec l'ennemi. Mais Faith voulait qu'il comprenne en quoi un tel choix était si difficile pour elle.

— C'est mon peuple, ma version d'une meute, et il y a tellement de liens qui me rattachent à eux. Ils ne m'aiment peut-être pas comme DarkRiver t'aime, mais mon clan a besoin de moi.

» Si je pars, des centaines d'emplois qui dépendent directement de moi disparaîtront, ceux des gardes jusqu'à ceux des M-Psis. Mais les répercussions surtout seraient dévastatrices. Les rentrées d'argent du clan se tariraient. Les écoles ne seraient plus abordables, la recherche serait freinée, les enfants seraient retirés des programmes d'enrichissement mental, alors que ce sont peut-être justement ces programmes qui permettent à certains d'entre nous de combattre Silence.

— Tu es en train de me parler de loyauté.

Chose inhabituelle, la voix de Vaughn était dénuée d'intonation, mais Faith ressentait la force contenue de sa bête comme s'il s'agissait d'une troisième personne entre eux.

— Ce n'est peut-être pas de la loyauté au sens où tu l'entends, mais c'en est tout de même.

— Tu as raison, lui dit-il à sa grande surprise. Sauf que la loyauté se mérite et doit être honorée, bébé. Un jour, ton clan t'enfermera dans un hôpital psychiatrique et prétendra que c'est pour ton bien.

Elle savait qu'il n'avait pas eu l'intention d'être cruel. Son jaguar se servait simplement de toutes les armes dont il disposait.

— Peut-être que non, dit-elle, l'implorant en silence de lui mentir, de lui rendre la tâche plus facile. Si toi et Sascha avez raison, je ne deviendrai pas folle si je laisse s'exprimer mes véritables capacités, que j'accepte l'idée que la noirceur viendra parfois me rendre visite.

Il secoua la tête.

— Qu'est-ce qui se passera la première fois que tu auras une vision d'un meurtre et que tu t'apercevras que tu appartiens à l'organisme qui va l'autoriser ?

Une prise de conscience indistincte se forma dans l'esprit de Faith, mais s'évanouit avant qu'elle ait pu l'assimiler.

— Pourquoi le Conseil… ?

— Sascha les appelle des « opérateurs ». Ton PsiNet a apparemment besoin d'eux, mais il se trouve que ce sont les individus les plus susceptibles de succomber à l'un des effets secondaires les moins connus de Silence : la folie meurtrière du sociopathe.

— Tu es en train de dire que le Conseil alimente leur besoin de tuer.

Le cœur de Faith était devenu une pierre qui écrasait sa poitrine de l'intérieur.

— On sait que c'est le cas.

Beaux et sauvages, les yeux de Vaughn s'étaient mis à luire.

Faith ne doutait pas de lui ; il était trop animal pour mentir.

— Pourquoi ?

Pourquoi continueraient-ils à soutenir le protocole si celui-ci présentait une faille aussi élémentaire ?

— Parce qu'ils le peuvent.

C'était une réponse d'une franchise cruelle.

Et elle ne pouvait pas y rester sourde. Le Conseil tenait lieu de loi absolue pour les Psis depuis plus d'un siècle. Avant Silence, les rébellions et les conflits se déclaraient apparemment sans restriction, ce qui réduisait l'influence du pouvoir en place. Désormais, plus personne n'osait s'exprimer, et personne ne surveillait les agissements du Conseil.

— Admettons que tu aies raison sur toute la ligne. Tu imagines tout le bien que je pourrais faire en agissant de l'intérieur ? Je pourrais travailler à la liberté des miens depuis une réelle position de pouvoir.

— Et, si tu te déconnectais, tu pourrais semer les graines de la révolution afin que ton peuple, ta meute, prenne lui-même les armes.

— Jamais ils ne me laisseront partir.

— Personne ne m'empêchera de te libérer si tu dis « oui ». *Dis « oui »*, l'implora-t-il des yeux, *dis « oui »*.

Faith lutta contre la pulsion en elle, cette chose affamée, désespérée et souffrante, qui voulait lui obéir.

— J'ai besoin de réfléchir. Laisse-moi juste y réfléchir.

— Seule, mon petit écureuil ?

Elle détestait constater que la noirceur l'avait réduite à une créature tremblante qui avait peur de fermer les yeux.

— Oui.

Plus jamais ça, songea-t-elle, furieuse. *Plus jamais.*

— Toujours, Faith. Toujours.

261

Elle le regarda sortir par la lucarne. Même s'il conserva sa forme humaine, il n'était pas moins gracieux, pas moins magnifique. Le jeu des muscles sous sa peau était d'une pure beauté, envoûtant, attirant et séduisant. Sans s'en rendre compte, elle déplia les doigts et tendit la main vers lui.

Mais il était déjà parti.

CHAPITRE 18

F aith avait à peine achevé de s'habiller le lendemain matin lorsqu'elle sentit quelqu'un formuler une demande télépathique polie mais ferme. Elle écarquilla les yeux. Elle n'avait pas l'habitude de ce genre de contact, et seul un groupe d'individus bien précis avait le droit de s'adresser à tous ceux qu'ils le souhaitaient de cette manière.

— *Faith NightStar, j'écoute.*

— *Votre présence est requise à la chambre du Conseil. Des documents d'authentification vous ont été envoyés sur votre messagerie personnelle.*

— *Oui, monsieur.*

Elle savait que c'était l'esprit d'un homme, et devina qu'il s'agissait de Marshall Hyde, le plus âgé des membres du Conseil.

— *Vous serez escortée sur place.*

Il mit fin à la communication télépathique.

Avant toute chose, Faith consulta sa messagerie ; Krychek était certainement capable de recourir à un tel stratagème pour lui tendre un piège. Mais le sceau du Conseil, impossible à falsifier, était bien là. Les joues tour à tour brûlantes et glacées, elle prévint les M-Psis de ne la déranger sous aucun prétexte et tenta de calmer ses processus mentaux qui s'emballaient. Elle ne devait rien laisser paraître de son trouble. Rien.

Choisissant de s'installer sur une chaise près de la fenêtre aux rideaux tirés, elle prit une profonde inspiration et s'immergea dans le PsiNet sans son voile d'anonymat. Ce jour-là, il lui fallait rayonner de toute la lumière d'une cardinale, l'expression muette de sa puissance. Deux esprits l'attendaient. Si elle s'était trouvée dans son corps, elle aurait sûrement eu la chair de poule tant ce qui émanait d'eux la mit mal à l'aise. Tandis qu'ils l'entraînaient lien après lien vers le noyau sombre au centre du Net, elle songea qu'elle se trouvait peut-être en présence de deux Flèches.

Même si l'existence de cette unité n'avait jamais été prouvée, ou au contraire démentie, Faith était tombée à plusieurs reprises sur des rumeurs à son sujet, contenues dans les résultats qu'elle avait déterrés lors de ses recherches pour comprendre ce qui motivait l'intérêt du Conseil à son égard. Confrontée à deux esprits clairement guerriers, qui lui avaient simplement montré des sceaux délivrés par le Conseil pour se présenter, elle en vint avec réticence à la conclusion que les Flèches n'étaient pas qu'une vulgaire légende.

L'idée que cette unité secrète, censée réduire au silence ceux qui critiquaient le Conseil, existe n'inspirait guère confiance. Mais le visage mental de Faith devait rester impassible face au Conseil, aussi enterra-t-elle ses réflexions sur le sujet. Les gardes la firent entrer dans le noyau central par les deux premiers postes de contrôle, puis lui ouvrirent la voie des deux suivants pour la mener encore plus loin. Mais lorsque la porte de la dernière chambre forte s'ouvrit, elle la passa seule.

La porte claqua derrière elle.

Elle était enfermée avec les esprits rayonnants de six des êtres les plus puissants et les plus meurtriers du PsiNet. Nikita Duncan avec ses virus mentaux. Ming LeBon, réputé pour ses talents de combattant mental. Tatiana Rika-Smythe, dont on disait qu'elle détenait le rare pouvoir de détruire les meilleurs boucliers. C'était d'elle dont Faith se méfiait le plus car, si elle en croyait les rumeurs, Tatiana était capable d'abattre des défenses de premier niveau à l'insu de sa victime.

Ce qui expliquait pourquoi Faith s'était entourée d'une quadruple protection. C'était peut-être une réaction exagérée de sa part, mais elle ne voulait laisser personne accéder à ses secrets… à ceux de Vaughn. En plus de ces défenses renforcées, elle avait appris une technique peu commune et hautement efficace lui assurant que l'agencement de ses boucliers ne restait jamais statique, et qu'il était ainsi presque impossible de prévoir leur position et de les démanteler. C'était Sascha qui la lui avait enseignée l'autre nuit sur le perron… avant que Faith s'affranchisse du conditionnement d'une manière très intime.

— *Faith.*

— *Oui, monsieur.*

Elle répondit à Marshall sans hésiter, ayant consigné ses autres pensées dans un recoin caché de son esprit. Tant qu'elle serait avec le Conseil, elle ne pourrait pas se permettre de baisser sa garde un seul instant.

— *Vous êtes au courant maintenant que nous envisageons de vous recruter au sein du Conseil.*

L'esprit de Marshall était une lame assez tranchante pour faire couler le sang.

— *Oui, monsieur.*

Si Vaughn avait raison, le Conseil Psi couvrait des meurtriers pour protéger Silence. Peut-être apprécieraient-ils les avertissements de Faith, qui leur donneraient la possibilité d'arrêter les meurtriers avant que leurs actes se répercutent au sein du Net. Et après ? Les accusations de

Vaughn au sujet de meurtres ayant reçu la bénédiction officielle résonnaient dans sa tête. Et puis il y aurait les meurtres qu'elle n'arriverait peut-être pas à empêcher, et ceux qu'elle irait même jusqu'à choisir de ne pas empêcher pour respecter la volonté du Conseil.

Sa volonté.

Était-elle capable de devenir inhumaine à ce point ? L'horreur s'immisça lentement dans ses veines, comme des griffes minuscules qui la déchiquetaient et lui infligeaient une douleur cuisante. Elle refusait d'avoir une telle image de son peuple, d'appartenir à une société qui tolérerait une chose pareille.

— *Quelle est votre opinion sur le sujet ?*

Ming LeBon, le seul membre du Conseil à ne jamais figurer dans les bulletins d'information et dont le nom n'était connecté à aucun événement médiatique : un pouvoir effrayant et dangereux derrière la façade civilisée de personnalités publiques qu'affichaient Henry et Shoshanna Scott.

— *Je suis jeune*, répondit Faith. *Certaines franges de la population pourraient considérer que c'est une faiblesse.*

D'autant plus qu'il lui manquait la faculté de tuer sans remords. L'idée de prendre une vie, d'accepter mais aussi d'approuver la malignité perverse de la noirceur, lui donnait la nausée.

Elle avait pourtant conscience que Vaughn avait tué lui aussi, qu'il recommencerait pour protéger son peuple et peut-être même pour la protéger elle. Mais ça ne la révulsait pas. Peut-être à cause de la différence qu'il existait entre la loi cruelle mais juste de la nature, et le meurtre lucide commis de sang-froid pour accroître le pouvoir du peuple le plus susceptible de s'en servir à de mauvaises fins.

— *C'est vrai. Toutefois, vos boucliers sont extrêmement résistants. Vous donnez l'impression d'être capable de repousser une attaque.*

Le commentaire de Tatiana semblait accréditer les rumeurs. Faith n'avait rien senti, mais de toute évidence ses boucliers avaient été mis à l'épreuve et jugés satisfaisants. Elle eut envie de frissonner ; combien de personnes avaient été inspectées à la loupe par Tatiana sans même s'apercevoir du viol de leur esprit ?

— *Vos dons de clairvoyance seront également d'une grande utilité,* ajouta Marshall.

Non.

Elle ne mettrait pas son esprit au service d'objectifs destinés à garder son peuple enchaîné à l'imposture qu'était Silence. En l'espace d'une seconde, sa décision fut prise. Elle se rendit compte alors qu'aucune autre option n'avait jamais été réellement envisageable ; seule sa peur d'affronter l'inconnu lui avait donné cette illusion.

Il ne lui restait plus qu'à survivre au Conseil.

— *Même si je suis flattée que vous m'envisagiez comme candidate, je ne suis pas prête à mourir.* (Pas alors qu'elle venait d'apprendre à vivre.) *Je suis au courant que Kaleb Krychek est l'un des autres postulants. Il a bénéficié de nombreuses années en tant que collaborateur du Conseil pour parfaire ses talents.*

Sa capacité à éliminer la concurrence figurait en tête de liste.

— *Je n'ai aucun désir de servir de cible alors qu'il est le Psi qui vous convient vraiment. Je n'ai pas l'arrogance de croire que je parviendrais à le tenir en échec s'il décidait d'assurer sa promotion en se débarrassant du problème que je pose.*

— *Ainsi vous admettez votre faiblesse.*

Shoshanna, qui n'avait jamais été qu'une ennemie. Dans un coin de l'esprit de Faith se forma de nouveau l'image de Shoshanna, les mains couvertes de sang. L'avenir demeurait inchangé.

Ce n'était jamais une bonne idée de reconnaître sa faiblesse devant le Conseil.

— *Je dis simplement que, si vous souhaitez que j'envisage de vous rejoindre, je ne le ferai pas avant d'être arrivée à… un arrangement avec M. Krychek.*

Qu'ils pensent à leur guise qu'elle sous-entendait par là vouloir supprimer Kaleb. Bien entendu, si Shoshanna était en faveur de l'autre candidat, il serait informé de ce que Faith venait de dire à peine aurait-elle quitté la pièce, ou même avant.

Elle risquait de compromettre sa survie si elle n'était pas prudente.

— *Je n'accepterai pas en revanche que le Conseil se serve de moi comme d'un pion pour évaluer la puissance de Kaleb. Trouvez une autre cible pour parvenir à vos fins.*

Faith avait l'estomac noué et les muscles douloureux, mais elle sortit de la pièce vivante. Elle savait ne disposer que de très peu de temps. Soit Kaleb s'impatienterait et déciderait de forcer le destin plus tôt que prévu, soit le Conseil devinerait ce que Faith tramait derrière son dos. Qu'elle traquait un meurtrier.

Elle refusait de laisser le tueur de Marine libre de prendre une autre vie. Qui qu'il fût, il était trop fort, trop puissant sur le plan mental. Elle devait l'épingler avant qu'il découvre le moyen de contourner ses nouvelles défenses, des défenses qui retenaient de faibles mais dangereuses braises d'émotion. Il ne l'avait peut-être pas torturée de nouveau avec ses fantasmes de mort, mais ce n'était pas faute d'essayer ; depuis deux jours, sa noirceur grattait aux murs de son esprit, voulait lui montrer ce qu'il projetait.

Cette nuit-là, elle allait le laisser entrer.

Mais elle voulait d'abord collecter un maximum de données utiles. Pas pour elle-même mais pour les changelings, le seul peuple à l'avoir jamais traitée autrement que comme une machine à haute rentabilité.

Vaughn.

Le nom de son jaguar agissait comme un talisman. Sa fourrure qui lui effleurait les mains, ses lèvres qu'il pressait contre son cou, des sensations si réelles qu'elle s'en enveloppa comme d'un manteau protecteur tandis qu'elle fermait les yeux et s'avançait dans le champ étoilé du PsiNet.

Des esprits éclatants et d'autres ternes vacillèrent autour d'elle par milliers, tout de beauté et de grâce. Cette fois encore, elle ne fit rien pour se cacher et passer pour autre chose que ce qu'elle était : une cardinale, une étoile brillante au point de brûler. Même si personne ne semblait la suivre, elle n'était pas assez stupide pour penser que son clan n'essayait pas de la traquer d'une manière ou d'une autre.

Elle avait résolu de s'en accommoder, ainsi que le lui conseillait le même sens qui l'avait poussée à se rendre sur le Net. Cette nuit-là serait la bonne. Faith ignorait pourquoi, mais elle espérait que le meurtrier allait commettre une erreur. Pour l'heure, elle se trouvait là pour une raison toute simple : écouter battre le pouls du Net, repérer les voix qui échappaient au Conseil parce qu'elles étaient trop étouffées, trop discrètes.

Il y avait cependant une chose qu'elle ne comprenait pas. Le bruit courait que le Gardien du Net avait été entraîné à signaler les conversations susceptibles d'intéresser le Conseil. Pourquoi alors le Conseil n'était-il pas au fait des dissensions qui couvaient, des braises de la rébellion ? Et il était clair que ces voix ne lui parvenaient pas, sans quoi elles auraient été impitoyablement réduites au silence, rééduquées jusqu'à ne plus avoir qu'à peine assez de neurones pour des actes aussi basiques que manger et se laver.

Motivée par la pensée du Centre de réhabilitation, Faith s'attela à son objectif d'obtenir un peu d'intimité et s'élança à travers le temps et l'espace pour rejoindre un secteur aux confins du Net. Au même moment, elle dressa les boucliers mentaux qui assuraient son anonymat. Aux yeux de n'importe quel observateur, elle semblerait s'être volatilisée. C'était une manière très simple de semer les traqueurs ; mais, puisqu'elle ne s'était jamais rendue sur ce lien public dont elle avait discrètement enregistré l'adresse lors de sa précédente incursion, ils n'avaient peut-être aucun moyen de la suivre.

Parvenue au lien, elle en fit le tour afin de se fondre dans les flux de données présents sur place. Composées de nouvelles régionales et autres bulletins d'information, les données ne lui livrèrent rien de très intéressant, aussi se détacha-t-elle du flux pour se rendre, légère comme un souffle de vent, dans un salon de discussion public. Les participants débattaient de la théorie de la propulsion, mais elle resta tout de même. Dans l'éventualité où elle ne serait pas parvenue à se débarrasser de ses espions tout en ayant trouvé ce qu'elle cherchait, il ne paraîtrait pas étrange qu'elle s'attarde à un endroit étant donné les différents sujets auxquels elle avait prêté l'oreille.

Elle était une C-Psi, après tout. C'était dans sa nature de se comporter de façon un peu bizarre.

Après la théorie de la propulsion, elle tomba sur un forum consacré au nouveau maître de yoga du Net. Comme il s'agissait d'un moyen très efficace pour apprendre aux

Psis à affiner le niveau de concentration de leur esprit, le yoga était considéré comme un exercice de première utilité. Faith avait cependant commencé à se forger une opinion différente sur ce qui poussait les Psis à pratiquer ce qui avait été autrefois une ancienne discipline spirituelle, et cela n'avait pas le moindre rapport avec la concentration. Peut-être cherchaient-ils simplement à combler d'une façon ou d'une autre leur vide intérieur.

Délaissant le yoga, elle se retrouva dans un salon où il n'était question que du contrat innovant entre DarkRiver, les SnowDancer et les Duncan, une affaire qui rapportait déjà d'immenses dividendes. Même sans en connaître tous les détails, Faith savait que le contrat concernait un projet immobilier destiné aux changelings. Alors qu'il était à l'initiative de la famille Duncan, l'élaboration des plans ainsi que la construction avaient été confiées à DarkRiver sur le principe que seuls les changelings comprenaient les besoins et les attentes des leurs. Les loups SnowDancer avaient apparemment fourni le terrain – par le biais de DarkRiver –, ce qui avait changé le projet en partenariat inédit en son genre.

Faith apprit ensuite que les logements de la résidence avaient été vendus dans leur totalité avant même la mise sur le marché de la première maison. Et les commandes affluaient toujours. Plusieurs esprits suggérèrent que de tels partenariats méritaient d'être menés en Europe avec certains groupes changelings plus civilisés, mais on leur opposa la remarque logique que le fait que les léopards et les loups n'étaient guère civilisés semblait justement être la raison du succès de l'entreprise.

Elle rangea ces informations dans un coin de son cerveau : DarkRiver apprécierait de savoir que la désertion de Sascha n'avait pas éliminé toute possibilité de rapports commerciaux futurs. Le pouvoir de négociation des changelings semblait au contraire s'être accru. Les Psis n'avaient peut-être pas le droit de contacter la fille Duncan rebelle, mais rien n'interdisait de faire affaire avec sa meute. C'était une chose que le Conseil avait eu l'intelligence de ne pas essayer de refréner.

Puis la discussion dévia sur d'autres sujets, et Faith écouta quelques minutes encore avant de s'éloigner. Deux heures plus tard, alors qu'elle commençait à penser que son impression n'avait été qu'un mirage né du besoin d'atténuer son sentiment de culpabilité, elle saisit le fil d'une conversation qui se tenait dans une petite pièce à moitié dissimulée derrière une autre. Étant donné son emplacement, il était clair que les personnes à l'intérieur se réunissaient là sciemment.

— … perdu deux membres au cours des trois derniers mois. On ne peut pas justifier ça par des statistiques.

— Je croyais qu'il avait été établi qu'il s'agissait d'un accident dans les deux cas.

— Les corps n'ont jamais été retrouvés. On n'a rien de plus que la parole de la Sécurité.

— On sait tous qui tire les ficelles de la Sécurité.

Vivement intéressée, Faith resta dans le coin le plus éloigné de la pièce pour éviter d'attirer l'attention sur elle.

— Il paraît que le groupe familial Sharma-Loeb a perdu une femme il y a deux ans, dans des circonstances tout aussi inexpliquées.

— Depuis notre dernière discussion à ce sujet, j'ai recherché d'autres disparitions. Il y en a trop pour qu'elles puissent être expliquées de manière rationnelle, quel que soit l'angle sous lequel on aborde le problème.

— Quelqu'un a une idée de ce dont il pourrait s'agir ?

— Le bruit court que certains éléments de la formation ne fonctionnent pas.

Malin, songea Faith. Le Psi avait choisi de ne pas parler de « Silence » ou de « protocole », deux mots qui auraient risqué d'alerter le Gardien du Net quant à la nature potentiellement dissidente de leur échange. Cette discussion se déroulait pourtant dans l'espace public du Net, ce qui constituait en soi un signe. Soit le Conseil avait relâché sa surveillance, soit les masses prenaient de l'assurance.

Plusieurs des esprits qui menaient la conversation s'éclipsèrent soudain, sans doute pour se rendre dans un lieu plus sûr. Restait à savoir s'ils pouvaient se mettre à l'abri du Gardien du Net ; tenter d'échapper à cet être qui se fondait dans le Net revenait à tenter d'échapper à l'air.

Mais alors, s'interrogea de nouveau l'esprit de Faith, pourquoi le Conseil ne semblait-il pas au courant de l'ampleur de la dissidence ? On ne pouvait pas la qualifier de « gigantesque », mais il n'était pas non plus prudent d'ignorer son existence. Ou alors… ! Une idée révolutionnaire germa dans son esprit. Décidant qu'elle n'avait rien à perdre, elle s'élança dans le Net et poursuivit son errance apparente, croisant sur sa route un nouveau murmure de rébellion.

Mais ces premiers signes de mécontentement ne suffisaient plus à retenir son attention. Même sa quête futile d'informations sur le meurtrier de Marine était passée au second plan ; une impression qui n'était pas loin de ressembler à une vision poussait Faith vers un autre but.

Elle voulait parler au Gardien du Net.

Même si elle n'avait aucune idée de la manière d'établir le contact. Il ne s'agissait pas d'un être vivant selon la définition habituelle. C'était autre chose, une créature unique, le seul de son espèce. Il pouvait ne pas parler, ne pas non plus penser, ni se comporter comme Faith d'aucune manière. Elle ne savait même pas comment le trouver. Il était partout et nulle part.

Puisqu'il l'avait déjà effleurée plusieurs fois depuis son immersion dans le Net, elle décida de se rendre dans une zone calme, à proximité des flux de données les moins intéressants, et d'attendre qu'il repasse. Ce faisant, elle n'écoutait pas les voix de la logique et de la raison ; un certain jaguar lui avait appris que la logique n'était pas toujours la solution. Il fallait parfois suivre son instinct, même si cet instinct était rouillé d'avoir été si longtemps enfoui.

Lorsqu'il survint, le frôlement était si subtil et si familier qu'elle faillit le manquer. Se retournant sur son passage pour le rattraper, elle émit une pensée succincte destinée à une zone restreinte autour de sa propre conscience.

— *Bonjour ?*

Pas de réponse.

— *Tu m'entends ?*

Elle ignorait si le Gardien du Net était présent ou si elle parlait toute seule. Elle supposait qu'il était visible sur un certain plan psychique, ou qu'il avait un noyau fixe auquel le Conseil pouvait accéder, mais c'était en ce cas un secret bien gardé. Puisqu'elle semblait être seule dans le secteur où elle se trouvait, elle décida de tenter le tout pour le tout. Si le Gardien du Net était jeune et qu'on ne l'avait pas formé, il y avait une chance qu'il soit normal. Dans le cas contraire, le Conseil viendrait la chercher.

Je ne suis pas faible, se dit-elle.

Elle entendit la voix de Vaughn, un chuchotement rauque dans son oreille.

« *Non, tu ne l'es pas, mon petit écureuil.* »

S'ils viennent, je me battrai et je m'en sortirai. J'ai un jaguar à apprivoiser.

Gardant cette pensée à l'esprit et Vaughn dans son cœur, elle mit sa vie en jeu.

— *S'il te plaît.*

C'était une phrase banale, mais qui scintillait de conviction, de joie et d'espoir. Longtemps laissées à l'abandon, ses émotions étaient bancales. Mais, dans cet endroit désolé, elles étaient les seules traces de gentillesse.

Quelque chose balaya son esprit un millième de seconde plus tard. Elle en éprouva la texture et s'aperçut qu'elle ne ressemblait à rien qu'elle ait touché jusque-là… Vraiment ? L'image de Vaughn lui apparut dans toute son intensité, et elle ressentit son regard sauvage, sa voix taquine, le plaisir que lui procurait son contact. Il était vivant, tout comme l'était le Gardien du Net.

— ???

CHAPITRE 19

L e souffle court, prenant mille précautions, elle se rapprocha du cercle de pensée déjà restreint.

—*Je m'appelle Faith. Et toi?*

—*???*

Il ne semblait pas comprendre la parole mais avait répondu à l'émotion. En se mordant les lèvres dans le monde physique, Faith prit une longue inspiration avant d'envoyer une image d'elle, plus petite que la moyenne, avec sa chevelure roux foncé et ses yeux de cardinale. Elle n'avait rien d'extraordinaire mais elle était unique. Tout comme le Gardien du Net. Comprendrait-il son message ?

Au cours du long silence qui s'ensuivit, elle crut l'avoir perdu, jusqu'à ce qu'elle soit envahie par une avalanche d'images, un déchaînement qui menaçait de lui écraser l'esprit. Submergée au plan psychique aussi bien que physique, elle se prit la tête entre les mains comme si elle craignait de la voir exploser.

—*Stop!*

Des images de fin, des sensations de douleur.

Brusque pause. Un autre effleurement. Silence.

—*Doucement.*

Accompagné par le pardon, le bonheur du contact, des images qui transmettaient la nécessité de ralentir.

Nouveau silence, comme s'il réfléchissait ou qu'il avait peur. Désireuse de le rassurer, elle évoqua l'un de ses souvenirs préférés : Vaughn lui caressant les cheveux quand elle avait parlé de Marine. Elle s'efforça de transmettre l'insoutenable tendresse de cette caresse à travers la nouvelle pensée qu'elle envoya.

Un déluge d'images quelque peu ralenti lui répondit. Encore brusque, même pour une Psi, mais tolérable. À l'évidence, le Gardien du Net réfléchissait beaucoup plus vite qu'elle, calculait plus rapidement, plus facilement, mais il apparaissait aussi très jeune. Il avait besoin d'apprentissage et même d'attention. Comprenant ses aspirations comme seule, peut-être, pouvait le faire une C-Psi cardinale, elle le laissa lui montrer ce qu'il voulait, ce qui comptait pour lui. Les secrets d'un enfant.

Ce n'étaient pas des images en soi, plutôt des bribes de pensées, des instantanés, des indices propres à lui dévoiler le mystère. Il la testait. Comment le lui reprocher si le Conseil avait vraiment tenté de l'enchaîner ? Ce fut là qu'elle perdit ses dernières illusions sur les dirigeants de son peuple car, après quelques secondes de contact, elle sut que le Gardien du Net était un être véritablement doué de sentiments. En tant que tel, il aurait mérité le respect et la liberté, sans subir de manipulations. Mais, là pas plus qu'ailleurs, le Conseil n'accordait pas la moindre considération à son propre peuple.

Elle avait envie de demander au Gardien du Net pourquoi il avait choisi de lui parler à elle, mais elle n'imaginait aucune représentation susceptible d'illustrer une telle question. En fin de compte, elle envoya une image la figurant en pleine conversation avec un interlocuteur qu'elle laissa flou à dessein. La réponse vint en coup de fouet et elle put constater que le Gardien du Net se voyait comme… le PsiNet matérialisé.

Il avait imité l'image qu'elle avait esquissée d'elle-même mais lui avait donné la couleur d'une nuit étoilée. Elle percevait qu'en dépit de la silhouette féminine il n'était ni féminin ni masculin, mais elle le trouvait beau et tenta de le lui dire.

En réponse, il lui dépêcha un autre autoportrait. Très différent du premier. Juste deux femmes debout l'une à côté de l'autre. La seconde n'était pas illuminée par des étoiles, tellement noire qu'elle n'était plus qu'ombre perdue dans les ombres. Faith essayait encore d'en saisir le sens quand le Gardien du Net lui expédia un cliché d'étoiles noires filant dans sa direction.

Sans prendre le temps de réfléchir, Faith sauta vers un autre point d'attache, en se fiant à son instinct qui lui criait que ces étoiles n'avaient rien d'amical. Soit Kaleb Krychek avait engagé d'autres gens pour faire le sale boulot, soit le Conseil avait découvert que le Gardien du Net était en contact avec un individu non autorisé. Elle aurait plutôt misé sur cette dernière possibilité : Krychek n'était pas du genre à attaquer de front.

— ???

Il l'avait retrouvée. Comme elle ne réagissait pas, il lui adressa des images des étoiles noires perdues sur une fausse piste. Une piste que le Gardien du Net avait laissée en quelques secondes car il était partout à la fois.

Le soulagement souffla dans l'esprit de Faith comme une brise fraîche et elle manifesta sa reconnaissance sous la forme d'un bouquet de fleurs ; alors, tout comme l'enfant qu'il lui rappelait, il multiplia les images au centuple et les lui retourna. Elle avait envie de rire, aussi ajouta-t-elle des copies de ces sensations que Vaughn provoquait en elle quand il plaisantait. Il répondit en lui indiquant un chemin de retour sans danger par lequel elle pourrait échapper à ses poursuivants et aux signaux d'alarme.

De nouveau, elle changea d'avis sur lui ; c'était incontestablement un enfant par certains aspects, mais il possédait aussi une intelligence sans égale qu'elle remercia d'une rose, avant de retourner chez elle en passant par les liens qu'il lui avait fournis.

Elle se glissa dans sa propre enveloppe comme l'eau se mêle à l'eau, son esprit reconnaissant et acceptant la partie mobile de son être. Elle s'en tirait bien mais sa sécurité demeurait des plus précaires. Ses boucliers mentaux restaient inattaquables, cependant, si la survie de la cible ne revêtait aucune importance, un assaut brutal de puissance pourrait la tuer en quelques minutes.

Vaughn avait passé la nuit à défouler son exaspération sur une nouvelle sculpture ; il ne pouvait supporter de travailler sur celle de Faith. Pourtant, malgré ces heures sans sommeil, il débordait d'énergie en fin de matinée. Le félin n'aimait pas se trouver sur le même territoire que les loups, même si on n'y heurtait d'autre limite que la terre et le ciel.

— Joli costume ! fit remarquer Hawke, le chef de meute des SnowDancer qui avait organisé cette réunion.

— Qu'est-ce qu'il y a de si urgent ? grogna Lucas. J'ai un rendez-vous au quartier général des Duncan.

— Sascha y va avec toi ?

Le loup prononçait chaque fois le nom de Sascha comme s'il entretenait une relation spéciale avec elle. Les marques qui balafraient la joue droite de Lucas se firent plus prononcées lorsqu'il serra les dents.

— Heureusement qu'elle t'aime bien. Évidemment qu'elle m'accompagne ! Je ne laisserais pas cette saleté sans cœur de Nikita faire comme si elle n'existait pas. Et ma compagne connaît leurs secrets.

Il avait bien insisté sur le possessif. Vaughn comprenait à présent ce besoin de proclamer, de marquer, d'estampiller.

Hawke désigna son lieutenant d'un mouvement de la tête :

— Indigo a découvert une chose qui va t'intéresser.

Une belle femme de haute taille, aux cheveux noir bleuté et à la peau laiteuse, s'avança. Belle et dangereuse. Vaughn l'avait vue vaincre des hommes de deux fois sa taille sans ciller. Les griffes du félin ne demandaient qu'à sortir.

— Pendant une de mes patrouilles, je suis tombée sur un lynx.

Elle vint se placer à côté de son chef d'une démarche souple qui ne faisait que confirmer ses réflexes acérés.

— Sans autorisation ? s'étonna Vaughn.

Les lois régissant l'entrée sur le territoire de meutes prédatrices étaient pourtant très claires : si on voulait y pénétrer, il fallait en demander la permission. Sinon, dans la plupart des cas, on s'exposait à une mort rapide. C'était rigoureux mais nécessaire. Sans ces lois, les guerres territoriales auraient eu raison de tous depuis longtemps.

— Non, mais ce n'est pas le plus beau, gronda Indigo, les dents serrées. Il était complètement camé au Jax.

Ce psychotrope représentait la drogue de prédilection des Psis.

— Pourquoi un changeling irait se défoncer au Jax ?

Non seulement cette substance qui créait une forte addiction finissait par détruire l'aptitude au langage et toute réflexion rationnelle, mais elle privait ses consommateurs des qualités propres aux Psis. Quelle conclusion en tirer sur leur espèce ?

— Il était trop défoncé pour me le dire. (Indigo plissa ces yeux à la couleur desquels elle devait certainement son nom.) Les Psis sont sûrement derrière ça. Ce sont eux qui ont inventé cette drogue. Cette saloperie de Conseil essaie de nous empoisonner pour ne pas avoir à risquer une attaque de front.

—Le lynx fait partie d'un groupe? s'enquit Lucas.

—Je n'ai repéré aucune odeur spéciale mais ils passent pour aimer la vie en petits clans. (Elle jeta un coup d'œil vers son chef et, sur son acquiescement, poursuivit.) Il était complètement détraqué, et pas comme les Psis quand ils prennent du Jax. Au moment où je l'ai croisé, il avait sa forme humaine, sauf une main qui ressemblait encore à une patte et quelques taches de fourrure sur sa peau.

Vaughn ne voyait pas le problème.

—Il était en train de se métamorphoser?

—Non, bloqué en plein processus. J'ai fini par tirer de son charabia qu'il était bloqué depuis plusieurs jours dans cet état à cause de cette saloperie de drogue.

Horrible pensée. Ne plus pouvoir prendre sa forme animale était comme perdre son âme.

—Où est-il? demanda Vaughn, apitoyé.

C'était cette capacité à ressentir de la pitié qui faisait de lui un changeling plutôt qu'une véritable bête sauvage.

—Mort, répliqua Indigo sans émoi. Je n'y suis pour rien. Je n'aurais pas pu. Ça m'aurait donné l'impression de frapper un louveteau blessé. Je l'amenais à notre guérisseuse quand il a été pris de convulsions. Il s'est transformé à plusieurs reprises. Jusqu'à ce qu'il en meure… Je ne vous dis pas dans quel état.

Son ton disait combien elle en était choquée, attitude plutôt inattendue chez cette femme d'acier.

—Humain, lynx, poursuivit-elle, la peau retournée, les os déplacés. Je n'avais jamais rien vu de pareil.

—Et le corps? demanda Lucas à Hawke.

—Dans la tanière. Nous aimerions que Tamsyn vienne y jeter un coup d'œil avec Lara et les autres guérisseurs.

— Je vais envoyer Nate et Tammy dès la fin de cette réunion.

— Nous pouvons passer les prendre en voiture, proposa Hawke.

— Tu confierais ta compagne à l'un d'entre nous ? railla Lucas.

— La question ne se posera jamais.

À son ton, il semblait certain de ne jamais avoir de compagne. Et, si c'était vrai, sa mauvaise humeur permanente devenait compréhensible.

— Tenez.

Vaughn attrapa la photo que leur tendait Indigo et en eut l'estomac retourné.

— Merde ! maugréa-t-il en la tendant à Lucas. Il faut révéler ça, dire qui fournit cette saloperie aux changelings les plus vulnérables et l'effet exact que ça produit sur eux. Ça devrait dégoûter tous ceux qui voudraient y goûter.

— Je propose qu'on publie ces photos, suggéra Indigo. Une fois qu'on les a vues, on n'est vraiment plus tenté par le Jax.

— Il faut faire vite, dit Hawke. Je ne tiens pas à ce que quelqu'un d'autre se fasse piéger.

Lucas hocha la tête et Vaughn approuva. Quand on était au sommet de la chaîne alimentaire, on avait des responsabilités. En cas d'attaque, les changelings comptaient sur la caste des prédateurs. En Californie, ceux-ci étaient représentés par les SnowDancer et les DarkRiver.

— Cian peut coordonner la diffusion des informations avec votre vieux bibliothécaire.

— Dalton, dit Indigo en rangeant la photo sans plus la regarder. Il est doué pour ce genre de chose. Je vais le mettre en contact avec Cian.

Ils allaient se séparer lorsque Lucas demanda :

— Comment vont les Lauren ?

Il faisait allusion à cette famille de Psis renégats qui avait trouvé refuge chez les loups. Le Conseil les croyait morts, ce qui donnait un avantage stratégique à leurs protecteurs mais pas de quoi compenser les inconvénients à en juger par la contrariété de Hawke.

— Ta compagne a incité Judd à l'aider pour Brenna et tu imagines à quel point Andrew et Riley ont apprécié. Au premier coup d'œil suspect vers leur petite sœur, ils le couperont en rondelles… sauf que ce dingue de Psi a l'air de se moquer de tout ce qui peut lui arriver, ce qui reste encore sa meilleure stratégie de défense. Cela dit, Walker essaie d'entraîner les enfants à se servir de leurs boucliers pour ne pas se trahir accidentellement.

Ne restait que Sienna Lauren. C'était sans doute l'adolescente qui causait la contrariété de Hawke.

— Quant à Sienna, ajouta-t-il, confirmant ainsi la supposition de Vaughn, c'est une autre histoire. Cette sale gamine a plutôt l'air d'une louve déguisée.

— Tu es trop coulant avec elle, fit remarquer Indigo.

Elle n'en paraissait pas moins amusée, ce qui ne manqua pas de faire grogner Hawke.

— Tu trouves ça drôle ? Eh bien, je te charge de lui enseigner l'autodéfense. Elle est à peu près aussi dangereuse qu'un chat domestique, toutes griffes dehors mais incapable de se battre.

Indigo blêmit. Une chose que Vaughn ne se serait jamais attendu à voir un jour.

— Combien de temps ?

— Le temps qu'il faudra.

Satisfait de sa trouvaille, Hawke se tourna vers Lucas :

— On garde tes gens à l'œil. Une bise à Sascha chérie.

Le loup échappa de justesse au coup de griffe vengeur de la panthère.

Vaughn suivit Lucas jusqu'au site de construction du projet Psi-changeling, qui se trouvait non loin du lieu de rendez-vous fixé par Hawke. Son chef et ami s'arrêta devant et poussa un bref soupir.

— Sascha appréhende de voir Nikita. Elle en a eu les larmes aux yeux.

— Je sais.

Vaughn savait ce qu'un enfant ressentait quand sa propre mère lui tournait le dos.

— Ce sera mieux quand il y aura une autre Psi à DarkRiver. Les Lauren sont différents, enfermés dans leur réseau familial. Elle a besoin d'un autre esprit sur la Toile.

Vaughn serra les poings.

— Je ne peux pas forcer Faith.

— Et si tu tentais déjà de la persuader ?

— J'ai trop de mal à me contrôler.

— Sois tranquille, avec toi, elle ne risque rien.

— Le jaguar est si désespéré qu'il est prêt à tout.

Au point que Vaughn sentait ses griffes constamment sur le point de sortir. Comment pourrait-il se maîtriser avec Faith ?

— Alors donne-lui ce qu'il demande, décréta Lucas. On n'est pas des Psis et Faith doit l'accepter avant de faire son choix. Montre-lui qui tu es.

— On ne peut pas dire que j'ai été tendre avec elle jusqu'à maintenant.

— Mais tu ne lui as pas non plus dit ce que tu voulais. Je ressens ta tension et elle affecte déjà les jeunes mâles de la meute.

Lucas ne prenait pas de gants : sensibles comme ils l'étaient à toutes sortes d'odeurs, percevoir les appétits sexuels de Vaughn devait les rendre fous.

— Prends-la ou trouve-toi une panthère pour satisfaire tes besoins.

— Tu tromperais Sascha, toi ?

— Voilà. Tu vois que tu ne peux pas vivre sans elle.

En effet. Ce fut suffisant pour que Vaughn sache ce qui lui restait à faire.

— Tu pourras te passer de moi un jour ou deux ?

Le félin n'en pouvait plus. Il prenait le dessus.

Lucas reporta son attention sur la voiture qui se garait sans bruit en face d'eux.

— Bonne chasse, marmonna-t-il. Moi, je vais embrasser ma femme.

Vaughn se fondit dans la forêt, sa bête savourant déjà la chasse la plus importante de sa vie. Il en avait assez de jouer selon les règles de Faith. Plus rien ne retenait le jaguar et il avait faim. Un rugissement jaillit de sa gorge, âpre et agressif. Faith NightStar allait affronter un prédateur déterminé à la posséder.

Plus de concession. Plus de pitié.

Faith conclut ses prédictions pour les sociétés BlueZ, Semtech et Lillane, puis éteignit l'écran.

— Je vais faire un tour.

— D'accord.

Ce ne fut que dehors et cachée par quelques arbres qu'elle put respirer et se frotter les mains sur son jean. Pour une fois, elle n'avait pas revêtu de robe, alertée au petit matin par une vision.

Un jaguar venait la chercher.

Sa vision lui était parvenue sous la forme d'un avertissement : *Choisis*. Mais elle avait déjà pris sa décision, déjà accepté les revendications de Vaughn. Dès le lendemain, elle ne remettrait plus les pieds dans cette maison, son refuge, son nid. Bien qu'elle n'ait pas réussi à identifier l'assassin de Marine – il n'avait pas mordu à son piège cette nuit ni ce matin –, elle devait se déconnecter du PsiNet. Elle se vengerait malgré tout. Elle le savait.

En rentrant, elle effectua trois autres prédictions avant le déjeuner.

— Tu es sûre de ne pas fatiguer ? demanda Xi Yun.

— Je crois que j'en ai assez fait pour aujourd'hui.

Elle allait avoir besoin de toutes ses forces pour affronter le prédateur qui venait dans sa direction.

— Je peux faire venir une équipe médicale.

— Ce n'est pas la peine. Avec cette augmentation de mon potentiel psychique brut, je voulais voir jusqu'où me mèneraient mes pouvoirs.

— Bien sûr. Tu aurais dû me prévenir. Je te ferai parvenir les détails du scan. On dirait que ton esprit régule ton corps plus efficacement pendant les visions. Aucun pic de stress visible.

— Parfait. (Elle fut prise d'une idée subite.) Je vais dormir pour compenser mes efforts de ce matin, je ne veux pas être dérangée pendant les douze prochaines heures.

— Compris.

— Merci.

Consciente d'être scrutée sous tous les angles pour vérifier qu'elle ne souffrait effectivement pas de stress, elle s'efforça de suivre sa routine quotidienne en gagnant la cuisine où elle se servit un verre de boisson énergétique qui lui apportait la plupart des vitamines et des minéraux dont elle avait besoin, puis mangea lentement deux barres protéinées. Ensuite, elle téléchargea les scans promis et alla les examiner dans le salon.

Elle comptait bien emporter un maximum d'informations en s'enfuyant. Ce serait sa dernière chance d'accéder à des données aussi détaillées, très précieuses pour tout C-Psi dans la mesure où elles contrôlaient chaque région du cerveau. Y compris les plus vulnérables à une dégradation mentale. Quoi qu'il arrive, elle était avant tout une C-Psi, ce qui impliquait un haut degré de vulnérabilité à la folie. Depuis toujours.

Deux heures s'écoulèrent ainsi avant qu'elle s'étire et rentre dans sa chambre, sans cesser d'inspecter ses dossiers. À peine franchi le seuil, elle laissa tomber la comédie et se mit à empaqueter les quelques affaires qu'elle ne voulait pas laisser derrière elle. Pas grand-chose à vrai dire : son agenda électronique, un holoportrait de Marine, téléchargé des bases de données du PsiNet, et un autre de son père. Il estimerait qu'elle les avait trahis en partant ainsi mais, malgré la froideur dont il avait toujours fait preuve, il avait constitué l'unique constante dans sa vie et il lui manquerait. Elle ajouta quelques vêtements de rechange et ce fut tout. Triste conclusion de la vie qu'elle avait eue jusque-là.

En regagnant le salon, elle eut la surprise d'entendre la sonnerie d'un appel entrant.

— Oui ? répondit-elle en audio.

— Ton père désire te parler.

— J'allume l'écran.

— Pas la peine… il est à l'entrée.

La bouche sèche, elle laissa retomber sa main qui était déjà sur le bouton d'activation de l'écran.

— Je vais le retrouver dehors.

Ce n'était pas ce qu'elle avait prévu de dire mais, encore une fois, elle avait été guidée par un pressentiment.

Mettant un terme à l'appel, elle sortit de la maison et suivit le chemin qui menait à la barrière. Anthony ne lui rendait de visite personnelle que lorsqu'il désirait parler d'affaires confidentielles et c'était encore à l'extérieur qu'ils avaient le plus de chances d'avoir une conversation réellement privée. Faith envisageait deux raisons possibles à cette entrevue surprise. Ce pouvait être une simple demande de prévision particulièrement délicate, mais aussi quelque chose de beaucoup plus périlleux : l'annonce de sa nomination au Conseil.

Finalement, elle se retrouva face à lui, cet homme de haute taille à la peau plus sombre que la sienne, aux cheveux noirs, aux tempes argentées, en costume noir, chemise blanche et cravate bleu-noir ; il avait tout du parfait Psi. Comment réagirait-il s'il apprenait qu'elle comptait s'enfuir ?

Arrêtez-la. Par tous les moyens.

— Père.

— Marchons un peu, Faith.

S'écartant de l'allée principale, il s'engagea dans celle qui serpentait à travers le complexe.

— Je viens de recevoir d'étonnantes nouvelles, reprit-il.

Un frisson glacé la parcourut malgré le soleil de ce début d'après-midi.

— Kaleb Krychek ?

À son grand soulagement, elle le vit hocher la tête.

— Selon certaines rumeurs, il aurait décidé de ne plus laisser le choix au Conseil.

— Il fallait s'y attendre.

— Je voudrais que tu te retires de la course.

Elle se tourna vers lui, figée par la surprise.

— Père ?

Anthony s'arrêta devant elle.

— Tu n'as pas reçu l'entraînement qui te permettrait de passer aux manœuvres offensives. Kaleb a des années d'expérience.

— Je sais, mais…

— Tu as trop de valeur pour courir le risque.

Ainsi, sa rentabilité comptait davantage que les ambitions de son père.

— Je comprends. Les affaires sont les affaires. Mais si je voulais maintenir ma candidature ?

— Le clan te soutiendrait, bien sûr. Mais réfléchis bien, Faith. En tant que clairvoyante cardinale, tu possèdes déjà un pouvoir considérable, que tu pourrais continuer à exercer.

— Je suis complètement isolée.

— Cela peut changer si tu le désires.

— C'est vrai ? répondit-elle sans réfléchir.

Anthony la dévisagea un long moment, au point qu'elle se demanda s'il ne soupçonnait pas quelque chose.

— J'ai déjà perdu une fille, reprit-il. Je ferai tout ce qui est en mon pouvoir pour te protéger.

Elle aurait aimé percevoir une émotion, de la tendresse, de l'amour dans cette déclaration, mais savait que ce ne serait qu'un mensonge de plus.

— Tes sources t'ont-elles indiqué quand Kaleb passerait à l'offensive ? ou de quelle manière ?

S'efforçant de voir au-delà des besoins de l'enfant esseulée en elle, Faith reprit sa marche.

— D'ici à deux jours. Quant à la manière, on dit que Krychek aime se servir du PsiNet et qu'il possède un sous-ensemble indéfini de pouvoirs outre ses dons de télékinésie, qui lui permettent d'attaquer sans se faire détecter.

— Tu crois que c'est comparable aux talents de Nikita Duncan ?

— Des virus mentaux ? Non. C'est autre chose. Ces pouvoirs particuliers ont des conséquences uniques et très inquiétantes.

— Je croyais que ses cibles avaient tendance à disparaître ?

— En effet. Mais j'ai découvert que ce n'était pas Krychek qui provoquait ces disparitions, mais les familles des individus eux-mêmes… car elles ne veulent pas être associées à ses victimes.

— Qu'est-ce qui pourrait provoquer une réaction si radicale ?

Elle s'efforçait de rassembler le maximum d'informations sur celui qui allait sans doute devenir le prochain membre du Conseil. Savoir, c'était pouvoir et elle en avait assez de rester impuissante.

— Tu es certaine de vouloir le savoir ?

— Bien sûr.

— Les cibles de Nikita meurent ou sont neutralisées au point qu'elles ne peuvent plus s'occuper d'elles-mêmes… effets comparables à certaines lésions cérébrales. Dommage pour la victime mais rien d'organique ni de génétique, rien qui se répercute sur le groupe familial étendu.

Elle n'avait pas l'habitude de voir son père tourner autour du pot.

— En quoi est-ce différent avec Krychek ?

— Ses cibles sombrent dans la démence.

CHAPITRE 20

F aith était bien contente de se retrouver un pas derrière Anthony car, en cet instant, elle aurait eu du mal à cacher sa terreur.

— La démence ?

— Pour autant qu'on ait pu le déterminer, ses cibles commencent à présenter un comportement des plus erratiques dans les deux jours qui suivent l'infection. Le cinquième jour, elles sont malades, dans tous les sens du terme, bien que le diagnostic psychiatrique varie d'un individu à l'autre.

Elle enfouit la panique et l'horreur qui menaçaient de la submerger et tenta de paraître calme.

— Ça ne fait que me conforter dans ma décision... Je ne tiens pas à devenir folle avant l'heure. En tant que chef de famille, tu devrais en informer le Conseil. Il pourrait s'avérer dangereux pour moi de m'aventurer sur le PsiNet. Du moins jusqu'à ce que Krychek sache que je suis hors course.

— Je m'en occupe dès que je rentre en ville.

Ils revinrent sur leurs pas.

— Merci, dit Faith.

Elle aurait aimé qu'Anthony montre qu'il tenait à elle tout en sachant que ça n'arriverait jamais. Pourtant, c'était son père. Comment ne pas espérer ne serait-ce que son approbation ?

—Faith.

—Oui, père?

—Sois prudente. Krychek pourrait tenter de t'atteindre d'une autre manière. Ne fais confiance à personne tant que nous ne serons pas sûrs qu'il sait que tu as renoncé.

Dans la mesure où elle ne faisait confiance à personne sur le Net, cela ne lui poserait pas de difficulté.

—Et s'il décide de m'éliminer quand même? Je pourrais devenir une rivale par la suite.

—J'ai trouvé un moyen de parer à cette éventualité. Je vais faire savoir partout que tu as été mise en confinement pour cause de processus mentaux anormaux.

En cage. Son père allait la mettre en cage. Faith eut beau tenter de se raisonner, elle ne put s'empêcher d'en souffrir.

—Combien de temps vais-je devoir entretenir cette légende? J'imagine que je vais devoir rester à l'écart du PsiNet?

—Je dirais un an. Il faut que Krychek oublie que tu as jamais pu représenter une menace.

Un an coupée de l'unique liberté qu'elle ait jamais eue.

—C'est à ce point-là?

Quoi qu'il ait pu lui faire par ailleurs, elle avait toujours pensé qu'Anthony s'efforçait de la protéger. Mais là… il cherchait tout simplement à l'enchaîner, prétendument pour son bien.

—C'est une question de vie ou de mort. Un an, ce n'est pas grand-chose dans l'absolu.

Un an, c'était toute une vie quand des décennies de folie vous guettaient. En revanche, si elle se déconnectait du PsiNet, Vaughn trouverait peut-être le moyen de guérir son esprit brisé. C'était un rêve impossible, elle le savait. Mais peu importait, il lui resterait davantage d'années de santé mentale que si elle se laissait enfermer, d'autant qu'à l'évidence on ne l'en laisserait plus jamais sortir ; pour toutes sortes de bonnes raisons, on la garderait à l'isolement, la forçant à travailler comme la machine qu'on avait déjà presque fait d'elle.

— J'accepte trois mois. Ensuite, il faudra réexaminer la situation.

Impossible de capituler alors que, jusque-là, son attitude avait donné à Anthony de bonnes raisons d'en attendre davantage d'elle.

— Soit. Reste à l'écart du Net.

— Oui.

Dans un jour, dans quelques heures peut-être, elle se serait déconnectée du PsiNet pour toujours. Et si Vaughn ne la rattrapait pas dans sa chute, elle aurait également quitté ce monde. Elle se demandait si son jaguar savait à quel point elle comptait sur lui.

— Au revoir, Faith.

— Au revoir, père.

Faith s'obligea à regagner la maison, malgré sa crainte de ne pouvoir jamais en ressortir. La porte se referma derrière elle dans un léger déclic qui lui fit l'effet d'un claquement définitif. Avec un soupir, elle parvint à contenir sa panique naissante dans une minuscule case de sa psyché et se dirigea vers le tableau de communication.

Xi Yun répondit en quelques secondes.

— Que puis-je faire pour toi, Faith ?

— Tu pourrais m'envoyer quelques-uns des premiers rapports sur mes processus mentaux durant les visions ? Je voudrais les comparer avec les scans actuels.

Pas dans l'immédiat mais un jour.

— Jusqu'à quand voudrais-tu remonter ?

Elle marqua une pause. L'agenda pouvait traiter une énorme masse de données mais tout de même pas sur vingt-quatre ans.

— Jusqu'à mon seizième anniversaire.

L'âge auquel ses aptitudes s'étaient relativement stabilisées.

— C'est la période que je recommanderais, fit remarquer Xi Yun. Auparavant, tu étais encore quelque peu erratique.

Le conditionnement prenait officieusement fin à seize ans, les deux années suivantes servant à s'assurer qu'aucune « erreur » n'avait été commise. Silence l'avait-il aidée à discipliner son don de clairvoyance ou avait-il retardé la croissance de son esprit jusqu'à ce qu'il produise des processus jugés acceptables et non plus erratiques ? Ce fil de réflexion l'amena à une tout autre idée.

— Comment va Juniper ?

— Très bien pour une enfant de huit ans. Ses dons sont loin d'égaler les tiens à son âge mais, en comparaison avec d'autres de sa tranche d'âge, elle assimile le protocole à une vitesse impressionnante.

Autrement dit, la jeune clairvoyante de rang 8,2 devenait une machine plus vite que les autres.

— Pourrais-je voir aussi ses scans ? J'envisage de la former.

Offre des plus légitimes de la part d'une cardinale envers un jeune membre de sa famille.

Ce genre d'aide revêtait une importance capitale dans le domaine restreint de la clairvoyance, si bien que Faith ne s'en voulut que davantage de sa défection. Mais elle comptait bien trouver un moyen d'aider Juniper et ses semblables de l'extérieur.

— Je vais voir ça avec son tuteur, mais je ne pense pas que ça posera un problème. C'est toi qui leur sers de modèle durant les cours de clairvoyance.

— Quand pourras-tu me transmettre ces informations ?

Il était un peu plus de 16 heures.

— Ce sera fait dans l'heure.

Elle aurait largement le temps de télécharger les dossiers avant que Vaughn soit la traque.

Vaughn approchait de la barrière qui entourait le complexe de Faith, en retard de plusieurs heures sur ce qu'il avait initialement prévu. Il s'était trouvé à mi-chemin quand une alerte sur la Toile lui avait fait faire demi-tour : Sascha qui appelait au secours pour Dorian. Comme il ne captait pas les paroles à travers leur lien, il avait dû se rendre jusqu'à la maison la plus proche appartenant à un membre de la meute afin de demander où était Dorian, ce qui n'avait fait que le retarder davantage.

En arrivant sur place, il avait trouvé Dorian débordé par des jeunes en colère. La sentinelle les tenait encore sous son contrôle mais, à l'évidence, il avait dû distribuer quelques claques pour se faire obéir. Kit avait la lèvre fendue et Cory la mâchoire brisée, semblait-il. Les autres étaient contusionnés et tous nus sauf Dorian ; preuve s'il en fallait qu'ils étaient arrivés en tant que léopards.

— Qu'est-ce qui s'est passé ? demanda Vaughn en reprenant forme humaine.

Dorian se passa la main dans les cheveux.

— Kit a entrepris de faire la cour à Nicki alors que Cory croyait en avoir l'exclusivité.

— Tout ça pour une fille ?

Vaughn n'en croyait pas ses oreilles, d'autant que les jeunes filles de la meute proclamaient tenir par-dessus tout à leur liberté.

— Tout ça parce que ces deux crétins se sont servis de cette excuse pour confronter leurs « meutes » respectives afin de déterminer qui est le plus dominant des deux.

Dorian capta le regard de Vaughn. Tous deux savaient que c'était Kit qui avait l'odeur d'un futur chef de meute : plus vif, plus coriace, plus agressif que les autres. Mais, tant qu'il n'aurait pas prouvé sont statut, ce n'était qu'un jeune parmi les autres.

— Kit, lança Vaughn en l'attrapant par la peau du cou, qu'est-ce que c'est que cette histoire de meute ?

Le garçon essuya du dos de la main le sang qui lui coulait de la bouche.

— C'est juste un groupe d'amis.

Vaughn ne dit rien mais garda l'œil rivé sur lui.

Le gamin haussa les épaules, le regard toujours brillant de colère. Voilà pourquoi les jeunes mâles dominants avaient tant besoin d'être encadrés, rigoureusement rappelés à la discipline. Sinon, ils auraient vite fait de mal tourner.

— Et alors ? grommela-t-il en serrant les poings. On a bien le droit de dire qu'on forme une meute. Ça ne compte pas.

— Cory ? demanda Vaughn au garçon dégingandé adossé à un tronc d'arbre. Tu es de cet avis ?

— Ouais, maugréa-t-il en crachant du sang.

Dorian en gifla deux autres qui, dans un accès d'adrénaline, avaient tenté de reprendre les hostilités.

— On se calme ou je vous casse la figure !

Pas de protestation. Malgré son incapacité à se transformer, Dorian était également une sentinelle. Il était parfaitement capable de tordre le cou à ces enfants sans même y penser.

Vaughn se retourna vers Kit. Quoi qu'en pense Cory, c'était Kit qui donnait l'exemple aux jeunes.

— Si c'est toi le chef de meute, tu ne verras pas d'inconvénient à ce que je défie ton autorité.

— Quoi?

— Tu veux commander ta propre meute? Bien. Mais dans ce cas tu renonces à faire partie de DarkRiver. (Une vérité dure à entendre mais néanmoins indiscutable.) On n'a pas signé de traité avec toi, autrement dit, tu transgresses la loi. J'ai le droit de te tuer pour avoir pénétré sur notre territoire.

Virant au vert, Kit essuya un autre filet de sang.

— On ne veut pas se séparer de DarkRiver.

— Il n'y a qu'une seule meute ici. Et aucun de vous n'en est le chef.

Vaughn les regarda l'un après l'autre. Plusieurs baissèrent la tête.

— Si vous voulez défier Lucas pour prendre sa place, je vous respecterai quand vous y parviendrez. En attendant, vous n'êtes qu'un tas de mômes geignards qui fichent la pagaille dans notre réseau de défense en détournant deux sentinelles de leur poste.

Plus d'un afficha un air offensé mais, bien entendu, ce fut Kit qui répondit :

— On ne vous a pas demandé d'intervenir.

Vaughn appréciait l'intrépidité du gamin, mais ça ne l'empêcherait pas de le remettre à sa place. Surtout après ce qu'il avait aperçu au cours de sa rapide reconnaissance avant d'arriver sur les lieux. D'un coup d'œil, il fit signe à Dorian de relever un jeune évanoui derrière un arbre pour le jeter aux pieds de Kit.

— Regarde ce que tu as fait.

Avec la poitrine ainsi ouverte, s'il avait été humain, il serait déjà mort. Sans tenir compte de sa blessure à la tête.

—Tu crois que tu aurais pu mettre fin à tout ça sans l'intervention de Dorian ?

—Merde ! déglutit Kit. Oh, merde ! je ne me suis pas rendu compte... Jase va s'en sortir ?

D'un seul coup, il était redevenu un petit garçon, loin du chef de meute qu'il finirait par devenir.

Vaughn le relâcha mais ce fut Dorian qui répondit :

—Tamsyn va revenir de la tanière des loups. Tu te sens capable de lui amener Jase sans le tuer en route ?

—Oui.

—Je vais t'aider, intervint Cory, une main sur la mâchoire.

Les deux garçons se regardèrent avant de se tourner ensemble vers les sentinelles.

—On s'en occupe tout de suite.

—Je n'ai plus confiance en toi, rétorqua Dorian.

Vaughn vit immédiatement l'effet produit sur Kit : ce gamin vénérait la sentinelle, le considérant comme un grand frère. Néanmoins, il parvint à seulement hocher la tête.

—On l'emmène chez Tammy, juré.

—Je veux vous voir, tous autant que vous êtes, demain au Cercle de la meute. Ce sont les femmes qui décideront de votre punition.

Ce qui n'était pas une faveur de la part de Vaughn. Les femmes léopards se montraient impitoyables devant tout manquement à la loi de la meute, car elles savaient que sans elle leurs enfants finiraient par s'entre-tuer.

La meute ne faisait qu'un.

C'était la règle suprême.

Plusieurs heures furent nécessaires pour réparer les dégâts provoqués par les jeunes ; d'autant qu'il fallait localiser et prévenir les parents de Jase ainsi que les mères chargées de la discipline. Il n'était pas loin de 17 heures lorsqu'il atteignit le complexe de Faith et il se sentait habité d'une telle possessivité qu'il aurait sans doute mieux fait de ne pas la rejoindre à ce moment-là. Mais il ne pouvait attendre davantage.

Il allait escalader un arbre d'où il comptait sauter de l'autre côté de la clôture quand il flaira sa proie non loin. Surpris, il se tapit sur place, humant l'odeur qui se rapprochait, jusqu'à ce qu'il perçoive les battements de son cœur, le bruit de sa respiration. Elle s'arrêta à quelques pas de lui et, le voyant sortir de l'ombre, elle hocha la tête :

— Je suis prête.

Cette reddition inattendue calma quelque peu la bête. Il l'entraîna dans le bois jusqu'à l'une de ses caches avant d'échapper à sa vue le temps de reprendre forme humaine et d'enfiler un jean : ce n'était pas le moment de repousser les limites de Faith davantage qu'elle venait de le faire elle-même. Pourtant, lorsqu'il la rejoignit, elle avait l'air inquiète.

— Tu as les yeux plus félins qu'humains.

— Je sais.

Elle se rapprocha de lui.

— Je viens chez toi.

— Combien de temps ?

Il comptait la garder. Ce n'était pas la question. Il voulait juste savoir à quel point il devrait insister.

Elle lui posa la main sur le cœur, faisant instantanément gronder le félin, qui en réclamait davantage.

— Pour toujours.

Dernière réponse à laquelle il s'attendait mais, d'instinct, il savait que faire. Il porta cette main à sa bouche pour en baiser le bout des doigts. Le rythme cardiaque de Faith s'accéléra mais elle ne retira pas sa main. Le jaguar était ravi.

—Monte! dit-il en lui présentant son dos.

Après une courte hésitation, elle lui agrippa les épaules tandis qu'il posait les paumes sous ses cuisses, percevant aussitôt sa peur, sa gêne et son désir. Mais, dès qu'il se fut redressé, elle l'entoura de ses jambes.

Pris d'euphorie, Vaughn courut à travers la forêt dans la lumière languissante du jour qui baissait; la nuit tombait plus vite sous la canopée. Malgré son sac et la longue distance, le poids de Faith n'était rien. Le jaguar se glorifiait de l'amener sur son territoire, dans son monde, bien qu'il leur reste à la déconnecter en toute sécurité du Net. Mais cela pouvait attendre qu'elle soit prête. Il lui fallait d'abord la conquérir à un degré plus primaire.

Il l'emporta dans les profondeurs du territoire DarkRiver et encore plus profondément sur son propre domaine, pour ne s'arrêter que dans la chambre de son antre, là où il n'avait encore jamais amené de femme. Il la laissa descendre, s'étirer, regarder autour d'elle car, à présent qu'elle se trouvait chez lui, il se sentait capable d'attendre encore un peu.

Si elle parvint à conserver sa tranquille expression de Psi, elle ne put camoufler quelques lueurs d'étonnement sporadiques.

—Quelle maison extraordinaire! On dirait qu'elle fait partie de la forêt.

Il laissa échapper un soupir.

—Tu veux que je prenne une douche?

Elle se figea, le regard tourné vers la cascade derrière lui.

—Quoi?

—Cette course m'a fait transpirer.

Si la nuit tombante apportait le froid et un vent mordant, il avait encore la peau couverte d'une fine couche de sueur.

—Oh! souffla-t-elle. Non, ça ne me dérange pas!

Il regarda sa bouche tandis qu'elle parlait, s'apercevant d'un coup qu'il s'était approché sans même s'en rendre compte. Il lui passa un doigt sur les lèvres.

—Je voudrais te dévorer.

Le désir lui embrumait le cerveau. Il *avait envie.* Il n'en pouvait plus d'attendre. Faith était sa compagne. Il avait le droit de la prendre. Alors qu'il penchait la tête pour lui voler un baiser, une pulsion inattendue s'empara de lui, cet instinct protecteur qui lui interdirait à jamais de la faire souffrir. Or, s'il la prenait maintenant, il pourrait bien la briser à jamais.

Ramené à des pensées plus civilisées par cette impitoyable vérité, il s'efforça d'accomplir l'action la plus difficile de sa vie. Il recula.

—Je pourrais te faire mal si nous continuons comme ça.

Il était trop excité, trop puissant pour prendre le risque de perdre tout contrôle en plein élan de passion.

La voyant déglutir, le félin eut envie de lui lécher le cou, de saisir sa trachée dans sa gueule pour sentir battre son cœur. Il était question de sexe, pas de douleur. L'idée de lui faire du mal lui était insupportable, mais il craignait de céder au désir violent de la bête et de perdre toute capacité de pensée rationnelle. Et, lorsque l'homme reprendrait le contrôle, il pourrait bien découvrir la peau de Faith à jamais marquée par ses griffes et ses crocs. Cette éventualité le terrifia comme jamais.

—Vaughn, dit-elle, ça va. Je sais que tu ne me feras pas de mal. C'est de mon conditionnement et de l'impact qu'il pourrait avoir que nous devons nous soucier.

—Je pourrais te mettre en pièces si mon félin prenait le dessus. Je ne m'en rendrais même pas compte.

Sa voix n'était plus qu'un grondement. Sa bête lui avait sauvé la vie durant son enfance mais, en échange, elle avait pris le contrôle sur lui.

— Je te désire tellement que je pourrais te faire du mal sans le vouloir.

Faith ne se rapprocha pas, mais continua de le dévisager de ses yeux de firmament chatoyant dans la pâle lumière de cette grotte qu'il considérait comme sa demeure, et qui semblait avoir un effet apaisant sur Faith. Cette constatation l'avait surpris mais, à présent, il en était heureux. Au moins se sentait-elle à l'abri dans ce lieu. Chez *lui*. Jamais il n'en profiterait pour la prendre au piège et la malmener.

— Plus nous attendrons, dit-elle de sa voix raisonnable de Psi malgré les éclairs qui lui traversaient les yeux, pire ce sera. J'ai compris que tu avais besoin de contact et que je t'en ai privé.

— Si on ne me retient pas, je ne sais pas de quoi je suis capable.

Commentaire désinvolte destiné à cacher une authentique frustration : se sentir si près d'elle et ne pouvoir la toucher. La douleur devenait insupportable.

— Eh bien, on n'a qu'à t'attacher.

Félin et humain se figèrent.

— Quoi ?

Elle rougit légèrement.

— Peut-être que ça m'aiderait, moi aussi, de savoir que je peux repartir à tout instant. Le contrecoup du conditionnement en serait alors moins fort.

— M'attacher ? demanda-t-il.

— Ce n'était qu'une suggestion. Désolée si je t'ai offensé.

— Je ne suis pas offensé, mais je préférerais ne pas me retrouver impuissant à te défendre s'il arrivait quelque chose.

— Tes réflexes sont plus vifs que ceux de n'importe quelle autre créature. Je mettrais un ou plusieurs couteaux à portée de main. Tu pourras les attraper et couper tes liens si nécessaire.

— Je te dis que je suis dangereux et tu veux poser des couteaux à côté de moi ?

— Vaughn, tu as peur de me faire du mal parce que tu me désires trop. (La logique Psi combinée à une touche de tempérament féminin.) À moins que tu m'aies caché quelque chose, je ne crois pas que l'idée d'utiliser des couteaux contre moi puisse beaucoup t'exciter.

Elle avait raison. Il ne craignait pas de la blesser à dessein mais en pleine action, alors qu'il la goûterait, se glisserait dans son corps.

— Arrête, murmura-t-elle, si tu ne veux pas… jouer.

Il capta l'utilisation du terme changeling, en même temps que le musc puissant du désir féminin. Et se rappela qu'il ne serait pas incapable de la séduire, même attaché. Il alla chercher dans un coin de la chambre une vieille chemise qu'il tira d'un coffre et, à l'aide de ses griffes, en coupa des bandes d'étoffe.

— Je suis à ta merci, petit écureuil.

Rétractant ses griffes, il lui passa les bandes. Elle rougit mais ne le quitta pas des yeux tandis qu'il plaçait plusieurs armes à des endroits faciles à atteindre autour du lit.

— Vaughn ?

— Oui ?

— Si je n'y arrive pas, ça te blessera ?

— Ça oui ! mais je n'en mourrai pas. Ne t'inquiète pas. Si tu n'en peux plus, lève-toi et va-t'en. Si tu as l'impression que je suis redevenu félin, ferme à clé derrière toi et prends la voiture. Et fonce. (Il lui montra les clés.) Elle se trouve dans la grotte à gauche en entrant. Tu te souviens du chemin de la sortie ? Tu dois l'emprunter sans te tromper pour ne pas déclencher les pièges.

Curieusement, il ne flaira aucune peur dans son odeur.

— J'ai une excellente mémoire. Ne t'inquiète pas pour moi.

— Tu n'aurais pas eu une vision là-dessus ?

— N… non… (Sa façade Psi s'altéra.) Je n'ai jamais rien vu d'aussi agréable.

Elle posa les yeux sur les mains de Vaughn alors qu'il défaisait son jean et le retirait. Elle le regardait avec une telle intensité que son érection déjà douloureuse se mit à vibrer au rythme des battements de son cœur.

— Comment sais-tu que ce sera agréable ? demanda-t-il en allant s'allonger sur le lit.

Le souffle à peine audible, elle se rapprocha et lui attacha un poignet à la tête de lit. Le félin gronda mais n'essaya pas de se libérer.

— Parce que le seul fait de te regarder me procure le plaisir le plus extrême que j'aie jamais ressenti.

— Bon sang, bébé, ligote-moi avant de te mettre à dire des choses pareilles !

Il ne plaisantait pas. Il connaissait sa bête, en connaissait les limites et les exigences.

Elle contourna le lit pour lui lier l'autre main avant d'attaquer les pieds. Le jaguar n'appréciait plus du tout, ses griffes le démangeaient intérieurement et un grognement le prit à la gorge. Tout en obligeant la bête à rentrer, il écarta les jambes pour aider Faith. Pourtant, il savait qu'à un moment donné il finirait par perdre la bataille contre le félin.

— Les portes sont closes, articula-t-il d'une voix très basse. Si tu dois t'enfuir, ne me préviens pas et ne prends pas le temps de te rhabiller. Va-t'en !

— Pourquoi tu t'accordes si peu de crédit ?

— Tu ne connais pas ma bête. Fais ce que je te dis.

— Vaughn, je sais me défendre.

— Oui, mais as-tu déjà tué ? Parce que, à mon sens, c'est le seul moyen que tu auras de me neutraliser.

— Tu ne me feras pas de mal, mais… (elle leva la main pour l'empêcher de l'interrompre) mais je promets d'agir comme tu me l'as demandé si ton félin s'en prend à moi. Juré.

Rassuré, il hocha la tête. Puis la regarda tel un fauve sa proie. À cette différence près que, cette fois, il ne pouvait bondir. Il se demandait ce qu'elle allait faire, si elle allait le torturer. L'idée en soi n'avait rien de déplaisant… Un peu de torture au lit, voilà qui pouvait être amusant. Il ne s'interdit de penser qu'à une chose : qu'elle aille jusqu'au bout et l'accepte en elle.

Elle arriva en rampant près de lui.

— Je peux te toucher ?

Question des plus polies, alors qu'un enfer brûlait dans les pupilles de cette Psi incapable de jurer qu'elle pourrait s'affranchir complètement de son conditionnement, et pourtant assez audacieuse pour tenter le coup. Comment s'étonner qu'elle soit sa compagne ?

— Où tu voudras.

Si seulement il pouvait l'embrasser. Incapable de combler ce désir, il se laissa aller à s'imaginer caressé par la douceur de ses lèvres, dont le souvenir ne faisait que tendre davantage ses muscles.

— Moi aussi j'aime embrasser, dit-elle, les yeux brillants.

Il aimait la tenter de ses pensées les plus érotiques.

— Alors viens.

— Vaughn, tu ne crois pas que je devrais d'abord me déconnecter du Net… Et si mes boucliers tombaient ?

— Tu pourras te déconnecter à la seconde où ils lâcheront. Je te rattraperai.

C'était même déjà le cas mais elle ne semblait pas prête à accepter la profondeur de leur connexion.

— Dans ce cas, murmura-t-elle, j'attendrai que ça devienne inévitable. J'ai des choses à faire.

— C'est ça, dit-il avec sensualité pour cacher une pointe de tristesse. Embrasse-moi.

— Excellente idée.

Lui prenant la tête des deux paumes, elle posa la bouche sur la sienne, dans un baiser totalement féminin, doux, fureteur, plutôt cajoleur que ravageur. À son grand étonnement, Vaughn put ainsi constater qu'il aimait être cajolé, tout comme son félin, qui se détendit, satisfait.

Lorsqu'elle glissa la langue entre ses lèvres, il les ouvrit pour la laisser le goûter, et il en fit autant. Il sentit ses genoux contre son côté mais elle restait hors d'atteinte. N'appuyait pas ses seins contre son torse comme il l'aurait voulu. Il l'imagina en train de l'embrasser nu, corps contre corps, dans une union si électrique qu'elle pourrait griller toutes les terminaisons nerveuses de Faith.

À bout de souffle, elle se redressa et il savoura la vision de ses yeux lançant des éclairs, de ses lèvres humides, de sa peau rosée d'excitation. Rien que le parfum de la jeune femme agissait déjà comme une drogue sur ses sens. Une profonde inspiration apaisa sa faim et alimenta le feu. Il attendit.

CHAPITRE 21

F aith était si tendue qu'elle avait l'impression que sa peau allait craquer. La jeune femme avait envie de se frotter contre la beauté de l'homme allongé devant elle, contre cet être sensuel qui affolait tous ses sens inassouvis. Son conditionnement la prévenait que trop de sensations après une vie de torpeur pourraient provoquer un effondrement mental brutal, mais elle n'écoutait pas.

Tout en se léchant les lèvres, elle appliqua une paume sur le torse de son jaguar et sursauta lorsque son geste le fit frémir. Elle releva la tête pour croiser son regard et s'aperçut qu'il avait les yeux fermés. Il ne cherchait pas à cacher son plaisir et s'abandonnait entièrement à ses caresses, lui donnant la confiance en elle qui lui avait manqué jusque-là.

Quand elle retira sa main, un grondement lui répondit, ce qui ne l'empêcha pas de ramener les doigts vers sa taille ; il se tut soudain pour l'observer qui soulevait son tee-shirt à l'étoffe légère, le passait par-dessus sa tête puis le jetait au sol. Elle portait un soutien-gorge en coton blanc, purement fonctionnel, pourtant le regard de Vaughn lui donna l'impression d'avoir choisi un sous-vêtement des plus affriolants.

Il se débattit soudain.

—Je veux goûter. Viens là.

309

Sans vraiment comprendre ce qu'il demandait, elle se pencha et lui effleura la bouche.

— Que veux-tu goûter ?

Il lui mordit légèrement la lèvre inférieure.

— Tes jolis seins.

— J'ai encore mon soutien-gorge.

— Enlève-le.

Faith fut déconcertée par sa propre réaction à la tentative de Vaughn de reprendre le contrôle des opérations. Elle ne ressentit aucune crainte, mais fut parcourue d'un frisson de plaisir ; spectaculaire contraste avec ses réactions négatives lorsqu'il avait tenté de la dominer en d'autres situations.

C'était là une intéressante dichotomie que la Psi en elle aurait certainement aimé analyser. Cependant, en cet instant, elle réfléchissait avec son corps. Et cela lui plaisait. Mieux. Elle *adorait*. Son conditionnement était bien plus fragilisé qu'elle ne l'avait imaginé. Elle s'en moquait.

Elle se redressa, défit l'attache de son soutien-gorge et le laissa glisser le long de ses bras, de ses doigts. Savoir que Vaughn ne pouvait ni la toucher ni la bousculer lui donnait la force de continuer et n'en pimentait que davantage une situation déjà hautement érotique qui reposait sur la confiance. Jamais Vaughn n'aurait laissé quelqu'un d'autre le ligoter ainsi.

Il gronda de nouveau mais, cette fois, elle remarqua une différence : ce n'était plus une menace mais une demande. Envoyant promener son soutien-gorge, elle s'installa à califourchon sur son compagnon. Il lui aurait suffi de reculer de quelques centimètres pour frotter son sexe moite contre son érection.

Pitié.

La tentation était immense, cependant la raison l'emporta : elle ne pouvait submerger ses sens aussi brutalement.

Elle n'avait pas atteint ses limites. C'était juste une question de rythme.

Laissant ses cheveux tomber en cascade autour de leurs deux têtes, elle se pencha de nouveau mais prit garde de ne pas trop approcher ses seins de la bouche de Vaughn. Sans trop savoir pourquoi elle le taquinait ainsi, alors qu'elle ne s'en serait même pas crue capable, elle constatait quel plaisir cela lui procurait. Son jaguar était exigeant mais pas fâché qu'elle ne cède pas immédiatement à toutes ses demandes.

Instinctivement, elle promena un doigt autour de sa bouche et, quand il fit mine de la mordre, elle céda et le lui glissa entre les dents ; il le suça si fort qu'elle en frissonna de partout.

Le résultat fut puissant, vertigineux, avec un effet inattendu.

— Mes seins me font mal.

Dire qu'elle s'en plaignait ouvertement…

Il la laissa récupérer son doigt.

— Viens là.

Trop contente de l'exaucer cette fois, elle contempla cette bouche qui se fermait sur son téton. À ce contact, son esprit se vida avant d'être submergé par une délicieuse onde de choc de plaisir. Elle agrippa les draps près des épaules de Vaughn mais ne s'éloigna pas. Dans son ardent désir d'en recevoir davantage, elle devenait de plus en plus dépendante de lui.

Elle sentit un cri se bloquer dans sa gorge lorsqu'il tourna son attention vers le sein dont il ne s'était pas encore occupé ; comme il se mettait à tirer doucement dessus du bout des dents, elle se pencha davantage, fermant sur eux le rideau rouge de ses cheveux. Une décharge électrique la traversa de part en part. Sa raison partait en lambeaux. Elle s'en moquait.

Changeant d'objectif, Vaughn attaqua le dessous si délicat de son sein. Elle eut l'impression que son cœur cessait de battre.

Dans un cri incohérent, elle se mit à convulser, uniquement stoppée par le rugissement de Vaughn qui déchira la douce obscurité. La jeune femme se figea, s'apercevant seulement alors qu'elle s'était frottée contre son membre. Vaughn tirait sur ses liens, les muscles des bras et des épaules bandés. Elle prit alors conscience qu'il lui suffirait de forcer un peu pour se libérer.

Mais il n'y avait pas encore de danger. Le pouls toujours irrégulier, elle recula un peu, libérant sa chaude et longue érection.

— Reviens, ordonna-t-il, la voix rauque de sa sensualité animale de changeling.

Secouant la tête, elle referma la main sur son membre. Il se cambra.

— Ta peau est si chaude, haleta-t-elle, si douce.

— Assez, gronda-t-il.

— Non.

Elle ne lâcherait prise que quand elle en aurait fini : si la douleur du conditionnement la laissait estropiée, une telle occasion ne se reproduirait jamais. Et elle avait envie de faire tant de choses au magnifique homme à sa merci…

— Ça ira mieux si tu ôtes ton jean.

Elle cligna des yeux, surprise de constater qu'elle avait changé de position, au point d'écraser la douleur entre ses jambes contre une cuisse puissante. Elle n'en serra que davantage la paume sur lui. Il poussa un soupir étouffé.

— Vire-moi ce jean !

— Dans ce cas, il va falloir que j'arrête ce que je fais…

Les prunelles de Vaughn devinrent encore plus félines, si c'était possible.

—Imagine le bien que ça te fera.

Des images explicites se heurtèrent dans l'esprit de Faith, où elle se voyait nue au-dessus de lui, en train de frotter son sexe humide contre sa cuisse. L'image était tellement précise, tellement sensuelle qu'elle en huma presque l'odeur. Jusqu'à ce qu'elle s'aperçoive que ce parfum musqué provenait effectivement d'elle. Et qu'il rendait Vaughn complètement fou.

—Tu me vires ce jean ou je te l'arrache, maugréa-t-il.

Ses griffes lui traversèrent la peau, mais il n'essaya pas de rompre ses liens.

Un reste de raison dit à Faith qu'elle allait trop loin, que ce contact allait finir par lui provoquer un effondrement mental catastrophique, mais elle ne pouvait plus l'écouter. Si elle avait cessé de réfléchir, c'était également le cas de Vaughn ; ni l'un ni l'autre ne se rendant compte qu'ils avaient oublié d'évoquer le plus grave de tous les risques.

—*Fais-le !*

Lâchant son membre brûlant, elle se leva pour retirer jean et culotte, captant au passage l'expression de Vaughn : vorace comme n'importe quel jaguar affamé. Il laissa son regard se promener sur ses seins nus avant de descendre vers son entrejambe. Et elle comprit.

Il avait envie de la dévorer.

Mais c'était elle qui menait ce jeu intime et elle assouvirait ses désirs en premier. Elle se remit à genoux et referma de nouveau la main sur son membre. Il se tendit dans l'anticipation de ce qui allait suivre mais, s'il ne savait pas ce qu'elle ferait de lui ensuite, elle n'était pas bien sûre non plus. Tant de contacts, tant de sensations, tant de désir s'étaient emparés de son esprit qu'elle n'était plus sûre de rien.

—Mais c'est moi qui joue avec toi, déclara-t-elle avec possessivité.

Le rugissement qu'il poussa éveilla le cœur sauvage de Faith, une partie d'elle-même contenue sa vie durant qu'elle ne savait pas même posséder et qui ne demandait à présent qu'à s'exprimer.

Elle laissa courir ses ongles sur son torse. Sans ménagement.

Encore une fois, il tira sur ses liens en lui jetant un regard féroce.

— Encore!

Inondée par les images des fantasmes de Vaughn, elle plongea la tête vers son cou et le mordilla doucement. Jouant, goûtant, taquinant. Il s'arc-boutait vers elle, et elle se pressait contre lui. Chaleur étouffante, plaisir brut. Gémissante, elle frottait son entrejambe humide contre lui au point qu'ils en perdirent la tête, comme s'ils n'avaient jamais eu de pensées cohérentes dans cette vie.

Ni l'un ni l'autre n'articula un mot lorsqu'elle s'assit et le guida en elle. Il était si massif. Elle aurait dû aller lentement, mais elle n'en était plus à se conformer à ce qu'elle aurait dû faire. La douleur cuisante d'une soudaine déchirure ne l'arracha pas à sa ténébreuse passion. Il était beaucoup trop tard pour ça. Son cœur sauvage avait pris le contrôle de son être.

Elle entreprit de le chevaucher et il se cabra et rua malgré ses liens, tandis qu'elle allait et venait le long de son imposante virilité. Elle recommença en criant. Et encore. Et encore.

Jusqu'à ce que son esprit cesse d'exister.

Faith était encerclée par les flammes. À la fois rugueuses et délicieusement douces, le contraste des textures l'incita à ouvrir les yeux. Sa joue reposait sur une peau luisante et ses doigts effleuraient un torse à la toison dorée, lui donnant l'impression de caresser un grand félin. Cette dernière pensée fit céder une sorte de barrage duquel les souvenirs jaillirent par flots, la faisant s'éveiller dans un soupir.

— Chut !

Vaughn lui passa une main dans le dos tout en lui débarrassant le front de ses mèches humides.

— Tu t'es libéré, constata-t-elle en voyant les liens qui pendaient de la tête de lit.

— Hmm.

Il roula légèrement de côté de façon qu'elle se retrouve à moitié sous lui et le laisse lui embrasser la gorge.

— Je n'en suis pas morte.

Elle se rappelait cette explosion dans son esprit, alors que tout ce qu'elle était, tout ce qu'elle avait été semblait soudain balayé.

Sentant des dents lui gratter la peau, elle frissonna. Une décharge électrique parcourut ses veines et ses nerfs déjà à vif.

— Tu as bon goût, mon petit écureuil.

— Vaughn, les sensations étaient trop fortes.

Pourtant, elle était toujours là, toujours fonctionnelle. Elle vérifia ses boucliers et, à sa grande surprise, ceux qui la protégeaient du PsiNet tenaient bon, comme ancrés par une source extérieure à son esprit surchargé. Impossible.

Tous ses autres boucliers avaient disparu.

Ce ne fut qu'en serrant les doigts qu'elle s'aperçut qu'elle s'était cramponnée à la toison de Vaughn.

— Mes boucliers.

— Mmm.

Il la léchait sous le menton, comme s'il cherchait son pouls, à longs coups de langue qui suscitaient en elle de fortes pulsions de désir. Tant de désir.

—Ceux qui me séparaient du monde extérieur, ils ont disparu.

Brûlés jusqu'aux fondations.

—Tu les reconstruiras, plus tard.

Descendant le long de son corps, il lui agaça les seins du bout des dents. Elle déglutit en essayant tout de même de penser. Aucun Psi ne pouvait rien contre elle. Il n'y avait personne dans les parages que Vaughn. Et il l'avait déjà explorée de partout, si profondément qu'elle ignorait si elle parviendrait jamais à l'en faire ressortir, ni si d'ailleurs elle y tenait. Une large main lui parcourait le côté, insistant sur le creux de sa taille.

Elle ne put s'empêcher de retenir son souffle, son esprit envoyant promener toute idée de bouclier. Elle n'était qu'une novice en matière d'émotions, prise entre les griffes du plus puissant des protecteurs ; si puissant qu'elle en oublia de vérifier si les canaux de ses visions n'étaient pas endommagés.

Vaughn fureta entre ses seins puis descendit vers son estomac noué, déposant un baiser sur chaque centimètre de sa peau, jusqu'à son entrejambe qu'il embrassa aussi, en saisissant sa cuisse d'une main. Elle se cambra.

—Pas encore.

Il reposa sur son visage ces yeux dorés de félin repu.

—Pourquoi ?

Ce n'était pas vraiment une question, plutôt un ronronnement, dont elle n'aurait jamais cru un humain capable.

—Il faut que je me calme un peu.

Elle lui tira les cheveux et, à sa stupéfaction, il remonta sans protester, couvrant de nouveau son corps de baisers, un corps qui avait déjà beaucoup reçu et en réclamait davantage. Seul son esprit n'était pas prêt.

Quand Vaughn se retrouva sur elle, elle lui passa une main sous la mâchoire et ne put s'empêcher de continuer en lui taquinant le cou.

— Pourquoi est-ce que je n'arrête pas de te toucher ? J'ai beau m'être affranchie de mon conditionnement, je suis toujours une Psi. (Toujours d'une espèce qui n'avait pas le contact facile et demeurait glaciale.) Je ne devrais pas en avoir tellement besoin.

— Tu es en manque, décréta-t-il en refermant la main sur son sein. Depuis des années.

— Mais…

Elle lécha son épaule salée et passa une jambe autour de sa taille.

— Le bouclier qui te bloquait a brûlé.

Comment le savait-il ? D'ailleurs, elle s'en fichait.

— Ça veut dire que je suis folle ?

Là aussi, sur le moment, ça lui était égal.

— Non, ça veut dire que tu es libre.

— Mmm.

S'accrochant à ses épaules, elle se souleva pour lui donner un baiser tellement lascif qu'elle crut se liquéfier. Vaughn n'était que tendre chaleur et séduction contre sa bouche mais, cette fois, ce ne fut pas une décharge électrique qui la traversa, plutôt un mol incendie qui se répandit à travers elle en prenant ses aises et l'envahit avant même qu'elle ne songe à le combattre. Submergée de plaisir, elle saisit son jaguar dans ses bras et l'entoura de son autre jambe.

Quand il se glissa de nouveau en elle, l'impression fut parfaite, car il observait un rythme lent et sensuel, en prédateur rassasié donnant à sa femme tout ce qu'elle désirait. Il laissa sa main glisser de son sein jusqu'à ses fesses pour l'attirer au plus près tandis qu'il l'explorait, transformant la lave coulant dans ses veines en bouillant enfer. Elle n'en fut pas submergée pour autant.

Elle chevauchait les vagues de plaisir qui la parcouraient comme il la chevauchait, lèvres contre lèvres, langue contre langue. Lorsque enfin il l'emmena au comble du plaisir, elle ne s'effondra pas et le feu qui l'habitait devint un fleuve chatoyant de sensations. Puissant, enivrant, elle se laissa emporter par le courant avec un sourire.

Faith laissa l'eau de la cascade qui servait de douche à Vaughn couler sur elle, parvenant à peine à tenir debout. Ce qui ne s'avérait d'ailleurs pas nécessaire dans la mesure où un certain changeling ne demandait qu'à la soutenir.

—Arrête de réfléchir, dit-il en lui caressant la nuque.

—Trop tard.

Elle se blottit dans ses bras et passa les siens autour de son torse. Il était si beau, si délicieusement masculin qu'elle n'en revenait toujours pas et perdait avec lui tout sens de la retenue. Néanmoins, son esprit demeurait sain.

—Je crois que nous sommes assez propres, déclara-t-il en l'entraînant. Viens.

Elle le suivit vers la plate-forme de séchage et le laissa lui frotter le corps à l'aide d'une épaisse serviette-éponge.

—Draps de soie et peignoirs duveteux, murmura-t-elle, éblouie par ces plaisirs hédonistes. Tu aimes le confort.

—Je suis un félin. Les matières douces me font ron-ronner. (Agenouillé devant elle, il mordilla la chair fragile de sa cuisse et sourit au frémissement qu'il déclencha.) Parfois, ça me donne même envie de mordre.

Il se releva pour l'envelopper du drap de bain, capta son esquisse de sourire.

—Quoi? demanda-t-il en haussant un sourcil.

—Tu es un gros matou.

Jamais elle ne se serait attendue à le voir rougir ainsi. Attrapant une serviette, il s'essuya à son tour, en arborant une expression tellement ravie, tellement magnifique que Faith ne put le quitter des yeux.

— Tu as sucé toute ma bestialité.

À son tour, elle lui opposa un large sourire, si rare chez elle, et qui lui parut pourtant tout naturel.

— Combien de temps va durer cette transformation ?

— Jusqu'à ce que j'aie encore envie de toi, dit-il en ceignant la serviette autour de ses hanches. Ce qui ne saurait tarder.

Elle accueillit avec délectation son tendre baiser.

— Tu es insatiable.

— Juste avec toi.

Il lui tapota le bout du nez d'un geste si confiant et si affectueux qu'il fit fondre le cœur de Faith.

— Pourquoi ne souris-tu pas plus souvent ?

Elle aimait tellement le voir sourire, le voir afficher un bonheur tout simple…

— Je n'en ai pas souvent l'occasion.

Faith en abandonna toute idée de jamais retourner vers l'unique monde qu'elle ait jamais connu.

— Je n'y retournerais jamais.

Il recouvra instantanément son sérieux et un voile sombre couvrit ses prunelles, marqué d'une animalité possessive.

— Bien. Parce que je n'avais pas l'intention de te laisser faire.

Elle rit et ce fut la première fois de sa vie qu'elle n'eut pas peur. Silence l'avait engourdie mais elle comprenait en fin de compte que c'était un engourdissement causé par la peur. Son peuple avait tellement peur de ses propres talents, de ses esprits incomparables, qu'il les bridait lui-même. Mais elle ne se laisserait plus faire.

Jetant les bras autour du cou de Vaughn, elle le laissa la soulever de terre et l'emmener tournoyer avec lui. Ils reparleraient plus tard de l'entêtement dont il pouvait faire preuve, de son désir de n'en faire qu'à sa tête, mais pas maintenant. Maintenant, ils vivaient un moment de plénitude.

Ce fut sans doute à cause de ce bonheur tout neuf qu'elle commit l'erreur d'oublier qu'autre chose la pourchassait, une chose extérieure au PsiNet, une chose qui avait un accès direct à son esprit. Elle s'endormit dans les bras de Vaughn mais se réveilla au cœur de ténèbres malfaisantes. Elle aurait pu bouger, alerter son compagnon, il aurait certainement su comment l'en tirer.

Cependant, le feu du torse de Vaughn pressé contre son dos lui rappela où elle était, quels moments elle vivait. Le bouclier qui la protégeait des visions avait peut-être disparu mais ses émotions étaient bien là. Elle avait beau ne pas trop connaître ces muscles émotionnels, elle était certaine de pouvoir les utiliser si le besoin s'en faisait sentir : ils lui étaient aussi naturels que Silence avait été contre nature. Ce serait difficile mais pas impossible de se sortir de cette vision.

Sa décision prise, elle laissa la vision l'emporter dans une sombre vague de malveillance, l'envelopper, lui montrer.

Vaughn savait que Faith avait une vision. Il voyait ses yeux vibrer sous ses paupières closes en un mouvement rapide sans rapport avec le sommeil profond. Il s'était éveillé, alerté par le félin qui avait senti les battements du cœur de sa compagne s'accélérer. À présent, c'était aussi son odeur qui changeait.

Il émanait d'elle d'immondes relents de pourriture. La bête enrageait de ne pouvoir la tirer des griffes de cette vision mais Vaughn préféra d'abord réfléchir. Faith ne semblait pas vouloir l'interrompre. Il aurait juré qu'elle ne dormait pas encore quand la vision avait commencé. Qu'elle avait eu le choix.

Jamais il ne tenterait de réprimer son don comme l'avait fait Silence, pourtant, il eut du mal à résister au jaguar, d'autant que l'humain possédait les mêmes instincts protecteurs. L'envie de la réveiller s'intensifia lorsqu'il aperçut les pourtours d'une noirceur menaçante au-dessus d'elle, qui planait tel un vautour guettant son heure.

Dans un grognement sourd, il étreignit Faith. Curieusement, cette apparition l'apaisa en même temps : la noirceur ne s'était pas totalement emparée de Faith, ce qui signifiait que celle-ci pouvait s'en sortir seule. En prenant la décision à sa place, il risquait de la priver de toute chance de venger la mort de sa sœur. Et s'il y avait une chose que les deux êtres en lui pouvaient comprendre, c'était bien la soif de vengeance.

— Je suis là, lui murmura-t-il à l'oreille.

Puis il s'installa de façon à pouvoir veiller sur elle, à éloigner cette noirceur d'elle. Peu importait qu'un phénomène psychique ne puisse en principe pas prendre de forme physique. Il savait qu'elle existait, il l'avait vue. Et il ne la laisserait pas toucher Faith.

Même plongée dans les profondeurs de sa vision, Faith sentait la présence de Vaughn à son côté, un mur de feu entre elle et l'affreuse menace qui la guettait. Cela aurait suffi à briser sa concentration si elle ne s'était pas déjà fixé une mission. La noirceur ne volerait plus jamais de vies.

Même s'il fallait mettre un terme à la sienne.

La vision se dégagea de l'obscur mélange d'émotions qui avait commencé par trépider autour de Faith, les rideaux de la noirceur s'écartant une fois encore pour lui montrer le visage de la femme qu'elle comptait tuer. La scène apparaissait des plus nettes – tirée de la traque, non du meurtre –, ce qui permit à Faith de se concentrer sur les détails qui l'aideraient à identifier la cible au lieu de lutter contre son propre effroi. Lorsque la vision disparut, elle pensait avoir trouvé ce qu'elle cherchait. Elle allait se retirer quand elle sentit une secousse annonçant que rien n'était terminé.

Sans crainte, dans la mesure où les scènes précédentes n'avaient pas comporté la moindre brutalité, elle laissa venir la suite. Du sang coulait le long de murs vert pâle pour aller détremper un tapis légèrement plus foncé, éclaboussant le tableau de communication. Une odeur de charnier, remugles de mort et de putréfaction masqués par la décomposition du sang aux puissants relents de fer. Révoltée, elle ne put rien faire alors que la noirceur pénétrait davantage dans la pièce, posait les pieds dans ce liquide rouge foncé qui avait coulé dans les veines d'un être vivant. Rien n'avait pu absorber le sang dans la salle de bains et une flaque s'y était formée.

La surcharge fit frémir l'esprit de Faith. Ce carnage, cette odeur, ces flashs sporadiques du passé qui lui faisaient entendre des cris terrorisés à donner froid dans le dos, tout cela lui tomba dessus avec la force d'un camion lancé à pleine vitesse. Alors seulement elle se rendit compte qu'elle *n'avait pas* survécu à la chaleur sensuelle de Vaughn.

Son dernier effondrement avait fracturé son esprit en profondeur et elle n'était plus capable de supporter la violence de cette vision imprégnée de sang. Faith s'effondra de nouveau mais, cette fois, elle savait qu'elle n'y survivrait pas : elle était aspirée par un vortex de Cassandre, le pire de tous, qui transformait ses victimes en légumes privés de toute raison.

Nul ne s'en sortait sans l'intervention rapide d'un M-Psi.

Mais il n'y avait pas de M-Psis dans les parages et elle sombrait si vite que, bientôt, elle ne pourrait plus respirer. Le sang lui remontait le long du corps, couvrant ses pieds, ses jambes…

Chapitre 22

N^{*on!*} C'était un cri monté d'une partie de son esprit qu'elle n'avait encore jamais vue. Buté, rebelle, il lui rendit ses sens, lui dit de se reprendre. Immédiatement! Sinon, le Conseil, les M-Psis, le clan, ils allaient tous gagner.

La violence fonctionna. Secouée par la force de cette gifle émotionnelle, elle repoussa l'accès de panique et se reprit. Elle refusait de les laisser gagner, refusait de laisser croire à Vaughn qu'il avait pris pour compagne une femme faible, qu'il lui faudrait constamment secourir.

Renforcée par la détermination née de toute une vie de rage contenue, elle érigea un puissant mur pour freiner sa chute. On n'échappait pas si facilement au vortex de Cassandre. Son mur commençait à céder face à la force qui s'y opposait ; Faith ne disposait que de très peu de temps avant que l'avalanche finisse par l'emporter. Sans s'autoriser à se concentrer là-dessus, elle entreprit de réparer les fissures de sa psyché qui l'avaient entraînée dans cette spirale infernale.

Lourde tâche.

Très, très lourde.

Son esprit semblait pris dans un étau. Seules son incontrôlable réaction émotionnelle à l'état brut, sa fureur contre la noirceur, sa soif de vengeance lui permirent de tenir. Et aussi le désir de rendre Vaughn fier d'elle, d'être une femme digne d'un jaguar. Sans ce foyer sauvage de flammes émotionnelles, elle aurait été entravée, comme elle l'avait été si longtemps, dépendante des autres.

Cependant, jamais les vortex dans lesquels elle avait été prise – déclenchés par de puissantes visions du domaine des affaires – n'avaient été aussi violents. L'épreuve du feu. Les flammes empoisonnées menaçaient de l'engloutir à tout moment, mais Faith n'avait pas l'intention de se laisser brûler.

Elle travaillait avec une ferme détermination et son mur était renforcé à mesure qu'elle guérissait les fractures de sa psyché. Bizarrement, ce fut son entraînement aux prévisions commerciales qui vint à son aide dans un moment critique, lorsque l'épuisement engourdit ses muscles mentaux, et qu'elle se retrouva en danger de commettre une erreur fatale. Elle eut recours à la ruse en bloquant ses neurones sur certains processus de répétition, utilisation mécanique de son esprit point par point, qui ne requérait pas de pensée consciente.

Laissant ce processus réparer les fissures «faciles», elle concentra son être pensant à réparer les cassures quasi invisibles logées au plus profond d'elle-même. Elle ne releva plus la tête avant d'y être parvenue. La surface de son esprit restait paisible, la noirceur bannie, le vortex interrompu. Épuisée mais triomphante, elle retourna dans le monde physique avant de rouvrir les yeux pour se retrouver blottie contre Vaughn, enserrée dans ses bras puissants.

— Tu avais des ennuis, fit-il remarquer d'un ton accusateur. Je l'ai senti.

— Je m'en suis sortie.

Ses yeux étaient entièrement jaguar mais l'homme en lui n'avait pas complètement disparu.

— Je n'en doutais pas.

Il roula sur le dos et plaqua une main sur ses fesses tandis qu'elle s'installait contre lui.

—Pourquoi n'es-tu pas intervenu ?

—Tu savais ce que tu faisais.

Elle comprit que Vaughn ne la laisserait jamais se déprécier. Il lui demandait de rester en toute occasion la femme qu'elle était, même si cette femme risquait de lui compliquer un peu la vie. Vif contraste avec les membres de ce qu'elle avait appelé si longtemps « sa famille ».

Le cœur endolori sans trop savoir pourquoi, elle lui passa une paume sur la joue, rendue rugueuse par sa barbe naissante.

—Vaughn, quand mon esprit s'est totalement apaisé, j'ai fini par voir quelque chose.

Quelque chose de tellement impossible qu'elle se demandait si elle pouvait y croire. Et pourtant…

—Quoi ?

Tandis qu'il lui caressait le dos, de légères décharges électriques la traversèrent.

—Un autre lien. (Elle lui caressa l'épaule.) Techniquement semblable à la connexion au PsiNet mais différent sur tous les autres plans. Sauvage. Comme toi.

Bien qu'elle ne possède pas le flair des changelings, ce lien dégageait l'odeur mentale de Vaughn, une odeur aussi familière pour elle que la sienne, même si elle n'avait pas le souvenir d'avoir jamais pénétré dans l'esprit du jaguar.

—Qu'est-ce que c'est ?

—Ça te lie à moi. Pour toujours, déclara-t-il d'un ton définitif. Tu es ma compagne.

—« Compagne », murmura-t-elle en songeant à tout ce qu'elle savait de la société des changelings, c'est-à-dire pas grand-chose. Comme Sascha et Lucas ?

—Oui.

Elle pouvait à peine respirer.

— C'est vrai ?

— Oui. C'est fait. Tu ne peux plus t'en aller.

Il referma la main sur sa hanche.

— M'en aller ? (Elle avait envie de rire mais manquait d'air pour émettre ce son.) Vaughn, j'avais peur de ne faire que le rêver parce que j'en avais trop envie.

Elle le sentit desserrer les doigts.

— Parfait, dit-il.

— Comment est-ce que ça marche ?

— Je n'en sais rien. C'est la première fois pour moi aussi.

— Ah !

L'étrange douleur s'intensifia en elle.

— Mais je sais que ça te maintiendra en vie quand tu te seras déconnectée du PsiNet.

— Un seul esprit changeling ne peut fournir à un cerveau Psi l'énergie psychique dont il a besoin. Nombre d'expériences l'ont prouvé. Je refuse de te tuer pour me garder en vie.

— Tu me fais confiance ?

— Toujours.

— Alors ne t'inquiète pas pour ça.

— Tu ne peux pas fournir l'énergie psychique nécessaire, insista-t-elle. C'est impossible.

Il l'embrassa.

— Fais-moi confiance, mon petit écureuil. La confiance se passe de logique ou de raison.

— Je te confie ma vie sans problème, lui assura-t-elle en soutenant son regard. Mais je ne suis pas sûre que tu défendes autant la tienne.

Elle ne savait que trop combien son félin était protecteur, possessif. Il sourit d'un air malicieux.

— Oh non, petit écureuil ! J'ai bien l'intention de vivre encore longtemps maintenant que j'ai une compagne capable de combler tous mes désirs.

Il laissa ses mains se balader sur ses fesses et elle perçut soudain des images de…

— Pas à genoux, dit-elle sur le ton de la plaisanterie.

— Et si je te léchais à t'en rendre bien sage ? dit-il en la caressant avec insistance. Tu te mettrais à genoux ensuite ?

— Peut-être, dit-elle, le souffle court. Tu essaies de détourner mon attention.

— Non, mon petit écureuil, affirma-t-il d'un ton sans réplique, j'essaie de te faire comprendre. Si je meurs par manque d'énergie psychique, tu me suivras. Et ça, c'est hors de question.

— Mes boucliers tiennent bon. Je pourrais rester connectée et télécharger de nouvelles données.

— N'aie pas peur de lâcher prise.

Elle dessinait des cercles sur son torse.

— Le PsiNet est si beau, si vivant.

— Mais il est temps pour toi de t'en déconnecter. Tu le sais.

— Oui.

À l'instant où sa disparition serait signalée, les gardes de NightStar seraient envoyés à sa recherche sur le PsiNet et la ramèneraient. À n'importe quel prix. Du moins si le Conseil ne décidait pas de s'en charger lui-même ; elle n'avait pas oublié ces esprits guerriers masqués.

Les Flèches.

Des assassins.

Dans son cas, ils essaieraient probablement de l'enfermer, mais elle préférerait la mort à l'incarcération.

— Je te tiens.

D'une main calleuse, il écarta les mèches de son visage avant de la poser sur sa joue. Cette tendresse inattendue la bouleversa et, au plus profond de son esprit, elle vit le lien vibrer. Puis s'immobiliser. Inquiète, elle y regarda de plus près.

— Je ne pourrai pas éprouver le lien dans son entier tant que je ne serais pas déconnectée du Net.

— Je croyais que tu le bloquais inconsciemment, railla-t-il. À moins que… En principe, il faut que les deux parties l'acceptent pour qu'il se mette définitivement en place. Je me disais qu'on avait sauté cette étape.

— Je ne fais rien du tout. Je ne savais même pas que c'était possible. C'est peut-être dû à un processus mental automatique. Il semble logique qu'une seule connexion profonde à la fois puisse marcher. Sinon, le risque de surcharge deviendrait insurmontable. Mais notre lien est tout de même établi jusqu'à un certain point.

Elle voyait les images qu'il envoyait. Il percevait quand elle avait des problèmes sur le plan psychique.

Vaughn l'embrassa si goulûment sur la bouche qu'elle en eut le souffle coupé.

— Tu pourras analyser le lien tant que tu voudras. Dès que tu seras déconnectée. (Une exigence.) Je n'aime pas te savoir à la merci d'une attaque du Conseil.

— Vaughn. (Elle ressentait pour lui des choses qu'elle n'aurait même pas imaginées quelques semaines auparavant.) Ma sœur.

— Tu crois que tu as vraiment une chance de trouver le tueur par le biais du Net ?

Elle prit le temps de mettre de l'ordre dans ses idées avant de répondre :

— Les visions sont ma seule connexion et passent par les canaux de mon esprit. Je n'ai rien trouvé sur le Net.

—Alors fais-le maintenant, Faith. Avant qu'ils se rendent compte que tu es passée dans le camp de ces fichus animaux fauteurs de troubles.

Elle partit d'un petit rire pétillant, vite étouffé, mais spontané, parfaitement authentique.

—Prends-moi dans tes bras.

—Tant que tu voudras.

La tête posée sur son torse, elle poussa un profond soupir et ferma les yeux, le cœur serré. Elle se sentait quasi obligée de s'immerger dans le PsiNet pour jeter un dernier coup d'œil au monde magnifique qu'elle allait quitter à jamais. Mais elle ne pouvait pas. Le risque était trop grand. Elle était unie à Vaughn. Si elle se laissait prendre au piège, si elle disparaissait, qui pouvait dire à quel point il en serait affecté ? Et il comptait davantage pour elle que n'importe quoi d'autre. Néanmoins, elle regrettait de ne pas pouvoir dire au revoir à l'unique entité du Net qui ne soit pas brisée, pervertie. Pourvu que le Gardien du Net comprenne ce qu'elle avait fait et pourquoi.

Tout en respirant l'odeur de son compagnon, elle rentra au plus profond d'elle-même, traversa boucliers et remparts, au-delà de la raison et de la connaissance, jusqu'à son noyau primal car la connexion au PsiNet s'établissait d'instinct, se créait dès la naissance, seul élément incontrôlable de la société Psi, impossible à manipuler.

Et il était là, au centre absolu.

Elle avait cru qu'elle prendrait son temps, mais elle ne pouvait pas. C'était trop douloureux. Après un bref au revoir, elle trancha net le lien, en un seul coup fatal.

Tout s'arrêta.

Durant une microseconde, elle se retrouva seule au cœur de l'univers, unique lumière dans l'obscurité, unique être vivant ayant jamais existé. Ses terminaisons nerveuses hurlèrent de souffrance et elle sentit son corps physique convulser si violemment qu'elle craignait que ses muscles se détachent de ses os. La vie ne pouvait exister dans le vide et elle était…

Mais quelqu'un la tenait à l'abri.

Quelqu'un d'autre respirait.

Quelqu'un d'autre vivait.

Quelqu'un d'autre étincelait dans le noir du vide.

Elle se réveilla au bord de la suffocation alors que son esprit se faufilait à travers la route solitaire qui lui restait ouverte : le lien vers Vaughn. Un flot de couleurs, un assaut irrésistible d'odeurs et de sons, cette fourrure sous ses doigts et les griffes effilées d'une passion animale, toutes sensations qui se frayaient un chemin à travers son cœur.

Quelqu'un l'embrassa.

Et ce quelqu'un était à elle comme personne d'autre ne le serait jamais. Elle voyait en lui furie et passion, la chaleur masculine, la terre fertile. Elle connaissait même son nom.

— *Vaughn.*

Ce doux murmure fit tressaillir le cœur du jaguar. Jamais il n'avait ressenti la terreur qui venait de le saisir en sentant Faith s'éteindre.

Pas de pouls.

Pas de souffle.

Pas de vie.

Cela n'avait pas duré une seconde, mais il avait cru en mourir. Et puis l'avalanche de la solitude lui était tombée dessus avec la violence d'un train de marchandises dévalant une pente à pleine vitesse. À lui en déchirer le cœur.

— Je suis là, bébé, je suis là.

Plus il l'embrassait, plus il lui envoyait son amour pour elle à travers leur lien, pour lui faire savoir qu'elle n'était pas seule, qu'elle ne serait jamais plus seule.

Dans un murmure sans paroles, elle avait enroulé bras et jambes autour de lui avec une sorte de désespoir, l'embrassant comme si elle essayait de se convaincre qu'il existait bel et bien. Il la laissa prendre ce qu'elle voulait, il lui aurait donné sa vie si elle le lui avait demandé. Mais, ce qu'elle voulait, c'était sa passion, son désir, sa chaleur.

Il les lui donna, tout en câlinant sa peau laiteuse, la réchauffant de ses caresses et de ses baisers. Elle refusait de détacher son corps du sien. Comme lui non plus ne voulait pas briser ce contact, il trouva un moyen de l'aimer dans la position qu'elle avait adoptée, glissant les mains sous ses fesses pour la placer au-dessus de son érection, si tendue que le plaisir se fondit en une exquise douleur.

Il comptait être tendre, mais elle ne pouvait attendre et l'accueillit en elle, dans ce gant qui lui seyait parfaitement. Tout en la tenant bien serrée, il les fit basculer pour se retrouver au-dessus d'elle, en s'appuyant sur un bras et se servant de l'autre pour lui saisir la hanche.

—Faith.

C'était un avertissement auquel elle répondit en lui griffant le dos, en lui mordant l'épaule.

Tout en grondant, il s'enfonça en elle. Au plus profond.

Elle n'était plus que feu liquide, pure incandescence féminine, et, quand elle rouvrit les yeux, il y vit des éclairs blancs.

Faith, serrée dans les bras de Vaughn, écoutait battre le cœur du jaguar. Authentique, tranquille, il la maintenait en vie. Malgré tout, malgré la proximité de l'aube, elle sentait encore son esprit galoper. Elle devait voir le monde nouveau dans lequel elle vivait. Au contraire du changeling qui restait l'être le plus important de sa vie, le plan psychique était aussi réel pour elle que la terre et le ciel, les arbres et la forêt.

Elle préférait savoir dès à présent si celui-ci était aride ; elle s'en assurerait dès que Vaughn dormirait. Elle ne voulait pas le heurter en lui faisant comprendre que le PsiNet allait lui manquer, qu'elle allait se sentir écartée d'une facette de son existence essentielle à son identité de Psi.

Fermant les yeux sur un plan, elle les ouvrit sur un autre. Pourtant, elle ne pouvait franchir le pas, incapable d'affronter l'obscurité infinie.

— Ouvre les yeux, Faith. Regarde la Toile céleste.

Comment savait-il ce qu'elle faisait ? Il n'était pas Psi. Pourtant, c'était son compagnon.

— « La Toile céleste » ? demanda-t-elle, immobile sur le seuil de son esprit.

Pour toute réponse, il lui déposa un baiser dans le cou.

Trouvant de la force dans cette simple caresse, elle passa l'étape suivante. Pas d'étoiles sur le velours noir, pas de lueurs isolées brûlant comme des lames incandescentes, pas d'espaces noirs. Elle eut le souffle coupé. Non parce que les lieux étaient déserts, plutôt parce qu'ils ne l'étaient pas. Partout, cela vibrait de couleurs, d'étincelles bariolées qui scintillaient comme des arcs-en-ciel et taquinaient l'œil de leur vif-argent.

Le cœur battant à tout rompre, elle découvrit, au-delà de cette envoûtante beauté, l'esprit de Vaughn. Brillant comme celui d'un cardinal mais chaud et doré, sauvage et passionné. Un fragile fil d'or, qu'elle savait incassable, la liait à lui. Plus loin encore, elle s'aperçut qu'elle était connectée à un esprit central par un autre fil, différent du lien qui l'unissait à son jaguar.

Son esprit Psi était chez lui ici, comprenant que ce nouveau fil pouvait être brisé et ne tirait sa force que de leur connexion. Plusieurs liaisons émanaient de ce noyau central, pas très nombreuses mais suffisantes pour la soutenir sans épuiser personne. Plus que suffisantes. Ces esprits brillaient de tant d'énergie qu'ils semblaient en posséder beaucoup plus qu'ils n'en montraient. Le cœur noyé de larmes, elle chercha la source de ces étincelles si brillantes qu'elle, élevée dans l'obscurité, n'aurait jamais pu imaginer qu'elles puissent exister.

Elle la trouva tapie sous l'esprit central, comme si l'être qui créait tant de beauté avait besoin de plus de protection que les autres. Ce qui était peut-être vrai. Un seul regard suffit à Faith pour savoir que cet esprit était incroyablement doux, qu'il ne ferait jamais de mal, qu'il ne tuerait jamais.

Étonnée par cette explosion de couleurs et de vie dans son nouveau monde psychique, un monde qui, malgré sa petite taille, n'apporterait jamais l'ennui, ne stagnerait jamais, elle se retira pour rouvrir les yeux dans le monde physique.

— Les couleurs, c'est Sascha, n'est-ce pas ?

— Je ne vois pas ce que tu vois, mon petit écureuil. Mais c'est une empathe.

— J'ignore ce que c'est. (Elle aurait toute la vie pour le découvrir.) Vaughn, comment cette toile peut-elle exister ? Tous les autres esprits que j'ai vus, à part Sascha, étaient des changelings.

Et le savoir Psi prétendait que les changelings n'avaient pas la capacité d'établir des liens psychiques. D'aucune sorte.

La tête dans son cou, il la huma avant de l'embrasser. Elle le laissa faire sans protester, encore trop secouée par sa déconnexion du Net.

— Ça a un rapport avec le serment de sang prononcé par les sentinelles. Nous ignorons comment ça fonctionne… Nous avions oublié que ça existait.

Jamais Vaughn ne s'était senti aussi heureux, comme s'il retrouvait enfin une partie de lui-même depuis longtemps perdue, sans laquelle il avait pu fonctionner mais dont il ne pourrait plus jamais se passer à présent. Faith faisait partie de lui, de son cœur animal et il la protégerait toujours de toutes ses forces. Si elle voyait leur lien avec son esprit, lui en voyait la réalité physique, la force et l'authenticité.

Il se mit à ronronner tandis qu'elle lui caressait les cheveux pour en demander davantage et elle obtempéra sans qu'il ait eu besoin de parler. Cela faisait partie du lien, mais c'était aussi parce qu'elle voulait bien l'entendre, voulait lui faire plaisir. Et cela le satisfit encore plus.

Pourtant, une sourde tristesse habitait encore Faith et Vaughn savait pourquoi.

— Tu penses à Marine.

— On doit arrêter le meurtrier.

— Je vais avertir la meute.

— « La meute » ?

— Tu es des nôtres. Ils ne demanderont qu'à t'aider.

— Même une Psi ?

— Tu es ma Psi, maintenant.

Elle ne refusait pas cette possessivité, mais cela suscita une autre pensée, nettement moins gaie :

— Le Conseil ne me lâchera pas sans combattre.

— Je m'en charge. Pense plutôt à capturer ce tueur et je vais chercher un moyen de te protéger.

— Très bien.

Comment ne pas faire confiance à Vaughn ? Il tenait toujours ses promesses.

Faith ne fut pas autrement surprise lorsque Vaughn la conduisit vers la cabane en bois pour y rencontrer les membres de sa meute. Elle avait l'impression que le jaguar préférait ne pas amener trop de monde sur son territoire. En sortant de la voiture, elle s'étira et se dirigea vers le perron ; elle ne voulait pas paraître faible face à ces gens qui comptaient tant pour l'homme qui était tout pour elle.

Cependant, il n'y avait pas que Sascha et son compagnon au rendez-vous, mais aussi un inconnu vêtu de noir.

— Voici Judd Lauren, dit Sascha, assise à côté de Lucas.

Faith hocha la tête, percevant soudain l'irritation de Vaughn. Lucas ne semblait pas très content lui non plus. Le plus étonnant étant que cet inconnu silencieux déclenchait également chez elle ses alarmes internes. Elle ne voyait vraiment pas pourquoi. Tout ce qu'elle savait c'était que, malgré sa beauté glacée, il était dangereux. Mais ni plus ni moins que les deux autres changelings.

Consciente de son impolitesse, elle continua pourtant à le regarder, adossé au mur de la cabane.

— On s'est déjà vus.

— Non.

Les yeux de l'homme ne laissaient rien paraître ; il ne battit même pas des cils. Nul ne pouvait se maîtriser à ce point. Sauf un Psi. Pourtant, Judd ne pouvait faire partie de son espèce.

— Non, reconnut-elle. Mais j'ai déjà vu des gens qui te ressemblaient.

Il inspirait cette même peur primitive que les gardes masqués qui l'avaient escortée à la réunion des candidatures.

Judd ne risquait pas de faire partie des mythiques Flèches, pourtant, il la mettait mal à l'aise. Et, comme si cela ne suffisait pas, un autre homme tout aussi inquiétant contourna l'angle de la maison et vint s'appuyer à la balustrade, fixant ses yeux verts sur elle tel un prédateur devant sa proie. Elle était très contente d'avoir Vaughn auprès d'elle.

— Clay, lança Lucas, je croyais que tu nous amenais Tammy.

—Les petits. Les rosiers, les épines, rétorqua l'autre sans ambages.

Tout le monde parut comprendre, sauf elle.

—Ils vont bien? demanda Sascha dans un petit sourire.

Clay fit « oui » de la tête.

Se sentant un peu mise de côté, Faith s'adossa contre Vaughn et des étincelles lui picotèrent les doigts quand elle effleura son jean. Il se figea un instant avant de se reprendre, sans jamais cesser de lui caresser le bras.

—Vous savez tous pourquoi nous sommes là.

—Pour trouver l'homme qui a assassiné la sœur de Faith, dit Sascha. Mais je croyais que vous ne saviez rien de lui.

—Petit écureuil?

—Au début, commença Faith, je ne voyais qu'elle, sa prochaine victime… sa peau si blanche, ses cheveux blond clair, ses yeux bleus. Ce n'est pas courant pour une Psi, mais elle reste difficile à retrouver. (Elle s'efforça de revenir à un aspect plus pénible de ses visions.) Et puis j'en ai vu davantage…

—Parce qu'il la traque déjà? l'interrompit Sascha.

—À l'époque, c'était parce qu'il allait la traquer.

Tout le monde se tut en prenant conscience de la réalité de sa vie. Lucas fut le premier à réagir :

—Où en est-il?

—Il arrive au but. Je vois maintenant du sang.

Vaughn l'enlaça bien qu'elle n'ait rien laissé paraître. Se comporter comme une Psi sans émotions était une sorte de protection contre ces prédateurs.

—Nous devons l'arrêter au moment de l'enlèvement parce que je connais l'endroit et même l'heure.

—Comment ça? demanda le dénommé Clay à la peau sombre.

Elle dut prendre sur elle pour ne pas se blottir contre Vaughn.

— Il y avait des marqueurs de temps dans la dernière série d'images, des choses qui me permettent de placer une vision dans un laps de temps précis. Certaines sont difficiles à repérer, comme les changements de saisons ou la couleur du ciel, mais celles-ci sont caractéristiques.

Elle poursuivit dans le plus grand silence, collée au corps tiède qui la soutenait. Cette étreinte constituait une déclaration discrète de la loyauté de Vaughn, elle savait au moins ça.

— J'ai vu un agenda ouvert sur le bureau de la victime, et un réveil électronique. Qui indiquaient tous les deux la même chose.

Elle révéla ce qu'elle avait dit à Vaughn dans la voiture après avoir dévoilé tous les autres indices.

— Nous avons une journée. (Trop court pour la rassurer, beaucoup trop court.) Si nous ne l'attrapons pas… il est clair que nous ne pourrons la sauver. Il se sent… bouillir d'impatience. Il ne garde pas ses victimes, ne les torture pas non plus. S'il adore traquer sa proie, son plus grand plaisir consiste à la tuer.

Comme quand il avait tué Marine. Une fois encore, son cœur se serra et elle comprit à présent ce qu'elle ressentait : un mélange de douleur et de chagrin, de tristesse et de désolation.

— Où ? demanda Judd d'une voix atone.

— Tu es Psi, affirma-t-elle soudain sans l'ombre d'un doute. Je croyais que seule Sascha s'était déconnectée du Net.

Il ne répondit pas à la question implicite.

— Où ?

Elle décida d'interroger Vaughn quand ils seraient seuls.

— La petite université privée construite il y a quelques années au bord de la vallée de Napa. Spécialisée en viticulture.

— La plupart des étudiants comme des employés sont des humains ou des changelings, fit remarquer Lucas. Que ferait une Psi là-bas? Ils ne s'intéressent guère aux matières organiques.

— Je crois qu'elle fait partie des techniciens. Les établissements vinicoles ont bien des systèmes de surveillance des températures et de refroidissement des plus aboutis, non?

— Pourquoi se mêler encore aux problèmes des Psis? marmonna Clay. Faith ne court aucun danger. Le tueur et la victime possible sont tous les deux Psis. Ce ne serait pas plutôt l'affaire du Conseil?

— Clay! s'écria Sascha. Il s'agit de la vie d'une femme!

— Je ne dis pas de laisser tomber, juste de transmettre aux responsables concernés.

— Et s'ils ne font rien? suggéra doucement Faith.

Avec son expression sans merci, Clay différait grandement de Vaughn. Il y avait quelque chose de sinistre dans ce léopard, quelque chose qui séparait à peine le bien du mal.

Tout d'un coup, elle eut une révélation: l'heure de Clay allait bientôt arriver. Très prochainement, il devrait choisir de quel côté il voudrait passer.

— Et si elle ne faisait que disparaître comme les autres dont j'ai entendu parler sur le Net? Tu pourrais encore dormir la nuit, la conscience tranquille?

Il ne s'était pas complètement éloigné, il restait du bon côté de la barrière. En partie. Il haussa un sourcil.

— Alors on neutralise ce type. Très bien. Et le suivant, et celui d'après?

Faith ne sut trop ce qui inspira sa réponse:

—Il est des avenirs qu'on ne saurait prédire, des vies qu'on ne peut sauver, mais là nous pouvons agir. Pour le reste, on verra plus tard.

—Il y a plus grave, fit remarquer Lucas en installant ses pieds sur la balustrade. Si ni la victime ni le tueur ne sont des changelings, ils tombent sous la juridiction de la Sécurité. Nous n'avons pas le droit de nous substituer à eux.

Faith avait oublié ce détail.

—Nous pourrions informer les autorités.

—Ce qui reviendrait à prévenir le Conseil, gronda Clay. À moins que tu sois prête à laisser ta race de psychopathes se charger de toute cette merde ?

Vaughn se crispa contre elle.

—Surveille tes paroles !

Faith ne comprenait pas de quoi il retournait mais percevait la tension dans l'air. Elle se tourna pour enlacer Vaughn, qui ne quittait pas Clay des yeux.

Ce dernier finit par hocher la tête.

—J'ai dépassé les bornes. Elle me rappelle quelqu'un.

Faith essayait encore de comprendre ce qui se passait, stupéfaite de prendre soudain conscience que Vaughn s'en prenait à Clay à cause de son impolitesse envers elle. Cela lui fit chaud au cœur, cependant, elle ne voulait pas devenir une cause de querelle entre Vaughn et sa meute.

—À propos de la Sécurité…, dit-elle en lui glissant une main sous le tee-shirt.

Son félin répondit à sa caresse en détournant enfin les yeux de Clay.

—Je connais plusieurs flics en qui on peut avoir confiance, déclara ce dernier à sa grande surprise. S'ils procèdent à l'arrestation, ce sera légal.

—Et le tueur sera sorti à la nuit tombée, libéré par le Conseil, énonça Sascha d'un ton lugubre. Il disparaîtra du

Net et on ne le reverra jamais. Soit ils s'arrangeront pour le tuer afin que personne n'apprenne que le Protocole est un échec, soit, si c'est l'un des leurs qui aurait mal tourné, ils tâcheront de le remettre sur la bonne voie.

Lucas laissa retomber ses pieds sur le sol de la véranda et se pencha pour embrasser sa compagne. Se radoucissant, elle lui serra le bras, mais il se retourna vers ses interlocuteurs, l'air préoccupé :

— Sascha a raison, on a vu ce qui s'est passé la dernière fois.

Leur colère devenait palpable ; Faith vit l'autre cardinale respirer profondément à plusieurs reprises, ses yeux virant au noir d'un Psi faisant usage de pouvoirs impressionnants. Pourtant, l'atmosphère parut s'apaiser quelque peu.

— Je peux m'en occuper, intervint Judd comme s'il parlait de la pluie et du beau temps. Même à distance.

— Non, dit Faith, le cœur serré. Nous ne pouvons commettre un meurtre pour en empêcher un autre.

Elle-même y avait songé, mais c'était au beau milieu d'une colère noire. Elle n'était pas une tueuse de sang-froid.

— Tu as une meilleure idée ? demanda Judd avec beaucoup d'insolence malgré sa voix glaciale.

— On se calme ! intervint posément Vaughn.

La différence était flagrante par rapport à sa réaction envers Clay : cette fois, il était carrément dangereux, alors qu'auparavant il n'avait fait que passer un avertissement.

— Tu es là parce que tu as aidé à sauver la vie de Sascha, mais c'est tout.

— C'est-à-dire rien, rétorqua l'autre avec un sourire mauvais.

Faith n'avait aucune expérience dans l'interprétation des émotions, mais il lui semblait que le Psi cherchait la bagarre.

Qu'est-ce qui pouvait lui inspirer un tel désir de mort ? Même si Judd était une Flèche, que pouvait-il face à un jaguar ?

— Attendez, j'ai une idée.

Toutes les têtes se tournèrent vers elle.

— Neutralise-le. Ligote-lui l'esprit avec des cordes mentales qu'il ne pourra jamais rompre.

— Parce que tu crois que je pourrais faire ça ? demanda Judd.

— Si les Flèches existent, tu en as été un. (Elle entendit Sascha s'étrangler.) Une Flèche télépathe peut avoir toutes sortes de compétences.

Il ne nia rien de ce que dit Faith.

— Ça le rendrait fou. Imagine ce que ça fait de ne jamais pouvoir assouvir ses pulsions… Il fonctionnera mais juste au plan le plus élémentaire.

— Ce sera sa punition, rétorqua Faith, rageuse.

Au moins aurait-il encore la vie devant lui, contrairement à Marine et aux autres femmes qu'il avait tuées. Car il y en avait eu d'autres. Son appétit était trop féroce, ses goûts trop déterminés.

— Est-ce que tu devras t'introduire dans le PsiNet pour faire ce que suggère Faith ? s'enquit Lucas. Est-ce que ça pourrait leur permettre de te repérer ?

— Non, je peux procéder par télépathie, mais c'est une aptitude peu courante. Ils en déduiront qu'ils ont affaire à un renégat inconnu, mais ils sont déjà au courant. (Il n'expliqua pas pourquoi.) Cela dit, il faudra percer ses boucliers.

— Ce sera difficile ?

— Il doit avoir un pouvoir considérable si j'en crois ce que Sascha m'a dit sur ce qu'il infligeait à Faith, mais il sera dominé par son envie de meurtre. Tout être affecté par une forte émotion devient vulnérable. Il n'y fera pas exception.

(Il se tourna vers Faith qu'il regarda fixement.) Si tu le distrais au moment critique, ça me permettra de passer.

Le grondement de Vaughn fut presque trop bas pour être perçu par une Psi, mais elle le ressentit jusqu'aux os.

— Pas question qu'elle s'approche de cet enfoiré.

— Vaughn, écoute…

— Jamais de la vie, petit écureuil. Oublie.

— Je n'ai pas besoin d'y aller physiquement. Je pourrais juste l'effleurer par télépathie. Il reconnaîtrait mon odeur mentale.

— Il est donc capable d'entrer en connexion avec toi à travers tes visions? demanda Sascha, qui se rappelait leur conversation.

— Oui. Je vois l'avenir, mais à travers son esprit, expliqua Faith aux autres. C'est comme si nous avions ces visions ensemble… Un C-Psi. Il doit faire partie de la même catégorie que moi.

Les implications en étaient stupéfiantes.

— Peut-être, intervint Judd. Mais avant de nous lancer là-dedans, tu es sûre de pouvoir l'identifier?

— Oui. Ne crains rien, tu ne neutraliseras pas un innocent.

— Je suis Psi. La crainte est une émotion changeling.

Elle se demanda qui d'entre eux il essayait de convaincre car, à la vérité, Judd n'était plus Psi. Il avait cessé d'exister sur le PsiNet, sans doute effacé, comme mort. Et, à présent, il vivait dans un monde différent.

— Je saurai quand je verrai son visage.

S'ensuivit un lourd silence.

CHAPITRE 23

E n un millième de seconde, Judd comprit d'où venait
le problème.

— Tu as dit que les visions provenaient de son point
de vue.

— Oui.

— Alors quoi, mon petit écureuil ?

Bien que la voix de Vaughn ne marque pas la moindre
colère, elle saisit qu'il devait se demander pourquoi elle ne
le lui avait pas dit plus tôt.

— Je ne voulais pas voir, souffla-t-elle.

Il lui passa un bras autour de l'épaule et elle comprit
qu'il l'avait entendue.

— Plus jamais seule.

Promesse qui la réconforta ; pourtant, il lui fallut faire
appel à toute sa force Psi pour ne pas laisser son timbre se
casser quand elle évoqua cette horreur.

— J'ai vu son reflet.

Un reflet dans le sang, miroir rouge dans le charnier de
cette dernière vision.

— Alors la question ne se pose plus…, dit Judd. Faith
doit être présente.

— Sans doute, mais elle ne servira pas d'appât.

Sur son épaule, le bras de Vaughn devenait dur comme
l'acier, sans la blesser, mais complètement inamovible.

— Vaughn, murmura-t-elle très bas, quoique certaine que Lucas et Clay pourraient l'entendre, nous devrions aller faire une petite promenade.

Il lui lâcha l'épaule et la prit par la main.

— On n'en a pas pour longtemps, dit-il aux autres.

Sans plus d'explications, il l'entraîna à quelques mètres de là, dans la forêt.

— Je ne te laisserai pas courir le moindre danger.

— Il n'y a pratiquement aucun danger en télépathie.

— Très bien, ce type tombe peut-être dans la catégorie des « pratiquement ». Il n'est pas comme les autres… Il a réussi à te prendre au piège dans ses visions.

— Peut-être, mais ça ne change rien.

Il ne répondit pas, cependant ce fut le jaguar qui la dévisagea.

Aussi s'adressa-t-elle à l'animal :

— Un jour, tu m'as interrogée sur mon sens de la culpabilité. Je t'ai dit que je n'en ressentais aucune. J'ai menti.

Elle s'efforçait de briser une autre des chaînes de Silence. Agir, ressentir… c'était autrement plus facile que de mettre ces choses en paroles.

— La culpabilité m'accompagne du matin au soir. Je suis peut-être une C-Psi mais je n'ai pas pu sauver la vie de ma propre sœur. J'ai tout raté !

— Comment aurais-tu pu savoir à quoi correspondait ce que tu voyais ?

— La logique n'entre pas en compte ici, Vaughn ! Tu le sais mieux que personne.

Elle le poussa à bout, lui demandant de se rappeler ce qu'il ressentait pour la mort de Skye alors qu'il n'était lui-même qu'un enfant.

Il la prit par le cou.

—Un jour viendra où je ne céderai plus, où je ne serai plus raisonnable, où je n'agirai plus en humain.

Elle en avait eu conscience dès leur première rencontre.

—Mais tu n'en es pas à ce point-là.

—Je veux que tu restes tout le temps avec moi. Si quelque chose cloche, tu files. Je me fiche que tu lui réduises le cerveau en compote. *Barre-toi!*

—Je n'ai pas l'intention de le laisser approcher assez pour me faire du mal. Je ne serai qu'une ombre et je m'éclipserai.

Tandis que, tous ensemble, ils mettaient au point les derniers détails, le félin essayait de griffer les parois de l'esprit de Vaughn.

—Il y a autre chose, dit celui-ci après qu'ils eurent établi un plan assez simple.

—Le Conseil, maugréa Sascha. Ils doivent savoir maintenant que Faith s'est déconnectée. Ils vont s'en prendre à elle avec toutes les armes dont ils disposent. En tant que C-Psi, elle en sait beaucoup trop.

L'animal en Vaughn voulait éliminer cette menace, s'occuper d'eux une bonne fois pour toutes – un Psi au crâne en bouillie ne pourrait plus rien contre sa compagne – mais l'homme savait que ce n'était pas aussi simple. Actuellement, le Conseil avait six têtes, et c'était un monstre aux multiples tentacules. Si on lui arrachait une tête, il lui en repousserait deux. Le seul moyen de totalement le détruire consistait à l'arracher de ses racines. Et l'unique peuple qui pouvait susciter un tel changement était celui des Psis eux-mêmes.

Faith s'était blottie contre lui.

—Il y a peut-être une chose qui pourrait les retenir.

À sa chaleur, la bête s'était apaisée.

—Tu as un plan?

347

—Pas vraiment un plan, plutôt une vague idée, soupira-t-elle. Je me suis toujours demandé pourquoi Marine a été tuée. Ce type est encore excité à la perspective de tuer quelqu'un demain, mais ça ne ressemble en rien à ce qu'il ressentait avec Marine. Il ne l'a pas traquée. Toute la présentation consistait à me montrer le résultat final… comment elle ne respirait plus, au point de finir par complètement suffoquer.

La force dont elle faisait preuve impressionna l'animal en lui. Changeant de position, il s'assit sur la balustrade et l'attira contre lui, entre ses jambes étirées. Elle ne se fit pas prier, caressant les mains qu'il avait appuyées sur ses hanches.

—Et si elle avait été tuée tout à fait par hasard, qu'il avait profité d'une occasion ? demanda Judd.

Sa voix fit gronder le jaguar : le félin ne comprenait pas la distinction entre ennemi et allié incertain.

—Non, ça ne lui ressemblerait pas de se presser, d'improviser.

Vaughn n'aimait pas entendre ces intonations de tristesse qui marquaient la voix de sa compagne, mais il savait que seul le temps pourrait guérir ses blessures. Même si elles ne disparaissaient jamais complètement, elles finiraient par se refermer et cela irait mieux, parce que ce genre de cicatrices vous rendaient plus fort.

—Que faisait ta sœur ? demanda Sascha.

—C'était une télépathe cardinale, une spécialiste en communications pour le clan.

—Quand j'étais sur le Net, j'ai entendu des rumeurs disant que ton clan avait rempli un nombre considérable de tâches secrètes pour le Conseil.

Faith enfonça les ongles dans les cuisses de son compagnon.

— Si elle travaillait pour eux, elle devait donc être au courant de tout ce qui entrait et sortait, de chaque secret, de chaque détail de chaque plan.

— Ça aurait pu leur poser un problème, conclut Vaughn, si elle décidait de ne plus jouer le jeu.

Or Marine NightStar avait été la sœur de sa compagne et Faith s'avérait trop intelligente, trop indépendante, trop humaine, pour jamais représenter un bon agent du Conseil.

— Ça ne nous mènera nulle part, s'écria soudain celle-ci. Mes visions ne me fournissent en général aucun détail… Il va falloir attendre pour vérifier si nous pourrons scanner l'esprit du tueur. Même si le Conseil se lance à ma poursuite, ce ne sera pas avant que nous l'ayons neutralisé.

— Comment le sais-tu ? demanda Clay en croisant les bras.

— Je le sais, affirma-t-elle. C'est le temps qui nous est imparti. La réponse nous arrivera demain.

— Et sinon ? demanda Sascha.

— Alors, au moins, Marine aura été vengée. (La fureur qui l'animait jusqu'au plus profond d'elle-même trouvait un écho dans le cœur du jaguar.) Je veux qu'il paie pour ce qu'il a fait.

Les hommes échangèrent un regard entendu. Ces trois changelings prédateurs et ce Psi qui pouvait bien être un assassin qualifié ne trouvaient rien à redire à la rage de Faith, assez authentique pour mériter réparation.

— Il paiera, affirma Vaughn en leur nom. Même si je dois lui écrabouiller moi-même le crâne.

— Vaughn.

Faith se tenait à côté de son compagnon en train de travailler sur une sculpture ; vêtu seulement d'un jean délavé, il n'était que muscles et sueur, ses cheveux d'ambre doré noués en catogan.

— Qu'est-ce qu'il y a, mon petit écureuil?

Il déposa ses outils pour la caresser, d'un geste aussi tendre que son regard.

— Pourquoi faire ça maintenant? Viens te coucher. Nous avons tous les deux besoin de nous préparer mentalement pour demain.

— Je ne suis pas Psi, bébé, je n'ai pas à calmer mon esprit.

Tout d'un coup, elle comprit:

— Je suis prête.

— Va dormir, dit-il en prenant une sorte de ciseau. J'arrive.

Elle saisit l'outil et le remit sur l'établi.

— Tu as peur de me faire du mal. (Ce qui était une erreur entre compagnons, elle n'avait pas besoin de se l'entendre dire pour le savoir.) Tu as peur que je sois emportée par un vortex comme hier.

— Ce qu'on a fait hier était parfait mais tu n'es pas prête pour une nouvelle session. Et je ne me sens pas d'humeur courtoise.

Rude, dur, brusque. Elle lui posa la main sur le torse.

— Tu ne seras jamais vraiment courtois. (Il tressaillit.) Ce n'était pas ce que je voulais dire. J'aime ta sauvagerie, ta passion, tes désirs. (Elle déglutit en voyant son regard enflammé.) Grâce à toi, je me sens vivante.

— Je sens comme tu souffres quand ton esprit s'effondre.

— Mais je deviens plus forte chaque fois que tu m'aimes. Si tu essaies de te retenir, tu nous trahiras tous les deux. Il faut que je te satisfasse aussi fort que tu me désires.

— Je ne me laisserai pas attacher cette fois. Et ce que je te demande, tu n'es peut-être pas prête à le donner. Je n'ai pas envie de jouer.

Elle se rendait compte à quel point son instinct de possessivité le tourmentait ; l'éclat écarlate de son désir scintillait à travers le lien amoureux, refusant toute demi-mesure.

— Montre-moi ça, murmura-t-elle en repoussant ses propres angoisses.

Si le Conseil se lançait à ses trousses, elle voulait leur opposer la confiance d'une femme qui avait brisé toutes les lois de Silence de la manière la plus éclatante.

— Je ne vais pas m'effondrer.

Une promesse. À tous les deux.

Le tee-shirt dans lequel elle avait compté dormir gisait en lambeaux à ses pieds : les griffes de Vaughn avaient jailli si vite qu'elle n'avait pas eu le temps de souffler. Le cœur battant la chamade, elle le regarda rétracter ces armes en lames de rasoir, prodigieusement consciente qu'il ne l'avait même pas égratignée. Les yeux plantés dans les siens, il lui passa les mains dans le dos, les glissa sous la ceinture de sa culotte pour lui saisir les fesses.

Le souffle court, elle pressa ses seins gonflés à lui en faire mal contre le torse du jaguar. Ce fut à peine si elle sentit sa culotte subir le même sort que le tee-shirt, tant elle était habitée de la pure sensualité qui marquait les traits de Vaughn. Lui qui, la veille encore, avait eu peur de la blesser. À présent, il était en pleine possession de sa force… mais pas de son désir. Malgré ses affirmations, elle n'était pas certaine de pouvoir répondre à ses élans.

Sa paume calleuse sur la poitrine de Faith la laissa sans voix et elle lui étreignit les épaules quand, du bout des doigts, il lui effleura l'entrejambe.

— Tu es si douce ! murmura-t-il.

Elle poussa un cri qui se répercuta sur les murs de pierre.

Il se mit à la masser de sa paume avec une exquise fermeté qu'elle accompagna de mouvements avides. Apparemment, cette réaction plut à Vaughn dont la bouche sensuelle s'étira sur un sourire totalement masculin.

—Encore, ordonna-t-il. Continue.

Lorsqu'elle se hissa sur la pointe des pieds, il suivit son mouvement de la main, s'emparant de sa chair la plus intime en une caresse qui menaçait de la faire basculer dans une folie d'un tout autre genre. Serrant les cuisses, elle lui planta les ongles dans les épaules, essaya de capter ses lèvres mais il ne se laissa pas faire. Alors elle lui mordit le torse, lui griffa le dos.

—Mon chaton, souffla-t-il en la retenant car elle était déjà secouée de spasmes, je vais te prendre comme j'en ai rêvé.

Des images lui apparurent d'elle dans une position de soumission, les fesses offertes, les cuisses écartées. Elle ne lutta pas contre cette attaque érotique, s'abandonnant avec délice à cette séduction psychique.

—Il faudra…

Il l'interrompit en glissant deux doigts en elle sans prévenir, et lui malaxa les seins de son autre main, dans un geste qui mit le feu à sa chair.

—Il faudra quoi?

—D'abord me transporter là-bas, le défia-t-elle, incapable d'empêcher ses hanches de se mouvoir le long de ses doigts.

Pris d'un petit rire, il écarta ceux-ci pour intensifier ses sensations.

—Tu devrais savoir qu'il ne faut jamais provoquer un félin.

—Miaou! rétorqua-t-elle en sentant son corps se préparer à la tempête.

—Viens, je veux goûter ta capitulation.

Il fit bouger ses doigts de plus en plus vite, au point qu'elle ne parvenait à lui opposer aucune résistance.

Le plaisir la baigna d'un déluge de chaleur et de désir. Mais elle ne fut pas emportée par un vortex, la surcharge se répercutant le long de leur lien jusqu'au cœur sauvage d'un jaguar plus que capable d'affronter ce flot de sensations. Quand elle en émergea, ce fut pour se retrouver contre lui alors qu'il retirait les doigts de son corps. Son parfum musqué emplit l'atmosphère, puissant, enivrant, totalement féminin. Et malgré l'érection qui formait comme une flamme solide entre eux, elle sut que sa capitulation n'avait fait qu'augmenter la patience sensuelle de Vaughn.

Alanguie, repue, elle ne protesta pas quand il la transporta de l'atelier au lit où il la déposa à quatre pattes. À son contact, elle se cambra, goûtant les caresses sur son dos et sur ses fesses, à l'intérieur de ses cuisses, qu'il finit par lui faire écarter. Quand il lui saisit les omoplates, elle se rappela les confidences érotiques qu'il lui avait faites et, s'appuyant sur les coudes, elle baissa la tête contre les draps et souleva les reins.

Déjà folle d'excitation, elle refusait pourtant encore de céder. Chaque fois que le plaisir menaçait de l'emporter, elle s'accrochait à leur lien.

— C'est bien, murmura Vaughn. Je vois où tu veux en venir. Je te sens qui me retiens intérieurement.

Sa satisfaction était évidente, elle le perçut à la sensualité complaisante de son ton. Sans vraiment songer aux conséquences, elle envoya une demande érotique à travers leur lien, juste pour voir si elle y parvenait.

Il serra la main contre ses fesses.

— Bébé, je ne vois pas d'image, mais je crois que tu viens de lire dans mes pensées.

Ce fut le seul avertissement qu'elle reçut avant qu'il se mette à la dévorer, lui arrachant un cri presque aussitôt suivi d'un orgasme. Dix minutes plus tard, elle tremblait encore de tous ses membres, uniquement retenue par les mains de Vaughn sur ses hanches. Il était insatiable. Néanmoins elle ne s'effondra pas, son esprit absorbant les sensations avec gourmandise.

—Attends.

Sombre murmure, courant d'air sur une chair délicieusement sensible. Elle gémit… et il saisit entre ses dents la chair engorgée de son clitoris. Une onde noire s'abattit sur elle. Le plaisir était si puissant, si perçant qu'elle en sanglota de bonheur, s'accrochant au lien avec une violence teintée de pur désir.

Ce fut là qu'il la prit.

Brûlant, dur, dominant, jamais jusque-là il ne l'avait revendiquée ainsi. Elle se sentit marquée au-delà de la seule emprise sensuelle, imprégnée, possédée.

Et inversement. Elle avait émis cette pensée droit vers l'esprit de Vaughn, sans estimer nécessaire de l'exprimer en paroles.

—Oh oui, bébé, je suis à toi !

Il l'embrassa avec ardeur dans la nuque avant de la redresser pour l'amener jusqu'à l'extase. Là encore, elle ne s'effondra pas, ne devint pas folle… ne se brisa pas.

Quelques heures plus tard, Faith se tenait à côté de la silhouette tendue de Vaughn dans la cour de l'université privée où elle avait situé la cible du tueur. Elle ne voyait pas les autres derrière les verres de ses lunettes de soleil mais savait qu'ils étaient là, ombres silencieuses, anxieuses que justice soit faite.

L'impatience faisait bouillir son sang, une folle énergie lui emplissait les veines, la fureur de Vaughn se mêlant à la sienne plus intensément que par la seule télépathie. Elle devenait un peu jaguar à son tour et cela lui plaisait. Parfois, on avait besoin de griffes et celles-ci l'aidaient à résister à la proximité d'autant d'esprits non protégés.

Devant ce campus jonché de feuilles, ces étudiants qui s'y promenaient seuls ou en groupes, Faith sentit sa résolution se raffermir. S'ils échouaient, une femme innocente perdrait la vie, ce campus serait à jamais marqué par une infamie qu'aucun nettoyage ne saurait jamais effacer, et le fantôme de Marine ne trouverait jamais la paix. Ils étaient donc condamnés à réussir.

—On va l'attraper, lui souffla Vaughn d'une voix sourde.

—Comment sais-tu toujours ce que j'ai dans la tête ? demanda-t-elle. Je ne t'ai rien envoyé.

Après leur nuit agitée, ils avaient veillé à ce que Vaughn, qui ne pouvait entendre ses paroles, apprenne à lire les émotions qu'elle lui envoyait avec une précision infaillible.

—Il existe d'autres moyens de savoir et je vais bien m'amuser à te les enseigner.

Une intonation d'acier marquait cette dernière plaisanterie. Le jaguar n'avait pas pris le dessus pour le moment mais il était vraiment près de la surface. Car elle pouvait se trouver en danger.

—Vaughn, je ne suis pas si fragile. Je peux me protéger.

Elle ne mourrait pas devant ses yeux comme sa sœur, mais ne le ferait pas non plus souffrir en évoquant ouvertement un événement qui l'avait tellement blessé. En revanche, elle pouvait biaiser.

—Je ne me suis pas effondrée hier alors qu'à une époque je n'aurais même pas imaginé une telle chose possible. Ma force augmente jour après jour.

Le fait d'être Psi ne lui avait sans doute rien enseigné sur les émotions mais elle s'y connaissait en matière de stratégie. Et cette technique pouvait servir autant le bien que le mal.

—Vaughn ?

—Oui ?

—Tout n'est pas mauvais chez les Psis, n'est-ce pas ?

Elle souffrait de penser que tous ceux qu'elle avait connus, père, sœur, n'aient pas été bons.

—Bien sûr que non !

—Je ne parle pas des individus. L'espèce des Psis a aussi fait le bien, non ?

—Ils ont autrefois constitué le peuple le plus extra-ordinaire de cette planète. (Surprenante réponse.) Regarde tes dons. Sans eux, la civilisation aurait déjà été détruite des milliers de fois.

—C'était autrefois. Mais maintenant ?

—Ils créent plus de postes qu'ils ne peuvent en occuper, font travailler des millions d'humains et même quelques changelings.

—Mais à des postes subalternes.

—Qui leur permettent de vivre, de ne pas mourir de faim. Et les changelings ne sont pas différents de ce point de vue… Chez nous, les postes importants sont toujours tenus par la meute.

—Attends… ça ne fait quand même pas beaucoup. (Elle discernait la vérité sous cette gentillesse insolite.) Les changelings ont respecté la beauté de la Terre, empêché qu'elle soit polluée, et ce sont surtout les humains qui ont couvert ses murs d'œuvres d'art et rempli ses salles de musique. Alors que l'héritage Psi… ces gigantesques tours d'acier purement fonctionnelles, sans la moindre émotion… et Silence ?

356

La certitude qui lui parvint était inattendue, pourtant aussi claire qu'un ciel d'été :

—Si nous ne changeons pas, un jour nous disparaîtrons.

Ce serait une tragédie. Aucun de ceux qui avaient aperçu la beauté du PsiNet, sa stupéfiante énergie vitale même sous Silence, ne pouvait le nier.

—Alors il faut changer l'avenir, Faith. Transformer les Psis.

Tâche extraordinaire pour une Psi renégate.

—Je pourrai compter sur toi ?

—Quand je pense que tu me poses seulement la question ! railla-t-il en l'attirant à lui. Évidemment, tu peux compter sur moi, et sur toute la meute. On forme une famille.

—« Une famille ». (Terme doux-amer.) Toujours ?

—Et au-delà.

—Il arrive.

Elle avait laissé échapper l'avertissement sans même y réfléchir. Aussitôt, Vaughn recula avec un grondement qu'elle n'entendit pas mais qui lui donna la chair de poule.

—Que… ?

—C'est un signal, murmura-t-il en faisant mine de lui mordiller l'oreille.

À la façon dont les femmes l'avaient regardé quand il était entré sur le campus, Faith songea que plus d'une devait l'envier, ce qui provoqua en elle un petit plaisir primitif à l'idée que cet homme magnifique était le sien. Jamais elle ne l'assujettirait mais il faisait de son mieux pour lui plaire, à elle et à personne d'autre.

—Tu le sens ?

La question interrompit le cours de ses pensées et elle fut choquée de s'être laissé distraire au cours d'une mission si importante. Vaughn lui faisait décidément un effet qu'elle ne parvenait pas à contrôler.

— L'impression fait partie de mes aptitudes. C'est une sorte de vision sur un plan profondément psychique. Je ne suis pas connectée télépathiquement à lui.

L'horreur ne se produisait que pendant de véritables visions.

— Dans ce cas, comment comptes-tu le trouver ?

— Je vais déployer mes sens télépathiques. Je suis une télépathe de rang 6. (Très puissante, quoique loin de la puissance qu'elle attribuait à Judd.) Si je tombe sur d'autres Psis, je me retirerai avant qu'ils puissent me bloquer.

Elle n'ajouta pas que certains de ces esprits pourraient la repérer très, très vite.

— Mais, si je le touche, je tâcherai de repérer un lieu physique. Cela dit, ce ne sera pas grave si je n'y arrive pas… Judd pourra capter la signature mentale dans mon esprit et se servir de son pouvoir Tp plus fort pour localiser le tueur.

— Je n'aime pas que ce fichu Psi entre dans ton esprit.

— Moi non plus.

Si elle ne pensait pas que Judd voulait lui faire du mal, elle ne savait trop dans quel camp se rangeait la Flèche.

— Ce sera une connexion légère, un simple échange de données.

— S'il tente quoi que ce soit, sers-toi du lien.

Elle fut quelque peu apaisée à l'idée qu'elle ne serait plus jamais seule.

— Promis. Je commence ma recherche.

Elle communiqua son message à Judd.

— *Je te vois.*

La voix masculine était si claire que ses soupçons sur le rang de Judd ne firent que se confirmer. Il n'avait peut-être pas des yeux de firmament, mais il devait posséder la force d'un cardinal.

— *Si tu conserves un court rayon de balayage, je le repérerai presque en même temps que toi.*

Dans un murmure, Faith transmit la suggestion à Vaughn.

— Nous allons devoir changer de position et nous mettre à découvert le temps que je balaie le terrain. Mais ça permettra à Judd de repérer sa cible dès qu'on aura trouvé le tueur. Ainsi, il n'aura pas besoin d'entrer dans mon esprit.

Elle ne s'attendait certes pas à la réponse de Vaughn :

— C'est ton monde. Quelle est la meilleure option, selon toi ?

— Tu ne vas pas m'en empêcher ?

— Sauf si ça te met en danger pour rien, gronda le félin. Je ne peux pas protéger ton esprit, mais je vais garder ton corps à l'abri.

Autant rester en bons termes avec son jaguar.

— Alors, allons-y. Si je sens qu'on se rapproche trop et que je ne le vois pas, on arrêtera. Je ne veux pas non plus me présenter comme une cible.

Pour la première fois en vingt-quatre années, elle se sentait totalement vivante et elle n'avait pas l'intention que cela change.

CHAPITRE 24

— S i ça marche comme je l'espère, dit-elle, à la seconde
où il sentira ma présence, il essaiera de se connecter
et ça donnera à Judd l'occasion dont il a besoin.

— Je sens l'odeur de Judd. Dis-lui de bien se cacher.
Il fait tache sur ce campus.

— Et pas toi ? marmonna-t-elle en transmettant
le message.

— Je suis la brute dont les filles adorent tomber amou-
reuses, dit-il, pour une fois avec humour. Ce Psi a l'air d'être
venu abattre quelqu'un.

Secouant la tête, elle lança un premier rayon de
recherche.

— Rien.

Vaughn leur choisit silencieusement un coin plus
proche du bâtiment où se trouvait la future victime et
Faith procéda à un nouveau balayage.

— Rien.

Deux nouvelles tentatives produisirent le même résultat.
En fin de compte, les émotions comportaient un aspect
négatif : un Psi impassible aurait continué à chercher avec
une précision mécanique jusqu'à obtenir un résultat.

— Rien, rien, rien !

— Je ne veux pas que tu te rapproches de la proie. Si tu
sais à quoi il ressemble, il pourrait t'avoir repérée, lui aussi.

— Je n'avais pas pensé à ça mais, s'il s'agit d'un C-Psi, c'est possible.

— En tout cas, c'est aussi un lâche, cracha Vaughn. Et les lâches au pied du mur sont toujours dangereux.

Elle en convint. Certaines aptitudes télépathiques pouvaient provoquer de graves dommages quand on ne les utilisait pas à bon escient. Judd en était le parfait exemple.

— Laisse-moi essayer encore un balayage. Je sais qu'il est là.

Prenant une profonde inspiration, elle déploya ses sens. *Pour toi, Marine.*

Cette fois, il était bien là.

La noirceur la reconnut également. Repérant sa position à une effrayante vitesse, celle-ci entreprit de fouiller l'esprit de Faith. Ce fut un instinct viscéral qui vint à l'aide de celle-ci : elle replia tout son être en une petite boule qu'elle alla cacher dans son lien avec Vaughn. La sauvagerie changeling se referma sur elle et les griffes de la noirceur glissèrent dessus sans plus trouver ce qu'elle cherchait.

Le tout n'avait pris que quelques millièmes de secondes, pourtant, quand elle rouvrit les yeux, Faith eut l'impression d'avoir couru un marathon. Le corps de Vaughn était si tendu auprès d'elle qu'elle sut qu'il avait senti le danger.

— C'est un télépathe capable d'agressivité. Le don de clairvoyance n'arrive peut-être qu'en second.

Elle le voyait à présent, qui la cherchait des yeux à quelques mètres d'elle, un bel homme de haute taille marqué par la discipline de Silence. Dans son costume noir et sa chemise blanche, il ressemblait à un Psi parmi tant d'autres.

— Pourquoi n'a-t-il pas l'air d'un monstre ?

— Ce n'est jamais le cas, murmura Vaughn en l'étreignant.

Elle sentit ses griffes lui picoter la peau au travers de son tee-shirt.

La gorge soudain sèche, elle lui saisit le poignet.

— Tu ne peux pas le tuer! La Sécurité serait trop contente de te mettre la main dessus.

— Tu es ma compagne.

Elle savait que cela l'accablait de ne pas être celui qui l'aiderait à se venger.

— J'ai besoin de toi, Vaughn. Je t'en prie!

— Avertis ce satané Psi.

Ce qu'elle se hâta de faire tout en assenant au tueur un coup destiné à le déconcentrer. Cela fonctionna et Judd le repéra. Se prenant brusquement la tête entre les mains, l'homme se mit à gémir. Pourtant, il n'était pas encore neutralisé. Il y avait trop d'intelligence dans ces yeux noirs qui cherchaient d'où provenait l'attaque. Faith se demanda pourquoi Judd retenait ses forces.

C'est alors que le Tp-Psi se matérialisa devant elle.

— Tu es sûre? dit-il. C'est irréversible.

Sur le point de laisser éclater sa fureur, elle s'efforça de réfléchir, de considérer qu'il s'agissait d'une vie. Elle prit le temps de comparer ce dernier contact aux précédents. C'est alors qu'elle prit conscience que quelque chose n'allait pas.

— Je me lance?

Ni impatience, ni inquiétude; Judd Lauren était tellement froid qu'il la fit frissonner.

— C'est lui, mais… Vaughn, tu te rappelles ce que tu as dit quand tu as vu la noirceur m'entourer?

— Je ne suis pas près de l'oublier, gronda celui-ci.

Elle se pencha davantage contre lui, craignant que le félin ne prenne le contrôle de l'humain au point de vouloir déchiqueter l'homme sur-le-champ.

—Que ça le couvrait lui aussi. Dans les visions, quand j'étais lui, cela formait comme un manteau noir autour de nous. (C'était même pour ça qu'elle l'avait appelé « la noirceur ».) Mais maintenant c'est fini. Je ne lis pas dans son esprit, mais je sais que c'est fini.

—On y va, Faith ? demanda Judd. Je n'ai cogné qu'une fois ce… Il commence à s'en remettre, il va se défendre.

Elle jeta un coup d'œil vers leur cible, cet inconnu qui avait pris une telle place dans sa vie. De nouveau, elle fut frappée par sa banalité. Il était trop dangereux d'entrer dans son esprit, aussi ignorait-elle ce qui pouvait le pousser à vouloir tuer. Rien n'interdisait de penser qu'il n'avait été que le pion d'une entité encore plus négative et qu'il avait fini par s'en libérer, comme elle. Si bien qu'en ordonnant sa mort elle risquait de tuer un innocent.

Elle en demeura paralysée et, à cet instant, elle vit le sang qui serait répandu s'il ne mourait pas. La noirceur avait peut-être été éliminée, mais le cauchemar demeurait.

—Vas-y !

Ainsi, sa vengeance fut accomplie.

Trois heures plus tard, elle se retrouvait assise dans le repaire du couple dominant, entourée par Sascha et quelques changelings : Vaughn, Clay, Lucas, ainsi qu'une sentinelle blonde qui lui avait été présentée sous le nom de Dorian. Celui-ci posa sur elle un regard bleu marqué de lueurs agressives, d'une rage froide qu'elle ne comprit pas, alors qu'il n'avait même pas participé à la chasse. Un mot changeling. Une punition changeling. Administrée par un esprit Psi. Psi qui avait ensuite disparu, ce dont elle se félicitait. Elle lui était reconnaissante de ce qu'il avait fait mais Judd avait un mauvais effet sur Vaughn.

Tous les autres cherchaient comment la garder saine et sauve, alors qu'elle ne faisait que penser aux événements de la matinée. Elle avait ordonné la destruction d'un esprit, décision qui aurait dû l'emplir de remords. Cependant, malgré quelques regrets, elle avait aussi l'impression d'avoir bien agi. Marine pouvait à présent reposer en paix, aucune autre femme ne mourrait des mains de la noirceur.

Vaughn, qui s'entretenait avec Clay, s'approcha soudain d'elle :

— Debout.

— Quoi ?

L'air renfrogné, il la souleva purement et simplement du large coussin sur lequel elle était assise et y prit place avant de l'installer sur ses genoux. Elle se blottit dans sa chaleur, consciente de la présence des autres, mais peu lui importait. Les félins suivaient d'autres règles et elle s'adaptait.

— Parfois, dit Vaughn, il faut répandre le sang.

Elle perçut encore de la colère dans sa voix et s'en contraria.

— Mais je ne peux pas penser à ça. Ça ferait de moi aussi un monstre.

Il la tint serrée contre lui tandis qu'elle achevait de se réconcilier avec ce qu'elle avait fait. Peu après, elle allait se joindre à la conversation quand elle ressentit un petit coup frappé dans son esprit. Au lieu de réagir par un mouvement d'autodéfense, elle laissa répondre son don et ouvrit un canal télépathique.

Des centaines d'images de fleurs jaillirent par l'étroit couloir.

— Oh ! souffla-t-elle en étreignant le bras de Vaughn.

Son félin fut aussitôt sur le pied de guerre.

— Qu'est-ce qu'il y a ?

— Chut ! (Elle ferma les yeux en cherchant comment envoyer sa réponse sans affecter les autres, mais ne trouva pas.) Que tous ceux qui peuvent recevoir une pensée Tp ne s'occupent pas de ça.

Et puis elle renvoya une seule fleur qu'elle accompagna de joie et d'enthousiasme.

Une masse emberlificotée d'images s'ensuivit. Déchiffrant le message, elle finit par brancher son esprit sur la bonne fréquence, tellement inhabituelle qu'elle ignorait qui d'autre pouvait l'utiliser.

— Sascha, tu vois ça ? dit-elle en envoyant une image test.
— Non.

Cependant, le Gardien du Net l'avait vue, lui, et il lui expédia une autre fleur. Ravie d'avoir fini par trouver comment communiquer avec lui sans diffuser partout ses pensées, elle chercha le meilleur moyen de poser la question suivante.

Une image du PsiNet, avec un pont menant à elle.

L'image lui revint sans le pont.

Surprise, elle expédia un message d'étonnement.

Le PsiNet. Elle. Une lueur de ciel nocturne passant de l'un à l'autre.

— Bien sûr ! murmura-t-elle. Tu n'as pas besoin de pont. Parce que tu es né pour t'en passer.

Se fiant à son instinct et mettant plus que sa propre vie en jeu, elle lui montra un cliché de la Toile céleste.

Ce qui lui revint lui arracha une exclamation de surprise.

Elle comprenait. Elle le lui dit.

Il lui renvoya du soleil, du bonheur. Mais s'ensuivit la pluie. La tristesse. Des images du PsiNet avec des fleuves de noirceur constante qui coulaient au milieu, des lieux qu'il ne pouvait atteindre. Dans cette obscurité, elle ne vit rien bouger. Le règne de la mort.

Elle lui renvoya une larme pour laver toute cette noirceur.

En réponse, il lui fit parvenir des images dénuées de tout sens... jusqu'à ce qu'elle comprenne qu'il s'agissait de souvenirs d'enfant, qui remontaient à beaucoup plus longtemps qu'elle ne l'aurait cru : des images du PsiNet tel qu'il était au début, couleur arc-en-ciel et vivant. Après quoi, il lui montra autre chose, quelque chose qui la laissa sans voix.

À peu près incapable de réfléchir, elle répondit à son soleil d'adieu par une fleur, et rouvrit les yeux. Vaughn l'étreignait toujours, mais il était détendu.

— J'ai senti quelque chose te toucher, dit-il en fronçant les sourcils. Ce n'était pas méchant. Comme un lionceau ou autre chose de ce genre...

— Le Gardien du Net.

Sa réponse suscita une cacophonie de commentaires de la part des autres.

— Comment... ?

— ... une fuite ?

— ... Conseil ?

— Est-ce... ?

— Silence ! rugit Vaughn. Vas-y, mon petit écureuil.

Elle éclata de rire et, à la surprise de tous, l'embrassa sur la bouche.

— Je t'aime.

Le grognement qu'il lui opposa vibra le long de ses terminaisons nerveuses comme la plus intime des caresses.

— C'est bien le moment de me dire ça !

La tension les quitta tous sauf son jaguar dont elle percevait toujours la colère. Elle eut envie de l'apaiser, de le caresser mais, pour cela, elle aurait dû se retrouver seule avec lui alors que les autres attendaient qu'elle parle.

— Je suppose que tout le monde connaît le Gardien du Net ?

— J'ai essayé de leur expliquer, dit Sascha, mais je crois que c'est toi l'experte. Tu communiques avec lui en images ?

— Oui. On dirait que nous avons réussi à fabriquer différents tableaux qui traduisent nos pensées… Le soleil, c'est le bonheur, la pluie, la tristesse.

— Il ressent des choses ? demanda Sascha.

— Oui.

Ce qui permettait les plus grands espoirs.

— Comment peut-il entrer en contact avec toi si tu n'es pas sur le Net ? demanda Lucas de sa place sur le rebord de la fenêtre.

— La Toile céleste, répondit Sascha en se levant pour aller rejoindre son compagnon qui la prit dans ses bras. Je ne l'ai jamais sentie là-bas.

— Je ne me suis pas bien expliquée, reprit Faith en essayant de mettre de l'ordre dans ses idées. Il n'entre pas sur un autre réseau, à moins d'y être invité, je suppose… Je crois que c'est ce que j'ai fait en pensant à lui après avoir abandonné le PsiNet… parce que chaque réseau a son propre Gardien.

Un silence total régnait dans la pièce.

— On dirait que chaque fois qu'un réseau… une toile… se forme, il sème les graines de la création d'une nouvelle forme de vie. Le Gardien de la Toile céleste est un bébé, une simple pensée. Vous connaissez d'autres réseaux ?

Lucas plissa les yeux.

— Dis-nous d'abord ce que tu as vu.

Désormais capable de percevoir l'agressivité des changelings à un certain degré, elle sut que ce n'était pas une démonstration de méfiance, plutôt un refus de fausser son don de clairvoyance. Ce que ne pouvait qu'apprécier son esprit Psi.

— J'ai vu plusieurs petits réseaux, mais il m'en a montré un en particulier, constitué de cinq esprits Psis. Et si notre Gardien est un bébé, le leur n'est même pas encore né.

— Seigneur, ce sont les Lauren!

La déclaration de Lucas la secoua : elle ignorait que Judd faisait partie d'un groupe. D'une famille. Pourtant, il avait couru le risque de l'aider.

— Est-ce que ça nous rend vulnérables aux Psis?

— Non. Le Gardien du Net n'est plus contrôlé par le Conseil, même s'ils ne le savent pas encore.

— Quoi? Comment?

Sascha se dégagea de l'étreinte de Lucas; il souleva sa natte pour l'embrasser dans le cou.

La voyant fondre, Faith comprit; impossible de résister à ces prédateurs quand ils se montraient gentils.

— Pour nous, c'est un adolescent, à l'heure qu'il est, répondit-elle. Il est capable de réfléchir au-delà de ce qu'on lui a enseigné, de saisir la situation dans son ensemble. (Remplie de tristesse, elle accueillit le baiser de Vaughn comme un souffle de vigueur et d'espoir.) Il m'a montré la malfaisance du Net, cette méchanceté qui envahit tout. Si on ne met pas un terme à ce mal, il finira par tuer le Net lui-même.

— Comme une pourriture, conclut Sascha d'une voix affligée.

La sentinelle du nom de Dorian vint la prendre dans ses bras, ce que laissa faire Lucas, alors que Faith se serait plutôt attendue à le voir réagir avec violence. Autre facette de sa nouvelle famille, à laquelle il lui faudrait un certain temps pour s'accoutumer. De telles manifestations d'affection ne pouvaient que déconcerter un esprit qui venait tout juste d'échapper à l'asservissement à Silence.

— Autre chose? demanda Clay.

— Oui, je crois que le tueur était possédé. (Tous la regardèrent avec une incrédulité flagrante.) Mais je devrais peut-être y réfléchir davantage…

Vaughn l'embrassa sur le front.

— « Possédé », mon petit écureuil ?

— Tu crois que la détérioration mentale a commencé ?

Faible tentative de plaisanterie sur sa plus grande crainte. Elle était sans doute déconnectée du Net mais n'en demeurait pas moins une C-Psi, à l'esprit plus fragile que les autres.

— Je te trouve magnifique pour une folle.

Son baiser gourmand lui donna des frissons mais, dès qu'ils se furent séparés, elle put constater que les autres n'avaient pas changé d'expression.

— Le Gardien du Net m'a montré quelque chose la première fois que nous avons parlé. (Elle expliqua la stratégie des images.) Je crois que la femme aux étoiles représente le bon côté et celle qui n'en a pas le mauvais.

— Et la Toile céleste ? demanda Sascha, toujours dans les bras de Dorian.

Faith se redressa.

— C'est une entité unique, comme le LaurenNet.

Vaughn l'enveloppa de nouveau dans ses bras, l'attirant encore contre lui. Le mur de feu lui fut une douce bénédiction.

— Alors, d'où vient la différence du Gardien du Net ?

— Des émotions.

Les yeux de Sascha avaient viré au noir pur.

Lucas tira sur sa tresse et Dorian lâcha la jeune femme pour la laisser à son compagnon.

— Raconte-moi ça, Sascha chérie, dit-il en lui caressant la joue.

— Les Psi ont banni toute forme d'émotion, au point d'en nier l'existence. Or, si les Gardiens sont créés en même temps qu'un réseau, c'est que leur organisme est produit par le réseau en question.

Faith vit où Sascha voulait en venir.

— Notre Toile est alimentée par toutes sortes de sentiments… amour, haine, peur, joie.

— De même que celle des Lauren, sans doute à cause des enfants, dit Sascha en mêlant ses doigts à ceux de Lucas. Alors que le PsiNet n'est nourri que de Silence.

— Pourtant le Gardien du Net est bon, il ressent de la joie.

— Oui, mais le but de Silence consistait à éliminer la violence. À la base, le conditionnement voulait que toute noirceur soit négative. Il fallait la combattre, l'enfermer, la séparer du reste.

— Et ça n'a fait que s'amplifier avec les Gardiens du Net jumeaux. (Faith comprenait soudain ce que l'empathe avait vu immédiatement.) Un Gardien Noir pour tout ce qu'il y a de négatif, tandis que le Gardien du Net n'est que pure bonté. Ce qui le rend si vulnérable.

— Je n'en suis pas certaine, répliqua Sascha. Il connaît l'existence du Gardien Noir, donc il est sans doute au courant de ce que sa moitié connaît. Tu as bien dit qu'il avait trompé le Conseil.

— Oui. (L'inquiétude de Faith s'apaisa en partie.) Mais même si les jumeaux fonctionnent comme une équipe, leur séparation doit avoir des conséquences.

Sascha posa sur elle un regard triste.

— Tant que le Gardien Noir et le Gardien du Net ne seront pas réunis, les Psis continueront à produire les tueurs en série les plus vicieux de la planète.

— Des tueurs sans la moindre pitié, souffla Faith en songeant à ce qu'elle avait vu. Le Gardien Noir s'en sert pour se donner une voix. Il ne peut peut-être pas s'exprimer comme le Gardien du Net, parce qu'il aura été réduit au silence, mais il peut communiquer par des actes de violence.

— Comme un enfant qui hurle pour affirmer son existence.

L'image fit frémir Faith. Tant de morts, tant de rage, juste pour un enfant qui voulait se faire accepter.

— Tant que Silence ne sera pas abrogé, nous ne pourrons rien faire d'autre qu'essayer d'arrêter les manifestations de la noirceur.

— Ces tueurs, gronda la bête de Vaughn.

— Oui.

— Pourquoi est-ce qu'il te parle? demanda Sascha après un court silence.

— Peut-être parce que je lui parle et que je suis une Psi douée d'émotions. Je crois qu'il a besoin de ce contact, de savoir que ce genre de Psi peut exister.

La tristesse de Sascha parut se transformer en espoir:

— Tu crois que je pourrais lui parler moi aussi?

— Il adore ce que tu représentes, dit Faith avec un sourire. Ça pourrait bien me rendre jalouse.

— Pourquoi?

— D'après toi, comment as-tu échappé à la détection du Net quand tu étais enfant, avant d'avoir assez grandi pour pouvoir cacher ton esprit arc-en-ciel?

— La différence n'est apparue qu'avec l'adolescence.

— Non, Sascha, elle a toujours été là. Réfléchis-y… Nos dons nous viennent à la naissance. Le Gardien du Net m'a ainsi montré un millier d'esprits cachés exactement comme le tien, protégés par autre chose que leurs propres boucliers.

Sascha ne put cacher sa stupéfaction.

— Le Gardien du Net sait pour nous?

Nous. Les E-Psis. Don que Faith commençait tout juste à concevoir car il avait été carrément effacé du Net. Pourtant ils avaient survécu. Parce qu'ils *devaient* exister. Sinon, les Psis auraient perdu leur humanité. Toutes les espèces possédaient une conscience. Sans cela, tout ne serait qu'horreur.

— Oui. Il vous protège depuis des dizaines d'années, depuis qu'il a compris ce que Silence vous infligeait. C'est peut-être même là qu'il s'est mis à penser par lui-même. Je ne sais pas. Tout ce que je sais, c'est que nous traitons d'une forme de vie qui possède un cœur et que ce cœur est fait d'un millier de E-Psis. Le Gardien du Net ne sera pas mauvais tant que ces esprits existeront. En revanche, son jumeau restera complètement mauvais.

— Ton Gardien du Net est peut-être bon, mais ce n'est pas le seul qui sache où tu te trouves, leur rappela Clay.

La conversation tourna de nouveau sur le moyen de la protéger du Conseil. Quelqu'un mit sur le tapis la question de la vidéo sur laquelle un Psi tueur se confessait.

— Si on joue cette carte, dit Clay, il faudra se préparer à la guerre.

— Nos raisons de ne pas le divulguer restent toujours valables, ajouta Lucas. On garde ceci en dernier recours. Vaughn ?

Celui-ci grogna son acquiescement.

— Ils n'arrêteront pas pour autant de traquer Faith. (Dorian avait pris la parole d'une voix si glaciale qu'elle eut envie de se cacher.) Ils sont doués pour tuer.

— Le premier qui osera la toucher, je l'éviscère, promit Vaughn avec la confiance paisible du plus dangereux des prédateurs.

— Bon, dit Sascha, il y a ça. Si elle protège bien son esprit, ils vont devoir se rapprocher pour l'attaquer. DarkRiver peut les abattre avant qu'ils l'atteignent.

— Combien de temps vais-je devoir vivre avec ça ? demanda Faith, irritée que sa prémonition ait disparu dans la brume. Il doit bien y avoir un moyen de les empêcher de faire un exemple avec moi.

La main de Vaughn reposait sur ses genoux, puissante et possessive.

— Ils n'arriveront pas si loin, mon petit écureuil.

Elle le crut.

— Nous devons effectuer une visite du site avec Nikita demain, annonça Lucas dans le silence qui s'ensuivit. Nous allons voir s'ils sont ouverts à un marché… Faith représente trop à leurs yeux pour qu'ils commettent l'erreur de risquer de la tuer.

La réunion s'acheva peu après.

Pour arriver à la réunion, Vaughn avait conduit aussi loin qu'il l'avait pu, puis couru le reste du chemin avec Faith sur son dos. Mais, lorsqu'ils descendirent du repaire, elle demanda qu'il la dépose.

— Marchons un peu, proposa-t-elle, les yeux plus noirs qu'à l'accoutumée.

— À tes ordres, mon petit écureuil.

Lui prenant la main, il la conduisit à travers les arbres jusqu'à un chemin quasi invisible.

— Comment l'as-tu vu ? lui demanda-t-elle. Je n'aurais jamais trouvé ce chemin.

Il lui montra ses repères, les coups de griffe sur certains arbres, la disposition subtile des rochers qui semblaient pourtant tombés au hasard.

—C'est un code, une façon de se parler qui ne repose ni sur la parole ni sur la télépathie. Nous pouvons lire ces signes sous la forme de félins aussi bien que d'humains.

Du bout des doigts, elle traça doucement la marque des griffes sur un tronc.

—Un langage dont les Psis ignorent l'existence.

—Sauf ma Psi.

Elle le suivit plus profondément dans la forêt.

—Lucas a raison ; si le Conseil se lance à ma recherche, ce ne sera pas pour me tuer.

—Tu vaux beaucoup trop vivante.

Il en avait les tripes en feu. Elle valait tellement plus qu'une machine à sous. C'était une femme d'esprit et de courage, qui possédait un don susceptible de changer le cours de l'avenir.

—Je n'ai rien dit aux autres, mais je ne crois pas que Nikita acceptera de passer un marché. D'ailleurs, je ne vois pas lequel. Nous n'avons aucune preuve que le meurtre de Marine ait été un coup monté.

—Comme l'a dit Lucas, nous ne l'utiliserons qu'en dernier recours, mais nous avons l'enregistrement de la confession d'Enrique.

Il lui raconta les crimes et le châtiment de l'ancien Conseiller. Vaughn était présent cette nuit-là et il s'était vengé au nom de Lucas car son chef de meute était alors bloqué par le sauvetage de sa compagne.

—Il nous a tout dit, ajouta-t-il.

Avant qu'ils ne le déchiquettent en mille morceaux sanguinolents.

Blême, Faith lui étreignit le bras de sa main libre.

—Tu as donné ton accord pour ne pas l'utiliser.

—En effet. Sauf si on n'a pas le choix.

— Non, Vaughn ! jamais. Si vous acculez le Conseil, ils réagiront de toutes leurs forces et s'en prendront aux plus vulnérables de la meute, à commencer par les enfants.

Le serment de Vaughn en tant que sentinelle s'opposait à celui qu'il lui avait fait et qui valait plus que tout le reste.

— Tu es ma compagne.

— C'est pour ça que je te demande de ne jamais utiliser cet enregistrement en mon nom. Vaughn, je veux être certaine de ne pas apporter la mort dans ma nouvelle famille, je veux savoir que je suis du bon côté.

— Tu es du bon côté en tout, dit-il en la prenant dans ses bras. Ne t'inquiète pas ; nous avons le pouvoir de les affronter… Il a déjà fallu imaginer une contre-mesure après la désertion de Sascha. Les petits sont en sécurité.

Jamais il n'avait été question de les mettre en danger.

— Tu fais partie de la meute.

Et les membres de la meute se soutenaient les uns les autres. Il donnerait son sang pour eux et eux feraient de même pour lui.

— Je ne veux pas avoir leur sang sur la conscience, souffla-t-elle en l'étreignant. Promets-moi que tu n'utiliseras jamais cet enregistrement pour me protéger. Même en dernier recours.

— Sinon ?

Chapitre 25

— S inon, j'irai me rendre au Conseil. (Une expression intraitable lui voila le visage.) Dès la première occasion.

Il la savait assez entêtée pour s'en tenir à cette décision.

— Tu ne me laisses pas le choix.

La bête lui en voulait mais, ce qui irritait le plus Vaughn, c'était son impuissance. Judd avait abattu le tueur ; Lucas et Sascha allaient rencontrer Nikita. Il ne pouvait à peu près rien faire pour protéger la seule personne qu'il ait besoin de protéger.

— Allez, remonte.

Il n'avait plus envie de parler.

Faith ne protesta pas, le laissant la hisser de nouveau sur son dos pour repartir à travers la forêt, tel un animal sur deux pattes, un jaguar pris dans un piège dont il ne pouvait se dépêtrer. Ce soir-là, il ne voyait rien de la beauté qui l'entourait, ne ressentait ni joie ni enthousiasme. Il était furieux contre tout et tout le monde. Le destin, la Psi qui était sa compagne et, surtout, lui-même.

Ignorant les vagues de tendresse qu'elle lui envoyait par le biais de leur lien, il se jeta dans la forêt et laissa la bête prendre le dessus. Même s'il gardait forme humaine, son esprit, son cœur, son âme devenaient jaguar. Et le félin ne se laisserait pas influencer par la folie humaine. Voilà tout.

Il ne sut trop combien de temps il courut dans cet état, mais ils arrivaient près de la voiture quand son ouïe fine perçut un son des plus étranges. Il s'arrêta net et Faith dut s'agripper à lui.

— Chut ! souffla-t-il très bas alors qu'elle allait parler.

Là-dessus, il lâcha ses jambes pour l'aider à glisser à terre dans un total silence. Elle y demeura immobile tandis qu'il inspectait les alentours de ses sens aiguisés.

Par-dessus la tête de Faith, il commença par inspecter le chemin d'où ils venaient, caché par un arbre parfaitement droit. Alors il offrit de nouveau son dos à Faith puis se déplaça de sa démarche féline afin de revenir sur ses pas jusqu'au large séquoia où il grimpa à l'aide de ses griffes. Faith tint bon, ne dit pas un mot alors qu'il atteignait la cime. Cela le rendit fier d'elle.

Quand il aperçut ce qu'il cherchait, il changea de position afin de laisser sa compagne s'asseoir dans la cachette formée par l'intersection de plusieurs branches. Alors seulement, elle se permit de murmurer :

— Qu'as-tu entendu ?

Il s'assura qu'elle demeurait invisible du sol.

— Quelque chose qui n'a rien à faire ici.

Il se pencha pour l'embrasser. D'un rude baiser à sa façon.

— Ne quitte pas cet arbre tant que je ne reviendrai pas te chercher, moi ou un autre membre de la meute. Et n'essaie pas de joindre Sascha par télépathie ni par aucun autre sens Psi.

Les étoiles dans les yeux de Faith disparurent aussitôt.

— Ils viennent me chercher.

— Personne ne te touchera. Fais exactement ce que je t'ai dit. Ils pourraient bien te repérer si tu essaies un truc Psi.

En bon soldat, il avait au moins le sens de la stratégie et savait traquer une proie.

—Je voudrais t'aider, murmura-t-elle.

—Je te ferai signe si j'ai besoin de toi.

Il vit qu'elle comprenait à quoi il faisait allusion. Leur lien n'était pas Psi, ainsi les autres ne le capteraient pas.

—Fais attention et reviens vite.

Il en avait bien l'intention mais, d'abord, il devait se débarrasser de certains parasites. En un rien de temps, il dévala le séquoia, toucha le sol sans bruit et coordonna les diverses impressions transmises par ses sens. Il y avait effectivement plus d'un Psi dans les parages.

Pour s'être enfoncés si loin en territoire DarkRiver sans alerter quiconque, il fallait qu'ils soient doués. Très doués. Vaughn n'avait pas l'intention de sous-estimer leur talent. Il devait les abattre avant qu'ils se rendent compte qu'on les pourchassait. Sinon, ils broieraient son esprit dans un déluge de puissance.

Ôtant son jean, il le cacha non loin de l'arbre et se métamorphosa en jaguar. Les Psis étaient peut-être doués mais ils se trouvaient sur le territoire de Vaughn, où ses pattes se posaient silencieusement, où ses sens étaient aiguisés comme jamais, où sa sauvagerie n'avait pas d'égal. Les Psis avaient enfreint la première loi en entrant dans un territoire interdit à quiconque n'était pas félin ou loup. Ils avaient enfreint la seconde en tendant un piège à sa compagne.

La première fois, c'était une erreur. La deuxième, cela devenait impardonnable.

Vaughn marcha un peu sur le sol avant de sauter dans les arbres. Son odorat n'était pas aussi développé que sa vue, mais il dépassait de loin celui d'un humain ordinaire et s'avérait suffisant pour le prévenir de la présence d'un Psi à quelques mètres de lui sur sa gauche. Il longea une branche jusqu'à se trouver juste au-dessus de la tête de ce dernier. Vêtu de noir, le visage barbouillé de peinture, l'homme s'était allongé sur le sol, un œil collé dans le viseur de ce qui ressemblait à un Series III Ramrod.

Un fusil illégal destiné à la chasse des grands félins.

Vaughn ne lui accorda pas d'avertissement. Celui-ci n'était sans doute pas autorisé à envoyer un signal télépathique aux membres de son équipe, d'ailleurs le fil accroché à son oreille indiquait qu'ils observaient sans doute un silence mental. *Ils ne voulaient pas avertir Faith.* Dans ce cas, ils ne devaient pas non plus scanner les lieux par télépathie et ne se fiaient qu'à leurs sens physiques. Erreur numéro trois : ne jamais entrer sur le territoire d'un prédateur en pensant le battre à son propre jeu.

Vaughn sauta sur son dos et lui écrasa le crâne entre ses puissantes mâchoires avant que le Psi ne se soit seulement rendu compte qu'il avait été repéré. Il lui avait brisé les os, le tuant vraisemblablement en se jetant sur lui mais, de toute façon, nul ne pouvait se remettre d'une telle morsure au cerveau.

Et d'un.

Son lien avec Faith vibra de douleur. Vaughn se figea. Faith avait perçu le meurtre et en était bouleversée. Il attendit pour voir sa réaction, jusqu'au moment où il se rendit compte qu'elle éprouvait de la douleur pour lui, car il se trouvait obligé de faire cela pour elle. Le jaguar n'avait pas de temps à perdre avec ces balivernes. Évidemment qu'il ferait cela pour elle : c'était sa compagne.

Il remonta dans les arbres, la sachant auprès de lui à présent. Tant mieux. Ainsi, elle verrait l'autre côté de sa nature, se rappellerait qu'il n'était pas humain, ni civilisé. Après quoi, il fit taire ces pensées pour redevenir juste prédateur. Sur la droite du premier Psi, il en trouva un deuxième. Celui-ci n'avait qu'un pistolet à la main, pas une arme destinée à tuer mais à soumettre. Pour Faith.

Il semblait plus prudent, scrutant les alentours de l'œil entraîné d'un éclaireur, inspectant les arbres à chaque mouvement. Il savait qui le chassait. Mais les jaguars étaient patients : Vaughn se contenta d'attendre qu'il regarde ailleurs pour lui infliger la même mort qu'à son camarade.

Et de deux.

Le troisième se trouvait plus haut sur la gauche. Dès lors, Vaughn devina leur tactique. Ils s'étaient positionnés en demi-cercle autour de son véhicule. Vraisemblablement six mercenaires armés. À présent deux étaient morts et les positions des quatre autres devenaient évidentes. Erreur numéro quatre. Il n'aurait jamais placé ses hommes selon un schéma aussi prévisible. Mais, évidemment, les Psis considéraient les changelings comme des animaux trop stupides pour raisonner.

Erreur numéro cinq.

L'assassin numéro trois disparut en une minute. Le quatrième suivit. Le cinquième aperçut Vaughn et tira un coup de feu mais ne put en faire davantage. En revanche, il avait prévenu le numéro six. Au lieu de lancer une attaque psychique, ce dernier s'enfuit, zigzaguant à travers la forêt par un chemin qui aurait semé n'importe quel humain. Malheureusement pour lui, Vaughn n'était pas humain. Il aurait pu laisser le Psi croire qu'il renonçait, le torturer en jouant avec lui, mais ce n'était pas son genre.

Il resta dans l'ombre tout en le poursuivant, sachant que l'assassin ne pouvait l'attaquer tant qu'il ignorait où il se trouvait. L'esprit des changelings était solide. Le Psi allait devoir viser juste pour le détruire, un coup au hasard ne pourrait jamais pénétrer ses boucliers naturels. En fin de compte, son exécution vira plutôt à la douche froide. Le Psi ne se rendit même pas compte de ce qui le frappait et mourut en pleine course.

Le jaguar le retourna sur le dos et Vaughn reprit forme humaine afin de fouiller le corps à la recherche d'indices. Il trouva quelque chose dans la poche de gauche. Un petit objet plat qu'il identifia immédiatement comme une télécommande longue distance. En l'ouvrant, il vérifia la sortie computronique.

Sa voiture était destinée à sauter.

S'ils n'avaient pu capturer Faith, les Psis avaient reçu l'ordre de la détruire. Il rugit. Heureusement que ces hommes étaient déjà morts. Se métamorphosant de nouveau, il prit la télécommande dans la gueule et courut retrouver Faith. Il y avait du sang sur sa fourrure, qui allait se reporter sur sa peau quand il changerait de forme. Il n'y pouvait rien. Cependant, il était redevenu humain, et avait enfilé un jean quand il la retrouva.

— Ça va ? s'enquit-elle en l'examinant. Tu saignes !

— Ce n'est pas mon sang.

Il s'attendait à la voir grimacer de dégoût, mais ne découvrit qu'une expression de soulagement.

— J'ai cru comprendre que l'un d'eux avait tiré.

— Il a manqué son coup. Viens.

Il l'aida à descendre de l'arbre. Elle restait très pâle, l'expression tendue.

— Tu as dû tuer pour moi.

— C'est normal.

Il l'embrassa de longues minutes, interdisant à sa bête de se manifester. Quand il se détacha d'elle, Faith avait les joues roses. Il plongea la main dans sa poche.

— Tu vois ça ?

— On dirait une espèce de télécommande, dit-elle en la plaçant sur sa paume. Exceptionnellement compacte, rien de ce qui se trouve en ce moment sur le marché. Je dirais que c'est un prototype des laboratoires Exogenesis… J'ai un peu travaillé pour eux, l'année dernière.

— C'est pour faire sauter la voiture.

Elle tressaillit.

— Ils voulaient te tuer !

Tout d'un coup, il comprit qu'elle avait raison. Faith était trop importante pour qu'on la tue.

— Ils *voulaient*, comme tu dis. J'ai cru comprendre que tu pouvais communiquer avec Sascha, non ?

— Je ne suis pas certaine de notre lien télépathique, mais si la Toile marche aussi bien que le Net, je peux essayer.

— Dis-lui de passer ce message à Lucas : il nous faut une équipe de nettoyage. Cinq félins ici.

— Comment sauront-ils où venir ?

— Ils connaissent l'endroit où j'ai laissé ma voiture et ils nous retrouveront à partir de là en suivant notre piste au flair.

Elle hocha la tête et ferma les yeux.

— D'accord, je vais essayer de la joindre par télépathie. Elle n'est pas loin et je la connais… Tiens, voilà. Elle me reçoit.

Court silence, puis :

— Lucas dit qu'ils arrivent. Et qu'il envoie un homme de plus pour me ramener au repaire.

— Bien.

Elle rouvrit les yeux.

— Alors il faut que je reparte ? maugréa-t-elle en grimaçant.

— Tu ne peux pas emporter un de ces corps vers sa destination finale.

Elle déglutit mais ne reconnut pas sa défaite.

— C'est-à-dire ?

— Nikita Duncan a la malchance d'habiter près de chez nous.

— Je vois. (Elle baissa la tête puis la releva.) Tu n'éprouves aucun remords d'avoir tué ces hommes.

Il attendit qu'elle ait fini de réfléchir. Bien qu'il ne soit pas près de l'admettre, il s'inquiétait un peu. Elle venait d'être témoin de son aspect le plus brutal. À présent, il attendait sa réaction.

— Et pourtant c'était propre. Tu n'as pas joué avec eux, tu n'y as pas pris de plaisir.

— Non, mais c'est le cas quand je capture des proies animales.

Il n'allait pas lui mentir.

— Ça, je pourrai le supporter parce que c'est naturel. (Sans plus prendre garde au sang, elle l'étreignit, ses doigts traçant de délicates pointes de feu là où ils effleuraient sa peau.) Je ne dirai pas que je n'ai pas été choquée par la rapidité avec laquelle tu as supprimé ces assassins, mais je n'en ai été ni révulsée ni horrifiée. Tu es ainsi fait. Et je t'aime.

Cette simple déclaration le mit mentalement à genoux. La prenant dans ses bras, il laissa la tension le quitter. Car il était ainsi fait. Et elle l'aimait. Que pouvait-il demander de plus ?

Faith suivit Dorian sur le chemin qui les ramenait au repaire du couple dominant, jetant des coups d'œil par-dessus son épaule vers Vaughn. Mais il était déjà parti, simple tache de couleur à travers la forêt. Cinq léopards et un jaguar. Tant de puissance. Tant de fureur. Pour elle.

— Je pourrais te prendre sur mon dos, proposa Dorian au bout de dix minutes. Je suis un latent mais j'ai la force d'un changeling.

— Désolée, dit-elle poliment, consciente qu'il ne l'aimait pas. Je ne sais pas ce que signifie le mot « latent » dans votre monde.

— Je ne peux pas me changer en léopard.

Cela dit sans le moindre apitoiement sur soi-même.

Avec ses yeux bleu ciel et ses cheveux blonds, il avait davantage l'air d'un lycéen que du prédateur sans merci qu'il était.

— Je ne préfère pas. Je ne suis pas à l'aise quand je m'approche de quelqu'un d'autre que Vaughn.

Il hocha la tête et tous deux se remirent à marcher. Elle réfléchit à ce qu'il avait dit, se demandant si c'était pour cela qu'il portait une telle rage dans le regard. Mais celle-ci la visait plus particulièrement et elle n'avait rien à voir avec le fait qu'il était latent. Après presque une demi-heure de silence, elle décida que le mieux était encore de lui poser la question. Il faisait partie de sa famille, à présent.

— Pourquoi tu ne m'aimes pas ?

Plusieurs minutes s'écoulèrent avant qu'il ne réponde :

— Je ne te connais pas, donc je n'ai aucune raison de t'en vouloir personnellement.

Elle comprit aussitôt :

— Mon don. C'est ça, alors ? Tu crois que j'aurais pu empêcher quelque chose ?

— Pas toi. Les clairvoyants dans leur ensemble.

— Tu as raison, nous aurions peut-être pu. (La tragédie étant qu'ils ne l'avaient pas fait.) Mais je ne crois pas que les clairvoyants puissent tout prédire. Sinon, personne ne serait jamais plus assassiné, aucun grand désastre ne tuerait plus des millions de personnes. (Elle avait eu le temps de réfléchir à cet aspect des choses.) Alors peut-être que nous aurions pu empêcher ce qui a pu t'arriver, mais peut-être pas.

— Au moins, tu aurais essayé si tu avais été à l'extérieur.

— Oui. (C'était irréfutable.) Oui.

De nouveau, il laissa s'écouler cinq minutes avant de pouvoir encore dire un mot. Elle passa ce temps à réfléchir à ses propres déclarations. C'était bien ce qu'elle croyait mais c'était aussi une supposition. Elle ne savait pas ce que les C-Psis précédents avaient vu. Ces enregistrements avaient été purgés du PsiNet, perdus dans les mystères du temps.

La prémonition, quand elle arriva, fut tranquille, silencieuse, comme l'homme à côté d'elle. *Dorian.* Brisé, en miettes, mais il finirait par se reprendre. Et à un degré qu'il ne pouvait même pas imaginer. Elle le voyait clairement, de sa vue mentale, beau léopard moucheté de sombre, aux yeux plus verts que bleus.

L'image disparut et elle se demanda si elle devait la lui faire partager. Ce n'était pas une véritable vision, cela manquait de précision ; pourtant, elle l'y avait découvert plus âgé. Néanmoins, que faire si elle l'en informait et que l'avenir changeait pour une raison ou pour une autre ? Ne pas donner de faux espoirs. Elle prit la difficile décision de garder cette image pour elle. Parfois, le silence restait le bon choix. Ce n'était que lorsqu'on n'avait plus d'option qu'il devenait une prison.

— J'ai entendu dire que tu avais perdu ta sœur.

Elle s'était tellement habituée à la froideur de cette sentinelle qu'elle ne put réprimer un sanglot.

— Marine. Elle s'appelait Marine.

— Ma sœur à moi, c'était Kylie.

Leurs regards se rencontrèrent et elle comprit. Il essaierait de lui pardonner d'être ce qu'elle était si elle essayait de ne jamais plus laisser mourir une autre sœur.

— Oui.

Vaughn retrouva Faith trois heures avant l'aube. À la vue du café sur la table et de l'expression alerte de leurs visages, il conclut que ni elle ni Sascha n'avaient dormi. À son apparition, Faith se leva et vint à sa rencontre. Personne ne dit mot quand il la prit par la main et l'entraîna hors du repaire pour la deuxième fois cette nuit-là, laissant Lucas avec sa compagne.

Ils effectuèrent le trajet en voiture dans le plus grand silence. Le véhicule avait été nettoyé par Dorian, pourtant Vaughn vérifia une dernière fois qu'il ne s'y trouvait plus d'explosifs avant d'ouvrir la portière passager à Faith. Le félin continuait à surveiller les alentours afin de détecter toute menace ; il ne commença vraiment à respirer qu'en atteignant son propre territoire.

Ils avaient roulé une bonne heure mais ni l'un ni l'autre n'avait sommeil en arrivant. Faith ne posa pas de questions, ne demanda pas de réponses ; elle le regarda juste se doucher avant de se déshabiller à son tour et de le rejoindre sous la cascade. Il sentit sa tension.

— Tout s'est passé sans problème, assura-t-il. Pas une seconde ils n'ont su qu'on était là.

— Dans la résidence de Nikita Duncan ?

— Entre autres, ainsi que de personnalités de haut rang liées au Conseil.

Il avait dû se retenir d'aller écraser quelques autres crânes de Psis en effectuant la livraison.

— J'ai senti que tu n'avais pas été blessé ni en danger.

— Bon.

Il voulait qu'elle s'habitue à ce lien si bien qu'il ne lui reprocha pas de l'utiliser pour vérifier qu'il allait bien. C'était normal chez les compagnes. Pour lui, un lien ne servait pas à cela mais il le sentait d'une façon inexplicable : il saurait toujours si elle était attaquée ou blessée.

Elle se détendit de nouveau et il la fit sortir de la douche et l'essuya. Quand il l'amena droit au lit, elle ne protesta pas. Et quand il revendiqua ses droits physiques sur elle, elle le laissa faire. Après quoi, ils se blottirent l'un contre l'autre en regardant naître les premières lueurs du jour.

Faith posa la joue sur son torse, la main sur son cœur et, quand elle pleura, il lui caressa la tête et le dos sans savoir comment la réconforter. En même temps, il savait que ces larmes brûlantes n'avaient rien à voir avec lui. Il ferma les bras sur elle et le jaguar lui adressa quelques sourds murmures sans paroles.

De longues minutes après, elle poussa un soupir.

— Ils sont venus me chercher comme si j'étais un animal qu'on pouvait traquer et tuer.

Cessant un instant de la caresser, il serra le poing mais n'intervint pas.

— Je croyais… peut-être que mon père… mais non, bien sûr, c'est un Psi. Il voulait récupérer son investissement. Ça lui était égal que j'aie fait tel ou tel choix et il savait qu'en te tuant, il me tuerait aussi.

— Je ne suis pas aussi facile à prendre au piège, petit écureuil.

— C'est idiot, mais je me sens trahie par mon propre père, même s'il n'en a jamais été vraiment un pour moi. Comment peut-il les avoir laissés se lancer ainsi à ma poursuite?

Vaughn n'avait pas de réponse susceptible de l'apaiser. Alors il se contenta de l'étreindre et de lui dire qu'à ses yeux elle représentait un trésor inestimable. Elle finit par s'endormir. En sécurité chez lui, dans cette demeure où aucun Psi ne pourrait mettre les pieds sans déjouer mille pièges, à son tour il sombra.

Faith s'éveilla à 9 heures. Son corps ne voulait plus dormir, même s'il avait été privé de repos. Son félin maugréa quand elle bougea et lui dit de rester allongée. Elle parvint à s'arracher un sourire et se pelotonna contre lui en écoutant le son de la cascade, en regardant les rayons du soleil traverser les ouvertures dessinées par Vaughn.

La lumière se faufilait à travers une sorte de vitrail pour dessiner des mosaïques sur les tapis. Son esprit Psi les trouvait belles dans leur conception élaborée, à l'effet qui changeait de minute en minute avec la lumière. Elle les admirait depuis le lit quand le tableau de communication encastré dans le mur sonna. Persuadée que Vaughn n'allait pas bouger, elle se dégagea de ses bras et alla répondre. Ils allaient devoir envisager, songea-t-elle, une installation qui leur permette de répondre du lit en audio seulement.

Elle s'attendait si peu à entendre la voix qui répondit à son bonjour qu'il ne lui fallut pas moins de dix secondes pour l'identifier. Ce qui suffit à Vaughn pour s'éveiller à son tour et la rejoindre. Elle le laissa prendre les décisions suivantes. Parce que, pour elle, leur interlocuteur ne valait pas mieux qu'un fantôme.

CHAPITRE 26

Moins d'une heure plus tard, Faith pénétrait dans une salle de réunion au siège social de DarkRiver, Vaughn à son côté. Non loin de l'agitation de Chinatown, le bâtiment se trouvait ainsi en pleine ville, et très bien protégé, non seulement par les forces changelings mais aussi par l'aptitude humaine à se fondre dans le décor, ce qui leur permettait d'entendre des choses que la plupart des Psis croyaient encore secrètes. En échange, les habitants du quartier comptaient sur DarkRiver pour les protéger des gangs.

Cependant, l'esprit de Faith n'était pas vraiment tourné vers la sécurité, à ce moment-là. À vrai dire, elle se sentait incapable de pensées rationnelles mais ses années d'entraînement intensif lui permirent de prendre sur elle.

— Bonjour, père.

Anthony NightStar se leva mais ne s'approcha pas d'elle.

— Bonjour, Faith.

Elle ne savait trop que penser. Elle s'était préparée à son éviction du monde Psi, à se voir interdite de tout contact par le Conseil.

Anthony cilla légèrement à la présence silencieuse de Vaughn.

— Et le respect de la vie privée ?

Elle sentit Vaughn se hérisser mais il la laissa répondre :

— Vaughn est mon compagnon. Il a accès à tous mes secrets.

Anthony n'insista pas, ce qui n'avait rien de surprenant. En homme éminemment logique, il avait compris que ce point n'était pas négociable.

— Dans ce cas, allons-y.

Elle prit place à la table, en face de lui, posant une main sur le bras de Vaughn comme pour lui transmettre une demande non formulée. Il acquiesça et s'assit à sa droite au lieu de rester debout tel un jaguar guettant la première excuse pour bondir.

— Ta désertion a eu des répercussions sur le clan dans son ensemble.

— Je sais. (Elle avait fait le bon choix mais ses conséquences les plus importantes la tourmentaient encore.) Combien le clan a-t-il perdu ?

Combien d'emplois avaient été affectés ? Combien de vies ?

— Pas autant qu'il aurait dû si nous n'avions pas pris de mesures préemptives.

Elle constata, non sans contrariété, qu'Anthony insistait davantage sur l'acte de trahison.

— Je croyais que Juniper n'était pas encore très au point en matière de prévisions.

— Non, en effet, reconnut-il. À huit ans, elle est loin d'atteindre le niveau que tu avais à cet âge.

Vaughn prit alors la parole :

— C'est une enfant. Laissez-la vivre.

— Nos deux mondes sont différents, monsieur D'Angelo, rétorqua Anthony bien que le nom de Vaughn n'ait pas été mentionné. En laissant Juniper vivre sa vie d'enfant, comme vous dites, nous commettrions l'erreur de la priver de formation, mais aussi de protection. (Il leva la main pour couper court à tout commentaire.) Oui, le clan exploitera tous ses dons ainsi que nous l'avons fait avec Faith, mais nous

392

nous engageons à assurer son bien-être. Par le passé, avant l'existence du clan, certains C-Psis étaient gardés prisonniers par des êtres issus de toutes les espèces afin d'en tirer un parti personnel.

— Père, l'interrompit Faith, si ce n'est pas Juniper, alors qui ?

— Toi.

Vaughn se figea. Elle était ravie car elle savait de quoi le clan était capable pour arriver à ses fins.

— Elle ne vous appartient plus.

Voix humaine mais mortel défi d'un jaguar. Anthony ne broncha pas.

— Non. Mais ses dons existent, qu'elle soit sur le Net ou ailleurs. Elle peut sous-traiter pour NightStar.

Faith dut prendre garde à ne pas en rester bouche bée.

— Mais le Conseil… Ils ont certainement interdit tout contact avec moi ?

— Ils ont essayé, mais NightStar n'est pas soumis au Conseil.

Vaughn se pencha en avant :

— Vous leur avez dit de se mettre leur interdiction là où le soleil ne brille jamais, maugréa-t-il avec une touche de respect dans la voix.

— Un peu cru mais exact. Notre Conseil n'est pas notre souverain tout-puissant. Et l'exercice du commerce est un droit inaliénable. En coupant tout accès à Faith, nous affecterions le travail de milliers de personnes, ce que nul ne laissera faire, croyez-le bien.

Elle se sentait prise de vertige.

— Tu veux que je fournisse par ton intermédiaire des prévisions à des clients de NightStar ?

— Oui. Le clan peut se permettre de travailler ouvertement avec toi. Avec la puissance du commerce pour nous appuyer, outre notre force en tant que groupe familial, nous sommes protégés du Conseil.

Ce qui tenait debout. La réputation de NightStar comme producteur de C-Psis lui avait apporté de nombreux alliés, et tant de secrets… jamais révélés. À quiconque.

— Le Conseil a déjà tenté de me kidnapper.

Elle se refusait pourtant à poser la question qui la tourmentait tant : *Son père était-il au courant ?*

— Nous nous en sommes occupés. Plutôt deux fois qu'une. Je doute que leurs agents soient jamais capables de t'atteindre… (Il jeta un coup d'œil sur Vaughn avant de revenir vers elle.) Mais s'ils recommencent, s'il t'arrive quoi que ce soit, tous les clients qui se retrouveraient avec une prévision non remplie cesseraient immédiatement de payer leurs impôts.

— Combien d'entreprises ? demanda Vaughn alors qu'elle restait silencieuse.

— La liste d'attente de Faith dépasse actuellement un millier. Le Conseil a le bras long, c'est certain, mais même lui ne pourra pas gérer autant de défections, surtout si elles viennent de la plupart de nos grandes sociétés. Comme je l'ai dit, le commerce est un droit inaliénable.

— À quel point en êtes-vous certain ?

— Si le Conseil s'en prend à elle… s'il la blesse comme ce sera inévitablement le cas en cas de tentative de capture… ce sera considéré comme une violation de nos lois les plus élémentaires : aucune interférence dans les groupes familiaux ni dans les affaires. Personne ne le supporterait. Tous les Conseillers en ont été informés par les entreprises associées à leurs propres groupes familiaux.

— Vous n'empêchez pas le Conseil de faire « rééduquer » votre propre fille mais vous n'irez pas jusqu'à tolérer une interférence dans les affaires ? Sacrée liste de priorités !

—Mais profitable à Faith en l'occurrence.

—Mes prévisions portent désormais sur d'autres sujets, laissa soudain tomber Faith.

—Je comprends. Nous te demandons de revenir également à celui des affaires, à moins, bien sûr, que tu aies perdu tes dons.

—Afin que les riches puissent prospérer ? demanda Vaughn.

Cependant, elle ne perçut aucune animosité dans son intonation, à croire qu'il cherchait seulement à comprendre son père, comme il l'aurait fait de n'importe quel autre animal.

—Vous êtes un prédateur, monsieur D'Angelo, au sommet de la chaîne alimentaire. Dans le monde des affaires, nous appliquons les mêmes règles.

—La survie des plus forts. (Vaughn se tourna pour caresser la tête de sa compagne, d'un geste aussi tendre que possessif.) Alors, mon petit écureuil, quel est ton verdict ?

—Je peux fournir ces prédictions sans difficulté, dit-elle, la gorge serrée, mais il me faut le temps d'y réfléchir. (Comment son père pouvait-il lui faire ça sans même attendre son avis ?) Mais je suis certaine au moins d'une chose, c'est que, si j'accepte, j'en attends bien davantage en termes de profits que ce que j'obtenais auparavant.

Elle était heureuse de pouvoir renforcer la position financière de sa nouvelle famille. S'il était un pouvoir que reconnaissaient les Psi, c'était bien celui de l'argent.

Elle le désirait aussi pour une raison autrement subversive. Ce n'était encore qu'une idée naissante mais qui pourrait changer à jamais l'avenir des Psis. Une idée qui pourrait sauver ceux qui, comme sa cousine Sahara, avaient disparu dans les limbes du Net mais pourraient bien être encore vivants. Enfermés. Maltraités pour leurs dons.

—Tu es ma fille. Je n'en attendais pas moins de toi.

Si Anthony n'avait pas été Psi, elle aurait dit qu'il était fier.

—Et si Faith accepte, elle n'ira nulle part ailleurs, ajouta Vaughn. Toutes ses séances de clairvoyance devront se dérouler en territoire DarkRiver.

—Sans enregistrement, ni surveillance.

Elle en avait assez d'être épiée dans ses moindres gestes.

—Et ta sécurité?

—Je m'en charge, gronda Vaughn.

Anthony prit le temps d'y réfléchir puis hocha la tête.

—Occupez-vous d'elle. Elle est inestimable.

—En fait, pour le clan autant que pour toi, ma valeur reste tout à fait quantifiable, dit Faith, un sourire teinté de tristesse sur les lèvres.

Vaughn glissa alors sa main sous ses cheveux pour lui couvrir la nuque, et ce contact chaleureux la rassura: il y avait au moins quelqu'un pour qui elle était effectivement inestimable.

—À mes yeux, la valeur de ma fille n'entre pas en ligne de compte.

Elle prit un air déçu.

—Pas de ces pirouettes psychologiques avec moi, père… ce n'est pas digne de toi. Si tu tenais tellement à tes enfants, tu aurais traqué l'assassin de Marine et tu connaîtrais le nom de ton fils antillais.

—Je ne comprends pas ces allusions au meurtre de ta sœur. Elle a été la victime malheureuse de l'appétit de violence humain et changeling.

Apparemment, il n'avait aucune idée des faits véritables mais elle ne pouvait évoquer ce qui lui causait encore un tel chagrin. Ce fut Vaughn qui prit la parole:

— C'était un Psi. Sans doute l'un des tueurs protégés du Conseil. En revanche, nous n'avons toujours pas compris pourquoi elle était visée alors qu'elle faisait partie du cercle rapproché.

— Je vois, murmura Anthony d'une voix atone. Quant à ton autre question, ma fille, il s'appelle Tanique Gray. Il aura vingt-deux ans dans trois mois. Bien que ce ne soit pas un clairvoyant, contrairement à ce que sa mère espérait, il atteint le rang 9 en matière de psychométrie, le premier Ps-Psi issu de notre famille depuis des siècles.

» Je l'ai vu deux fois par an depuis sa naissance, de par la clause que j'ai ajoutée au contrat de reproduction. Il a ta structure osseuse mais, bien entendu, c'est à Marine qu'il ressemble le plus.

Faith avait envie de croire qu'il ne s'agissait là que d'un malin stratagème pour gagner sa confiance et la manipuler ; pourtant, elle savait qu'il n'en était rien.

— Pourquoi ?

Pourquoi aller contre le protocole Psi, contre tout ce qu'il lui avait enseigné ?

— La loyauté n'est pas garantie par naissance. Tu étais une Psi tellement parfaite.

Il avait donc cru qu'elle pourrait considérer ses choix comme des faiblesses. Sans lui laisser le temps de répondre, il se leva.

— N'oublie jamais que la moitié de ton matériel génétique vient de moi. Peut-être même la partie qui t'a donné ta conscience.

Ramassant son agenda électronique sur la table, il reprit un ton d'homme d'affaires.

— J'attends ta décision… Tâche de ne pas trop traîner. Si en fin de compte tu n'acceptes pas, le clan devra prendre d'autres mesures pour anticiper toute perte ultérieure et tu devras trouver d'autres moyens pour te protéger du Conseil.

Il allait atteindre la porte quand Faith l'arrêta :

—Attends !

Elle se leva, le rejoignit et, pour la première fois de sa vie d'adulte, elle toucha son père, allant jusqu'à l'étreindre légèrement. Il ne lui rendit pas son geste mais ne la repoussa pas non plus. En le lâchant, elle regarda son visage mais n'y vit qu'indifférence.

—Tu ne veux pas t'en débarrasser ?

Sur le moment, il parut ne pas vouloir répondre mais finit par dire :

—Si tous les forts s'en vont, le Conseil perdra ses repères et se croira tout permis. Je suis exactement à ma place.

—Pour quoi faire ? demanda Vaughn derrière elle.

—Ça, monsieur D'Angelo, c'est une chose que vous n'avez pas encore gagné le droit de savoir.

Là-dessus, il sortit, escorté par Clay qui avait monté la garde derrière la porte.

—Ton père est un homme très intéressant.

Faith se retourna.

—Pourquoi dis-tu ça ?

—Les Psis sont difficiles à juger mais je peux te dire que lui ne dégage pas la même puanteur que la plupart d'entre eux.

—Et moi ?

—Toi, tu sens bon comme mon petit écureuil préféré. J'ai envie de te lécher de la tête aux pieds.

—On parlait de mon père, râla-t-elle malgré les décharges électriques qui lui parcouraient tout le corps.

—Ton père ne pue pas. Pas plus que Sascha et toi. D'ailleurs, maintenant que j'y pense, ce fichu Psi non plus.

Elle n'eut pas besoin de lui demander de préciser sa pensée. Un seul Psi semblait le mettre dans de tels états.

— Et?

— Et j'ai très peu d'expérience en la matière, mais je dirais que les mauvaises odeurs proviennent d'une complète immersion dans le protocole Silence. Ceux qui gardent un certain niveau de conscience, une étincelle, un pouvoir de briser leur conditionnement, ceux-là ne puent pas.

En y réfléchissant, elle ne voyait qu'un mot pour résumer sa pensée :

— Une rébellion?

— De l'intérieur? Finalement, ça ne m'étonnerait pas… Votre Conseil a tout fait pour la susciter. L'histoire les dépeint comme une puissante organisation, mais avec un contrepoids. En ce moment, ils ne font qu'outrepasser leurs droits. Ils vont peut-être un peu trop loin aux yeux de certains.

— Il faudra beaucoup de temps si ça doit se produire un jour.

Même si le monde des affaires s'était opposé au Conseil concernant Faith, celui-ci ne serait pas démantelé tant que Silence ne l'aurait pas été. Or, comme Vaughn l'avait souligné, il restait des milliers, des millions de gens totalement conditionnés et qui mouraient ainsi.

— C'est un début.

Elle hocha la tête, soudain pleine d'espoir pour son peuple.

— C'est peut-être pour ça que Marine est morte. Parce qu'elle faisait plus ou moins partie d'un mouvement de rébellion et qu'ils l'ont découvert.

Dans ce cas, la mort de sa sœur n'aurait pas été inutile. Elle avait perdu la vie dans une bataille ignorée de tous, qu'honneur lui en soit rendu.

—Je veux me charger de ces prévisions. D'abord pour apporter des revenus à DarkRiver, ensuite pour utiliser des dons que j'ai passé une vie entière à développer. Par-dessus tout, ça me permettra de rester en contact avec mon père.

—Je ne t'en empêcherai pas, mon petit écureuil. Tu t'es déconnectée du Net, c'est tout ce qui compte.

—Je pourrai peut-être aider à changer les choses de l'extérieur tandis que mon père s'en chargera de l'intérieur.

Elle se fiait à Anthony, ce père qu'elle n'avait jamais connu. À présent arrivait le bon moment, l'occasion. Sans surveillance, il pourrait commencer à lui faire confiance et tous deux pourraient discuter de bien des choses, peut-être même de ces rumeurs de rébellion.

Deux semaines plus tard, Faith se félicitait d'être vivante et en compagnie de Vaughn. Se félicitait? C'était peu dire si on considérait cette joie profonde, ce sentiment d'appartenance, ce bonheur de vivre avec lui. Mais…

—Je ne sais pas comment me comporter dans ce monde, murmura-t-elle dans la sensuelle obscurité de leur lit.

Il se tourna sur le côté, un bras replié sous la tête, lui caressant la hanche de l'autre presque machinalement.

—Je sais, mon petit écureuil.

Il déposa un baiser sur son nez, geste qui lui arracha un sourire. Il n'y avait qu'avec elle qu'il se montrait si tendre.

—Je sais ce que c'est de ne pas se sentir comme les autres. Mais tu es forte. Tu trouveras un moyen.

Elle ne s'attendait pas à cette réponse, qui la laissait seule responsable de son propre bonheur.

—J'ai appris à m'aventurer parfois seule dans la rue mais je ne pourrai jamais vivre dans un endroit trop peuplé.

—Bébé, j'ai l'air d'un citadin snob d'après toi?

Elle éclata d'un rire libérateur.

— D'accord ! Donc ça ne devrait pas nous poser de problème ?

— Non.

Il laissa sa main glisser de sa hanche à sa fesse.

Elle sentit son cœur bondir dans sa poitrine.

— Mais je voudrais être capable d'aller en ville plus longtemps si nécessaire. Je veux ériger ces fameux boucliers. J'y travaille avec Sascha et Tamsyn.

La guérisseuse de DarkRiver avait des dons psychiques qu'aucune des deux Psis n'avait rencontrés auparavant. Elle comprenait les concepts des Psis sans l'être elle-même, son aptitude à guérir provenant de son cœur autant que de son âme.

Malgré une force intimidante, comme Sascha, elle débordait de chaleur et de bonté. En contraste, Faith se savait d'apparence plutôt froide et distante. Les léopards ne lui réservaient pas cette affection qu'ils se donnaient entre eux bien qu'elle soit parvenue à supporter le contact avec certains d'entre eux.

— Je ne sais pas comment me comporter avec ta meute. Je ne crois pas qu'ils m'aiment beaucoup.

— Ils ne te connaissent pas, dit Vaughn. La sympathie découle de la rencontre, la confiance de la loyauté.

— Vous êtes tous si chaleureux. J'essaie, mais parfois…

— Mon petit écureuil, la meute supporte Clay. En comparaison, tu es une rigolote.

Elle lui cogna le torse d'un petit coup de poing.

— Sois sérieux.

— Je le suis. Il y a des amoureux de la solitude et de la tranquillité même chez DarkRiver. On les apprécie autant que n'importe qui d'autre… J'en suis la preuve vivante. Donne-leur ton cœur et ta loyauté, ils les chériront.

— Juré ?

— Juré.

Elle finit par s'endormir. Car Vaughn tenait toujours ses promesses.

Au même instant, une porte claqua au cœur du PsiNet.

— *Il faut régler la situation avec Faith NightStar*, lança Shoshanna dès l'instant où commença la réunion du Conseil.

— *Nous aurions peut-être pu amadouer le groupe NightStar si tu n'avais pas pris de décisions unilatérales*, rétorqua Nikita. *Anthony NightStar a beaucoup de pouvoir et il a décidé de nous contrer.*

— *C'est sûr ?* demanda Henry.

— *Il était candidat au Conseil peu après mon ascension.* (Cette annonce de Marshall surprit Nikita mais elle n'en douta pas un instant.) *Il a fini par y renoncer, non parce qu'il manquait de volonté mais parce qu'il préférait diriger le groupe NightStar. Anthony n'aime se courber devant personne.*

— *S'il était candidat, il doit connaître la réalité du Conseil. On devrait pouvoir lui parler*, insista Henry.

— *Sûrement pas.* (Masculin, froid, coupant, Kaleb Krychek était le nouvel arrivant parmi les membres du Conseil.) *Les initiatives des Scott contre sa fille, sans son autorisation, l'ont mis dans une situation qui l'a amené à se poser des questions sur son pouvoir. Il le réaffirme et va continuer dans cette voie. Nous sommes en mauvais termes avec le groupe NightStar à présent.*

Le silence tomba, le temps que chacun médite cette dernière déclaration.

Tatiana fut la première à reprendre la parole :

— *C'est bien dommage. NightStar est l'une des familles les plus puissantes. En même temps que leurs faveurs, les revenus qu'ils contrôlent à travers leurs diverses alliances nous procurent une grande part de nos recettes fiscales.*

— *Serait-il possible de retirer Anthony NightStar de l'équation ?*

— *Pas sans nous attirer l'attention malveillante de plusieurs autres familles dominantes.* (Habituellement, Nikita préférait une approche de front mais, sur ce point, cela ne risquait que de lui nuire.) *Je suis certaine que vous comprenez tous pourquoi il faut éviter de nous faire remarquer pour le moment. Nous venons d'essuyer deux nouveaux incidents.*

D'abord Enrique, ensuite le télépathe de rang 9 qui échappait à ses surveillants avant d'être retrouvé près d'un campus d'université, dans la vallée de Napa, l'esprit à jamais anéanti.

— *Si tu veux bien t'expliquer, Shoshanna.*

L'invite de Marshall était des plus fermes.

— *Il fallait bien que quelqu'un agisse. Nous aurions dû nous occuper de Faith à l'instant même où elle s'est déconnectée du Net. Il n'y avait aucune raison d'attendre.*

— *Il y avait toutes les raisons*, rétorqua Nikita en fermant son dossier mental sur le groupe NightStar. *Elle se trouvait au cœur du territoire DarkRiver quand elle a coupé la connexion. Auriez-vous déjà oublié les morceaux d'Enrique éparpillés sur vos oreillers, il y a quelques mois ?*

Léopards et loups avaient annoncé la mort de l'ancien Conseiller en expédiant quelques sanglants souvenirs à ses pairs.

— *S'ils comptaient utiliser ce qu'ils savent, ils l'auraient fait depuis longtemps*, objecta Shoshanna.

— *À moins qu'ils ne le gardent pour le bon moment.* (Kaleb n'avait rien d'un nouveau venu, ce qui était la justification même de sa présence au Conseil.) *Dans ce cas,* ils avaient raison de ne pas dévoiler leur jeu. Aucun de nous ne peut prétendre qu'ils ne se sont pas fait comprendre.

— Ils ont peut-être descendu six hommes, mais ce sera autre chose avec tout un escadron, répliqua Henry.

— Les empreintes dentaires ont prouvé qu'un seul félin avait exécuté les six soldats, ajouta Ming. Ce qui a été confirmé par trois différents M-Psis. Un seul d'entre eux s'est servi de son arme. Nous n'avons pu vérifier s'il y avait eu utilisation d'armes psychiques offensives… Leurs cerveaux étaient trop écrasés.

CHAPITRE 27

—Il semble que l'assertion de Henry soit fausse, déclara Kaleb. *Ils n'auraient aucun mal à détruire un escadron.*

—Faith NightStar ne vaut pas le sacrifice de tant d'hommes surentraînés, d'autant qu'elle a accepté de reprendre du service dans le groupe familial. (De nouveau la voix glaciale de Ming.) *Ces hommes valent des millions tant en matière d'entraînement que par le travail qu'ils effectuent pour nous. Sans parler des revenus que nous perdrons si le monde des affaires cesse de payer ses impôts, c'est facile à comprendre.*

—Nous ne pouvons laisser les changelings nous damer le pion. (Shoshanna n'avait à l'évidence aucune intention de reconnaître sa défaite.) *Comment annoncer que nous avons perdu deux Psis en quelques mois, dont la plus récente était une candidate? La population n'a pas fini de jaser.*

—Nous dirons qu'elle s'est déconnectée quand il s'est avéré que je n'avais pas l'intention de laisser une rivale vivante, intervint Kaleb.

—Parfait, convint Nikita. *Les C-Psis passent pour être mentalement fragiles; quelques rumeurs bien placées suffiront à massacrer sa crédibilité.*

—Il faut découvrir comment les léopards gardent ces deux femmes en vie, dit Tatiana. *Je n'ai pas entendu parler de morts inexpliquées de changelings depuis la déconnexion de Sascha, or, si elle s'en alimentait, il y en aurait au moins deux à l'heure qu'il est.*

Nikita reconnut que la Conseillère marquait un point.

— *Ils doivent avoir trouvé un moyen de contourner le problème de l'énergie psychique.*

— *Je ne crois pas que ce soit d'une grande importance.* (L'esprit acéré de Marshall.) *S'ils avaient une méthode sûre, nous en aurions perdu plus de deux.*

— *Je vais tout de même mettre quelques personnes dessus,* rétorqua Tatiana. *Si nous brisons la connexion qui tient Sascha et Faith vivantes, nous ferons disparaître la totalité du problème.*

Personne ne s'y opposa.

— *Dans ce cas, l'affaire est entendue, nous ne nous en prenons pas à Faith NightStar,* conclut Kaleb en retournant son arrogance télékinétique contre celle-là même qui avait soutenu sa nomination. *Tout membre qui prend une initiative unilatérale devra assumer son éviction du poste.*

— *Tu n'as pas le droit de dire ça.*

La présence psychique de Shoshanna lui opposait un contrôle glacé.

— *Si, du moment que nous sommes plusieurs. Il n'y a que Henry et toi qui ne soyez pas d'accord; vous êtes donc en minorité.*

Marshall, la voix de l'expérience, Conseiller qui avait survécu à bien d'autres.

— *Il a raison.* (Tatiana.) *On ne touche pas à Faith NightStar.*

— *Je suis d'accord.*

Nikita ajouta son vote.

— *Dans ce cas, nous n'avons plus le choix. Nous cédons à la majorité.*

Shoshanna avait parlé pour le couple Scott et, s'il y avait quelque chose d'un tant soit peu lugubre dans la façon dont elle et son mari quittèrent la Chambre, les Conseillers n'écoutaient pas assez leur instinct pour s'en rendre compte.

— *Nous devons augmenter les dispositifs de sécurité de la Conseillère Duncan*, dit Kaleb au reste de l'assemblée.

— *Ce n'est pas la peine.*

Nikita n'avait aucune envie de paraître affaiblie devant les membres du Conseil. Surtout pas devant la nouvelle recrue.

— *Dans ce cas, la session est close.*

Quelques semaines et une centaine de nouvelles expériences plus tard, Faith se retrouva en pleine réunion dans le repaire. En tant que membre de la Toile céleste et compagne de Vaughn, elle avait conquis sa place dans un groupe très uni.

— Alors, quoi de neuf ? Nate, tu avais quelque chose.

Lucas s'était tourné vers la plus ancienne des sentinelles.

— J'ai deux prétendants prêts à prendre ma place dès que je m'en irai.

— Ce qui n'est pas près d'arriver ! trancha le chef de meute.

Nate sourit.

— Ne t'inquiète pas, je ne suis pas pressé, j'ai encore quelques belles années devant moi.

— Davantage que quelques-unes, chéri.

Assise sur le coussin voisin, Tamsyn lui envoya un baiser.

— Je voulais juste soumettre leurs noms pour voir ce que vous en pensiez. Le premier est Jamie, l'un de nos meilleurs soldats ainsi qu'il nous l'a prouvé.

Après un court silence, comme personne n'objectait, Nate poursuivit :

— Ensuite, il y a Desiree, une fille à l'esprit acéré et à la langue bien pendue, mais totalement loyale.

Une arrière-pensée titilla l'esprit de Faith et elle vit s'ouvrir une voie oubliée, la suivit avec curiosité. Bien qu'elle y découvrit chagrin et mort, elle ne faiblit pas.

— D'autres possibilités ? demanda Lucas.

— Nous en avons quelques-uns qui auraient besoin de grandir, marmonna Tamsyn. Je jure que les jeunes commencent à me donner des cheveux blancs.

— Comment va Jase ? s'enquit Dorian.

Son timbre résonnait comme un bourdonnement déformé dans l'esprit de Faith.

— Guéri, jusqu'à la prochaine…

La voix de Tamsyn s'altéra.

Faith serra sa tasse entre ses mains en essayant de comprendre ce qu'elle voyait. Chagrin, séparation, terrible perte mais pas encore gravé dans le marbre, pas encore d'actualité. C'était une prémonition qui n'avait rien à voir avec les affaires.

— Sept enfants vont mourir.

Vaughn s'immobilisa, écartant juste les cheveux du visage de sa compagne pour découvrir son expression, les yeux clos, tellement concentrée qu'elle en avait les traits tendus.

— Faith ?

— Sept enfants. Pas des félins. Des loups. Sept louveteaux.

Elle était dans ses bras mais son don l'avait conduite ailleurs.

— Une partie de tunnel va s'effondrer. Ce soir. Ou tôt demain matin.

Tous l'écoutaient. Sascha avait déjà passé son téléphone à Lucas. Vaughn caressait le dos de Faith, soulagé de sentir leur lien. Elle se déplaçait mentalement dans des lieux où il ne pouvait l'accompagner, mais elle savait rentrer.

— Où, bébé ? Quelle partie de tunnel ?

Elle plissait les yeux comme si elle tentait d'apercevoir quelque chose.

—Il y a une peinture sur la pierre d'un louveteau qui dort sous un arbre. Oh! Il y en a un autre qui s'approche doucement à travers les buissons, et un troisième sur les branches.

—Seigneur! murmura Clay. C'est la crèche où ils gardent les petits.

Vaughn aussi s'en souvenait. Quand DarkRiver avait infiltré la tanière des SnowDancer pour y déposer leur message: «Ne nous faites pas de mal et nous ne vous en ferons pas», ils s'étaient arrangés pour laisser leur odeur non loin de la crèche afin de montrer qu'ils s'étaient approchés des plus fragiles d'entre eux sans les toucher. Il n'existait pas de meilleure preuve de leurs intentions amicales.

Vaughn regarda Lucas composer le numéro du chef de meute des SnowDancer. La conversation fut brève, mais Hawke parut prendre l'avertissement au sérieux. Lucas raccrochait quand Faith secoua la tête et rouvrit les yeux.

—Ça va, petit écureuil?

—Oui, très bien.

Elle glissa une main sous son tee-shirt pour se réchauffer contre sa peau. Enchanté de lui servir d'appui, le jaguar se pencha et l'embrassa, la ramenant complètement à elle.

—Pas de vortex?

—Non. Mes nouveaux boucliers fonctionnent. (Son expression devint plus pensive.) Pourquoi les loups? Je ne les connais pas.

—Nous sommes liés aux SnowDancer, expliqua Vaughn en prenant conscience qu'il ne lui en avait jamais parlé. Nous nous sommes liés par le sang à l'époque où

Sascha est arrivée chez nous, bien que nous ayons été alliés en affaires depuis longtemps.

—Oh! Je…

Le téléphone de Lucas sonna.

—Hawke? (Pause.) Les louveteaux vont bien?

Vaughn entendit la réponse au bout de la ligne mais il attendit que Lucas ait raccroché pour dire à Faith:

—Hawke a expliqué qu'ils avaient trouvé une énorme fissure sur l'un des murs de support de ce quartier, cachée derrière des tentures. Ils sont en train de l'étayer en ce moment même. Et il te remercie pour l'avertissement.

—Ce n'est pas tout, fit remarquer Lucas en haussant un sourcil.

Vaughn gronda:

—Ce loup aime vivre dangereusement.

—Qu'a-t-il dit? demanda Faith, intriguée par le sourire de Sascha.

L'autre Psi paraissait déjà savoir ce que Hawke avait dit.

—Rien, lui assura Vaughn en lui mordillant l'oreille.

Geste tellement possessif qu'elle se sentit sur le point de rougir. À des moments comme celui-là, l'entraînement Psi s'avérait des plus utiles.

—Raconte, insista-t-elle en lui grattant le torse. Qu'a-t-il dit?

—Ce fichu loup a demandé si notre C-Psi était jolie. Et ce satané Lucas a dit «oui». (Il paraissait moins humain à chaque mot.) Alors Hawke a dit qu'il baiserait ta jolie bouche la prochaine fois qu'il te verrait, pour te remercier.

Tout le monde s'en amusait, sauf Vaughn. Même Clay arborait un fin sourire. Passé sa méfiance du début et malgré l'impression qu'elle avait eue, Faith avait découvert qu'elle aimait bien cette sentinelle au caractère si vif. Elle l'avait invité à dîner la semaine précédente, et, à la grande surprise de Vaughn, il était venu. Il l'avait même touchée, ou plutôt, lui avait effleuré la joue, indiquant par là qu'elle était acceptée, qu'elle faisait partie de la meute.

— Impossible, trancha Faith sans hésitation face à ces félins qui vivaient et aimaient avec tant de furie. Parce que je ne veux être embrassée que par toi.

— Vrai?

— Vrai.

— Finalement, il me plaît, ce loup qui te fait dire des choses pareilles.

Éclatant de rire, elle le laissa l'embrasser, parce que Vaughn en avait besoin. Il était plus ouvertement possessif et dominant que les autres félins qu'elle avait pu voir avec leurs compagnes. Mais cela lui convenait. Elle voulait bien qu'on sache qu'elle lui appartenait.

— J'ai longtemps craint que la face cachée de mes dons ne soit malfaisante, comme une matérialisation des jumeaux du Net, dit-elle à Vaughn.

Ils s'étaient assis devant leur maison et regardaient les étoiles qui scintillaient par-dessus la canopée, tandis que les habitants de la forêt vaquaient à leurs occupations, rassurés que leur principal prédateur soit occupé ailleurs.

— Mais, maintenant, je sais que, quoi qu'elle me montre de bon ou de mauvais, elle-même n'est pas malfaisante.

Assis derrière elle, l'enveloppant de ses bras et de ses jambes, Vaughn avait appuyé le menton sur ses cheveux; mais il ne l'interrompit pas. Le félin savait écouter. La difficulté consistait plutôt à le faire parler.

— Je n'ai pas encore résolu ce problème mais je commence à comprendre ce que je devais voir, comme toutes les personnes qui possèdent les mêmes aptitudes que moi.

— Ton don est précieux, Faith.

—Oui. (Elle sourit, car elle aimait cette formule.) Ce que je ressens en ce moment… J'ai l'impression de sortir d'un rêve et de découvrir le monde réel. Il est magnifique, mais il présente aussi une face cachée. Si on essaie d'en éradiquer l'obscurité, on en détruira également la lumière.

Elle pensait à l'avenir de son peuple et en eut le cœur serré.

—Il y a de l'espoir. Ton Gardien du Net se bat.

Elle voulait y croire.

—Et d'autres aussi commencent à se réveiller, à sortir du rêve de Silence. Ces vagues pourraient prendre des années à balayer le Net, mais elles arrivent.

Posant une main sur les bras nus de Vaughn, elle se raccrochait à ce contact, chose qu'elle avait autrefois tant redoutée.

—Je suis si contente de t'avoir trouvé !

Il partit d'un rire qui se répercuta en elle jusque dans ses os.

—Excuse-moi, petit écureuil, mais c'est moi qui t'ai trouvée.

—Pas du tout, protesta-t-elle. (Il aimait trop tout ramener à lui.) Je venais de sortir dans la forêt.

—Oui, mais j'attendais que tu bouges. J'étais attirée chez toi comme par un aimant. Si tu n'étais pas sortie à ce moment-là, je serais entré.

Elle écarquilla les yeux.

—Il y a des choses qu'on ne peut pas changer.

Le genre de pensée qui aurait pu lui faire peur autrefois.

—Pardon ?

—L'avenir n'est pas toujours sujet à mutation. Jusque-là, je n'avais jamais envisagé la chose. Les ramifications en sont énormes. Qu'est-ce qui peut changer, qu'est-ce qui ne le peut pas ? Qui choisit ? Qu'est-ce qui s'inscrit dans le marbre, qu'est-ce qui reste d'argile ?

L'enthousiasme la gagnait. Elle devenait enfin maîtresse de son don, capable de poursuivre ces choses qui avaient mis le feu à son imagination.

— Certaines choses doivent arriver, lui assura Vaughn en lui mordant la nuque, récupérant ainsi son attention. Tu n'as jamais été destinée à personne d'autre que moi.

— Tu es vraiment très possessif. (Elle pencha la tête pour capter son regard.) Mais moi aussi.

Le jaguar en parut fort heureux :

— J'aime tes griffes.

Elle s'étira pour effleurer des lèvres son visage non rasé.

— Tu crois que tu pourrais m'apprendre à ronronner ?

— Bébé, tu ronronnes chaque fois que je t'amène à l'orgasme.

Une décharge électrique la parcourut et tout lui parut plus clair que jamais. Elle se dégagea et s'installa pour le chevaucher ; face à face. Cela devenait sa position préférée, même si elle avait dû marchander un peu ; son changeling préférait des pratiques plus farouches. Elle sentit sa chair s'échauffer au souvenir des poussées qu'il exerçait sur elle, et elle s'appuya sur ses épaules pour l'embrasser. Cependant, il lui opposa une expression qui la fit hésiter.

— Quoi ?

— J'aime voir ces éclairs dans tes yeux.

Elle sourit. Apparemment, ils reflétaient bien son esprit en ce moment.

— *???*

— Il te parle de nouveau ? demanda Vaughn, qui avait appris à lire les vibrations de leur lien signalant une visite.

— Oui, dit-elle. Il s'intéresse à toi.

— Qu'est-ce qu'il veut savoir ?

— Tout. Il a soif de vie, d'espoir, de soleil. (Elle étendit les doigts sur sa peau.) Comme moi. Fais-moi ronronner, Vaughn.

— À l'intérieur ou à l'extérieur?

Elle écarquilla les yeux et regarda le ciel nocturne, couverture d'obscurité et de beauté, d'ombre et de lumière, blanc et noir, comme il se devait.

— Ici.

— Et ton ami si curieux? dit-il en glissant la main sous sa chemise.

Toutes ses terminaisons nerveuses se mirent à vibrer.

— Il est parti.

Le Gardien du Net allait et venait toute la journée, lui touchant l'esprit comme un enfant toucherait sa mère, histoire de s'assurer qu'elle était toujours là. Il reviendrait. Et lui en apprendrait davantage sur lui-même, sur elle et sur le monde.

— Bon. Je n'aime pas trop avoir un public. (Il posa les mains sur sa poitrine nue.) Moi seul peux te voir, te toucher, t'aimer.

Du bout des doigts, il lui serra les tétons.

Elle savait qu'elle devrait s'insurger, pourtant, elle aimait cette présence du jaguar dans sa couche. Elle aimait lui appartenir. Appartenir à un être qui ne la lâcherait jamais, qui ne baisserait jamais les bras, et tant pis pour le Conseil.

Ces doigts la rendaient folle et, lorsque la bouche suivit, elle se sentit sombrer vers la démence. Mais quelle douce démence!

À travers la Toile céleste, cent étincelles arc-en-ciel éclatèrent dans l'esprit de Faith bien qu'elle ne s'en rende pas vraiment compte. Étincelles jaillies d'une empathe, la seule qui ait échappé à la torture qu'infligeait Silence. Car c'était le manque d'empathes sur le PsiNet qui avait condamné les C-Psis à une folie certaine. Oui, quand on naissait clairvoyant, on avait de grandes chances de sombrer dans la démence, pourtant, avant Silence, ne succombait qu'un minuscule pourcentage d'entre eux, non la majorité.

Le Conseil ne comprenait pas que, dans sa tentative de purger le Net de la catégorie E, il avait également détruit les C et bien d'autres. Car tout était lié. Tout était prédéterminé.

Le PsiNet ne fonctionnait plus vraiment.

Au contraire de la Toile céleste. Celle-ci serait toujours différente du PsiNet. Car elle était peuplée d'arcs-en-ciel et de soleil, d'émotions et de cœur, de faim prédatrice et de loyauté. Des étincelles qui à présent guérissaient l'esprit brisé de Faith, si bien qu'elle ne se souviendrait même plus s'être jamais trouvée au bord du gouffre.

EN AVANT-PREMIÈRE

Découvrez un extrait
du tome 3 de la série **Psi-changeling**

(version non corrigée)

Traduit de l'anglais (Nouvelle-Zélande)
par Claire Jouanneau

Les Flèches

Mercure était un culte. C'était ce que tout le monde affirmait au début. Les Psis tournaient en dérision Catherine et Arif Adelaja, qui se prétendaient capables de libérer leur peuple de la folie et de la rage meurtrière.

Être Psi signifiait flirter avec la folie.

C'était un fait accepté.

Il n'existait pas de remède.

Mais alors Mercure exhiba deux cobayes de sa première version du protocole Silence : les fils jumeaux du couple Adelaja eux-mêmes. Tendaji et Naeem Adelaja étaient aussi froids que la glace, leurs émotions dépourvues de toute colère et de toute folie… pour un temps. L'expérience finit par échouer. Le pendant obscur des émotions refit son apparition chez les jumeaux Adelaja telle une avalanche et, seize ans après avoir été désignés les précurseurs d'un nouveau futur, ils se suicidèrent. Tendaji, le plus fort des deux, tua Naeem puis lui-même. Il n'y avait pas de doute qu'il s'était agi d'une décision mutuelle.

Ils laissèrent un message :

« Nous sommes une abomination, une plaie qui tuera notre peuple de l'intérieur. Silence ne doit jamais prendre racine, ne doit jamais infiltrer le PsiNet. Pardonnez-nous. »

Leurs mots ne furent jamais entendus, leur terreur jamais comprise. Découverts par les acolytes de Mercure, ils furent enterrés dans une tombe cachée, et l'on attribua leur mort à un accident. Entre-temps, Mercure avait commencé à former une nouvelle génération, en améliorant leur technique, en peaufinant les outils avec lesquels ils extrayaient des cœurs les émotions indésirables et des âmes la folie. Le changement majeur fut aussi celui qui passa le plus inaperçu : cette fois-là, ils bénéficiaient du soutien prudent des dirigeants de leur peuple, le Conseil Psi.

Mais il leur fallait également une autre forme de soutien, le genre de soutien capable de rattraper d'autres écarts et erreurs avant qu'ils n'arrivent dans la sphère publique… et jusqu'aux oreilles du Conseil encore sceptique. Si les Conseillers avaient eu vent des morts à répétition, ils se seraient rétractés. Et les Adelaja ne toléraient pas l'idée que leur vision puisse être reléguée au vide-ordures de l'Histoire. Car même si la mort de leurs fils jumeaux les avait bouleversés, Catherine et Arif ne perdirent jamais la foi en Silence. Pas plus que leur fils aîné : Zaid.

Zaid était un télépathe cardinal doté d'impressionnantes capacités en matière de combat mental. Lui aussi avait été formé sous le régime de Silence, mais en tant que jeune adulte plutôt qu'enfant. Pourtant, il y croyait. Le protocole avait apaisé les démons de son esprit et il souhaitait transmettre ce cadeau de paix, pour faire taire les tourments de son peuple. Aussi commença-t-il à balayer les erreurs, évinçant ceux qui ne résistaient pas aux versions expérimentales de Silence, enterrant leur vie avec autant d'efficacité qu'il enterrait leur corps.

Catherine l'appelait sa Flèche de Guerre.

Bien vite, Zaid recruta d'autres comme lui. D'autres qui avaient la foi. C'était des individus solitaires, des ombres sans identité, plus noirs que les ténèbres, des hommes et des femmes dont la seule ambition était d'éliminer tout ce qui était susceptible de compromettre la concrétisation du rêve de Catherine et d'Arif.

Le temps passa. Des années. Des décennies. Zaid Adelaja fut balayé de la surface de la Terre, mais le flambeau des Flèches continua d'être transmis d'un acolyte à l'autre… jusqu'à ce que Mercure cesse d'exister et que les Adelaja, morts depuis longtemps, soient élevés au rang de visionnaires.

Le protocole Silence fut implanté en l'an 1979.

Le vote du Conseil Psi était unanime, la populace divisée, mais la majorité favorable. Leur peuple s'entre-tuait avec une fureur et une inhumanité inédite chez toutes les autres races. Silence semblait être leur unique espoir, la seule solution pour instaurer une paix durable. Mais auraient-ils franchi le pas s'ils avaient lu les derniers mots de Tendaji et de Naeem ? Il ne restait plus personne pour répondre à cette question.

De la même manière que personne n'était en mesure d'expliquer pourquoi un protocole supposé amener la paix avait également engendré une violence de la plus froide et de la plus dangereuse espèce : des rumeurs concernant les Flèches se répandirent suite à l'instauration du processus d'implantation, nourries par la peur d'esprits soumis au Silence. Le bruit courait que ceux qui opposaient trop de résistance finissaient par tout simplement disparaître.

Dans les derniers mois de l'année 2079, les Flèches étaient devenues un mythe, une légende, leur existence ou non débattue sans fin sur le PsiNet. Pour les incrédules, le Conseil Psi post-Silence était une création parfaite, qui ne se serait jamais abaissé à créer une légion secrète pour neutraliser ses ennemis.

Mais d'autres savaient qu'il en allait tout autrement.

D'autres avaient surpris les traînées sombres que laissaient derrière eux sur le PsiNet des esprits hautement belliqueux, avaient ressenti le frisson glacé de leurs lames psychiques. Mais bien entendu, ces autres-là n'étaient plus là pour en témoigner. Ceux qui croisent la route des Flèches ont rarement la chance de survivre pour s'en vanter.

Les Flèches elles-mêmes n'écoutent pas les rumeurs, ne se considèrent pas comme une armée de mort. Non, elles sont restées fidèles à leur père fondateur. Elles ne doivent leur loyauté qu'au protocole Silence, et consacrent leur existence à son maintien.

Les exécutions sont parfois un mal obligé.

CHAPITRE PREMIER

Judd encaissa le coup de poing dans la joue. Concentré sur son objectif de mettre son adversaire au tapis, il fit à peine attention à l'impact, se préparant déjà à asséner un coup à son tour. Tai essaya d'éviter la frappe à la toute dernière seconde, mais il était trop tard ; la mâchoire du jeune loup se referma dans un craquement sonore.

Mais il n'était pas à bout de forces.

Découvrant ses crocs maculés de son propre sang, il se jeta sur Judd, cherchant visiblement à tirer avantage de son importante carrure pour fracasser son adversaire contre le mur de pierres. Au lieu de cela, ce fut Tai qui percuta le mur, le souffle coupé par la violence du choc.

Judd saisit l'autre homme à la gorge.

— Te tuer ne me coûterait rien, dit-il, resserrant son étreinte au point que Tai devait respirer avec difficulté. Tu aimerais mourir ?

Le ton de sa voix était calme, son souffle mesuré. Un état qui n'avait aucun lien avec des sensations, car contrairement au changeling devant lui, Judd Lauren ne ressentait rien.

Tai bougea les lèvres, mais il ne parvint qu'à émettre un incompréhensible sifflement. Pour l'observateur lambda, il aurait semblé que Judd avait pris le dessus, mais celui-ci ne commit pas l'erreur de baisser sa garde. Tant que Tai n'admettrait pas sa défaite, il resterait dangereux. Le loup le prouva une seconde plus tard lorsqu'il transforma ses mains en griffes.

Il déchiqueta le similicuir et la chair de Judd sans effort, mais le Psi ne lui laissa pas le temps de lui infliger des blessures graves. Appuyant sur un point bien précis au niveau du cou de Tai, il réduisit celui-ci à l'inconscience et ne relâcha sa prise que lorsque le changeling fut totalement hors d'état de nuire. Tai s'affaissa en position assise, tête inclinée sur sa poitrine.

— Tu n'es pas censé te servir de tes pouvoirs Psi, dit une voix de femme rauque depuis la porte.

Il n'avait nul besoin de se retourner pour l'identifier, mais le fit tout de même. Des yeux marron extraordinaires dans un visage à l'ossature délicate couronné par des cheveux blonds coupés à la va-vite. Ses yeux avaient été normaux, et ses cheveux plus longs avant que Brenna soit enlevée. Par un tueur. Par un Psi.

— Je n'ai pas besoin de recourir à mes talents pour m'occuper de petits garçons.

Brenna le rejoignit ; sa tête arrivait à peine au niveau de sa clavicule. Il ne s'était jamais rendu compte à quel point elle était petite, jusqu'à ce qu'il la voit après sa libération. Étendue dans ce lit, respirant à peine, son énergie s'était retrouvée si resserrée sur elle-même qu'il avait douté qu'elle était encore vivante. Mais sa taille ne signifiait rien. Brenna Shane Kincaid, comme il l'avait découvert, possédait une volonté d'acier.

— C'est la quatrième fois cette semaine que tu te retrouves dans une bagarre.

Elle dressa la main et il dut se retenir de s'écarter d'un bond. Le contact physique était primordial pour les changelings ; les loups s'effleuraient, se touchaient en permanence sans même y réfléchir. Un concept méconnu pour un Psi, susceptible d'engendrer une dangereuse perte de contrôle. Mais Brenna avait été brisée par un mal engendré par l'espèce de Judd. Si elle avait besoin de contacts, il l'accepterait.

Une légère sensation de chaleur sur sa joue.

—Tu vas avoir un bleu. Viens, laisse-moi mettre du produit dessus.

—Pourquoi tu n'es pas avec Sascha ?

Une autre Psi renégate, mais une guérisseuse, pas une tueuse. C'était Judd qui avait du sang sur les mains.

—Tu n'as pas dit avoir un rendez-vous avec elle à 20 heures ?

L'heure était déjà dépassée de cinq minutes.

Elle laissa ses doigts s'attarder sur la courbe de sa mâchoire avant de les retirer. Elle leva les yeux vers lui, le laissant voir le changement qui s'était opéré en elle après sa libération. Ses yeux autrefois marron foncé avaient adopté une teinte qu'il n'avait jamais vue chez aucun être doué de sensations, fut-il humain, changeling ou Psi. Les pupilles de Brenna étaient totalement noires, mais autour de ces deux points de ténèbres étaient dispersés des éclats de bleu glacier, vifs et pénétrants. Ils scindaient le marron foncé de ses iris, donnant à ses yeux une apparence de verre brisé.

—C'est fini, dit-elle.

—Quoi donc ?

Il entendit Taï gémir mais n'y prêta pas attention. Le garçon ne constituait pas une menace ; si Judd avait laissé le loup l'atteindre à quelques reprises, c'était uniquement parce qu'il comprenait le fonctionnement de la société des changelings. Être vaincu au combat était une mauvaise chose, mais pas autant qu'être vaincu sans avoir opposé une solide résistance.

Les sentiments de Tai ne faisaient aucune différence pour Judd. Il n'avait aucune intention de s'intégrer à ce monde. Mais sa nièce et son neveu, Marlee et Toby, devaient eux aussi vivre dans le réseau de tunnels souterrains qui formait la tanière des SnowDancer, et ses ennemis pouvaient devenir les leurs. Aussi n'avait-il pas humilié le garçon en achevant le combat avant qu'il débute.

— Ça va aller pour lui? demanda Brenna lorsqu'elle entendit Tai gémir une seconde fois.

— Laisse-lui une ou deux minutes.

Elle se tourna de nouveau vers le Psi et prit une profonde inspiration.

— Tu saignes!

Il s'écarta avant qu'elle puisse toucher ses avant-bras déchiquetés.

— Rien de grave.

Et c'était vrai. Enfant, il avait été soumis à la douleur la plus atroce, puis avait appris à la contrer. Un bon Psi ne ressentait rien. Une bonne Flèche encore moins.

Ça facilitait tellement l'acte de tuer des gens.

— Tai a sorti les griffes. (Brenna afficha une expression furieuse lorsqu'elle se pencha, menaçante, au-dessus du loup avachi contre le mur.) Attends un peu que Hawke apprenne…

— Il ne l'apprendra pas. Parce que tu ne vas pas le lui dire.

Judd n'avait pas besoin qu'on le protège. Si Hawke avait su qui Judd était réellement, ce qu'il avait fait, ce qu'il était devenu, le chef des SnowDancer l'aurait abattu dès leur première rencontre.

— Explique-moi ton commentaire au sujet de Sascha.

Brenna grimaça mais n'insista pas au sujet des coupures sur son bras.

— Fini les séances de soins. Je n'en ai plus besoin.

Il savait quelles violences elle avait subies.

— Tu dois continuer.

— Non. (Un mot concis, tranchant et sans appel.) Je ne veux plus jamais qu'on entre dans ma tête. Jamais. De toute façon, Sascha n'y arrive pas.

— Ça n'a pas de sens. (Sascha détenait le rare don de pouvoir s'adresser aussi facilement aux esprits des changelings qu'à ceux des Psis.) Tu n'es pas à même de la bloquer.

— Maintenant si… quelque chose a changé.

Tai toussa et se réveilla, et ils se retournèrent tous deux vers lui, le regardant se servir du mur pour se remettre debout. Clignant plusieurs fois des yeux après être revenu à la verticale, il porta une main à sa joue.

— Bon sang, on dirait que je me suis pris un camion de plein fouet.

Brenna étrécit les yeux.

— Qu'est-ce que tu t'imaginais faire au juste, merde ?

— Je…

— C'est bon. Pourquoi tu t'en es pris à Judd ?

— Brenna, ça ne te regarde pas. (Judd sentait le sang sécher sur sa peau.) Tai et moi avons réglé notre différend.

Tai serra les dents, mais hocha la tête.

— On est quittes.

Et leur statut l'un par rapport à l'autre dans la hiérarchie du clan avait été mis au clair sans l'ombre d'un doute… si le rang de Judd n'avait pas déjà été plus élevé avant, il aurait à présent dominé le loup.

Se passant une main dans les cheveux, Tai se tourna vers Brenna.

— Je peux te parler au sujet de…

—Non. (Elle l'interrompit d'un geste de la main.) Je n'ai pas envie de t'accompagner à ton bal du lycée. Tu es trop jeune et trop idiot.

Tai déglutit.

—Comment tu as deviné ce que j'allais dire ?

—Peut-être que je suis Psi. (Une réponse teintée de noirceur.) C'est la rumeur qui circule, non ?

Tai s'empourpra.

—Je leur ai dit qu'ils racontaient n'importe quoi.

C'était la première fois que Judd entendait parler de cette tentative clairement méchante de causer du chagrin à Brenna, et c'était bien la dernière chose qu'il aurait imaginée. Les loups étaient peut-être des ennemis cruels, mais ils se montraient aussi féroces lorsqu'il s'agissait de protéger les leurs, et s'étaient rassemblés pour soutenir Brenna dès qu'ils l'avaient libérée.

Il regarda Tai.

—Je crois que tu devrais y aller.

Le jeune loup ne protesta pas, s'éloignant avec discrétion et aussi vite que ses jambes le lui permettaient.

—Tu sais ce qui est pire encore ?

La question de Brenna détourna son attention du garçon qui battait en retraite.

—Quoi ?

—C'est vrai. (Elle posa sur lui son regard bleu et marron de verre brisé, dans toute son intensité.) Je suis différente. Je vois des choses avec ces fichus yeux qu'il m'a donnés. Des choses terribles.

—Ce ne sont que de simples échos de ce qui t'est arrivé.

Un puissant sociopathe avait écartelé son esprit, l'avait violé au niveau le plus intime. Il n'y avait rien de surprenant à ce qu'une telle expérience lui laisse des cicatrices psychiques.

—C'est ce que Sascha a dit. Mais ces morts que je vois…

Un cri interrompit leur échange.

BRAGELONNE – MILADY,
C'EST AUSSI LE CLUB :

Pour recevoir le magazine *Neverland* annonçant les parutions de Bragelonne & Milady et participer à des concours et des rencontres exclusives avec les auteurs et les illustrateurs, rien de plus facile !

Faites-nous parvenir votre nom et vos coordonnées complètes (adresse postale indispensable), ainsi que votre date de naissance, à l'adresse suivante :

**Bragelonne
60-62, rue d'Hauteville
75010 Paris**

club@bragelonne.fr

Venez aussi visiter nos sites Internet :
**www.bragelonne.fr
www.milady.fr
graphics.milady.fr**

Vous y trouverez toutes les nouveautés, les couvertures, les biographies des auteurs et des illustrateurs, et même des textes inédits, des interviews, un forum, des blogs et bien d'autres surprises !

Achevé d'imprimer en octobre 2011
Par CPI Brodard & Taupin - La Flèche (France)
N° d'impression : 65963
Dépôt légal : novembre 2011
Imprimé en France
81120627-1